suhrkamp taschenbuch 3877

Leslie Herskovitz wartet sehnsüchtig auf das neue Album seiner angebeteten Kate Bush. Aus Kalifornien zieht er nach England, um ihr näher zu sein, und schickt ihr Geschenke und Unmengen von E-Mails – vergeblich. Leslie lebt ein Leben in der Warteschleife und verkürzt sich die Zeit mit diversen Frauen, die ihre eigenen Gelüste haben.

Ein »hinreißender Roman« (*Welt am Sonntag*), eine intelligente Reality-Soap über Sucht und Abhängigkeit, Beziehungen, Mobbing, Schönheitswahn, Essstörungen, Musik – und eine Hommage an eine große Künstlerin.

»*Warten auf Kate* ... ist ein Werk der Liebe. Der Lebensbericht eines Mannes, der sein Leben Kate Bush geweiht hat.«

*Oliver Fuchs, Süddeutsche Zeitung*

John Mendelssohn ist Dramatiker, Erzähler und Rockkritiker. Der gebürtige Amerikaner mit deutschen Wurzeln lebt heute in der Nähe von London.

John Mendelssohn

# Warten auf Kate

*Roman*

Deutsch von Silvia Morawetz
und Werner Schmitz

Suhrkamp

Titel der Originalausgabe:
*Waiting for Kate*


Umschlagfotos:
Gered Mankowitz / Redferns (vorne)
Patrick Lichfield / Camera Press (hinten)

suhrkamp taschenbuch 3877
Erste Auflage 2007

Druck: Druckhaus Nomos, Sinzheim
Umschlag: Göllner, Michels, Zegarzewski
Printed in Germany
ISBN 978-3-518-45877-8

1 2 3 4 5 6 – 12 11 10 09 08 07

# Warten auf Kate

*Den Menschen, die ich am meisten liebe*

Claire, deren Liebe mich mehr beglückt,
als ich mir je hätte träumen lassen

*und*

Brigitte, die ich in den Jahren des
unerträglichen Schweigens nie,
nicht einmal für eine Stunde, aufgehört habe zu lieben

***

Überdies hoffe ich, dass Anna Chen,
Mistress Antoinette, Peter Pacey, Mark Pringle,
Nancy Rumsey und John Rumsey
bewusst ist, wie sehr ich
ihre Freundschaft zu schätzen weiß.

## *Vorspiel: Mir bleibt nur noch eins*

»Na los, spring schon!« flüsterte es jedes Mal in mir, wenn ich aus großer Höhe von irgendwo nach unten blickte. Also verbrachte ich mein ganzes Leben damit, solche Situationen zu vermeiden. Nun aber sitze ich genau am Rand des Abgrunds, in den mich jene innere Stimme von jeher hat stoßen wollen, und ich bringe es einfach nicht über mich.

Im Übrigen hat es mir großen Spaß gemacht, die armen Polizisten Chiang und Murray zu ärgern, die zusammen wohl noch nicht mal fünfzig Jahre alt sind.

Sie waren als Erste da, vermutlich nach dem Hinweis von jemandem, der mich von einer Wohnung auf der anderen Straßenseite aus beobachtet hatte. Und sie taten weiß Gott ihr Bestes, aber viel mehr als ernstes Bemühen hatten sie nicht zu bieten. Dass ich tatsächlich springen könnte, versetzte sie in helle Aufregung, und das machte sie mir anfangs sehr sympathisch. Ich schien für sie kein Mensch zu sein, sondern eine Idee. Ihre Sorge war nicht, Leslie Herskovits zu verlieren, sondern die Vorstellung, dass jemand freiwillig aus dem Leben scheiden wollte. Aus einem ganz ähnlichen Grund redeten sie mich mit *Sir* an, so als hätten sie Respekt vor mir als einem Mitglied jener Öffentlichkeit, der sie angeblich dienten, statt aufrichtig Respekt vor *mir* zu haben.

Als ob so etwas überhaupt möglich wäre, erst recht in meinem Fall.

Constable Chiang, ein frommer Presbyterianer, der Ur- oder Ururenkel von Chinesen, nahm ich an, die von schottischen Missionaren gerettet worden waren, schien entsetzt, dass ich durch den Sprung meinen Platz im Himmel verwirken könnte, während sich seine Kollegin Charlene eher Sorgen machte, dass ich bei meiner Landung einen unschuldigen Passanten erschlagen oder zumindest eine Sachbeschädigung anrichten könnte.

Sie flehten mich an, ihnen zu erzählen, was mich dazu trieb, aber ich fand, das wäre Perlen vor die Säue geworfen. Wenn ich ihnen sagte, dass mich Selbsthass verzehrte, dass ich es im Turnunterricht nie geschafft hatte, die Kletterstange zu erklimmen – würden sie sich dann nicht bloß verwirrt anschauen und mir mit blöden Sprüchen kommen? Wie ich dazu käme, mich selbst zu hassen, obwohl ich doch ganz klar ein ganz ungeheuer toller Bursche sei? Wenn ich berichten würde, dass ich bei der einzigen Aufgabe in meinem Leben, bei der ich auf gar keinen Fall hatte scheitern wollen, nämlich meiner Tochter ein guter Vater zu sein, kläglich versagt hatte – würden sie überhaupt nachvollziehen können, wovon ich redete? Sie waren noch so jung, dass sie allenfalls Säuglinge zu Kindern haben konnten, und wenn ich ihnen nun sagen würde, dass ich meine Hässlichkeit, meine obszöne Korpulenz schlicht nicht mehr ertragen könne – würden sie dann nicht auch von der Epidemie grausamer Hänseleien erfasst werden, die London in den vergangenen Monaten überschwemmt hatte, und so tun, als sei ihnen das gar nicht aufgefallen?

Jedenfalls nannte ich ihnen keinen der ersten neunundzwanzig Gründe, aus denen mein Leben so sehr auf der Kippe stand, sondern kam ihnen mit Nr. 30. »Wenn Sie mir versprechen können, dass Kate Bush innerhalb der nächsten sechs Monate ein neues Album herausbringt«, sagte ich, »lasse ich mich von Ihnen retten.«

Wie abzusehen war, sahen sie sich nur verwirrt an, und das machte mich wütend.

»Sie haben noch nie von ihr gehört, stimmt's?«, sagte ich. »Sie haben noch nicht mal von ihr *gehört*, verdammt! Wie können Sie sich einbilden, dass ich in einer Welt leben möchte, in der öffentlich Bedienstete nichts von der größten britischen Songschreiberin und Sängerin der letzten fünfundzwanzig Jahre wissen?« Ich wandte mich wieder dem Abgrund zu.

»Nein!«, schrie Constable Chiang. »›Withering Heights‹,

richtig? Natürlich habe ich von ihr gehört. Meine Schwester Victoria war ein Fan von ihr. Hat dauernd ihre Musik gehört, wirklich!«

»›Wuthering‹«, korrigierte ich ihn, »Herrgott. Benannt nach dem Roman von Emily Brontë, der sie zu dem Song inspiriert hat. Auch ein Filmklassiker mit Sir Laurence Olivier. Nehme an, von dem haben Sie auch noch nie gehört. War ja nur der größte Schauspieler seiner Generation.« Ganz schön geheuchelt! Als ob ich den Brontë-Roman jemals gelesen hätte! (Als ob Kate selbst das getan hätte!) Als könnte ich mich erinnern, Sir Larry in irgendwas anderem als *Der Marathonmann* und *The Boys from Brazil* gesehen zu haben. Oh, es wird dunkel, genau wie es Kate in ihrem ersten Hit beschrieben hat. Und kalt wird es auch. Wenn ich nicht bald sprang, standen die Chancen nicht schlecht, dass ich da oben zum Eisblock gefrieren würde.

»Was mögen Sie denn für Musik?«, fragte ich Constable Murray, hauptsächlich um ihr Handygespräch zu unterbrechen. Ich nahm an, sie forderte Verstärkung an. »Ich?«, sagte sie blöde. Dann lebte sie auf, es gefiel ihr, dass ich mich für sie interessierte. »R&B und so. Craig David. The Sugarbabes. Mis-Teeq.« Ich hatte mein Leben damit verbracht, anderen Leuten das Gefühl zu geben, sie seien interessant.

»Mit anderen Worten, die wahren Giganten des Genres«, sagte ich. »Verzieht euch, Smokey Robinson und Aretha und Marvin Gaye und Stevie Wonder.« Wenn ich schon als Sarkast gelebt hatte, warum sollte ich nicht auch als einer sterben?

Ein paar schlaksige Teenager in Kapuzenshirts und viel zu weiten Hosen, die ihnen kaum über die Schamhaare reichten, vermutlich Bewohner einer der Mietshäuser hier, erschienen auf dem Dach. Beim Anblick der Polizisten erstarrten sie. Dann aber erblickte der Größere der beiden mich und schrie: »Geil!«

»Verschwindet, Leute!«, rief Constable Chiang.

Der Kleinere wollte schon gehorchen, aber der Größere stellte sich taub. Er zog eine winzige, höchstwahrscheinlich gestohlene Digitalvideokamera aus einer seiner monströsen Vordertaschen und richtete sie auf mich. »Wenn er springt, Alter, verkaufen wir das an die BBC. Total abgefahren!«

»Ich sag's euch kein zweites Mal! Ihr sollt verschwinden«, drohte Constable Chiang nicht sehr überzeugend.

»Die Leute haben ein Recht auf Information, Mann«, sagte der Junge mit der Kamera, der mich, ohne sich zu rühren, in dem kleinen ausklappbaren Monitor beobachtete.

Jetzt trafen noch zwei Leute ein – ein älterer Constable mit rotem Gesicht und Hängebacken und ein Mann in Zivil. Der Constable legte eine Hand auf die Kamera des Jungen und stieß sie ihm an die Stirn, worauf er aufjaulte. Der Mann in Zivil wandte sich in meine Richtung.

Blieb aber gleich wieder stehen, als ich mich weiter auf den Rand zuschob und rief: »Das reicht!« Es wurde windig. Wir hatten vielleicht noch zehn Minuten Tageslicht beziehungsweise das, was man in einem Londoner November so nennen kann.

Der Mann gehorchte aufs Wort. Ja, er war ein echter Kumpel. »Stimmt!«, bestätigte er und hob kapitulierend die Hände. »Stimmt. Sie sind der Chef. Ich tu alles, was Sie wollen. Sehen Sie? Ich bin Lieutenant Martyn – mit y, bitte – Martyn Root von der Metropolitan Police. Darf ich Ihren Namen erfahren?«

»Del Palmer«, sagte ich und musste selber grinsen.

Er sah mich lange an. »Nein«, sagte er schließlich, »das glaube ich nicht so ganz. Del Palmer war Kate Bushs Bassist, später der Arrangeur und Linn-Drum-Programmierer und ihr langjähriger Lebensgefährte.«

Ich war beeindruckt. Erstaunlich, wie schnell sie einen aufgetrieben hatten, der sich auskannte, einen echten Kate-Fan.

»Meine Identität ist unwesentlich«, sagte ich. »Wir werden uns nicht so lange Gesellschaft leisten, dass Sie meinen Namen wissen müssen.«

Constable Chiang ächzte hörbar, aber mein neuer Kumpel,

Lieutenant Root, auf Unerschütterlichkeit gedrillt, schien nur leise zu seufzen. »Sagen Sie das nicht, Sir. Ich habe den Verdacht, dass wir alles geregelt bekommen, wenn wir jetzt zusammenarbeiten.« Er ging ein paar Schritte auf mich zu und hatte plötzlich einen glänzenden Einfall: Er setzte sich hin.

»Wie ich höre, sind Sie verzweifelt, weil Kate seit elf Jahren kein Album mehr herausgebracht hat. Nun, wer von uns ist das nicht? Ich möchte meinen, damit ist die übliche Wartezeit etwa um den Faktor fünf überschritten.«

Oh, jetzt fühlte ich mich furchtbar. Der Mann war so nett, er wusste nur, was ich Chiang und Murray erzählt hatte, und gab sich so große Mühe, etwas daraus zu machen; dabei war ihm vermutlich klar, wie dämlich sich sein Gerede anhören musste. Aber da ich schwieg, blieb ihm nichts anders übrig als weiterzureden.

»Ich telefoniere gelegentlich mit der EMI, Sir, so etwa alle sechs Monate, um zu erfahren, ob die was Neues haben. Haben sie aber nie. Bestätigen immer nur, dass sie im Studio gewesen ist. Als ob man sich darüber freuen könnte. Meistens halten sie einen bloß hin, bis man die Nase voll hat und wieder auflegt, ohne wirklich was erfahren zu haben.«

Da hatte er natürlich Recht. Ich selbst war bei meinen Anrufen von diesen Leuten auch nicht wie jemand behandelt worden, dessen Kundschaft sie schätzten, sondern wie ein Störenfried. Arrogante Schweine, diese Typen von den Plattenfirmen. Scheißkerle.

»Mein Lieblingsalbum ist *Never For Ever*«, fuhr er fort. »Damit stehe ich anscheinend aber ziemlich allein. Als ich vor vier Jahren in Amsterdam bei einem Fan-Treffen war, haben dort rund siebzig Prozent der Anwesenden *Hounds* für ihr bestes Werk erklärt. Und was meinen Sie, Sir?«

Zwölf Stockwerke unter mir fuhren ein Krankenwagen und zwei Streifenwagen vor. Ein Satz aus einem Elvis-Costello-Song, der mir immer gefallen hatte – auch wenn ich nie sicher war, ihn richtig verstanden zu haben –, fiel mir ein:

»Clown time is over.« Wenn ich mich von Lieutenant Roots Freundlichkeit einwickeln ließ, würde ich meine Mission niemals erfüllen können. Wie so vieles in meinem Leben würde die Sache in einem absolut peinlichen Fiasko enden, die Leute würden sich kaputtlachen und mit dem Finger auf mich zeigen, wenn mir die Constables Chiang und Murray mit theatralischer Liebenswürdigkeit auf den Rücksitz des Streifenwagens halfen.

Dass ich jetzt aufstand, sorgte für beträchtliche Unruhe sowohl unten am Boden als auch oben auf dem Dach. Lieutenant Root erhob sich ebenfalls. »Del«, flehte er mich an, hektisch nach jedem Strohhalm greifend, der in diesem Fall darin bestand, mich mit dem Vornamen anzureden, »*Bitte!* Wir sollten darüber sprechen. Sie brauchen jetzt nichts zu überstürzen. Wir haben die ganze Nacht Zeit. Ist Ihnen kalt?«

Er drehte sich zu Chiang und Murray herum und kläffte: »Besorgen Sie Mr. Palmer einen Mantel.« Dabei klang seine Stimme ganz anders als die, mit der er mich angesprochen hatte.

»Ich weiß nicht, ob du mich liebst oder nicht«, sagte ich, Kate zitierend. »Aber ich finde nicht, dass wir jemals leiden sollten. Da bleibt uns nur noch eins.« Wenn er jetzt »Top of the City« gesagt hätte, ich hätte auf der Stelle kapituliert. Aber er sah mich nur verwirrt an.

»Das ist aus einem Song von Kate«, sagte ich, »wie Sie zweifellos wissen – der Song handelt von der Verlockung des Selbstmords. Wenn Sie schon den Titel nicht wissen, können Sie mir wenigstens sagen, auf welches Album er gehört?«

In die Verwirrung auf seinem Gesicht hatte sich eine Menge Hass gemischt. Wenn ich wollte, konnte ich ganz schön sadistisch sein.

Oh, es wurde kalt. Viel länger hielt ich es nicht mehr aus, und dass mir die beiden Constables einen Mantel bringen würden, glaubte ich nicht. Der Aufzug in dieser Mietskaserne funktionierte nicht. Die zwei würden ewig brauchen, bis sie bei dem Krankenwagen waren, der bestenfalls ein paar Decken zu bieten hatte, und dann noch mal genauso lang, bis sie es wieder nach oben geschafft hatten. Und wollte ich wirklich vor all diesen Leuten in Decken gewickelt auf den Rücksitz eines Streifenwagens geschoben werden?

»Ich möchte«, sagte ich zu Lieutenant Root, »eine Erklärung abgeben.«

»Aber immer!«, bekräftigte mein neuer Kumpel, entzückt, dass ich ihm die Sache mit »Top of the City« nicht übel nahm. »Sie geben Ihre Erklärung ab, was mir natürlich hilft, Sie besser zu verstehen, und dann bekommen Sie einen schönen warmen Mantel, und wir kriegen das alles hier geregelt. Okay, Del?«

Ich winkte den Jungen mit der Kamera zu mir heran. Ihr hättet mal den stolzen Blick sehen sollen, den er seinem Kumpan zuwarf. Und ihr hättet außerdem sehen sollen, wie sorgfältig Lieutenant Root darauf achtete, dass der Junge auch wirklich die bestmögliche Position für seine Kamera fand. Die meisten Leute sind unausstehlich, aber zwischendurch können sie manchmal richtig liebenswert sein.

Mein schneidender Verstand ließ mich auch jetzt nicht im Stich. Es ging mir durch den Kopf, dass ich mein gefesseltes Publikum ausnutzen und meinem ganzen Kummer auf einmal Luft machen konnte. Am Ende aber beschloss ich meine letzten Worte auf Kate zu beschränken: Das schien mir doch wesentlich spaßiger. »Von der Idee bis zur Veröffentlichung«, sagte ich, »hat es bei *The Red Shoes* ungefähr vier Jahre gedauert. Angenommen, der Nachfolger erscheint 2004, dann hat sie dafür fast zwölf Jahre gebraucht. Wenn das so weitergeht – dass sie für jedes Album dreimal so lange braucht wie für seinen Vorgänger –, wird Kate ihr neuntes Album im Jahr 2040 herausbringen, vorausgesetzt, es hat sie nicht wesentlich gebremst, dass sie zwei Jahre vorher achtzig geworden ist. Für diejenigen unter uns, die demnach zu ihren Lebzeiten bestenfalls noch mit einem einzigen neuen Kate-Bush-Album rechnen können, reicht das einfach nicht – nicht annähernd.

Vermutlich bildet sie sich ein, sie sei uns nichts schuldig. Ich kann verstehen, dass sie so denkt, glaube jedoch, sie irrt sich gründlich. Ohne unsere Verehrung und den pekuniären Ausdruck dieser unserer Verehrung könnte sie sich niemals den Luxus erlauben, ewig lange an einem neuen Album herumzubasteln. Hätten wir ihre Musik nicht massenhaft gekauft, würde sie jetzt vielleicht an irgendeiner zugigen Klosterschule in Kent Latein oder Englisch unterrichten und alles hassen: dass sie jeden Wintermorgen in der eisigen Finsternis aufstehen muss, ihr mageres Gehalt und vor allem die unverschämten kleinen Biester, die man ihr anvertraut hat.

Ich kann mir gut vorstellen, wie sie beteuert: ›Aber ich bin es mir schuldig, meine Musik nur in vollkommener Form auf den Markt zu bringen.‹

Was für ein Blödsinn. Stellen wir uns vor, sie hätte *The Sensual World* zur Zeit der Veröffentlichung nur zu neunzig Prozent für perfekt gehalten. Stellen wir uns des Weiteren vor, sie hätte nicht so lange an ihrem achten, bei Anbruch des Jahres 2004 immer noch nicht erschienenen Album herumfeilt, sondern es zu nur vierzig Prozent perfekt bereits 1995 erscheinen lassen. Bildet sie sich ein, dass dieses Vorgehen, statt den unzähligen Zehntausenden, die sie lieben, eine Riesenfreude zu machen, zur noch schnelleren Ausbreitung von AIDS im Süden Afrikas geführt hätte, oder zu einem überraschenden politischen Comeback Margaret Thatchers mit hundertsechs oder gar dazu, dass England den Rugby-Weltcup verliert?«

Lieutenant Root grinste, er schien aufrichtig belustigt. Mein Schwanengesang: ein Hammer!

»Denken wir zurück – weit zurück! – an *The Hounds of Love*. Auf Seite 2 hört man zwischen den Songs ›Dream of Sheep‹ und ›Under Ice‹ Wellen plätschern. Zunächst hatte sich Kate das Geräusch plätschernder Wellen aus der Tonbibliothek der EMI vorspielen lassen, aber das sagte ihr einfach nicht zu. Also musste das gleiche Geräusch, zweifellos mit immensem Kostenaufwand, irgendwo noch einmal ganz neu aufgenommen werden. Ich nehme an, dass von den zwei Millionen Leuten, die *Hounds* seit 1985 weltweit gekauft haben, nicht ein Einziger in der Lage wäre, ehrlich von sich zu behaupten, ihm oder ihr würde das Album weniger gefallen, wenn das Wellenplätschern aus der EMI-Konserve gekommen wäre. Nicht ein Einziger!«

Jetzt war sogar der Junge ohne die Videokamera belustigt.

»Oder vielleicht sollte sie an den Filmemacher Stanley Kubrick denken, auch er ein ebenso brillanter wie öffentlichkeitsscheuer Größenwahnsinniger, mit dem sie auch schon verglichen wurde. Ist die Welt besser geworden, weil er den bedauernswerten Jack Nicholson eine bestimmte Szene einhundertachtundzwanzigmal hat spielen lassen, die dann aus der Endfassung von *Shining* wieder herausgeschnitten wurde? Welche Welt wäre besser: eine, in der sich seine Schauspieler mit quälender Genauigkeit an Stanleys Vorstellung davon gehalten haben, wie bestimmte Sätze auszusprechen seien, oder eine, in der er zwei oder drei Filme mehr gemacht hätte?

Ach, die kolossale Hybris dieser Frau, Kate Bush, die über die Fähigkeit verfügt, der Welt so viel Freude zu schenken, und sich stattdessen dafür entscheidet, uns darben zu lassen, uns jahrelang mit lächerlichen Banalitäten herumzuquälen!«

Jetzt grinste keiner mehr. Mal wieder typisch für mich: zu lange auf der Bühne zu bleiben.

»Ich kann Ihnen da nicht beipflichten, mein Freund«, sagte Lieutenant Root ernst. »Ich denke, einer der Hauptgründe, warum wir Kates Musik oder auch Kubricks Filme so lieben, ist der, dass wir uns mit jedem kleinen Detail herumquälen. Ich halte Kate nicht für fähig, ein nur teilweise perfektes Werk an die Öffentlichkeit zu bringen. Ich glaube aufrichtig, dass sie nur das Ganze sehen kann, in dem das Geräusch der Wellen zwischen den Songs nicht weniger bedeutend ist als ihre Intonation einer wichtigen Songzeile. Sie kann es schlicht und einfach nicht anders machen als sie es immer getan hat! Und dass Ihnen das als Ausdruck von Hybris erscheint, ärgert mich zutiefst, zumal Kate bekanntlich alles andere als eine Primadonna ist.«

So hätten wir noch stundenlang reden können. Aber inzwischen war mir viel zu kalt.

## *Das Beste, was wir uns erhoffen können*

Als ich vor knapp zwei Jahren in Mrs. Cavanaughs Pension einzog, war ich noch nicht krankhaft übergewichtig und machte daher wenig Schwierigkeiten. Da schaffte ich es noch ohne jede Hilfe ins Esszimmer hinunter. Ich hatte noch nicht endgültig begriffen, dass es draußen in der Welt keinen Platz für mich gab – tatsächlich hatte es nie einen gegeben. Und im Sommer gelang es mir sogar gelegentlich, abends einen Spaziergang zu machen. Dann aber lernte ich Bharat und die Leute kennen, die er seine Gang nannte, weil die Gangsterrapper auf MTV das auch getan hätten.

Sie waren zu fünft, und sie sannen auf blutige Rache für einen afghanischen Kellner, den drei Ersatzspieler von Leeds United vor einer Woche in Leeds zusammengeschlagen hatten. Theoretisch hätten sie sich irgendwelche weißen Fußballer vornehmen können, aber davor hatten sie Schiss. Nein, Bharat und seine Bande knöpften sich Schüler und alte Leute vor, Lahme, Gebrechliche, Blinde – und Leute wie mich, Leute, die sich garantiert nicht wehrten. So gesehen waren wir natürlich verwandte Seelen. Ich habe mich immer nur mit Leuten angelegt, die eindeutig noch schlapper waren als ich selbst. Aber mit unserer Verwandtschaft hatte Bharats Gang nichts am Hut.

Mein Ziel war der Supermarkt in der Hauptstraße. Ich brauchte Kekse. Es war ein typischer Abend, und ich hatte um diese Zeit bereits eine ganze Menge davon vertilgt, wie schon früher als Kind. Die Gang strengte sich mächtig an, einen bedrohlichen Eindruck zu machen. Aber so richtig bekamen sie das nicht hin, und da sie mich, als ich an ihnen vorbeiwatschelte, nicht als ekelhafte Fettsau beschimpften, sondern bloß versuchsweise ein bisschen kicherten, glaubte ich mich nicht in Gefahr. Aber dass ich ihr Kichern ignorierte, galt ihnen offenbar als Ausweis meiner Passivität, und so traten die zwei, die dem Eingang am nächsten standen, einen Schritt vor und verschränkten ihre dünnen braunen Arme vor der Brust. »Wo willst du hin?«, versuchte mich der schmächtige Schnurrbarttyp mit einer Stimme zu provozieren, die für effektive Provokation viel zu hoch war.

»In den Laden kommen nur Moslems rein«, lispelte sein Gefährte, »oder höchstens noch Asiaten.«

Wenn ich gesagt hätte, sie sollten sich verpissen, hätten sie das vermutlich sogar getan. Aber nach kurzer Überlegung kam ich zu dem Schluss, dass es meine Selbstachtung nicht ankratzen würde, wenn ich angesichts ihrer Zahl einen Rückzieher machte. Ich zuckte die Schultern und machte kehrt, um wieder hügelabwärts zu watscheln.

Das Schulterzucken machte ihnen Mut. »Das«, verkündete der, von dem ich später erfuhr, dass er Bharat hieß, »ist für den Kellner in Leeds.« Er trat mich zwischen die Beine, aber nicht besonders treffsicher. Jedenfalls spürte ich so gut wie nichts. Dann aber haute mir einer der anderen einen Ziegelstein in den Nacken. Ich sank auf die Knie, und schon waren sie alle über mir, schlugen und kratzten und traten und johlten begeistert. Einer schob mir seinen Daumen unter die Sonnenbrille, voll ins rechte Auge rein, und das tat verdammt weh. Zwei machten klar, dass sie besser treten konnten als Bharat. Ich klatschte mit dem Gesicht aufs Pflaster. Ein Tritt an die rechte Wange, dann trampelten sie auf mir rum. Spuckten mich an. Einer rammte mir sein Knie ins Kreuz und versuchte mir eine Handvoll Haare auszureißen. Ein anderer fragte: »Hast du vor, noch mal jemanden als Paki zu beschimpfen?« Meine Beteuerung, dass ich noch nie jemanden als Paki beschimpft hätte, machte sie noch wütender.

»Was wir noch mehr hassen als Rassisten«, verriet ein anderer, »sind weiße Arschlöcher, die behaupten, dass sie keine sind.« Und dann verlor ich das Bewusstsein.

Ich übertreibe ein wenig. Tatsächlich hat mich keiner von

ihnen angerührt. Aber ich konnte in ihren Augen sehen, was sie am liebsten mit mir angestellt hätten.

Danach ging ich nicht mehr aus dem Haus, und als ich noch viel fetter geworden war, ging ich nicht mal mehr nach unten, um mit den anderen zu essen. Die Geschenke, die ich jede Woche an Kate Bush verschickte, musste ich mir aus Katalogen oder im Internet bestellen. Davon bekam ich ein schlechtes Gewissen. Ich war überzeugt, Kate hatte längst gemerkt, dass meine Gaben nicht mehr so persönlich wie früher waren. Aber sie war so freundlich, sich nicht zu beklagen. Natürlich hatte sie sich auch wegen der früheren Geschenke nie bei mir gemeldet. Manchmal fragte ich mich, ob ich sie überhaupt an die richtige Adresse schickte.

Mrs. Cavanaugh kam rauf und ließ mich wissen, ich solle bloß nicht auf den Gedanken kommen, um eine Minderung der Pensionskosten zu bitten, weil ich jetzt viel weniger aß. Und wenn sie das vorher gewusst hätte, hätte sie mein Zimmer sowieso an jemand anderen vermietet, der bereit gewesen wäre, den vollen Preis dafür zu bezahlen. Als ob sie jemals einen glühenderen Kate-Bush-Fan als mich finden würde! Ursprünglich hatte ich vorgehabt, nach London zu ziehen, um mir die weiten, kostspieligen Reisen zu den Konzerten zu ersparen, in Zügen voller Pendler, unter deren Blicken ich hätte im Boden versinken mögen. Dann aber entdeckte ich auf einer der neun Kate-Bush-Mitteilungsseiten im Internet, die ich abonniert hatte, dass Mrs. Cavanaughs Pension, einen Steinwurf von Kates Geburtsort Bexley entfernt, vorzugsweise ruhigen, gesitteten, nichtrauchenden Kate-Bush-Fans eine Unterkunft anbot. Anderswo hätte ich ebenso gern gelebt, zum Beispiel wenn ich mir als Baby-Spice-Doppelgänger meine Brötchen verdient hätte.

An dem Nachmittag, als Mrs. Cavanaugh und ich uns zum ersten Mal sahen, plauderten wir fast drei Stunden lang selig über Kate und was sie uns bedeutete. Seit der letzten großen Katemas in England 1999 hatte ich niemanden mehr kennen gelernt, der so interessante Einsichten in Kates Leben und Arbeit hatte. Und sie erklärte, dass einer ihrer beiden anderen Pensionsgäste, ein Mr. Chumaraswamy, sogar noch vernarrter in Kate sei als sie selbst, und dass sie die beiden jüngeren ihrer drei Kinder Gilmour (nach dem Pink-Floyd-Gitarristen, Kates enorm wichtigem frühen Förderer) und Catherine (wie Kate mit vollem Vornamen heißt) genannt habe. Sie sagte voraus, Mr. Chumaraswamys Theorie, warum Kate ihren Namen mit K und nicht mit C wie Catherine schreibe, werde mich außerordentlich interessieren. Ich war so begierig darauf, dort einzuziehen, dass ich das Bed & Breakfast in Vauxhall, für das ich noch bis zum Ende der Woche bezahlt hatte, drei Tage früher verließ.

Als ich Mrs. Cavanaugh gegenüber zugab, dass es nicht am fehlenden Hunger lag, wenn ich zu den Mahlzeiten nicht mehr nach unten käme – im Gegenteil, ich hatte zu allen Tageszeiten einen Bärenhunger –, sondern weil ich nicht mehr durch die Tür passte, änderte sich ihr Tonfall. »Ich weiß nicht, ob ich das richtig verstehe«, gestand sie schließlich sehr milde gestimmt. »Warum denn nicht?«

»Sehen Sie mich doch an«, platzte ich heraus. »Ich schaffe es ja kaum noch aus dem Bett, um die Toilette aufzusuchen. Und wenn ich's bis zum Klo geschafft habe, bin ich so außer Atem, dass ich denke, mir platzen die Lungen. Ich habe Leute wie mich im Fernsehen gesehen. Die müssen von der Feuerwehr aus ihren Zimmern geholt werden. Mit einem Spezialkran.«

Bestürzung und Güte mischten sich in ihren herrlichen haselnussbraunen Augen, deren Farbe der von Kates Augen so ähnlich sein musste. Sie schüttelte traurig den Kopf, gab ein leises Glucksen von sich und fragte mit einem Akzent, der viel stärker war als gewöhnlich: »Wollen Sie die Witwe Cavanaugh auf den Arm nehmen?«

Da weinte ich, anfangs fast unmerklich, jedenfalls hoffte ich das. Die Witwe Cavanaugh war vermutlich noch nicht einmal fünfzig. »Wenn es das nur wäre«, sagte ich. Ja, wenn. Die Schleusen öffneten sich. Ich schluchzte. Sie drückte mich an sich, und ich schluchzte noch lauter. Als ich endlich aufhörte, war ihr Pullover durchnässt.

Von da an brachte sie mir die Mahlzeiten nach oben. Sie erklärte, sie wolle die Portionen nach und nach verkleinern, bis ich irgendwann in der Lage wäre, das Zimmer zu verlassen und an einem Treffen der Anonymen Esssüchtigen teilnehmen könne. Ihr verstorbener älterer Bruder sei Alkoholiker gewesen, und die AA hätten ihm das Leben gerettet (freilich nur, damit es ihm der Lungenkrebs mit einundfünfzig, nachdem er sechs Jahre lang nüchtern gewesen war, plötzlich und unerwartet doch noch nehmen konnte). Von 12-Schritte-Programmen hielt sie sehr viel.

Ich wollte nicht. Ich machte einen Witz daraus. Wie wollen die denn, fragte ich, genug von uns durch die Tür kriegen, dass es für eine Versammlung reicht? Sie lachte nicht. Sondern bedachte mich mit demselben herrlichen Blick voll besorgter Güte wie an dem Abend, als ich ihr gestanden hatte, dass mich nur noch die Feuerwehr mit einem Spezialkran aus dem Haus holen könne. »Denen fällt schon was ein«, sagte sie sehr milde. »Das sind Experten.«

Als sie mir an den nächsten vier Tagen das Essen brachte, wies sie immer darauf hin, wie klein die Portionen waren. »Wir möchten doch, dass Sie zu den Anonymen Esssüchtigen gehen können, und dafür müssen Sie erst mal etwas abnehmen.« Ich flehte sie an, Vernunft anzunehmen. Es sei undenkbar, dass ich binnen sechsundneunzig Stunden durch die Tür passen oder die Treppe hinuntergehen könnte. Womöglich brächte dies ihr Haus zum Einsturz. Aber sie ließ mein Nein nicht gelten.

Am Abend des Treffens brachte sie mir das Essen etwas früher. Inzwischen hätte ich für ein KitKat mit Orangengeschmack einen Mord begangen. Dann kamen ihre Söhne Duncan, geboren sechs Jahre vor dem Erscheinen von »Wuthering Heights«, und Gilmour, um mich abzutransportieren. Ich nahm an, sie hatten einen Lastwagen gemietet. Duncan, der als Bausanierer arbeitete, kannte ich schon. Er hatte so ziemlich die besten Zähne, die ich je bei einem Briten gesehen hatte. Später erfuhr ich, dass er die Originale bei einem Autounfall verloren und sich von der Versicherung neue hatte bezahlen lassen. Er war einer von denen, die anderen nicht in die Augen sehen können. Sein Bruder, zwölf Jahre jünger als er, unternahm nicht gerade herkulische Anstrengungen, um seine Verärgerung darüber zu verbergen, dass er helfen musste, mich aus dem Haus zu bringen.

Ihre Mum hatte ihnen geholfen, mich anzukleiden. Das hatte sehr lange gedauert. Als die Brüder auftauchten, saß ich auf der Bettkante und machte mir Sorgen, dass sie jederzeit unter mir zusammenbrechen könnte. Wir gaben uns die Hände. Der vorzeitig kahl werdende Duncan wich meinem Blick aus und hatte einen Händedruck, der eher zu einem Börsenmakler passte als zu einem Mann, der davon lebte, dass er Kamine und gusseiserne Badewannen aus baufälligen viktorianischen Gebäuden entfernte. Gilmour, reichlich mit Piercings und Tattoos versehen, fragte, wenn auch nur so obenhin, ob bei mir alles in Ordnung sei, und machte kein Hehl aus seinem Missfallen, als ich zurückfragte: »Und wie sollen wir das Ihrer Meinung nach anfangen?«

»Wie wär's, wenn Sie einfach die Treppe runtergehen würden?«, sagte er spitz. Aus dem Augenwinkel sah ich, wie ihm Mrs. Cavanaugh ihm einen Blick zuwarf, der ihm einen resignierten Seufzer entlockte.

Rückwärts stiegen die drei vor mir die Treppe hinab, alle sechs Hände fangbereit hochgestreckt. Ich hätte es mir nie verzeihen können, wenn ich gestolpert wäre und sie alle zu Tode gequetscht hätte. Daher ging ich sehr vorsichtig. Die anderen Mieter kamen neugierig aus ihren Zimmern, um zu sehen, was der Lärm sollte. Als ich den Fuß der Treppe erreichte, japste ich nach Sauerstoff und war unter meinen Kleidern so feucht wie Djakarta, jedoch in einer solchen Hochstimmung, dass es mir nichts ausmachte.

Sie hatten keinen Lastwagen gemietet, sondern waren mit Duncans Transit gekommen. Ich erklärte, da würde ich niemals reinpassen. Gilmour verdrehte die Augen und murmelte etwas vor sich hin. Seine Mum warf ihm wütende Blicke zu. »Versuchen wir's einfach mal«, schlug Duncan freundlich vor. Es hätte mich nicht überrascht, wenn der Lieferwagen umgestürzt wäre. Wie durch ein Wunder blieb er aber aufrecht stehen. Ich konnte sogar vorne sitzen, neben Duncan.

Entsetzt bemerkte ich, dass er keine Kate-Kassette in den Rekorder schob, sondern irgendwas von einer dieser Heavy-Metal-Bands, die aus Comics entsprungen schienen. Ihre Namen sollen fünfzehnjährige Jungen anlocken, die eine mörderische Wut im Bauch haben, weil ihre Hormone sie einerseits zur Fortpflanzung anstacheln und ihnen andererseits so scheußliche Akne verpassen, dass kein Mädchen in ihre Nähe kommen will. Zwischen zwei Songs erfuhr ich, dass es sich um das Album *Hounslow Chainsaw Massacre* von The Mutilators handelte. Als der nächste Song vorbei war, fragte ich, ob wir nicht lieber was von Kate hören könnten.

»Aber sicher können wir das, *Verehrtester*«, versicherte Gilmour aus dem Laderaum. »Aber nur über meine stinkende Leiche. Oder vielleicht doch besser was von Tori Amos.«

Ich glaube, er wusste, dass er damit das Grausamste gesagt hatte, was man zu einem Kate-Bush-Fan sagen konnte. Dem würde sogar John(ny Rotten) Lydon zustimmen.

Vor ein paar Jahren war Lydon in Begleitung nicht nur seiner schwer geprüften Braut, sondern auch eines konfus aussehenden alten Herrn, der womöglich sein Vater war, sowie eines Aufpassers zu irgendeiner Preisverleihung der Zeitschrift *Q* auf einem Lumpensammlerwagen vorgefahren. Er war mit der Zeit fülliger geworden, aber sein ursprünglicher Hass auf das, was seinen Follikeln entspross, war immer noch ungebrochen. Was sollte man von einem Mann sagen, dessen Haar mit sechsundvierzig noch affiger aussah als mit einundzwanzig? Dass er sich zu große Mühe gab?

Damit wäre Lydon wohl nicht einverstanden gewesen, der Lydon, den ich zu Zeiten der Sex Pistols für einen echt witzigen Kopf gehalten hatte, der aber in über fünfundzwanzig Jahren nicht die geringste Anstrengung unternommen hatte, sich mal was Neues einfallen zu lassen. Als es dann hieß, er werde dafür ausgezeichnet, dass er andere inspiriert habe, kam er auf die Bühne und brabbelte und stänkerte exakt so, wie er es auch schon 1979 getan hätte. Unter Verwendung sehr unanständiger Wörter erklärte er sich zur Verkörperung der englischen Arbeiterklasse. Ich dachte schon, gleich lässt er Gas ab – oral, wenn nicht gar rektal –, und war erleichtert, als er es unterließ. Und dann, nachdem er sich widerwillig bei seinem Gefolge bedankt und halbherzig versucht hatte, seinen Preis zurückzugeben (und das vor den Augen Liam Gallaghers, des Königs der Taktlosigkeit, eines Mannes, der einmal damit gedroht hatte, sich mit seiner Brit-Award-Statuette den Darm auszukratzen), verbeugte er sich vor Kate Bush. Sie mache verdammt gute Musik, sagte er. Und bekam Applaus dafür.

Er schien einen der lahmsten Sprüche aus *Wayne's World* zu recyceln und auf Kates infame Weigerung anzuspielen, ihre Bewunderer mit einem neuen Album zu beglücken, als er erklärte: »Wir *haben* es verdient.« Worauf die massenhaft anwesenden Promis mit diensteifrigem Kichern reagierten. Später wurden die zwei zusammen fotografiert: Kate freudestrahlend, Lydon mit einem Gesicht, als versuche er mit aller Kraft, seine eigene Freude zu verbergen. Und wie hätte ihm das besser gelingen können als mit einem vor versammelter Presse geführten Angriff auf »Torrid Aimless«, jene Tori Amos also, die er hämisch als dreiste Nachahmerin bezeichnete. Für uns Bewunderer – und Lydon zählt offenbar dazu – gibt es eben nur die Einzig Wahre Kate.

Besser die Mutilators als Amos, dachte ich, als die Cavanaugh-Brüder und ich unsere Fahrt fortsetzten. Und am besten wäre Stille. Aber wir leben in einer Welt, in der »besser« praktisch immer das Beste ist, was wir uns erhoffen können.

## *Die Dicken und die Doofen*

Als wir auf den Parkplatz der Kneipe fuhren, wo das Treffen abgehalten werden sollte, schwitzte ich wieder, diesmal aber vor Angst. Ich sagte den Brüdern, wenn sie mich nicht dazu zwingen würden, die Sache durchzuziehen, könnten sie den ganzen Abend auf meine Kosten trinken.

»Ich finde das ja auch reichlich schräg«, gab Gilmour zu. Aber Duncan sagte, sie hätten es ihrer Mum versprochen. Als ich darauf hinwies, dass sie es doch nicht erfahren musste, sah er mir zum ersten Mal in die Augen. In seiner Miene mischten sich Mitleid und Verachtung. Ich wollte erklären, dass nicht alle den großen Vorteil haben, in einer Welt aufzuwachsen, wo von einem erwartet wird, dass er seine Versprechen hält. Ich wollte in Tränen ausbrechen.

»Oha«, sagte Gilmour; die Verblüffung ließ ihn seinen Sarkasmus kurz vergessen. Drei kräftige Burschen in weißer Pflegerkleidung halfen einem gigantischen bleichen Wal von einer Frau aus ihrem Transporter. Von der Anstrengung war sie beunruhigend rosa angelaufen. Als sie eine Rollbahre aufklappten und die Frau darauf wälzten, kicherte Gilmour: »Ich wette, die Kuh hat eine eigene Postleitzahl.«

»Und ich«, blaffte sein Bruder, »ich finde, du könntest mal deine blöde Fresse halten.«

Die Kellnerin zeigte in die Ecke der nahezu menschenleeren Kneipe, wo das Treffen stattfinden sollte. Die Brüder brauchten fast jede Sekunde der zwölf Minuten, die wir zu früh gekommen waren, um mich dorthin und auf einen Stuhl zu bugsieren. Sie wurden immer feindseliger. »Geht's vielleicht ein bisschen schneller, Chef?«, fragte Gilmour sarkastisch, als ich einmal keuchend stehen blieb, um nicht einfach umzukippen (denn dann hätten sie den Rest des Tages gebraucht, mich wieder auf die Füße zu stellen), mich aber selbst dafür zu schwach fühlte. Ich hätte schon gern sein Gesicht gesehen, wenn ich auf ihn gefallen wäre. »Er tut sein Bestes«, sagte Duncan, ein erwachsenes Kind, dem seine Mutter aus den Augen schaute: Er machte wirklich fast genau so ein Gesicht wie seine Mutter an dem Abend, als sie erfahren hatte, warum ich zu den Mahlzeiten nicht mehr nach unten kam. Die Brüder mussten schon seit langem verfeindet sein, und ich trug sicher nicht viel dazu bei, etwas daran zu ändern.

Im Allgemeinen stellt man sich die Dicken als fröhliche Menschen vor, aber diese hier waren alles andere als das. Und der aus Yorkshire zugezogene Gesprächsleiter, ein Mann namens Graham, mit rosigem Teint und dem schmierig strähnigen schwarzen Haar des jungen Bryan Ferry, war obendrein auch noch schüchtern. Als er mich erblickte, sagte er: »Wir sind die Anonymen Esssüchtigen, Menschen, die Probleme mit dem Essen haben. Kann ich Ihnen helfen?«

»Das will ich doch hoffen«, platzte ich heraus, ängstlich darauf bedacht, es nicht zu übertreiben. »Nichts hat funktioniert, keine Diät, keine Medikamente, nicht mal Fasten.« Die vier schon Anwesenden, darunter der rosa Wal vom Parkplatz, unterbrachen ihr Geplauder. Sie starrten mich schweigend an. Vor Verlegenheit war mir klamm.

»Mr. Herskovits hat ein Problem mit seinem Gewicht«, warf der liebenswerte Duncan dazwischen. Gilmour schnaubte. Eine der Frauen räusperte sich. Klammer und klammer. Jetzt war es Grahams Miene, die der von Mrs. Cavanaugh glich, als ich von der Feuerwehr und dem Spezialkran gesprochen hatte. »Nun, wenn das so ist«, sagte er, »nehmen Sie bitte Platz.«

Wenn Blicke töten könnten, wäre ich auf der Stelle tot umgefallen. Ich fühlte mich wie früher im Sportunterricht. Seit ich zum ersten Mal mit Sport zu tun bekam, machte ich alles begeistert mit, auch wenn ich in allen Sportarten grottenschlecht war. Nur Turnen und Stangenklettern konnte ich nicht leiden. Bei uns Jungen wurde ständig gestoppt, wie lange wir brauchten, um drei in einem großen Sandkasten stehende Metallstangen hochzuklettern; damit sollte wohl unsere Fitness ermittelt werden. Ich war sehr fit, schließlich spielte ich Baseball und Fußball und Basketball und Tennis und alles andere, wozu ich irgendwelche Mitschüler überreden konnte. Aber für die Kletterstange hatte ich kein Talent. Andere Jungen schossen daran förmlich nach oben, ließen ihren knackigen jungen Bizeps spielen und brauchten die blöde Stange kaum mit den Füßen zu berühren. An einem Seil konnte ich hochklettern, denn das klemmte ich mir zwischen die Füße. Aber die Stange lachte mich einfach aus, und das taten auch die anderen Jungen – außer den Doofen und den Dicken, die es auch nicht besser konnten als ich.

Damals fuhr ich mit dem Schulbus nach Hause, und an der Haltestelle, wo ich aussteigen musste, gab es einen Schnapsladen, der auch Taschenbücher verkaufte, auf deren Umschlägen scharfe Sexbomben aus den sechziger Jahren mit Turmfrisuren und hautengen Kleidern abgebildet waren, die an den Seiten geschlitzt waren und mich vor Gier halb wahnsinnig machten. »Frauen hatten sie in ihr Kleid gegossen«, hieß es in dem einen, das mir nie aus dem Sinn gekommen ist und vermutlich von einem wenig sittenstrengen Model handelte, »und Männer hatten sie wieder herausgezogen!« Wie ich mich nach diesen Frauen sehnte!

Selbst wenn eine von denen oben ohne auf der Stange gesessen hätte, wäre ich niemals an dem Scheißding hochgekommen.

Und dann die Blicke der Jungen, die es konnten, wenn ich wieder zu den anderen Flaschen zurückschlich. Vorher hatte ich die Stange so lange hasserfüllt angestarrt, bis der sonnengebräunte Sadist, der unser Lehrer war, endlich knurrte: »Du kletterst jetzt entweder da rauf, oder du setzt dich hin.«

An diese Gänge von der verteufelten Stange zurück an meinen Platz musste ich nur allzu lebhaft denken, als ich von Graham weg schwerfällig auf den Tisch zu watschelte.

Ich konnte das mühsame Schnaufen der attraktivsten meiner fresssüchtigen Schicksalsgenossinnen schon hören, als ich noch mehr als drei Meter entfernt von ihr war. Sie war um die fünfundzwanzig, hatte prächtige weiße Haut, große blaue Augen und ungewöhnlich dicke maisstrohblonde Haare. Wenn die Fette neben ihr vielleicht ein einziges Mal zu hören bekommen hatte: »Du würdest so klasse aussehen, wenn du nur (Zahl beliebig) Kilo abnehmen würdest«, dann hatte dieses Mädchen es schon zehntausendmal zu hören bekommen. Sie war, kaum vorstellbar, sogar noch voluminöser als der rosa Wal. Und sie litt, ganz eindeutig. Selbsthass verzehrte sie, und sie hatte Angst. Angst vor den anderen, vor mir, vor dem Gedanken, auch nur eine einzige weitere Stunde in diesem bemerkenswerten Körper leben zu müssen. Sie zitterte sichtlich, als ich mich näherte. Tränen liefen über ihre kugelförmigen Wangen. Sie ächzte und wimmerte.

Masse war das Einzige, was sie mit dem Koloss an ihrer Seite gemeinsam hatte. Haut und Haar des Kolosses waren die einer Frau, die ausschließlich Tiefgefrorenes isst. Ihr Schweiß schien aus Schmalz zu bestehen. Sie war um die vierzig, hatte kleine Schweineaugen, schwabblige blaue Fettsäcke im Gesicht und Zähne von der Farbe schwachen Tees. Sie war so dreist, wie die Maisblonde befangen war. »Was bilden Sie sich eigentlich ein, Sie unverschämter Kerl, sich hier so anzuwanzen!«, fauchte sie, als ich sie mühsam anlächelte. Der Möchtegernschriftsteller in mir dachte, den *unverschämten Kerl* hätte sie als Pointe besser an den Schluss setzen sollen.

»Crinolyn«, sagte die monströse afro-karibische Frau neben ihr, »lass das. Bitte.«

Aber davon wollte Crinolyn nichts wissen. Ihre kleinen Schweineaugen versengten meine Hornhäute. »Sie sind wohl ein Speckjäger, Sie Ferkel? Sieht mir ganz danach aus.«

Es kam noch jemand, ein korpulenter junger Mann, auf seine Art ebenso hübsch wie die Maisblonde, und ebenso aufgedunsen. Ich kannte ihn aus dem Fernsehen. Nach einer kurzen Karriere als Sänger hatte er nur unwesentlich länger in einer Serie mitgespielt, in der krankhaft übergewichtige Pseudoprominente den Versuch unternehmen, an körperlicher Bewegung Freude zu finden. Offenbar das männliche Sexsymbol der Gruppe, entlockte er einer der Frauen hinter mir ein zischendes Atemgeräusch.

Doch Crinolyn ließ sich nicht ablenken. »Ich hab Sie was gefragt, Mensch«, sagte sie und beugte sich zu mir vor. »Was zum Teufel haben Sie hier suchen?«

»Crinolyn«, flehte die riesige Schwarze noch einmal.

»Wenn es dir nichts ausmacht, dass sich hier Speckjäger reindrängeln«, knurrte Crinolyn zurück, »na, dann gratuliere, Boopsie. Aber mir, mir macht es was aus, kapiert?« Sie wandte sich wieder an mich. »Ich frag Sie zum letzten Mal, Mann. Was wollen Sie hier?«

Alle anderen waren verstummt. Ich konnte mich nirgendwo verstecken. Selbst Gilmour, der sich schon zum Ausgang gewandt hatte, schien auf meine Antwort zu warten. Das Hemd klebte mir am Rücken. Ich räusperte mich. »Was ich hier will? Ich will einen Ausweg finden, ich will mich nicht mehr in einen Zustand hineinfressen, der weit über bloße krankhafte Fettsucht hinausgeht. Ich nehme an, ich will das Gleiche wie Sie alle hier.«

Man hätte eine Feder auf einen Berg Watte fallen hören können. Die Esssüchtigen tauschten Blicke miteinander aus. Gilmour sah Duncan an und schüttelte grinsend den Kopf. Jetzt war ich es, der Schmalz schwitzte.

»Gestatten Sie mir die Frage, wie viel Sie zur Zeit auf die Waage bringen?«, brachte schließlich eine hinter mir heraus. Der rosa Wal, die Frau vom Parkplatz. Ich sagte ihr die Wahrheit. Dass ich seit Monaten nicht mehr auf eine Waage gestiegen war. Schweiß trübte meinen Blick. »Und beim Arzt waren Sie wohl auch nicht?« Ich gab es zu.

»Wenn der über neunzig Kilo wiegt«, sagte Crinolyn, »geb ich einen aus. Bis zum Ende des Jahres.« Niemand lachte ungläubig. Jetzt war ich an der Reihe, mich zu fragen, was die eigentlich wollten. Jemand räusperte sich. Mein Mund war die trockenste Gegend des Planeten.

»Darf ich fragen, was bitte schön ein Speckjäger sein soll?«, platzte ich heraus, nur um das furchtbare Schweigen von seinem Leiden zu erlösen.

»Das ist ein Normalgewichtiger, der auf dicke Weiber scharf ist«, sagte Crinolyn. »Ein Fiesling. Einer, der das Unglück von Hilflosen ausnutzt. So was wie ein Kinderschänder.«

Wieder ein zischendes Atemgeräusch. Dann Boopsie: »Ist das nicht ein bisschen hart, Crinolyn?«

»Schnauze«, sagte Crinolyn. »Nein, ich finde das überhaupt nicht hart. Zum Beispiel Nicola, die ist auf ihre Weise genauso hilflos wie ein Kind.«

Die junge Frau mit den maisblonden Haaren wand sich stöhnend wie in Höllenqualen. Und erbrach sich sparsam in ihren Schoß. Graham und der ehemalige Popstar zückten synchron je ein Taschentuch. Von einem sechsten Sinn getrieben, tauchte Duncan wieder auf und zückte ebenfalls eins. Die Maisblonde – Nicola – heulte, als sie sich alle an ihr zu schaffen machten.

»Bist du jetzt mir dir zufrieden, Crinolyn?«, fragte Boopsie wütend.

»Komm mir bloß nicht so, du fettes schwarzes Miststück«, schnaubte Crinolyn. »Jetzt bin wohl wieder ich an allem schuld? Ich bin schließlich die Einzige hier, die den Mut hat, diesen Wichser zu fragen, was er hier zu suchen hat. Wenn du sauer sein willst, dann bitte auf ihn.« Duncan und Graham hielten Nicola an den Unterarmen fest, um sie daran zu hindern, sich ihr herrliches Haar büschelweise auszureißen. Ihr Geheul hätte man noch im Finsbury Park hören können.

Boopsie gab klein bei. Nicolas Sirene schien ein wenig leiser zu werden. Ihr Heulen wurde zum Wimmern und schließlich zum Schniefen. »Ich möchte Crinolyn darauf aufmerksam machen«, sagte Graham, und jede Silbe troff vor Anklage, »dass Fett und Fett nicht bei allen Menschen das Gleiche ist. Wir Anonymen Esssüchtigen sagen nicht, man müsse soundsoviel wiegen, um an dem Programm teilnehmen zu dürfen. Das Programm steht allen offen, die glauben, zu viel zu wiegen, egal wie viel sie wiegen.«

»Das wird die Speckjäger freuen«, zischte Crinolyn, aber doch so laut, dass alle es hören konnten.

»Während Nicola ihre Schwester anruft, dass sie ihr einen sauberen Rock bringen soll«, sagte Graham, über diese Bemerkung hinweggehend, »sollten wir uns zur Entkrampfung was zu trinken gönnen.«

»Ich trinke nicht mit Kinderschändern«, knurrte Crinolyn. »Und ich trinke auch nicht mit Speckjägern.« Ihr Kommentar hing wie ein übler Gestank in der Luft. Dann aber lächelte sie und zeigte noch mehr von ihren abscheulichen Zähnen. »Es sei denn, sie bezahlen.«

Wie, weiß der Himmel, aber sie hatte mich erkannt. »Sie haben Reklame für Marcel-Flynn-Hosen gemacht, stimmt's? Es gab Zeiten, da konnte ich die Glotze nicht anmachen, ohne dass Sie mir mit Ihrem Waschbrettbauch ins Gesicht gesprungen sind. Sie sind bestimmt kein armer Mann.«

»*Sie* waren das mit den Marcel-Flynn-Hosen?«, staunte Boopsie. »Toll. Paar Freundinnen von mir hatten Ihr Foto bei sich im Schlafzimmer hängen.« Wie sich herausstellte, war sie ebenfalls Model. Sie habe für die Firma BHS gemodelt, Sportkleidung für BBW. Ich hatte keine Ahnung, was BBW zu bedeuten hatte, wollte aber nicht dumm erscheinen. Der ehemalige Popstar kam mir zu Hilfe. »Big beautiful women«, sagte er und streckte mir seine Hand hin, die ganz unpassend lange schmale Finger hatte. »Jez E. Bell.«

Ich ging zur Theke, bestellte eine Runde und brachte die Getränke dorthin, wo die Esssüchtigen, die natürlich nicht an einen Tisch passten, ihre Stühle im Halbkreis aufgestellt hatten. Eigentlich ein recht lustiger Haufen. Hermione, der rosa

Wal, erwies sich als ehemalige Restaurantkritikerin, die sich auf Reisereportagen verlegt hatte. Da sie aufgrund ihrer Leibesfülle Züge und auch die meisten Flugzeuge nicht mehr benutzen konnte, schrieb sie jetzt nur noch über Kreuzfahrten. Ihr war klar, wenn sie nicht endlich etwas an ihrem Gewicht änderte, würde sie am Ende nur noch von den Tantiemen ihrer früheren Bücher leben können, da jüngere, maßlosere, schlankere Autoren sie verdrängen würden. Sie hatte in letzter Zeit tatsächlich etwas an ihrem Gewicht geändert, nämlich dreizehn Kilo zugenommen. »Wie es aussieht, komme ich alleine nicht damit zurecht«, sagte sie. Die anderen murmelten zustimmend.

Sie erzählte Jez, dass er in der ersten Staffel des berüchtigten Sängerwettbewerbs *Megastar*, wo er als einziger Nicht-Schlanker ins Halbfinale gekommen war, das Idol ihrer beiden Töchter gewesen sei. Hermiones Töchter waren zwar selber nicht fett, wurden aber in der Schule gehänselt, weil ihre Mutter so fett war; schon bei dem Gedanken kamen ihr die Tränen. Boopsie streichelte freundlich ihre Hand, aber das machte alles nur noch schlimmer.

»Ich wünschte, ich hätte für die beiden gewonnen«, sagte Jez, »für die beiden und für alle anderen dicken Kinder und die schlanken Kinder von dicken Eltern.«

»Niemals«, sagte Crinolyn, die bereits am Boden ihres Bierglases angekommen war. »Als ob uns die Dünnen jemals eine reelle Chance geben würden.«

»Es bringt uns nicht weiter, uns in die Opferrolle drängen zu lassen«, sagte Graham. So etwas musste einer wie er vermutlich sagen. »Ich glaube, die wären richtig froh gewesen, wenn Jez gewonnen hätte. Hätte gezeigt, wie großzügig und tolerant diese Leute sind. Die schlichte Tatsache sieht aber so aus, dass er nicht der beste Sänger war, bei weitem nicht.«

»Ach nein?«, sagte Jez, und das Blut strömte mächtig in sein rotes Mondgesicht. »Vielleicht erzählen Sie uns mal, wer denn besser war, jedenfalls Ihrer beschissenen Expertenmeinung nach.« Er versuchte aufzustehen. Leichter gesagt als getan.

Nun wurde auch Graham rot. »Der gewonnen hat … der sich dann als Schwuchtel herausgestellt hat. Und dieser andere, der Hübsche mit der Gaumenspalte. Und mindestens zwei von den Mädchen auch.«

»Quatsch«, fauchte Jez. Hätte sich einer von ihnen von seinem Stuhl erheben können, wären garantiert die Fäuste geflogen. »Ich war besser als die alle zusammen.«

»Können wir uns nicht ein einziges Mal treffen, ohne dass ihr zwei euch an die Gurgel geht?«, fuhr Crinolyn dazwischen. »Scheißmänner!« Sie reichte Graham ihr leeres Glas. »Noch mal dasselbe. Und ein paar Chips. Drei Tüten, bitte. Die sind heutzutage so klein.«

Graham watschelte gehorsam zur Theke. Der noch immer atemlose Jez wischte sich mit einer Serviette ab. Die arme Nicola erschien in einem frischen Rock und kam mit einer Miene panischer Angst zu unserer Gruppe zurück. »Schau, wie reizend du jetzt aussiehst«, jubelte Boopsie. Und die arme Nicola lief so dunkelrot an wie noch niemand zuvor an diesem Tag.

Ich versuchte Konversation zu machen. Ich fragte Graham, wo er arbeitete. Er arbeite nur einen Monat im Jahr, sagte er, als Kaufhausnikolaus. Das nächste Weihnachten sei aber wohl sein letztes, meinte er. »Das ist was für jüngere Männer. Irgendwann hat man die Nase voll davon, immer nur *Ho ho ho ho* zu den unverschämten Forderungen dieser gierigen Rotzlöffel zu sagen. Ich verspüre immer deutlicher den Wunsch, mich einfach auf diese kleinen Teufel draufzusetzen und dann zu erleben, wie ihre kleinen Schenkelknochen und alles unter mir zerknacken.«

Dieser Satz wischte das zaghafte Lächeln aus Nicolas Gesicht. Graham behauptete, das sei doch nur ein Scherz gewesen, aber das war natürlich gelogen. Und ein solcher Mensch stand zwischen mir und dem nahezu sicheren Tod durch Überfressen!

»Erzählen Sie uns ein wenig von sich«, forderte mich Graham plötzlich auf, und ich erstickte fast an meinem sprudelnden Mineralwasser. Boopsies kräftige Schläge zwischen meine Schulterblätter hatten nur den Effekt, dass mir der Rücken wehtat. Irgendwann hatten es alle satt, mir beim Husten zuzusehen. Das schloss ich aus dem Getrommel fetter Finger auf allen erreichbaren Tischen.

»Ich komme aus Amerika«, brachte ich schließlich heraus, »ursprünglich aus Los Angeles, Kalifornien, später San Francisco.« Ich überlegte, ob die Bemerkung angebracht wäre, dass nahezu alle Briten Los Angeles falsch aussprechen, denn es reimt sich nun mal nicht auf *ease*. Ich ließ den Gedanken ebenso rasch fallen wie die Idee, darauf hinzuweisen, dass »California« im korrekten Sprachgebrauch niemals ein Adjektiv sei, sondern immer ein Substantiv. (Das hier zuständige Adjektiv ist »Californian«.)

Das Getrommel wurde lauter.

»Ich liebe Kate Bush«, schoss es mir aus dem Mund. »Dass ich ihr näher sein wollte, ist einer der Gründe, warum ich in dieses Land gekommen bin.« Ihre fassungslosen Blicke machten mich noch gesprächiger. »Manches von ihren späteren Sachen finde ich unaussprechlich schön. In meinen dunkelsten Stunden, in den Stunden tiefster Verzweiflung gibt mir ihre Musik den Mut zum Leben zurück. Eine Welt, in der es Musik von solcher Schönheit gibt, kann nicht unerträglich sein. So sehe ich das jedenfalls.«

»Mannomann«, sagte Crinolyn und schüttelte hämisch den Kopf. Ich hätte sie auf der Stelle erwürgen können.

»Kate und ich haben eine ganz besondere Beziehung«, sagte ich.

»Ein Spinner«, flüsterte Jez Graham kichernd ins Ohr.

»Nein«, fuhr ich ihn an. »Ganz und gar kein Spinner. Ich sage nicht, dass sie mir heimliche Botschaften schickt. Ich sage auch nicht, dass ich durch die Plomben in meinen Backenzähnen Radiosendungen von ihr empfange. Nichts dergleichen. Ich sage nur, dass Kates Musik mit denen kommuniziert, die auf eine gehobene Weise dafür empfänglich sind. Ich kann das nicht beschreiben und möchte es auch nicht, weil ich Angst habe, die Erfahrung dadurch irgendwie herabzuwürdigen.«

Crinolyn stupste Boopsie an und spöttelte: »Wie gewählt der sich ausdrückt!« Und so war es schon immer gewesen. Je nervöser ich bin, desto geschraubter werden meine Sätze. Wie hatte ich dafür in der Schule gelitten!

»Höchst interessant«, stöhnte Graham, der offenbar das Thema wechseln wollte. »Sonst noch jemand, der unserer Kate so zugetan ist?«

»Für meinen Geschmack ist sie zu überkandidelt«, gestand Hermione, »zu selbstverliebt in ihre eigene Raffinesse und Kühnheit. Schwülstig bis zum Gehtnichtmehr. Ich begreife auch nicht, warum jemand mit einer so herrlichen Altstimme so oft wie eine Neunjährige singen muss, die gerade Helium inhaliert hat. Ich finde nicht, dass sie ihren Songs damit einen Gefallen tut.«

Das mit dem Helium brachte einige zum Kichern. Dass Hermione nicht auf meine Liste für Weihnachtsgrüße kommen würde, stand schon mal fest. Von Kates Alben nach *The Dreaming* hatte sie jedenfalls noch nie was gehört.

Ermutigt von der Reaktion ihres Publikums, lästerte sie weiter. »Sie hat eine Menge auf dem Kerbholz, immerhin war sie hier bei uns und auf dem Kontinent die Wegbereiterin für so extrem manierierte Typen wie Toyah und Lene Lovich und Nina Hagen, die wiederum diese ganze amerikanische Schule von kieksenden New-Wave-Puppen inspiriert haben. Von denen hab ich keine Einzige ertragen können, außer vielleicht Cyndi Lauper.«

»An die erinnere ich mich«, erklärte Graham triumphierend. »Die war fabelhaft, unsere Cyndi. Wenn Kate den Weg für Cyndi bereitet hat, braucht sie sich bei mir für nichts zu entschuldigen.«

Von den fünf Burschen, die während Hermiones Genörgel lärmend in die Kneipe gekommen waren, hatte einer einen kahl rasierten Kopf. Zwei der anderen hatten sich einzelne Haarbüschel zu Stacheln gedreht, wie sie von den jungen Sängern populär gemacht worden waren, die Jez aus dem Feld geschlagen hatten. Vier hatten Geheimratsecken. Einer, dessen Augen ungewöhnlich nah beieinander standen, hatte nur eine Augenbraue, die sich vom äußeren rechten bis zum äußeren linken Augenwinkel erstreckte. Sie redeten einander mit *Arsch* und *Wichser* an und grölten männlich über ihre eigenen Witze. Es waren Kerle von der Sorte, die ohne nachzudenken 50 Pfund für eine Kopie der Trikots der Fußballmannschaft bezahlten, deren Fan sie waren. Selbst dann, wenn auf dem Trikot schamlos für ein Handy geworben wurde, das sie sich gar nicht leisten konnten. Und auch dann, wenn die Mannschaft, deren Fan sie waren – nein, die Mannschaft, für die sie lebten und starben – aus bezahlten Söldnern bestand, die immer die Mädchen bekamen, die mit keinem dieser fünf auch nur ein Wort geredet hätten. Außer vielleicht, um ihm zu sagen, dass er sich verkrümeln solle. Bezahlte Söldner, die die Kinder der fünf wütend wegjagen würden, wenn sie, die Kinder, es irgendwie geschafft hätten, nah genug an ihre Limousinen heranzukommen, um sie um ein Autogramm zu bitten. Ich betete, dass sie uns nicht bemerkten.

Hermione war noch längst nicht fertig. »In sehr vielen Fällen«, sagte sie, »habe ich das Gefühl, als befinde sich zwischen Bush und ihren Hörern eine dicke Schicht Künstlichkeit. Marc Bolan singt in ›Spaceball Ricochet‹ davon, wie er nach Schriftstellern süchtig wird, die wie Freunde zu ihm sprechen. Kate spricht zu ihrem Hörer nicht nur nicht wie eine Freundin, sondern meistens spricht sie nicht einmal als Kate, sondern als eine Kunstfigur, die sie spielt! Man kann gut verstehen, warum John Peel sie nicht ernstnehmen kann.«

»Und manchmal hat sie's auch mit Reggae«, sagte Boopsie leise zu Crinolyn.

Aber Hermione war immer noch nicht fertig. »Und was für grauenhafte Texte sie schreibt, falls mein Gedächtnis mich nicht trügt – vage, oft solipsistisch, fast immer abstrus ...«

»Das reicht!«, schrie ich. Ich konnte einfach nicht mehr. »Um Gottes willen. Frau!« Und jetzt mussten die fünf uns natürlich bemerken. Sie grinsten sich boshaft an und kamen rüber, um uns aus der Nähe zu begaffen, während sie die neueste wässrige amerikanische Brühe soffen, die im Vereinigten Königreich gnadenlos vermarktet wurde.

»Wenn die Blonde 'nen Zentner abnehmen würde, hätte Holly Valance nichts zu lachen, oder was meint ihr?«, überlegte der Kahlrasierte. Er benahm sich, als hielte er uns für Affen, beziehungsweise für taub.

»Einen Zentner? Du Arsch. Mindestens anderthalb«, erklärte einer der Stachelhaarigen. »Und seit wann ist Holly Valance ein Maßstab, wenn es um Schönheit geht? Wenn sie und die Appletons von zwei verschiedenen Seiten in eine Kneipe kommen, kriegt kein Mensch mit, dass die bescheuerte Holly Valance auch reingekommen ist.«

»Kommt drauf an, welche Appletons du meinst«, sagte der mit der Augenbraue. Typen wie er, auf die zu Hause eine fleckige, aufgedunsene, zerzauste Frau wartet – natürlich nicht allzu gespannt, wenn in der Glotze grade eine Soap am Laufen ist –, nahmen den Mund immer sehr voll, wenn es um die Attraktivität weiblicher Prominenter ging; das hatten sie auch schon zwanzig Jahre früher getan, wenn sie zähneknirschend zusehen mussten, wie die Jungen, die dann später bezahlte Fußballsöldner wurden, die begehrtesten Mädchen der Schule abschleppten.

Wie zu erwarten war, zitterte Nicola vor Scham wie Espenlaub, und das bemerkte vor allem der eine, der weder kahl noch stachelhaarig noch einbrauig war, der eigentliche Knaller der fünf. »Seht euch an, wie die schwabbelt«, schwärmte er. »Weltklasse, wie die schwabbeln kann.«

Boopsie ergriff das Wort, allerdings auf eine Art, mit der

sie nur scheitern konnte, denn offenbar setzte sie voraus, dass bei den fünf wenigstens noch Spuren von Mitleid vorhanden waren. »Ihr hattet euren Spaß. Wie wär's, wenn ihr uns jetzt wieder in Ruhe lasst?«

»Wer sollte uns dazu zwingen?«, fragte der Größere der beiden Stachelhaarigen, was ihm die Bewunderung des Kahlen einbrachte. »Du? Deine zwei fetten Freunde?« Er sah von Jez, der den Blick auf seine Füße senkte, zu Graham hinüber, der achselzuckend brummte: »Ich bin herzkrank.«

Ich hatte gewusst, dass es so kommen würde. »Wie wär's denn dann mit dem Normalen da?« Ich konnte nicht so tun, als wüsste ich nicht, dass ich damit gemeint war. »Was ist mit dir, Mann? Willst du deine ekelhaften Freunde verteidigen? Wenn du ja sagst, wart ich auf dem Parkplatz auf dich.«

Man kommt nie vom Spielplatz runter. Egal wie alt man wird, es ist immer dasselbe.

Crinolyn stieß auf den Grund ihres zweiten Glases, fuhr sich mit dem Handrücken über den Mund, rülpste, rülpste noch einmal und wandte sich an meinen Widersacher. »Ich würde sagen, ihr fünf verpisst euch lieber, bevor ich euch die Schädel zusammenschlage, bis man euch nur noch an eurem Zahnstand identifizieren kann.«

»Das würd ich gern mal sehen«, erklärte mein Widersacher trotzig und sehr schlecht beraten.

Der Einbrauige und der Kahle kamen zu der Erkenntnis, dass sie moralisch den Kürzeren gezogen hatten, auch wenn sie das natürlich nicht so formuliert hätten, und schauten verlegen aus der Wäsche. Nicola schluchzte. »Also«, forderte mein Widersacher Crinolyn heraus, »ich warte.«

»Mann«, sagte der Rasierte kopfschüttelnd und nahm verlegen eine Hand vor die Augen. »Lass es gut sein, Simon.«

»He, du blöder Wichser«, zischte der Größere der beiden Stachelhaarigen, »das ist doch eine Frau.«

Endlich schien auch mein Widersacher verlegen. Wütend wandte er sich wieder zu mir herum. »Aber der da ist keine

Frau, richtig?« schrie er, offenbar kurz davor, zu einem Schlag auszuholen. »Eine Drecksau vielleicht, aber keine Frau.« Ich stellte mich einfach taub und hasste mich dafür. Dabei war ich schon nicht gerade vor Selbstbewusstsein strotzend zu dem Treffen gekommen.

»Gehen wir«, sagte der größere Stachelhaarige und fasste meinen Widersacher am Ellbogen. »Sollen die sich weiter voll stopfen, bis sie platzen.«

»Ich zähle bis zehn, und wenn ihr bis dahin nicht verschwunden seid«, sagte Crinolyn, »mach ich euch zu Hackfleisch.«

Mein Widersacher formulierte verzweifelt an einem Satz herum, der ihm einen würdigen Abgang verschaffen könnte. Er machte ein Gesicht wie einer, der nach drei Tagen ohne Obst und zu wenig Wasser endlich wieder Stuhlgang haben will. Was dann am Ende kam, hatte er eben schon einmal gesagt: »Das würd ich gern mal sehen.«

Crinolyn stemmte sich hoch, ein Prozess, der eine Weile zu dauern drohte. Seine Kumpane führten meinen Widersacher weg, ehe er sie noch mehr in Verlegenheit bringen konnte. Ich war natürlich erleichtert, schämte mich aber ungeheuer über mich selbst, dass ich den Schwanz eingekniffen hatte, während Crinolyn die Drecksarbeit machte.

Endlich konnten wir richtig anfangen. Es war nicht ganz das, was ich mir erhofft hatte. Wir standen der Reihe nach auf und stellten uns vor. Die anderen mussten zum Beispiel »Hallo, Graham« sagen, als ob wir nicht schon gemeinsam was getrunken und streitsüchtige Rabauken in die Flucht geschlagen hätten, was ich ziemlich putzig fand. Graham verbrachte die meiste Zeit damit, uns unverfroren von neuen Rezepten zu erzählen, die er in den letzten Tagen entdeckt hatte, ohne je darauf hinzuweisen, was der Verzehr der von ihm so liebevoll geschilderten Köstlichkeiten für Auswirkungen haben könnte. Nicola sah aus, als werde sie gefoltert, und in gewisser Weise war dem ja auch so. Boopsie erklärte, sie müsse so dick bleiben, um weiter als Model für BHS arbeiten zu können. Die anderen fanden das unausstehlich. Ich hätte sie gern gefragt, ob BHS sie rausschmeißen würde, wenn sie plötzlich schlank wie ein Supermodel wäre, behielt die Frage aber lieber für mich. Crinolyn sprach von ihrem Gewicht nur im Zusammenhang damit, wie schwer es ihr falle, ihre drei aufsässigen Kinder im Zaum zu halten.

Als ich herausfand, dass niemand gegen seinen Willen etwas zu sagen brauchte, sagte ich gar nichts mehr. Bevor wir uns vertagten, musste ich mir von allen anderen die Telefonnummern aufschreiben und ihnen meine geben. Gegenseitige Unterstützung, erklärte Graham, sei am allerwichtigsten. Wir könnten einander jederzeit anrufen, wenn uns die Fresssucht zu überwältigen drohe. »Aber wer mich stört, wenn grade *EastEnders* im Fernsehen läuft oder ich Krach mit meinen Kindern habe«, sagte Crinolyn, »der kann was erleben.«

## *Meine unendliche, vertraute Schande*

Wieder zu Hause, war ich so begeistert von der Vorstellung, Nicola werde massenhaft abnehmen und schließlich meine Freundin, dass ich nichts essen konnte. Ich zögerte den Anruf hinaus. Ich fühlte mich wieder wie fünfzehn. Als ich schließlich doch ihre Nummer wählte, meldete sich eine Stimme, die zweifellos nicht die ihre war. Dennoch entfuhr es mir nervös: »Nicola?«

»Nein, ihre Mutter. Ist es nicht ein bisschen spät für einen Anruf?« Mir fiel ein, dass Nicolas Mutter wahrscheinlich nicht viel älter war als ich und dass ich wohl besser auflegen sollte. Ich war aber so geknickt, dass ich kein Wort herausbrachte. »Soll ich nachsehen, ob sie noch wach ist?«, half mir ihre Mutter weiter, plötzlich milder gestimmt. Ich sagte nicht nein. Und dann hatte ich eine verschlafen klingende Nicola am Apparat und fragte mich, wie es möglich ist, jemanden am Telefon erröten zu hören. Wie lärmend ihr das Blut ins Gesicht schoss!

Sie hatte keine Ahnung, wer ich war. »Sie wissen doch«, beharrte ich, »vorhin bei den Esssüchtigen.«

»Ach«, meinte sie unsicher, »der Schlanke, der aussieht wie dieser Filmstar?« Ich wäre nie auf die Idee gekommen, dass sie zu so grausamen Hänseleien fähig war, aber meine Begeisterung darüber, dass sie sich nun doch an mich erinnerte, schlug alles andere. »Der, den Crinolyn in die Mangel genommen hat?«

Ich lud sie zum Abendessen ein. Sie stöhnte buchstäblich vor Verlegenheit. Mir schien fast, ich hätte die Oberhand gewonnen – ein zweifelhaftes Vergnügen, wie ich bald erkannte. In meinem Leben war es immer so gewesen, dass ich Frauen (oder Männer!), wenn ich ihnen überlegen war, nur noch verachten konnte und entsprechend grausam behandelt hatte.

Hatte nicht jeder, der mich die Oberhand behalten ließ, von vornherein verdient, aufs Schlimmste misshandelt zu werden?

»Ich esse nie zu Abend«, brachte sie schließlich heraus.

»Dann trinken wir eben nur und unterhalten uns«, sagte ich bestimmt. Ich kam mir vor wie ein Schauspieler. Sie war zu verlegen, mir zu widersprechen.

Ich bot Gilmour und Duncan Geld an, wenn sie mich zur ihr rüberfahren würden, damit ich sie abholen konnte. Gilmour war aber schon mit Freunden verabredet, sie wollten sich eine Stripshow ansehen. Und Duncan behauptete, sein Lieferwagen sei in der Werkstatt. Ich nahm an, die Karre habe beim Transport meiner Person Schaden genommen, und verzehrte mich in Schuldgefühlen. Gilmour fragte, warum ich nicht wie jeder andere ein Scheißtaxi nehmen könne. Ich gewann den Eindruck, er werde seine geistige Trägheit wohl niemals loswerden. Da kommt man nicht leicht drüber weg.

Ich rief die Taxizentrale an und sagte, sie sollten mir den größten Wagen schicken, den sie hätten. Keinc Ahnung, wie ich da reingekommen bin, aber irgendwie habe ich es geschafft. Vermutlich müssen die Fahrer nicht nur über Fachwissen verfügen, sondern auch ein Sensibilitätstraining absolvieren. Der Mann hatte bei meinem Anblick nicht mal mit der Wimper gezuckt und keinerlei Andeutungen gemacht, wie ich mich auf der Rückbank zu platzieren habe, damit das Fahrzeug nicht kenterte.

Nicola wohnte in Coldblow, in einer von Bäumen und Citroëns gesäumten Straße. Ich fragte mich, ob vielleicht einer ihrer Nachbarn ein Händler war, der jedem in der Nachbarschaft einen unwiderstehlichen Rabatt anbot. Das heißt, ehrlich gesagt standen da auch ein paar Fiats rum.

Ein winziger, normal proportionierter, penibel gekleideter Mann, dessen weiter, in Zopfmuster gestrickter blauer Pullover exakt von derselben Farbe war wie seine Socken, öffnete mir. Er hatte schreckliche Zähne und den leicht unsicheren

Blick eines Menschen, der eine kahle Stelle auf seinem Schädel zu verheimlichen sucht, indem er sich die Haare auf einer Seite lang wachsen lässt und dann sorgfältig auf die andere Seite kämmt. »Ich hab Sie mir ganz anders vorgestellt«, sagte er verwundert. Nervös kichernd hielt er mir seine Hand hin und fragte mich flüsternd, ob ich eine Kippe für ihn hätte. Bevor ich antworten konnte, ertönte eine mächtige Stimme hinter ihm: »Würdest du so höflich sein und ihn reinbitten, Cyril, oder willst du ihn da draußen erfrieren lassen?« Dabei war es noch gar nicht so kalt.

Sein Blick fragte flehend: *Mit so was müssen wir Männer uns halt abfinden, stimmt's?* Ich folgte ihm ins Wohnzimmer, wo ein Fleischberg von der Farbe entrahmter Milch auf mehreren Kissen lag und erstaunlicherweise damit beschäftigt war, sich Kates *Never For Ever* anzuhören. Das waren Kate-Fans! Ich fühlte mich wie jemand, der sich von kleinen Kindern Bonbons schenken lässt. Womit ich aber nicht leugnen will, dass ich es beim besten Willen schon lange nicht mehr schaffte, Kates Alben aus der Zeit vor *Hounds of Love* noch richtig zu genießen. Der Fleischberg, breiter als das breiteste Sofa der Christenheit, nippte an einem Sektglas und schien mich auf der Stelle nicht zu mögen, hielt mir aber dennoch die Hand hin und gab sich als Nicolas Mutter zu erkennen. Ihre Zähne, von einem strahlenden Weiß, wie niemand über fünfunddreißig es ohne Zuhilfenahme kostspieliger Bleichmittel zu erzielen vermag, waren auffällig klein. Nicola hatte ihre wunderbare Haut geerbt.

Sie stellte die Musik mit der Fernbedienung aus und seufzte. »Alle paar Jahre versuchen wir's mal wieder«, sagte sie und meinte offenbar die CD. »Ihr restliches Werk ist von einer so außerordentlichen Qualität – *Under the Pink* ist für mich das größte Album der letzten fünfunddreißig Jahre –, dass wir befürchten, der Fehler könnte bei uns liegen. Aber immer wenn wir es versuchen, kommt dabei dasselbe raus.« Da ich als Amerikaner mit Ironie nichts am Hut hatte, konnte ich nicht erkennen, ob sie mich verarschen wollte oder nicht. *Under the Pink* ist jedenfalls von der unsäglichen Amos.

»Nicola wird gleich da sein«, gähnte meine Gastgeberin, die immer noch geflissentlich weder ihren Namen nannte noch mich nach dem meinen fragte. »Eigentlich war sie schon vor einer Viertelstunde fertig, aber ich hab ihr gesagt: Es geht einfach nicht, dass man einen Herrenbesuch nicht wenigstens ein Weilchen warten lässt. Nicht dass die Arme ständig Verabredungen hätte.«

»Wenn es recht ist«, sagte Cyril, »geh ich jetzt und lass euch zwei ...«

»Es ist mir ganz entschieden *nicht* recht«, unterbrach ihn der Fleischberg ärgerlich. »Ausnahmsweise einmal – denn vergessen wir nicht, dass deine zweite Chance sich erst in Jahren ergeben könnte – wirst du so freundlich sein und dich nicht gleich verdrücken, um heimlich eine zu rauchen, während ich hier mit einem vollkommen fremden Menschen Konversation machen soll.«

Cyril senkte den Blick seufzend auf seine Pantoffeln.

»Nun?«, fragte Nicolas Mutter. »Fällt dir vielleicht irgendetwas ein, über das du mit ihm reden könntest? Was ist mit Sport? Das ist doch ein klassisches Männerthema. Frag ihn, ob er ein Fan von irgendeiner Mannschaft in der ersten Liga ist. Frag ihn, was er von David Beckham hält. Jeder englische Mann weiß ganz genau, was er von David Beckham hält.«

Er sah mich furchtsam an. Ich beneidete David Beckham um sein gutes Aussehen und seine außerordentlich profitablen Fähigkeiten, hatte sonst aber keine Meinung. »Mein Vater war Chelsea-Fan«, brachte Cyril schließlich heraus. »Und sein Vater auch, glaub ich.« Der Fleischberg schnaubte wütend.

Cyril wechselte das Thema. »Nicolas Zimmer ist hier unten, wie das ihrer Mutter. Die Treppe ist den beiden zu anstrengend geworden, und selbst wenn sie die Kraft gehabt hätten, sie hätten gar nicht mehr da reingepasst. Seit zwei Jahren bin ich der Einzige, der noch oben schläft.«

»Sehr nett, dass du ihm das erzählst«, schäumte der Fleischberg. »Genau so etwas muss man dem ersten Herrenbesuch erzählen, den die Stieftochter seit weiß Gott wie lange bekommt!« Die beiden erinnerten mich mit ihrer gegenseitigen nackten Verachtung und der zementierten Hierarchie an meine eigenen Eltern.

Nicola schob sich, grell errötend, seitwärts ins Zimmer. Sie strahlte. Alles an ihr glühte, ihre Haare, ihre schöne Haut. Und sie duftete so prächtig wie sie aussah.

»Nicola hat diese Woche sechs Pfund zugenommen«, teilte mir der Fleischberg vorwurfsvoll mit. »Jemand wie Sie findet das wohl sehr erregend.«

Ich wusste nicht, was sie meinte. Und konnte mich vermutlich als Glückspilz betrachten, dass ich es nicht wusste. Nicola schien vor Demütigung in Ohnmacht sinken zu wollen. »Sie sehen großartig aus«, sagte ich. Jetzt musste sie sich buchstäblich hinsetzen, da ihr jeder Tropfen Blut ins Gesicht schoss.

»Oh, Leute wie Sie kenne ich«, fuhr mich der Fleischberg an. »So was kenne ich nur zu gut. Sie und Cyril, ihr seid vom gleichen Schlag.«

»Du hattest Größe 16, als ich dir meinen Heiratsantrag gemacht habe!«, explodierte Cyril. »Stinknormale Größe 16! Als wir uns kennen gelernt haben, hast du deine Kleider in ganz normalen Läden von der Stange gekauft! Ich bin kein Speckjäger, und ich will kein Wort mehr davon hören!«

Wie vertraut mir das alles war. Der Fleischberg sagte tatsächlich kein Wort mehr, sondern starrte einfach nur noch stumm durch Cyril hindurch, dessen Wut sich so schnell legte, wie sie gekommen war, und von Beschämung verdrängt wurde. »Tut mir leid, Darling«, murmelte er.

»Es tut dir Leid«, äffte ihn der Fleischberg höhnisch nach. »Du bringst deine Stieftochter in eine peinliche Situation, genau in dem Augenblick, wo sie die außerordentlich seltene Gelegenheit hat, mit einem Mann auszugehen, und dann kommst du mit so was?«

»Es tut mir *sehr* leid.« Er sah Nicola an, die sehnlich zu wünschen schien, dass sich ein großes Loch im Wohnzimmerboden auftun und sie verschlingen würde.

Der Fleischberg schüttelte ungläubig den Kopf. »Was bist du nur für ein widerlicher Giftzwerg!«

»Ich hab gesagt, es tut mir leid!« schrie Cyril wütend. Oh, das war wieder *genau* wie in meiner Kindheit – die Ausbrüche, die abscheulichen gegenseitigen Vorwürfe, das ganze groteske Hin und Her. Und jetzt, auch dies exakt nach Schema F, hatte Cyril noch größere Schuldgefühle als in der ersten Runde und brach in Tränen aus. »Nic, ich kann dir gar nicht sagen, wie sehr ich mich schäme. Ich weiß, das ist ein ganz besonderer Augenblick für dich, und ich hab alles kaputtgemacht.«

Ich konnte es nicht ertragen, jemanden so leiden zu sehen wie ihn jetzt (auch Nicola litt, das war ja klar, aber in ihrem Fall wusste ich nicht, was ich tun sollte). »Aber nein«, sagte ich, lahm so etwas wie Munterkeit imitierend, und griff nach Nicolas Hand. »Es war mir ein Vergnügen, Sie beide kennen zu lernen. Nicola und ich werden uns bestimmt prächtig amüsieren.«

»Glauben Sie wirklich, dass Nicola nach diesem widerwärtigen Auftritt ihres Stiefvaters noch eine Chance hat, den Abend unbeschwert zu genießen? Das kann doch nicht Ihr Ernst sein.«

Wir gingen. Wären wir noch eine Sekunde länger geblieben, hätte ich die Tränen nicht mehr zurückhalten können. Cyril folgte uns. Ich dachte, er wollte sich für seine Frau entschuldigen, aber er wiederholte nur seine Frage von vorhin, ob ich eine Kippe für ihn habe. Ich brachte Nicola mit der Bemerkung zum Lachen, Cyril glaube offenbar, ich hätte mir das Rauchen angewöhnt, während er und ihre Mum dieses abscheuliche Hickhack aufgeführt hatten. Als wir ans Taxi traten, starrte uns der Fahrer entsetzt an. »Soll das ein Witz sein?«, sagte er. »Sie brauchen kein Taxi, sondern einen Lastwagen.«

Wir beschlossen, auf die Großstadtlichter von Dartford zu verzichten und im Ort zu bleiben. Am Ende der Straße gab es eine Kneipe, die The Goose & Syringe hieß. Stunden später kamen wir an, Nicola glänzend vor Schweiß und außer Atem von der Anstrengung.

Zu essen gab es auch dort etwas. Spezialität des Hauses – wie ich aus dem Namen geschlossen hätte, wäre ich nicht so sehr mit der Frage beschäftigt gewesen, was ich tun sollte, wenn Nicola unterwegs zusammenbräche – war *foie gras*, doch es gab auch thailändische Gerichte. Nach meiner Erkenntnis musste ungefähr im Frühjahr 2000, von der Öffentlichkeit unbemerkt, eine Verordnung in Kraft getreten sein, die fünfzig Prozent aller Londoner Kneipen dazu verpflichtete, thailändisches Essen anzubieten. Oder vielleicht hatten die Medien davon gewusst, es jedoch verschwiegen, weil sie irgendwie davon profitierten. Ich nehme an, alle profitierten davon, nämlich insofern, als selbst das schlechteste *Pad thai* immer noch schmackhafter ist als, nur zum Beispiel, das fabelhafteste schottische Ei, hart gekocht und mit paniertem Wurstbrät umhüllt.

Ich bestellte Nicola ein stilles Wasser mit Limonenscheibe und Eis und mir eins mit Kohlensäure und Zitrone, dazu zwei Körbchen mit thailändischen Krabbenchips. Ich erfuhr, dass sie im Alter von vier Monaten einen Baby-Schönheitswettbewerb gewonnen hatte. Als Dreijährige hatte sie im Fernsehen Reklame für Cadbury's und Michelin gemacht. In der Schule war sie beliebt und so etwas wie ein Tenniswunderkind gewesen. Sie kam früh in die Pubertät, mit elfeinhalb, und die Jungen liefen ihr nach, was ihre Freundinnen, die alle noch ein oder zwei Jahre auf eigene Brüste warten mussten, zum Anlass nahmen, sich scharenweise von ihr abzuwenden.

Ihre Mutter, der Fleischberg, trennte sich von Nicolas biologischem Vater, weil er sie nicht mehr attraktiv fand, als ihr Gewicht über das Maß hinaus anstieg, das eine normale Badezimmerwaage noch anzeigen kann, und tat sich mit einem Schauspieler zusammen, der sich jedoch, wie bald herauskam, mehr für Nicola interessierte. Der Fleischberg gab Nicola die Schuld, und diese, nicht nur von ihren Freundinnen, sondern auch von ihren Eltern im Stich gelassen, tröstete sich mit Häagen-Dazs. Sie wusste, dass der exotische Name dieser Eisfirma frei erfunden war und dass das Unternehmen in Wirklichkeit auf die Idee eines Zigarre rauchenden Brooklyners mit behaarten Knöcheln und dunklen Schweißflecken unter den Armen zurückging, aber sie empfand den Geschmack dieser Eiscreme trotzdem als Trost. Bald kam sie der Körperfülle ihrer Mutter nahe. Die Jungen verloren das Interesse, doch die ehemaligen Freundinnen, jetzt selbst mit Jungs beschäftigt, kehrten nicht zu ihr zurück.

Sie wurde noch dicker. Ihre Einnahmen aus einer Shampoo-Werbung, bei der clevere Regisseure und Cutter für den Eindruck sorgten, ihr prachtvolles maisblondes Haar – immer nur von hinten zu sehen – gehöre einem Mädchen mit dem Körper eines Supermodels, erlaubten ihr vorübergehend, eine eigene Wohnung zu unterhalten. Dann aber war sie so dick, dass sie nicht mehr selbst Auto fahren konnte und auch in die meisten Taxis nicht mehr passte. Also zog sie wieder bei ihrer Mutter und dem bedauernswerten Cyril ein. Seitdem hatte sie einen halben Zentner abgenommen, wog aber immer noch über drei.

Während sie mir diese Litanei des Schreckens herbetete, gelang es ihr für insgesamt etwa anderthalb Sekunden, mir in die Augen zu sehen. Eine Zeitlang hatte sie an Selbstmord gedacht, doch als sie zufällig einmal eine Folge von *Trina* sah, der prüden britischen Antwort auf Jerry Springer, wo ungeheuer dicke Frauen und ihre normalgewichtigen Bewunderer auftraten, schöpfte sie Hoffnung. Hierbei sah sie mir für zwei weitere hundert Millisekunden in die Augen. Ich hatte gehofft, sie würde mich fragen, wie ich selbst zu so einem Elefanten geworden war, aber dazu war sie entweder zu schüchtern, oder es interessierte sie nicht.

Ich musste mal pinkeln. Die Vorstellung, allein gelassen zu werden, machte sie offenbar nicht glücklich. Ich versicherte ihr, ich sei gleich wieder da, und betete, dass die Herrentoilette keinen zu schmalen Eingang habe.

Und ich war auch tatsächlich gleich wieder da, nur hatten sich in dieser kurzen Zeit zwei üble Gestalten mit Stachelfrisuren links und rechts neben sie gesetzt. Ich baute darauf, dass sie sich nicht über sie lustig machten. Nicolas Miene ließ darauf schließen, dass sie das nicht taten. Im Gegenteil, sie schien sich mit den beiden wohler zu fühlen als mit mir. Ich trat an die Theke und bestellte noch ein Wasser mit Kohlensäure, obwohl ich mein Glas auf unserem Tisch gerade erst halb ausgetrunken hatte. Ich ging aufs Klo zurück und vergewisserte mich, dass mir keine unansehnlichen Reste zerkauter Krabbenchips zwischen den Zähnen klebten. Jemand kam zum Pinkeln rein und sah mich seltsam an, aber sein Blick galt wohl eher meiner Körperfülle als den Chipskrümeln in meinem Mund. Ich knöpfte meine Hose auf und stopfte mir das Hemd wieder rein. Dann betete ich, dass die üblen Gestalten verschwunden wären.

Nichts da. Jetzt warf Nicola sogar lachend den Kopf nach hinten. Einer von ihnen hatte seine Hand auf ihrem Schenkel. Sie hörte auf zu lachen und tätschelte nun ihrerseits seinen Schenkel. Ich kam mir wieder vor wie in der Schule.

Ich wartete, dass sie mich bemerkte. Ich wartete lange. Ich wollte, dass es so aussah, als käme ich gerade eben vom Klo zurück. Mir gelang ein Lächeln. *Oh, du hast neue Freunde gefunden, Darling? Wie schön für dich.*

Ein kompletter Song von Stevie Wonder war schon durchgelaufen, und dann auch noch die ersten sechzehn Takte eines der weniger bekannten Duette von Marvin Gaye mit Tami Terrell, bevor Nicola endlich in meine Richtung sah. Ich hatte erwartet, sie werde wie auch sonst beim geringsten Anlass vor Verlegenheit puterrot. Aber überhaupt nicht. Sie lächelte nur und wandte sich wieder dem Kerl zu, der seine Hand auf ihrem Schenkel hatte. Jetzt war er an der Reihe, lachend den Kopf nach hinten zu werfen. Sie schien ja ein richtiger Spaßvogel zu sein.

*Also gut, Mann.* In Gedanken stapfte ich zu ihnen rüber und knurrte ihn an: *Verzieht euch. Wie bitte? Wer ich bin? Ich bin hier mit Nicola. Und was ich da jetzt machen will? Gut, dass du fragst. Ich sag euch, was ich machen werde. Ich schlage euch mit den Köpfen zusammen, bis man euch nur noch an eurem Zahnstand identifizieren kann.*

*Moment mal, Mann. Du hast hier deine Geldbörse liegen lassen. Was meinst du, soll ich diese vier 20-Pfund-Scheine rausnehmen? Das macht dir das Ding etwas leichter. Auf einer dicken Geldbörse zu sitzen, das kann chiropraktische Probleme verursachen. Wie war das? Was willst du? Du willst ein paar von deinen Kumpels anrufen, die draußen auf mich warten sollen? Nur zu, tu das, Mann.*

Aus meinem Tagtraum riss mich die Erkenntnis, dass der, der seine Hand nicht auf Nicolas Schenkel hatte, sich auf mich zu bewegte. *Deine Braut, Chef? Tschuldige bitte. Konnten wir ja nicht wissen. Wir hauen gleich ab.*

Nichts da. Tatsächlich sagte er nur drei Worte: *Hau* und *bloß* und *ab*. Und zu meiner unendlichen, vertrauten Schande tat ich genau das.

## *Seltsames Verhalten für eine Jungvegetarierin*

Irgendwas schien mit meiner DNA nicht zu stimmen. Männliche Säuglinge sind doch angeblich aggressiv, aber ich gehe jede Wette ein, dass ich sogar schon als Säugling kreativ, spaßig und sanft war: die geborene Witzfigur.

Oder vielleicht gab es nie ein anderes Leitbild für mich als klein beizugeben Wenn niemand in meiner Umgebung jemals etwas zu seiner Verteidigung tat – woher sollte ich dann wissen, wie man das macht? Mein Vater ließ sich wohlgemut jede Beschimpfung gefallen, die meine Mutter mit kaum zu fassender Freigebigkeit austeilte. Sie war ihm gegenüber nicht bloß aggressiv gehässig, sondern besitzergreifend gehässig, eine Panzerdivision der Verachtung, ein endloser Wolkenbruch der Häme. Circa neunundneunzig Prozent der Zeit ließ er das wortlos und kleinlaut über sich ergehen. Doch alle paar Wochen geschah es, dass er für ein, zwei Sekunden vor Wut überschäumte, dann aber gleich so sehr, dass meine Mutter wie Spinat über kochendem Wasser zusammenschrumpelte.

Und die Welt außerhalb unserer vier Wände ängstigte sie zu Tode. Meine zweitfrüheste Erinnerung an sie stammt aus meinem dritten Lebensjahr: Da gingen wir draußen am Fenster eines Nachbarn vorbei, und sie herrschte mich an, ich sollte still sein: Die Vorstellung, dass uns jemand bemerken könnte, versetzte sie in Panik.

Zu Hause hatte ich jedenfalls gelernt, dass man angesichts einer Provokation kleinlaut dreinschaute oder sich verpisste, und dieses erworbene Verhalten nahm ich dann auch zur Schule mit, wo es von Jungen wimmelte, die als Säugling aggressiv gewesen waren und deren erworbenes Verhalten angesichts einer Provokation darin bestand, dem Provokateur eins vor den Latz zu knallen. Und so ergab es sich ganz natürlich, dass ich bald als einer bekannt war, der stets klein beigab.

Im Alter von fünf bis sieben Jahren war ich schätzungsweise viermal die Woche in eine Prügelei verwickelt, und ich verlor jede einzelne davon. Das war offenbar meine Bestimmung. Einmal geriet ich auf dem Schulhof mit einem Nachbarsjungen in Streit über Kakao. Ich war der Meinung, Kakao sei normale Milch, eben bloß mit Schokoladengeschmack versetzt, während er der Ansicht war, dass Kakao von braunen Kühen stammte – und dass er mir, weil ich das anders sah, die Nase blutig schlagen dürfe. Ich war mir ziemlich sicher, dass ich Recht hatte, und seine Dummheit machte mich immerhin so wütend, dass ich deutlich mehr Gegenwehr leistete als üblich. (Ich konnte Idioten schon als Siebenjähriger nicht ertragen, und heute, da ich über fünfzig bin, ist das immer noch so, auch wenn ich in der Zwischenzeit bemerkt habe, dass einer, der sich damit brüstet, Idioten nicht ertragen zu können, in der Regel der größte Idiot von allen ist.) Ich verpasste ihm einen kräftigen Schlag auf die Brust. Er bekam keine Luft mehr. Panik trat in seine kleinen Schweineaugen. Ich hätte ihn im Handumdrehen fertig machen können. Aber war ich nicht zum Verlierer bestimmt? Ich ließ ihn zu Atem kommen. Ich ließ meine Hände sinken. Er schlug mich auf die Nase. Die natürliche Ordnung der Dinge war gewahrt und ich ging weinend nach Hause. Nie wieder bin ich einem Sieg so nahe gekommen, hauptsächlich wohl, weil ich es nie mehr versucht habe. Jemand wollte mich zur Schnecke machen? Aber gerne!

Im Jahr darauf zogen wir aus dem San Fernando Valley in eine Gegend, die später unter dem Namen LAX bekannt wurde: Los Angeles International Airport. Wir Jungen hatten ein Spiel, in dem man einen Ball, der mit einem Seil an einer hohen, senkrecht stehenden Eisenstange befestigt war, mit einem Schläger treffen musste, so dass sich das Seil um die Stange wickelte; der Gegner versuchte dasselbe, und nur wer am härtesten zuschlug, gewann das Spiel. Baseball, Basketball und Football hatte ich immer geliebt, aber dieses Spiel hasste ich, denn darin war ich sogar noch schlechter als in Basketball. Als ich eines Tages trotzdem einmal kurz davor war, ein Spiel zu gewinnen, ertönte plötzlich die Klingel zum Ende der Pause, und einer meiner Klassenkameraden, Kirk oder wie er hieß, schnappte den Ball und quäkte: »Ende!« Ich schrie ihn an. Angst flackerte in seinen Krötenaugen auf, aber nur ganz kurz, denn dann fiel ihm ein, ich war ja der Junge, der immer den Schwanz einkniff, und er blaffte noch lauter zurück. Ich trollte mich, wortlos. Und kleinlaut, und ein paar Mädchen buhten mich aus, weil ich es nicht einmal wagte, dem schmächtigsten Jungen der Klasse die Stirn zu bieten. Wie meine Mutter sah ich in jedem, der sich nicht unterkriegen ließ, einen, dem ich besser nachgeben sollte.

Wie ich mich selbst an diesem Tag verabscheute! Und es wurde immer schlimmer, je mehr sich meine Feigheit herumsprach. Schlägertypen witterten mich über den ganzen Schulhof hinweg. In meiner erbärmlichen Dummheit hielt ich es für ratsamer, einer Schlägerei aus dem Weg zu gehen als mich dem Risiko auszusetzen, vor Mädchen in Tränen auszubrechen. Dass ich auch einmal selbst einem Gegner auf die Nase hauen könnte, bevor er mich traf, kam mir nie in den Sinn. Je mehr ich mich schikanieren ließ, desto mehr wurde ich schikaniert und desto mehr hasste ich mich selbst. Heute weiß ich, dass selbst wirkungslose Selbstverteidigung immer noch unendlich viel besser gewesen wäre als überhaupt keine Verteidigung und mir eine Menge Probleme erspart hätte.

Ein paar Wochen nachdem ich auf die Highschool gekommen war und gut ein Jahr vor einem genetisch unerklärlichen Wachstumsschub (niemand in meiner Familie war größer als einssiebzig) war ich für jedermann als Beute erkennbar. Am zweiten Schultag fiel ich im Sportunterricht einem Jungen auf, der für jedermann als Haifisch erkennbar war, einem üblen Burschen mit fettigen Haaren, der in einer Autowerkstatt arbeitete und nicht mal die Zigarettenschachtel in seiner Hemdtasche verbarg, obwohl das Rauchen in der Schule verboten war. Genau der Richtige, wenn man mit jemandem aneinander geraten wollte. Einem wie ihm war es schnurzegal, ob er von der Schule flog. Schließlich gab es Hunderte von Werkstätten in der Nähe, die einen so begabten Mechaniker wie ihn mit Kusshand nehmen würden.

Er hatte nach jemandem Ausschau gehalten, dem er eine Handvoll frisch gemähtes Gras ins Gesicht schmeißen konnte, und ich war offenbar ein erstklassiger Kandidat. Normalerweise hätte ich so getan, als hätte ich das nicht bemerkt, aber mein Gehirn arbeitete an diesem Nachmittag nicht ganz korrekt, und so zahlte ich es ihm mit gleicher Münze heim. Oh, mit welch verzückter Miene er nun eine größere Handvoll Gras vom Boden nahm! Ich sah das Unheil kommen und trat den Rückzug an, jedoch nicht so schnell, dass er mich nicht doch noch zu fassen bekam und ich mich nicht doch noch von ihm erwischen ließ. Dabei wäre er wahrscheinlich, nach Nikotin japsend, irgendwo auf der Strecke zusammengebrochen, wenn ich nur lange genug vor ihm davongelaufen wäre, aber das entsprach nun einmal nicht meiner Rolle. Er versuchte mir das Gras in den Mund zu stopfen, schaffte es aber bloß, es mir ins Gesicht zu reiben.

Wenn ich noch einmal die Gelegenheit hätte, würde ich ihm ein Stück aus der Hand rausbeißen und ihm, wenn er sich dann vor Schmerzen krümmt, mit aller Kraft einen Tritt an den Kehlkopf verpassen. Aber natürlich habe ich nie wieder die Gelegenheit und schäme mich, weil ich das damals nicht getan habe.

Später kamen die Irving-Zwillinge, Robert und Richard. Ich hoffte, wir könnten Freunde werden, aber da ich nicht wusste, wie man mit anderen umgeht, war ich immer nur frech zu ihnen. Entweder sprach ich in diesen Jahren überhaupt nicht mit anderen, oder ich machte mich über sie lustig. Als wir im Sportunterricht einmal Basketball spielten, hatte Robert plötzlich genug von meinen Sticheleien und ging mit Fäusten auf mich los. Ich merkte gleich, dass er technisch nichts draufhatte. Seine Schläge taten kein bisschen weh und er gab sich wahrlich alle Mühe. Aber habe ich gewartet, bis er vor Erschöpfung nicht mehr konnte, und ihm dann selbst ein paar reingehauen? Von wegen. Nein, ich habe beruhigend auf ihn eingeredet, während die anderen Jungen, schwer enttäuscht, weil es kein Blutvergießen gab, feixend um uns herumstanden.

Mit Anfang zwanzig geriet ich zu meinem grenzenlosen Erstaunen an ein blondes Objekt allgemeiner Begierde: die Cameron Diaz, eine Generation vor der echten, Michelle Pfeiffer gekreuzt mit Catherine Deneuve. Die Welt sah sie an meinem Arm und dachte, ich müsse großartig sein. Aber meine DNA hatte sich nicht verändert, so wenig wie meine gute Erziehung.

Wir spielten dauernd Flipper, meistens in dem Bowlingcenter an der Kreuzung Santa Monica Boulevard und La Cienaga Boulevard, aus der später eine bekannte Rollerdisco und noch später der Laden wurde, wo Filmstars ihre Möbel kauften. Eines Abends, als ich gerade dran war, fragte eine betrunken klingende Männerstimme hinter mir, ob wir ein bisschen Kleingeld übrig hätten. Ohne mich umzudrehen, sagte ich: »Hau ab.« Das allgemeine Objekt der Begierde gab ihm zwei Vierteldollarmünzen. Der Bittsteller, keine Autorität in Geschlechterfragen, knurrte sie an: »Lady, Sie sind ein besseres Miststück als Ihr Macker.« Ich erstarrte. Mir war klar, dass ich jetzt herumfahren und ihn niederstrecken sollte. Er aber konnte offenbar meine Gedanken lesen und knurrte etwas wie: sollte ich mich umdrehen, bringe er mich um. Ich blieb, wo ich war. Das ist mehr als dreißig Jahre her, und ich schäme mich noch immer.

Ungefähr fünf Jahre später, lange nachdem mich das Objekt allgemeiner Begierde verlassen hatte, schlug meine große Stunde. Ich kam aus einem Drugstore an der Kreuzung Sunset Boulevard und Fairfax. Als ich die Glastür zum Parkplatz aufstieß, sagte jemand hinter mir: »Schwuchtel.« Ich nahm an, der Sprecher wollte damit andeuten, ich hätte ihm die Tür aufhalten sollen. Ohne ihn zu beachten ging ich weiter auf mein Auto zu, er immer dicht hinter mir. Meine Passivität machte ihm Mut. »Du bist tatsächlich eine?«, sagte er. »Eine Schwuchtel?«

Ich weiß nicht, was dann über mich kam. Ich blieb abrupt stehen, fuhr herum und baute mich vor ihm auf. Er sah zwar nicht grade wie Lennox Lewis aus, war aber auch kein Winzling. »Hören Sie«, schnauzte ich ihn an, schon damals aufgeklärt genug, um an homophoben Reden keinen Gefallen zu finden, aber so wütend, dass es mir nichts ausmachte, »kann ja sein, dass *Sie* hier die Schwuchtel sind, wenn Sie erwarten, dass andere Ihnen die Tür aufhalten.«

Ihm fiel die Kinnlade runter. Wie ein geprügelter Hund hastete er, einen weiten Bogen um mich machend, zu seinem Wagen. Dort angekommen, sah er sich nervös nach mir um. Ich fragte mich, ob jemand hinter mir stand. Aber da war niemand.

Er ahnte ja nicht, was für ein Glück er hatte. Hätte er nicht die Fliege gemacht, wäre die jahrzehntelang aufgestaute Wut aus mir herausgeschossen. Sehr wahrscheinlich hätte ich ihm den Schädel eingetreten.

Was immer da über mich gekommen war, es kam niemals mehr über mich. Fünf Jahre später war ich auf Urlaub in London, wo gerade eine Hitzewelle herrschte. Meine Freundin und ich gingen in den Hyde Park, ließen uns an der Serpentine in Liegestühlen nieder, die dort offenbar zum allgemeinen Gebrauch aufgestellt waren – ich mit meinem modischen neuen Davidsstern-Ohrring. Ein dunkelhäutiger kleiner Mann erschien und verlangte Geld für die Benutzung der Stühle. Ich sagte, ich hätte nicht gewusst, dass man dafür bezahlen müsse; Geld würde ich ihm daher nicht geben, aber natürlich würden wir sofort aufstehen und gehen. Er nannte mich einen Scheißjuden. Schockiert gab ich zurück, er solle sich verpissen. Er bespuckte mich. Und ich, eingeschüchtert von dem blanken Hass in seinen Augen, ließ es ihm durchgehen. Ich dachte, wahrscheinlich ist seine Familie von Zionisten tyrannisiert worden. Aber davon fühlte ich mich auch nicht besser. Im Gegenteil, ich fühlte mich nur um so schlechter.

Ich könnte die ganze Nacht so weitermachen, aber ich will jetzt aufhören und nur noch das Allerschlimmste erzählen – wenn ich bloß daran denke, möchte ich am liebsten eimerweise Eis essen oder Tränen vergießen oder beides. Meine Tochter Babooshka war nicht der Typ, aus dem Cheerleader gemacht werden, keine überschäumende, biegsame kleine Blondine ohne jeden Sinn für Humor. Als sie auf die Montgomery Highschool kam, wollte sie sich daher lieber als Schulmaskottchen versuchen. Dieses Amt brachte es mit sich, dass sie bei Football- und Basketballspielen in einem Pumakostüm, zu dem auch ein dicker, heißer, schwerer Gummikopf gehörte, an der Seitenlinie herumtanzen und sich der Gefahr eines Hitzschlags aussetzen musste. Da sich sonst niemand dafür meldete, bekam sie den Job.

Eines Samstags musste ich sie von einem Auswärtsspiel gegen die Erzrivalen der Schule abholen. Am Rand des Footballfelds ging es hoch her. Die andere Mannschaft schlug die meiner Tochter haushoch. Als wir hinterher zum Parkplatz gingen, wollte sie ihr infernalisches Pumakostüm anbehalten. Ich weiß nicht, warum ich nichts dagegen sagte. Irgendwie spürte ich, dass uns drei Leute verfolgten, einer von ihnen außerordentlich groß. Es lag was in der Luft. Ich sage *irgendwie*, weil der Teil von mir, der so getan hätte, als ob mir kein Gras ins Gesicht gerieben würde, überwog und das zu wahren suchte, was Politiker dann später als plausible Verleugnungsmöglichkeit bezeichnet haben. (Ein sehr viel kleinerer, aber absolut authentischer Teil von mir wollte nicht riskieren, etwas Falsches zu tun. Wer einem Teenager zu helfen versucht, wagt sich auf sehr sehr dünnes Eis. Egal, wie viel Liebe oder Vernunft dahinter stehen mag, darin ist immer die Möglichkeit mit einbegriffen, dass dem Teenager die angebotene Hilfe furchtbar peinlich ist.)

Als wir zum Auto kamen, sagte meine Tochter, die hätten sie von hinten geschubst. Ich sagte, das hätte sie mir doch sagen können. Angenommen, sie hätte es mir gesagt: Hätte ich mich dann wirklich mit drei Leuten angelegt, von denen sich einer mit dem Kinn auf meinem Kopf hätte abstützen können? Ich war außer mir vor Selbsthass, dass ich überhaupt auf den Gedanken kam, mir diese Frage zu stellen.

Am nächsten Abend erzählte ich die Geschichte meiner Freundin und wies darauf hin, dass es meiner Tochter bestimmt furchtbar peinlich gewesen wäre, wenn ich eine Szene gemacht hätte. »Nein«, sagte meine Tochter ohne Bosheit. »Ich wäre stolz auf dich gewesen.« Diese Worte stehen gleich neben denen des blonden Objekts der allgemeinen Begierde – »Ich liebe dich nicht mehr« – als die schmerzlichsten, die ich jemals gehört habe und jemals hören werde.

Das alles hat bestimmt wenig damit zu tun, dass Reynold Bush, der erste bekannte Vorfahr des schlimmsten Präsidenten in der Geschichte Amerikas, im Jahre 1631 das im Nordosten von Essex gelegene Dorf Messing verließ, um auf der anderen Seite des großen Teichs ein besseres Leben zu suchen. Kate Bushs erster bekannter Vorfahr stammte von Angelsachsen ab und wurde erstmals 1769 im nahe gelegenen Pebmarsh offiziell gesichtet. Ziehen Sie Ihre eigenen Schlüsse. Ihr Ururgroßvater Henry soll ein ziemlich übler Brocken gewesen sein und starb an Verletzungen, die er sich zuzog, als er stockbetrunken in einen Graben stürzte. Als in einer Niedergangsphase der Landwirtschaft mit der Seidenspinnerei und der Strohflechterei die beiden größten Arbeitgeber der Region ihren Betrieb dichtmachten, zogen Henrys Sohn John (Vorarbeiter einer Farm) und seine Frau Martha nach South Ockenden, das für seine wesleyanische Backsteinkapelle bekannt ist.

Kates Großvater Joe, ein Schlachthausarbeiter, musste im Gefängnis Wormwood Scrubs eine Haftstrafe absitzen, weil er im Ersten Weltkrieg den Kriegsdienst aus Gewissensgründen verweigert hatte. Später arbeitete er als Milchmann und dann als Verkaufsfahrer für ein örtliches Haushaltswarengeschäft. Schließlich verliebte er sich in die Tochter eines Amateurfriseurs, der im Dorf als Draufgänger berüchtigt war. Jackie, der stille, zurückhaltende Sohn des Paars, erhielt ein Stipendium zum Besuch eines Gymnasiums und begann nach der Schule ein Medizinstudium, das er 1943 abschloss. Er heiratete die drei Jahre ältere Hannah Daly, die Tochter eines irischen Bauern aus dem County Waterford, die in Epsom als Krankenschwester arbeitete, ließ sich als Arzt für Allgemeinmedizin nieder und erwarb die East Wickham Farm.

Dort verlebten seine Söhne Jay und Paddy und seine Tochter Cathy eine idyllische Kindheit in einem schönen, 350 Jahre alten, aus Holz gebauten Bauernhaus. Es verfügte über einen Swimmingpool (vormals ein Teich), Eichenbalken (die von ausgemusterten, in der Woolwich Werft zerlegten Kriegsschiffen stammten) und schier unzählige Zimmer, in denen (ausgenommen die der beiden jüngeren Kinder) stets peinliche Ordnung herrschte. Zuweilen schlich sich Cathy in Paddys Zimmer, um sich an der Sammlung von Akkordeons und Konzertinas zu versuchen, die er spielte, wenn die Familie gemeinsam irische Volkslieder und derbe viktorianische Shantys sang. Jahre später wurde er Mitglied der English Folk Dance and Song Society.

Etwa um die Zeit, als Cathy auf der Rückfahrt vom Einkaufen im Auto ihrer Eltern zum ersten Mal »Little Red Rooster« von den Rolling Stones hörte und verblüfft feststellte, dass Mick Jaggers Gesang offenbar gerade deshalb irgendwie ausdrucksvoller wirkte, weil es ihm anscheinend gleichgültig war, ob er die richtigen Töne traf oder nicht, wanderte ihre Familie für kurze Zeit nach Australien aus, wo Paddy angeblich mit einem Emu gesprochen hat. Die Familie kehrte jedoch bald wieder zurück zu dem, was der künftige Biograph und Gegner Fred Vermorel als ihren »ländlichen Flecken im Herzen wuchernder Vorstädte« charakterisieren sollte. Auf dem von einem kleinen ovalen Fenster erhellten Scheunenboden rauchten Cathy und ihre Freundinnen heimlich Zigaretten und hörten sich ausgerechnet Dave Edmunds an. Kates Höhle war so etwas wie ein Geheimzimmer. Der Weg dorthin führte durch eine Art Schranktür im Flur des oberen Stockwerks und dann auf der anderen Seite eines schmalen Durchgangs durch eine weitere Tür. Erwachsene hatten Zutritt nur nach Einladung. Als die Kammer ausgeräumt wurde, damit Kate einziehen konnte, fand eine Freundin dort eine große, mit einem Pfropfen verschlossene Glasflasche. Aus Furcht, böse Geister könnten herauskommen, flehte Cathy sie an, die Flasche nicht zu öffnen: typisch für eine junge Frau, deren Freizeitvergnügen darin bestand, zusammen mit ihren Schulfreundinnen auf den nahe gelegenen Plumstead-Friedhof zu gehen.

Auf dem Fußboden ihres Zimmers türmten sich Kissen, Bücher, Zeitschriften, Platten und Plattenhüllen, Incredible String Band, Dylan, Beatles und T. Rex, die Wände waren mit ihren Gedichten und Zeichnungen bedeckt – einige der Letzteren inspirierten Jay zu seinem Gedicht »The Devil's Mouth«. Sie mochte Hamster, Katzen und ein Kaninchen mit Namen Took, benannt nach dem Bongospieler von Marc Bolans Tyrannosaurus Rex; weniger mochte sie die eigens für sie im Tudorstil gebaute Spielhütte am Ende des Gartens, auch wenn Took sich gern darunter versteckt haben soll.

Eines Abends in den sechziger Jahren wollten sie und eine Freundin sich den Spaß machen, Took aus seinem Versteck zu scheuchen, indem sie wild auf dem Hüttenboden herumsprangen, wobei sie jedoch übersahen, dass sich Took nicht nur mit ihnen in der Hütte befand, sondern schon zwischen ihren Füßen herumlief. Die Freundin landete auf dem Tier und brach ihm ein Bein, so dass es zum Tierarzt gebracht werden musste. Falls sie jedoch erwartete, als blöde Kuh beschimpft zu werden, war sie auf dem Holzweg. Dafür waren die Bushs viel zu nett.

Wenn er nicht gerade Chopin, Beethoven und Schubert spielte, begleitete der liebenswürdige Dr. Bush – schütteres Haar und roter Backenbart – Kate auf dem Klavier, wenn sie Geigenetüden für die Schule übte, wo jeder Schüler ein Instrument lernen musste. Nachdem er ihr die C-Dur-Tonleiter beigebracht hatte, begriff sie rasch, dass das, was in einer Tonart funktionierte, ebenso in anderen funktionieren würde, und bald hatte sie auch die Sache mit den Akkorden kapiert. Tapfer absolvierte sie ihre Geigenstunden, dachte dabei aber nur an den Augenblick, da sie das grässliche Ding in seinen Kasten stecken konnte, um fröhlich auf dem Klavier zu improvisieren. Und wenn sie vom Klavier genug hatte, zog sie sich in eins der Außengebäude des Hofs zurück, ein ehemaliges Waschhaus, und spielte auf dem uralten Kirchenharmonium, das zahllosen Generationen von Mäusen eine Heimat gewesen war und von einer jungen, gehässigen Generation dieser Tiere bald zu Splittern zernagt werden sollte.

Paddy, der sich später am Londoner College of Furniture auf mittelalterliche Instrumente spezialisierte, schien sich gezwungen zu fühlen, jedes exotische Saiteninstrument spielen zu lernen, von dem er Wind bekam – unter anderem Mandoline, Balalaika, Sitar, Koto und Geige. Er spielte alte englische Volkslieder, die A. L. Floyd populär gemacht hatte, dessen »The Handsome Cabin Boy«, wie Kate später in einem Interview mit Radio One erklärte, immer einer ihrer Lieblingssongs geblieben sei. Ihr älterer Bruder Jay, der seine Gedichte später im Radio vorlas und in der *Poetry Review* veröffentlichte, machte sie mit griechischer Mythologie und dem Werk des sufistischen Mystikers Gurdjieff bekannt.

Nachdem sie die Aufnahmeprüfung bestanden hatte, kam Kate auf das Gymnasium St. Joseph, eine Klosterschule, die in einem finsteren viktorianischen Gebäude in Abbey Wood untergebracht war und von aufgeklärten Nonnen in moderner Kleidung geleitet wurde. Klein und dünn und aufgrund ihres Geburtsdatums (Ende Juli) jünger als ihre Klassenkameraden, musste sie gelegentlich Prügel einstecken, wehrte sich jedoch nie, nicht einmal mit Worten. Die Fähigkeit, ihre Peiniger verbal zur Schnecke zu machen, hätte ihr womöglich gute Dienste geleistet, aber East Wickham Farm war eine sarkasmusfreie Zone. Sie lehnte es ab, im Schulorchester zu spielen, trällerte aber nicht gerade auffällig und auch nicht besonders hoch im Schulchor mit. In Englisch, Latein, Biologie und Musik war sie gut; ihren ersten Beitrag für die Schulzeitschrift zum Ende des Schuljahres, das Gedicht »The Crucifixion«, schrieb sie mit elf. Ein Klassenfoto zeigt sie als etwas plumpes Mädchen, das offenbar nicht weiß, was es mit seinen Haaren anfangen soll. (Anscheinend hatte sie versucht, es gerade nach unten zu bürsten, und sich dabei eine Menge Spliss eingehandelt.) Später lieferte sie für die Schulzeitung die Gedichte »Blind Joe Death«, »A Tear and a Raindrop Met«, »Death« und »You«, sagte aber den Jungen nicht, dass sie Lieder über sie schrieb, aus Furcht, in den Ruf einer Männer mordenden Suffragette zu geraten.

Sie las Science Fiction und begeisterte sich für John Wyndham. Sie erzählte ihre eigenen Geschichten auf dem Schulhof, und mindestens einmal – mit *The Haunted Mill* – gelang es ihr, ein paar Schulkameradinnen zu sich nach Hause zu locken und die Geschichte mit ihnen aufzuführen. Die wenigen Vertrauten, die ihre frühen Songs zu hören bekamen, fanden sie nicht selten reichlich morbide. Mit dreizehn behauptete sie, an einem Kinderbuch zu schreiben – wie man es ja wohl von jedem Teenager mit guter Kinderstube erwarten kann.

Ansonsten furchtbar schüchtern, war sie auf den Partys, die sie in der East Wickham Farm gab, und wo sich die Gäste am Ende des Abends in den Swimmingpool stürzten, um wieder nüchtern zu werden, ganz in ihrem Element. Tatsächlich wurden sie aber wohl nur nass. Sie bewunderte Elton Johns Klavierspiel, doch ihr größter Schwarm war ein Junge, der aussah wie Dave Gilmour von Pink Floyd; immer wieder bat sie eine Freundin, mit ihr an der Dorfkneipe Fanny On The

Hill vorbeizuschlendern, nur um vielleicht einen Blick auf ihn zu erhaschen. Die Hoffnung, dass er Notiz von ihr nehmen würde, gab sie nie auf, erst als sie mit sechzehn im St. Laurence's Youth Club ihren ersten Freund, Al Buckle, kennen lernte. Während sie ihm Tonbänder mit ihren Songs vorspielte, hielt sie es vor Schüchternheit im Zimmer nicht mehr aus und musste rausgehen.

Die freundliche Behandlung, die Cathy zu Hause zuteil wurde, gab sie nach außen weiter. Als einmal eine Klassenkameradin im Krankenhaus lag, war es Cathy, die eine Grußkarte herumgehen ließ, die alle unterschreiben sollten. Aber die meisten Kinder sind sadistische kleine Ungeheuer, und gelegentlich kam es vor, dass ihre Freundinnen sie schnitten, nur um sich an der Trauer und Verwirrung in ihren hübschen haselnussbraunen Augen zu weiden. Missachtung war ihr noch schmerzlicher als Prügel. Dennoch, als sie und Al Schluss machten, litt sie offenbar nicht allzu sehr darunter.

Ihr Pfeife rauchender alter Herr (dessen Akzent mitunter seine Herkunft aus Essex verriet) sah distanziert, aber großzügig darüber hinweg, wenn Cathy sich ein paar von den Münzen nahm, die er überall im Haus herumliegen ließ. Sie versteckte das Geld im Maul des Löwenfells, das als Vorleger im Wohnzimmer lag, und kaufte sich davon Simon & Garfunkels *Bridge Over Troubled Water* und die Karte für ein Konzert von The Who, das erste Rockkonzert ihres Lebens. Sie war im Hammersmith Odeon, als David Bowie, der ein paar Bushaltestellen von der East Wickham Farm entfernt aufgewachsen war, dem Publikum verkündete, die Spiders From Mars würden sich nach diesem Abend auflösen. Viele Zuhörer, darunter auch Kate, vergossen heiße Tränen.

Im fünften Jahr auf St. Joseph's verbrachte sie zusammen mit einer Freundin eine Woche im Newcastle Polytechnic und spielte mit dem Gedanken, Psychiaterin zu werden. Sie dachte auch daran, Sozialarbeiterin zu werden.

Vor allem aber wollte sie sich der Musik verschreiben. Mit

zwölf hatte sie angefangen, ihre Songs aufzunehmen, und wenn ihr Vater mal ein Tonband einlegte und etwas davon zu hören bekam, staunte er nicht schlecht über die Dichtkunst seiner Tochter. Ein Jahr später hatte sie das etwas unbeholfene, aber großartige »The Man With The Child In His Eyes« komponiert. Ein in der Musikbranche tätiger Freund der Familie ermutigte sie, ihre Aufnahmen an Plattenfirmen zu schicken. Niemand schenkte ihnen Beachtung, und das nicht nur, weil die meisten A&R bezüglich unverlangt eingesandter Aufnahmen ihren exaltierten Musikgeschmack geltend machen. Kates Stimme war zwar bemerkenswert selbstsicher, aber nicht gerade ungewöhnlich. Ihre Songs ließen Spuren melodiöser Raffinesse erkennen, aber da sie sich selten dazu herabließ, derlei ohrwurmverdächtige Schlenker einprägsam zu wiederholen (man denke an jenes »Ooh, he's here again« in »The Man With The Child In His Eyes«), fielen solche Einfälle meist auf unfruchtbaren Boden. Die oft ungereimten Verse, unverkennbar das Werk einer aufgeweckten Schülerin, die viele Bücher las, waren auch nicht sehr hilfreich. Doch der Glaube des Familienfreundes an ihr junges Talent blieb ungebrochen, und schließlich konnte er seinen Bekannten David Gilmour – den Pink-Floyd-Gitarristen, der ihrer ersten Liebe ähnlich sah – überreden, sie sich anzuhören.

Was für ein Glückstreffer – denn Gilmour war ja nicht nur ein reicher, berühmter Gitarrengott, sondern auch als Mann die Verkörperung aller Mädchenträume! Trotz ihrer hochgradigen Nervosität gelang es Kate, ihn so weit zu beeindrucken, dass er sie in sein Studio bei Harlow in Essex einlud, wo sie bessere Demos aufnehmen konnte als bei sich zu Hause mit dem Tonbandgerät. Bei seinem Vorschlag, ihre Songs mit einem elektrischen Piano zu unterlegen, hat sie vermutlich Augen groß wie Wagenräder gemacht. Dass so etwas überhaupt möglich war, war ihr vollkommen neu.

Jedenfalls wurden nun die professionelleren Demos verschickt, auf denen Kate, die Klavier spielte und sang, von Gilmour an der Gitarre sowie von zwei Leuten aus der von Gilmour produzierten Band Unicorn an Bass und Schlagzeug begleitet wurde. Da auch darauf niemand positiv reagierte, meinte Gilmour, bloße Demos reichten eben nicht, man müsse Aufnahmen in Masterqualität abgeben. Er machte Kate mit dem EMI-Plattenproduzenten Andrew Powell bekannt, der aus den über sechzig von ihr bis dahin verfassten Songs drei auswählte – »The Child In His Eyes«, »Saxophone Song« und »Maybe« –, die bei AIR London, hoch über der Oxford Street, aufgenommen werden sollten. Gilmour konnte aufgrund seiner Verpflichtungen bei Pink Floyd nicht persönlich daran teilnehmen, hätte aber wahrscheinlich ohnehin nicht mehr ins Studio gepasst, da Powell ein komplettes Orchester angeheuert hatte, für das Gilmour großzügig die Rechnung bezahlte. Powell hatte befürchtet, dass der Anblick so vieler Profimusiker seinen Schützling, diese unerfahrene Schülerin vom Lande, womöglich einschüchtern könnte. Aber wie auch immer, anzumerken war ihr jedenfalls nichts davon, als sie »The Man With The Child In His Eyes« fehlerlos zur Orchesterbegleitung sang. Powell konnte nur staunen.

Einen Monat später verkündete sie ihren besorgten Eltern, die Schule habe keinen Sinn mehr für sie, und ging ab – mit zehn (in Ziffern: 10!) sehr guten Noten auf dem Abgangszeugnis. In Schönschreiben dürfte sie freilich keine gute Note erhalten haben: Ihre spätere Handschrift zeichnet sich durch allzu ausgeprägte Unterlängen aus (bei g, p, f und y). Und da sie ziemlich nachlässig schreibt und manche Buchstaben in die Breite zieht, sieht ihr K zum Beispiel aus wie ein W. Wate Bush, liest man da.

Als Bob Mercer, der EMI-Chef der Abteilung Pop, einmal ins Abbey Road Studio kam, um die Sessions für Pink Floyds *Wish You Were Here* zu beobachten, spielte ihm Gilmour die von Powell produzierten Mastertapes vor. Beeindruckt von ihrer Stimme und nicht zuletzt auch von ihrer knabenhaften Sexualität, lud Mercer sie zu einem Gespräch ein, zu dem sie in Begleitung ihres Vaters erschien, der sie vor den Gefahren der Besetzungscouch bewahren wollte. EMI sei definitiv interessiert, sagte Mercer, jedoch ohne gleich nach dem Firmenscheckheft zu greifen. Erst im folgenden Sommer ließ EMI seinen Worten Taten folgen und zahlte – nicht gerade üppig: 3500 Pfund, einschließlich 500 Pfund Vorschuss. Mercer sprach von einem Betrag, der ihr helfen sollte, erst einmal erwachsen zu werden. Die Firma erkundigte sich außerdem freundlich, ob Kate in Erwägung ziehen könnte, etwas weniger, na ja ... eigenwillig zu sein.

Verständlicherweise ernüchtert, investierte Kate, die mit der Tanzlehrerin auf St. Joseph's nicht ausgekommen war, das Geld, das sie von einer Tante geerbt hatte (ihr Vater hatte wohl inzwischen aufgehört, überall im Haus Geld herumliegen zu lassen), für Unterricht bei Robin Kovak im Dance Centre in Covent Garden. Angebote von Clubs in Deutschland, dort zu performen, ließen sie kalt. Sie lernte bei Arlene Phillips, der Erfinderin der Tanzgruppe Hot Gossip, und stellte verdrossen fest, dass sie noch sehr viel Arbeit vor sich hatte, wenn sie jemals wirklich exzellent werden wollte. Sie ging aus mit Steve Blacknall, einem PR-Mann von EMI, den ein gewisser Simon Drake von Decca abgeworben hatte. Ohne den Kontakt zu ihrer Familie aufzugeben, zog sie zu Hause aus und mietete sich in die oberste Etage eines Hauses in Lewisham ein, das ihren Eltern gehörte. Unmittelbar unter ihr wohnte Paddy mit seiner wachsenden Sammlung exotischer Musikinstrumente. Und Jay lebte mit seiner Familie im Erdgeschoss.

Von entscheidendem Einfluss war Lindsey Kemp, Bowies ehemaliger Pantomimelehrer, den sie mit seiner Solo-Show *Flowers* im Collegiate Theatre sah. »Da war dieser komische kleine Kerl auf der Bühne und machte Ausdruckstanz zur Musik anderer Leute und ich dachte: ›Das wär genau das Richtige für mich.‹« Bevor sie jedoch ihre eigenen Songs verwendete, arbeitete sie eine komplexe Tanznummer zu Paul McCartneys »Eleanor Rigby« aus, in der sie sich in den Alltag der dort beschriebenen Frau hineinversetzte.

Zufrieden ordnete sie ihr Leben neu. Sie stand morgens früh auf, übte Klavier und fuhr dann mit dem Zug nach London. Damals waren Pendlerzüge häufig Ziel von Sprengstoffattentaten der IRA (noch nicht von Al-Qaida), und die Paranoia im Londoner Nahverkehr war mit Händen zu greifen. Doch Kate – wie sie sich inzwischen nannte, nachdem sie unter den ersten Teil ihres Lebens einen Schlussstrich gezogen hatte – genoss diesen Zustand. Tatsächlich steigerte die Gefahr ihren Adrenalinspiegel und sie fühlte sich, als ob sie sich auf einer besonderen Mission befand. Abends sprach sie mit ihren Katzen Zoodle und Pye(wacket), spielte Klavier und sang, bis sie kaum noch die Augen aufhalten konnte.

Es war ein heißer Sommer, der Sommer, in dem der britische Punk geboren wurde. Bei ihr standen immer die Fenster offen. Bald bekam sie ihren ersten Fanbrief: Irgendein bedauernswerte Bursche aus der Nachbarschaft, der um fünf Uhr morgens zur Arbeit aufstehen musste, wies sie schriftlich darauf hin, ihr Gesang gefalle ihm ja nicht schlecht, *aber es wäre ihm verdammt lieb, sich das nicht jede Nacht anhören zu müssen, wenn er verdammt noch mal einzuschlafen versuche, vielen Dank.*

Als es nicht mehr so heiß war, ließ sie die Fenster zu, aber das nächtliche Komponieren gab sie nicht auf, und wenn ihr ganz Lewisham wütende Briefe schreiben sollte. Im März des folgenden Jahres – sie hatte einen schlimmen Schnupfen – starrte sie eines Mitternachts, auf Inspirationen wartend, den Vollmond an. Und plötzlich fiel ihr etwas ein, das sie als Kind gesehen hatte, eine Fernsehverfilmung von Emily Brontës *Wuthering Heights.* Jahre später äußerte sie die Vermutung, die Geschichte habe sich ihr vielleicht deswegen so stark eingeprägt, weil die Tote, die dort als Geist umgeht, eben Cathy hieß, genau wie sie. Aber wenn dies tatsächlich der einzige Grund war, warum sie sich an die Geschichte erinnerte – wie war es dann möglich, dass sie, die den Roman angeblich nie gelesen hat, Zeilen aus diesem Buch in ihren Song einbauen konnte? In vergangenen Jahrhunderten hätte man eine junge Frau schon wegen geringerer Dinge als Hexe verbrannt; in unseren aufgeklärten Zeiten hingegen zog sie sich lediglich die Verachtung der Brontë-Gesellschaft zu.

Das Wundersame in jener Vollmondnacht im Frühjahr 1978 war viel eher, dass sie überhaupt Zeit zum Komponieren hatte, denn die meiste Zeit probte sie mit der Band, die Paddy, offenbar in der Annahme, Auftritte vor Publikum würden sie weiterbringen, für sie zusammengestellt hatte: Der angeblich gesundheitsbewusste Brian Bath spielte an der Gitarre, Charlie Morgan am Schlagzeug und Del Palmer, der in die Songschreiberin nicht weniger verliebt war als in ihre Songs, am Bass. Ihr Repertoire – »Brown Sugar«, »I Heard It Through The Grapevine«, »Sweet Soul Music«, »Salin' Shoes«, »Honky Tonk Women«, »Come Together« sowie »James And The Cold Gun«, so ziemlich die einzige halbwegs normale Rocknummer, die Kate jemals geschrieben hat – war nicht viel einfallsreicher als der Name der Band, den Paddy sich ausgedacht hatte: The KT Bush Band. (Etwas mehr hätte man von jemandem schon erwarten können, der in der Whitechapel Art Gallery seine am Londoner College of Furniture entstandenen verrückten, zum Teil unspielbaren Instrumente ausgestellt hatte, manche mit Armen und Beinen, andere aus ungewöhnlichen Materialien!)

Von dem lahmen Namen einmal abgesehen, hatten sie auch höchst spritzige Ideen für ihren ersten Bühnenauftritt: Trockeneis und Lightshow, und nicht zu vergessen die Blüte, die Kate als Hommage an Billie Holiday hinterm Ohr trug. Am ersten Abend in The Rose Of Lee, einer Kneipe in Lewisham, waren mehr Leute auf der winzigen Bühne als im Publikum – jedenfalls bis kurz vor Schluss plötzlich Jay und Kates Vater auftauchten. Eine Woche später jedoch zählte man bereits ein Dutzend Zuhörer. Und von da an war die Bude immer brechend voll.

Als ihnen Lewisham zu klein wurde, brachen sie ins brodelnde Putney auf, wo sie ihren ersten Auftritt unklugerweise am Vorabend eines Fußballänderspiels zwischen England und Schottland absolvierten. Totales Chaos entstand, als besoffene schottische Rowdys scharenweise auf die Bühne stürmten, Fahnen schwenkten, die Musiker umarmten und ihre Schlachtgesänge grölten.

Auf dem Heimweg vom Goose & Syringe bat ich den Taxifahrer, an einem Kiosk zu halten und eine Kiste Stella Artois und zwei Dosen Pringles für mich und eine Flasche Courvoisier zu kaufen, die ich Kate schicken wollte. Er betrachtete mich ausführlich im Rückspiegel, ehe er fragte, warum ich nicht selber ginge. Weil es mir, erklärte ich, schon genug Mühe gemacht habe, mich überhaupt in das Taxi und auf den Rücksitz zu wälzen. »Ist mir gar nicht aufgefallen, Chef«, antwortete er. Einen Taxifahrer, der sich nicht als Schlaumeier aufspielt, trifft man heutzutage ungefähr so oft, wie man eine Postkarte von Prinzessin Diana bekommt. Ich musste erst noch was von fünf Pfund Trinkgeld murmeln, bis er sich endlich in Bewegung setzte.

Ich hätte einen von den Anonymen Esssüchtigen anrufen sollen. Tat ich aber nicht. Ich vertilgte das Stella und die Pringles, hörte Kates Album *The Sensual World* und eine Seite von *The Red Shoes*, war dann aber zu angesäuselt für Kates Musik. Es war kurz vor halb elf. Ich schaltete den Fernseher ein. Die Nachrichten brachten etwas über einen Jungen in Exeter, der sich lieber erhängt hatte, als sich noch einen Tag länger in der Schule tyrannisieren zu lassen. Seine Eltern klammerten sich verzweifelt aneinander und schluchzten so heftig, dass sie kaum sprechen konnten. Wie, fragte ich mich, sollten sie heute Nacht Schlaf finden können? Ja, wie sollten sie überhaupt jemals wieder Schlaf finden können? Ich weinte mit ihnen, aber dann kam auch schon ein Bericht über Victoria Beckhams neue, vom HipHop inspirierte Modekollektion. Ich staunte über die Hässlichkeit und Einfalt der Welt, in der wir leben, und rief Nicola an.

Cyril, ihr penibler Winzling von Stiefvater, meldete sich. »Nein«, sagte ich, so besoffen, dass mir egal war, was er von mir dachte, »ich hab keine Kippe für Sie.«

»Wer ist denn das?«, hörte ich den Fleischberg durchs Zimmer fragen.

»Nicolas neuer Freund«, sagte er, ohne die Hand auf die Sprechmuschel zu legen. Ich fühlte mich unwillkürlich geschmeichelt.

Der Fleischberg setzte zu einer Tirade an. Thema: wie schlecht ich doch erzogen sei, so spät noch anzurufen. Aber nach wenigen Sekunden forderte ich Cyril auf, ihr das Telefon zu geben.

»Ich kann Ihnen nur abraten, Mann«, flüsterte er. »Tun Sie das nicht, bitte.«

»Was soll er nicht tun?«, kreischte der Fleischberg. »Gib mir das Telefon.«

»Von Ihnen lass ich mir nicht sagen, was ich tun oder nicht tun soll!«, schrie ich Cyril an. Er legte auf.

Mir fiel ein, irgendwo hatte ich gelesen, dass Victoria Beckham als Kind fett und einsam gewesen sei. Das machte mich etwas nachsichtiger, was ihre vom HipHop inspirierte Modekollektion betraf. Des Weiteren fiel mir ein, dass ich Nicolas Handynummer hatte, dass wir Esssüchtigen alle unsere Telefonnummern ausgetauscht hatten, theoretisch jedenfalls, denn der widerlichen Hermione hatte ich bloß erfundene Nummern aufgeschrieben. Falls sie jemals vorhatte, sich durch mich von einer tödlichen Fressorgie abhalten zu lassen, würde sie ganz schwer in der Patsche sitzen.

Nicola ging ran. »Amüsierst du dich, du Miststück?«, fragte ich.

Ich hatte erwartet, dass sie sofort wieder auflegen und ihr übliches puterrotes Gesicht kriegen würde. Bei Letzterem konnte ich mir nicht sicher sein, aber bei Ersterem hatte ich mich absolut verrechnet. »Wahrscheinlich nicht so sehr, wie ich mich amüsieren würde, wenn du nicht einfach abgehauen wärst.« Sie hatte eindeutig auch schon einiges intus.

»Wer ist das?«, pöbelte jemand.

»Wie heißt du noch mal, Darling?«, fragte sie den Burschen.

»Er sagt, er heißt Tarquin«, informierte sie mich. »Der Typ, der mich angequatscht hat, als du verschwunden bist. Er hat mir auch schon andere Lügen aufgetischt. Also muss das nicht unbedingt sein richtiger Name sein.«

»Was faselst du da?«, fragte Tarquin, der sehr viel mehr als bloß ein paar Bier im Bauch hatte. »Von mir hast du noch keine Lüge gehört, Darling, keine einzige.«

Ich wünschte verzweifelt, ich hätte nicht so viel Stella getrunken und könnte kapieren, was da vor sich ging. Ich musste es ihr überlassen, mein Schweigen zutreffend als Folge meiner Verwirrung zu deuten.

»Ich mag Männer, die bereit sind, um mich zu kämpfen«, erklärte sie, »und nicht solche, die bei der kleinsten Provokation den Schwanz einziehen. Das ist doch nur natürlich, oder? Irgendwas tief in mir drin bringt mich dazu, einen Beschützer zu suchen, der dann später auch unsere Jungen verteidigt.«

»Wenn du was tief in dir drin haben willst – das kann ich machen«, kicherte Tarquin im Hintergrund. Und dann war die Leitung tot.

Frauen, die extrem sexy sind, haben es mir schon immer angetan, und diese hier war keine Ausnahme. Ich begehrte sie so sehr, dass ich mir fast schon überlegte, ob ich masturbieren sollte. Ich lehne es jedoch ab, irgendwo anders als auf der Toilette zu masturbieren, und die war besetzt, entweder von Mr. Chumaraswamy oder von Mr. Halibut.

Ein paar Monate zuvor hatte mir eine gerade mal zweiundzwanzig Jahre alte Ärztin vom staatlichen Gesundheitsdienst das Antidepressivum Cipramil verschrieben, vermutlich, weil sie mangels Erfahrung noch keine anderen kannte. Ich hatte mir Ärzte bis dahin immer als freundlich zwinkernde ältere Männer vorgestellt (ich bin das Produkt einer sexistischen

Kultur), mit so einem Ding am Kopf, das ihnen hilft, dem Patienten in den Hals zu schauen. Besonders irritiert hatte mich dabei, von einem Mädchen, das in einer auf Vierzehnjährige ausgerichteten Popgruppe nicht fehl am Platz gewirkt hätte, gefragt zu werden, ob ich mich schon mal »mit Suizidgedanken getragen« habe.

Von dem Cipramil fühlte ich mich wie gerade kastriert. Drei Wochen lang zwang ich mich, das Zeug zu schlucken, und in dieser Zeit wurde ich zwar täglich ein dutzendmal hundemüde, aber die Lust aufs Masturbieren war mir vollkommen vergangen. Auf meine Verzweiflung hatten die Pillen nicht den geringsten Einfluss. Als ich aufgab, war noch die Hälfte der Schachtel übrig.

Und dennoch, nachdem ich am nächsten Morgen so lange geschlafen hatte, dass das Frühstück ausfallen musste, überlegte ich erst einmal, ob ich pharmakologischen Trost suchen sollte, ehe ich mich entschloss, lieber bloß den Fernseher anzumachen. Trina, blasiert und aufgedonnert wie immer, sprach mit den Eltern von Schülern, die ihre Mitschüler drangsalierten. Ich nahm an, die Produzenten der Sendung waren von dem Zufall, dass die Ausstrahlung praktisch zeitgleich zu dem Selbstmord des Jungen in Exeter stattfand, absolut begeistert. Ich fand mich ganz schön zynisch.

Die Eltern, fast alle ungelernte Arbeiter oder Sozialhilfeempfänger, zeigten keinerlei Bedauern. Ein Vater sprach, dem allseitig zustimmenden Kopfnicken nach zu urteilen, den anderen aus dem Herzen, als er meinte, er sei, was das Benehmen seines Sohnes in der Schule angehe, doch nicht dessen Arschputzer.

Ich müsste lügen, sollte ich sagen, dass mich das nicht amüsiert hat. Er habe sich bemüht, erklärte dieser energische Familienvater, Graham und Ian zu guten Menschen zu erziehen. Aber wenn die beiden in der Schule nicht mehr wüssten, was er ihnen für gute Manieren beigebracht habe, wären deshalb doch nicht er und seine Frau dafür verantwortlich. Mehr könne man von Eltern doch wohl wirklich nicht verlangen!

Auf ihre geschickte Art brachte Trina ans Licht, dass für ihn die wirksamste Methode, seine Söhne zu guten Menschen zu erziehen, darin bestand, ihnen bei Verstößen eine ordentliche Tracht Prügel zu verabreichen. »Ja, ganz meine Meinung!«, stimmten ein paar weitere Väter zu. Als jemand aus dem Studiopublikum fragte (in einer gewählten Ausdrucksweise, die den Arbeiter von der ersten Silbe an bereits hämisch grinsen ließ), ob er zwischen der Tatsache, dass er seine körperlich unterlegenen Söhne züchtige, und der, dass seine Söhne ihre körperlich unterlegenen Klassenkameraden drangsalierten, irgendeinen Zusammenhang herstellen könne, antwortete ein anderer Arbeiter für ihn: »Ist doch alles Schwachsinn!« Wenn eine gelegentliche Abreibung ihm selbst als Kind gutgetan habe, werde sie ja wohl auch seinen Bälgern nicht schaden! Ist doch wahr! »Wer seine Blagen verhätschelt«, bemerkte eine Mutter, »macht sie nur zu Weicheiern.«

Waren sie entsetzt, als sie erfuhren, dass ihre Kinder ihre Klassenkameraden tyrannisieren? Nun, manche ja, andere nein. Die Einen fragten sich, ob sie ihre Kinder vielleicht doch zu sehr verhätschelt hätten. Die Anderen meinten, es sei die Aufgabe der Eltern der geprügelten Kinder, ihren Sprösslingen beizubringen, wie man sich im Leben durchsetzt. »In dieser Welt kriegt man nicht den Respekt, den man verdient«, sinnierte einer der Arbeiter, der bis jetzt geschwiegen hatte, »man kriegt nur den Respekt, den man verlangt.«

Ich, der ich es niemals wagte, irgendetwas zu verlangen, und daher auch genau so viel bekam, wie ich verlangte, stellte mit Erstaunen fest, dass ich ihm zustimmte.

Ein paar der Sprösslinge wurden ins Studio geführt und glotzten verblüfft, als das Publikum applaudierte. Sie sprachen, falls das überhaupt möglich war, mit noch stärkerem Akzent als ihre Eltern. Der Erste, mit dem Trina zu reden versuchte, ließ sie kaum ihren ersten Satz aufsagen. »Wer sagt, ich hätt ihm aufs Maul gehauen? Was geht'n hier ab?«, lautete seine mit provokantem Grinsen vorgetragene Präventivfrage.

»Wenn jemand meint, ich hab ihn angepisst, soll er doch herkommen!«

»Eben!«, pflichtete ihm ein sichtlich angetaner Vater zu, »wenn einer Mist gebaut hat, muss der andere doch erstmal so viel Schneid aufbringen, ihm das ins Gesicht zu sagen!«

Trina ließ einen weltverdrossenen Seufzer hören. »Uns liegen Bilder von Überwachungskameras vor, wo zu sehen ist, wie Kinder – nicht Ihre, Dave, sondern junge Heranwachsende überhaupt – ihren Klassenkameraden Geld wegnehmen oder sie mit körperlicher Gewalt einschüchtern.«

»Leben wir hier in einem Überwachungsstaat oder was?«, fauchte Dave. »Hat hier noch keiner was von Recht auf Privatsphäre gehört?« Alle Arbeiter-Eltern, alle Arbeiter-Sprösslinge und etwa ein Drittel des Studiopublikums spendeten lautstark und solidarisch Beifall. Ich hätte heulen können.

Ich ging zum Klo. Immer noch besetzt. Von dem weiten Weg dorthin außer Atem, scheute ich den Rückweg zu meinem Zimmer. Also setzte ich mich auf die Treppe zum dritten Stock und versuchte möglichst unauffällig zu sein. Auf dem Klo kann ich es nicht ertragen, wenn jemand in Hörweite ist. Von meiner Mutter habe ich gelernt, mich des Entleerungsdrangs zu schämen. Und für den Fall, dass dort drinnen jemand saß, den man auf ähnliche Weise erzogen hatte, verhielt ich mich so leise wie möglich.

Als sich die Tür endlich öffnete, kam zu meiner Überraschung Cathy heraus, das jüngste der drei Kinder von Mrs. Cavanaugh. Ich war ihr vor Monaten, als ich gerade einzog, einmal kurz begegnet und fand sie ziemlich schwierig – aber wer ist das mit fünfzehn nicht? Sie schien stark abgenommen zu haben. Und sie war auch vorher schon schlank gewesen.

»Alles in Ordnung, Cathy?«

»Yeah. Okay.« Hatte ich es in ihrem Alter auch als so große Zumutung empfunden, anderen Leuten in die Augen sehen zu sollen? Ich konnte kaum glauben, dass sie sich nicht an mich erinnerte. Jedenfalls beherbergte ihre Mutter nicht noch mehr Mieter von solcher Leibesfülle. Zwei von uns in einer Hälfte des Hauses, und es würde umkippen! Ich rief ihr meinen Namen ins Gedächtnis und fragte, was sie im Oktober zu Hause machte. Soweit ich wusste, ging sie auswärts zur Schule.

»Kleine Pause«, sagte sie mit einem leicht verunglückten Lächeln. Offenbar wollte sie nur weg von mir. Ich ließ sie.

Ich ging auf mein Zimmer zurück, suchte aus dem Littlewood-Katalog ein paar Geschenke für Kate heraus, dachte an Kinder, die ihre Mitschüler tyrannisieren, und schämte mich bei dem Gedanken, dass ich nicht immer nur zu den Misshandelten gehört hatte. Zwischen meinem elften und dreizehnten Lebensjahr war ich sogar selbst ein waschechter Tyrann gewesen.

Mary Priscilla Enser, eine meiner Klassenkameradinnen von der Grundschule, war ein bisschen seltsam. Sie hatte ein scharfgeschnittenes Gesicht und krauses Haar und, wie jedenfalls die anderen in der Klasse fanden, einen bescheuerten zweiten Vornamen. (Mädchen hatten Susan, Nancy, Cathy, Patty, Bonnie oder auch Melody zu heißen. Es war ja nicht so, als ob ihre Eltern keinen Spielraum gehabt hätten.) Auf die Spötteleien an meiner Schule – und wahrscheinlich an jeder anderen Schule der Menschheitsgeschichte – gab es eine und nur eine brauchbare Antwort: Man schlug dem Spötter so fest auf die Nase, dass sie blutete, beziehungsweise, wenn man ein Mädchen war, machte man den Spötter durch noch viel gehässigere Spötteleien fertig. Mary Priscilla aber sah einen nur leicht verwirrt an. Ihre Augen fragten: »Ich hab noch nie ein Wort mit dir gesprochen, warum willst du mir wehtun?«

Je weniger sie sich wehrte, desto grausamer wurde sie natürlich verspottet; das ging so weit, dass sie in der Klasse praktisch für alles herhalten musste. (Ich hatte niemals auch nur die Hälfte von dem zu erleiden, was sie zu ertragen hatte, auch wenn mir das damals nicht so vorkam.) Wie Kinder späterer Generationen einander als Deppen oder Schwachköpfe beschimpften, beschimpften wir einander als Priscillas. Nach altehrwürdiger amerikanischer Tradition, die bis ins Salem des 17. Jahrhunderts zurückreicht, beschuldigten wir sie, eine Hexe zu sein. Wir machten ihr die Schule zum Albtraum.

Und wer war immer an vorderster Front dabei und versuchte die Wertschätzung seiner Klassenkameraden zu erlangen, indem er Mary Priscilla Enser phantasievoller und unerbittlicher quälte als alle anderen? Ich, der aus eigener Erfahrung wusste, wie weh es tat, geschnitten und verhöhnt zu werden. Ich, der von allen das meiste Mitgefühl hätte haben müssen.

Ich habe meine Rechtfertigungen, meine absolut inakzeptablen Rechtfertigungen. Wer konnte mir vorwerfen, dass ich meine Klassenkameraden ermutigte, zur Abwechslung mal jemand anderen als mich zur Sau zu machen? Und wer konnte mir meine Verachtung für Priscilla ausreden, wenn mich ihre Passivität so lebhaft an meine eigene erinnerte?

Irgendwo habe ich noch das kleine Poesiealbum, das alle Schüler nach dem sechsten Schuljahr bekamen, bevor es dann mit dem unvorstellbaren Horror der Mittelstufe weiterging. Auf der ersten Seite klebt ein Klassenfoto. An den Rand habe ich als Zwölfjähriger in meiner frühreif akkuraten Schönschrift die Namen aller meiner Klassenkameraden verzeichnet. Nur in einem Fall habe ich nicht den Namen, sondern ein Attribut hingeschrieben. Hexe.

Heute glaube ich, es ist eher die Ausnahme als die Regel, dass man bekommt, was man verdient. Arrogante Wichser, ausgestattet mit keinerlei Talent, aber unglaublichem Glück, scheffeln als Dreißigjährige ein Vermögen und geben sich für den Rest ihres Lebens der Einbildung hin, clever und talentiert zu sein, wobei andere, die auch was von deren Geld abhaben wollen, vor ihnen katzbuckeln, als wären sie tatsächlich clever und talentiert. Umgekehrt fristen großmütige, liebenswürdige, arbeitsame, wirklich talentierte Leute ein Leben in kaum erträglicher Frustration oder verlieren ihre Kinder bei verrückten Verkehrsunfällen.

Im Fall von Mary Priscilla Enser bekam ich jedoch genau, was ich verdiente. Es war im zweiten Halbjahr der fünften Klasse, die Wahl des Klassensprechers und seines Stellvertreters stand kurz bevor, und aus unerklärlichen Gründen war bei uns gerade eine Epidemie von Anstand, Menschlichkeit und Fairness ausgebrochen – jedenfalls wurden Mary Priscilla und ich als Kandidaten aufgestellt. Ich war außer mir vor Freude. Nicht mal in ihren kühnsten Träumen konnte die Hexe glauben, auch nur eine einzige Stimme zu bekommen!

Ich landete weit abgeschlagen auf dem zweiten Platz.

Als die EMI endlich befand, man könne Kate ins Studio holen, stellte Andrew Powell, der offenbar meinte, die KT Bush Band sei zwar für Kneipenauftritte, aber nicht für Plattenaufnahmen brauchbar, sie den Musikern vor, die er als ihre Studioband angeheuert hatte – Schlagzeuger Stuart Elliot und Keyboarder Vuncan MacKay von Cockney Rebel, Gitarrist Ian Bairnson und Bassist David Paton von Pilot. Die Thematik einiger Songs, die sie ihnen vortrug, war ihnen peinlich – der Inzest in »The Kick Inside« zum Beispiel, oder die ungewöhnlich offene Äußerung weiblicher Lust in »L'Amour Looks Something Like You«. Vor allem aber waren sie erstaunt, wie gut Kate sang und wie exzellent die Songs komponiert waren. Falls sie vorgehabt hatten, die neunzehnjährige Anfängerin von oben herab zu behandeln und sich ihr gegenüber als ausgebuffte Studiocracks aufzuspielen, war davon jedenfalls nach der ersten Session nichts mehr übrig. Zumal sich herausstellte, dass sie nicht nur eine phantastische Sängern und Songschreiberin war, sondern auch noch bereitwillig Tee für alle machte und Sandwichs holte.

Sieben Wochen später war das Album fertig. EMI plante die Veröffentlichung für November und versorgte die Rundfunkstationen mit Vorausexemplaren. Die Hörer von Tony Myatts *Late Show* auf Capitol Radio fanden Kates Musik ziemlich, sagen wir mal, ... strange und weiß Gott was alles.

Dennoch wollte sich kaum einer damit begnügen, dieses bizarre Zeug nur einmal zu hören.

Sie ließ sich von Gered Mankowitz fotografieren, der Mitte der sechziger Jahre mit seinen Fotos der Rolling Stones bekannt geworden war. Ihre Energie nahm ihn so sehr mit, dass er am Ende der Fotosession gestand, er sei »fix und fertig«. Heterosexuelle Männer konnten das beim Betrachten der Bilder allerdings kaum nachempfinden.

Aber stopp! Plötzlich hatte Kate eine bessere Idee für das Cover als die Graphikdesigner von EMI. Mankowitz' sinnliche Fotos gefielen ihr nicht, sie verlangte ein Bild, das den Song »Kite« illustrierte, und so musste das Erscheinen des Albums bis nach Weihnachten verschoben werden. Die nächste Kränkung stand ins Haus, als EMI als erste Singleauskopplung ausgerechnet »James And The Cold Gun« herausbringen wollte. Als Bob Mercer, der nicht so recht daran glaubte, dass sich auf dem Album (bei dessen hausinterner Vorstellung einige EMI-Mitarbeiter ein mulmiges Gefühl bekamen) überhaupt ein hitverdächtiger Song befinde, ihr unmissverständlich klar machte, er wisse schon, was zu tun sei, brach sie frustriert in Tränen aus. Darauf geschah, je nachdem welcher Legende man Glauben schenken möchte, eins von zwei Dingen. Entweder sagte Mercer, er werde das von ihr favorisierte »Wuthering« als erste Single herausbringen, obwohl selbst die Putzfrauen, die nachts in seinem Büro staubsaugten, dem Song nicht die geringste Chance gaben, und dann werde sie halt sehen, wie töricht und halsstarrig ihre Entscheidung gewesen sei. Oder aber sein Kollege Terry Walker kam zufällig gerade vorbei und erklärte beiläufig, für ihn käme nur »Wuthering« als erste Single in Betracht.

Er und Kate lagen genau richtig, Mercer und die Putzfrauen voll daneben. Nach handwerklichen Kriterien war der Song zwar ziemlich missraten, Text und Melodie so schlecht aufeinander abgestimmt, dass die arme Kate manches Wort auf der falschen Silbe betonen und manch anderes Wort mit zusätzlichen Silben ausstopfen musste; und Bairnsons Gitarrensolo in der Koda plätscherte auch nur irgendwie ziellos vor sich hin. *Aber wen interessierte das?* Kates waghalsiger Gesang war schlichtweg atemberaubend. Hatte man jemals eine so hohe, so absonderliche Stimme vernommen? Und das Arrangement! Wenn Andrew Powell in dem Takt vor Beginn des Refrains seinem Bass jenen Ton entlockt, möchte einem schier die Lunge platzen. Natürlich hat man das schon auf zahllosen großartigen Platten gehört – diese unerträglich zum Ende einer Strophe hin sich steigernde Spannung, die dann im Refrain gelöst wird. Aber selten in solcher Vollendung.

Alles in allem war der Song sensationell, übermütig, unwiderstehlich, unabweislich, wunderbar, ein belebender frischer Wind! Auch nach fünfundzwanzig Jahren bekommt man noch eine Gänsehaut, wenn man ihn hört. Verglichen damit kann man die erste Single der Beatles, »Love Me Do«, oder die erste Single der Rolling Stones, »Come On«, nur als Lachnummer bezeichnen.

Im *Record Mirror* wurde die Platte von einer ahnungslosen blöden Kuh verrissen, aber zwei Wochen später kam sie auf Platz 42 der Charts, und am Ende der ersten Märzwoche hatte sie die Spitze erklommen. Nicht zuletzt hatte wohl auch das von EMI auf Londoner Bussen platzierte Plakat (auf dem Kates rechte Brustwarze darauf hinzuweisen schien, dass es in Mankowitz' Studio ziemlich frisch gewesen war) seinen Anteil daran, dass sich die Leute in den Läden förmlich um das Album rissen.

Und damit fing für Kate ein neues Leben an. »So hatte ich mir das nicht vorgestellt«, gab sie Jahre später zu. »Ich wollte bloß ein Album machen. Ich hatte seit meiner Kindheit Songs geschrieben, und die wollte ich auf einem Album sehen. Das war mein Ziel gewesen – dass ich auf die Rillen schauen und mir sagen konnte: ›Dies stammt von mir.‹« Plötzlich hatte sie absolut keine Zeit mehr für sich selbst, keine Zeit für Freunde, keine Zeit zum Lesen oder Fernsehen, nicht einmal mehr

Zeit, ein Bad zu nehmen, wann sie es wollte. Ein Presseinterview und ein Fernsehauftritt nach dem anderen – in der Kindersendung *Magpie* auf ITV, in der Nachrichtensendung *Today*, in *Saturday Night At The Mill* auf BBC: Der Starkult brach wie eine gierige Bestie über sie herein und fraß sie bei lebendigem Leibe. Bei ihrem Auftritt im HMV-Laden in der Londoner Oxford Street musste sie auf einen Tisch steigen, um zu der unerwartet (erschreckend!) großen Menschenmenge zu sprechen, die nur herbeigeströmt war, um sie anzugaffen.

Die Briten bilden sich viel auf ihren Humor ein, und hier war mal wirklich was zu schmunzeln. Indem man sie zwang, unablässig Interviews zu geben, nahm man ihr genau das, was sie für die Interviewer überhaupt erst interessant gemacht hatte. Aber sie stammte aus einer anständigen Familie, und sie war mit allen Wassern gewaschen. Also warf sie den Reportern immer wieder schmackhafte Brocken hin, zum Beispiel den, dass Emily Brontë in den sieben Jahren, die sie an *Wuthering Heights*, dem Roman, gearbeitet habe, nach und nach von der Schwindsucht dahingerafft worden sei, während sie, Kate, bei der Arbeit an »Wuthering Heights«, dem Popsong, eine furchtbare Erkältung gehabt habe.

Und sie waren begeistert. Vernahmen begeistert, dass sie *Wuthering Heights* gar nicht gelesen, sondern nur die letzten Minuten der Verfilmung von 1938 gesehen habe, mit Merle Oberon als Cathy und Sir Larry als Heathcliff, und das sei ja so kitschig gewesen! Fabelhaftes Sakrileg: Das drucken wir! Und verschwörerisch grinsend senkte sie die Stimme und tat kund, wie dankbar sie sei, dass die Schreiberlinge der Boulevardzeitungen offenbar nie die Texte der Songs läsen. Wenn Mrs. Whitehouse Wind davon bekäme, worum es im Titelsong des Albums tatsächlich ging (Inzest und Selbstmord), würde sie garantiert einen Riesenaufstand machen.

Das Video zu »Wuthering«, in dem Kate, eindeutig frische Absolventin zahlreicher Tanzstunden und unverfroren Lindsey Kemp nacheifernd, einen so herausfordernd lächerlichen Eindruck machte, ließ Blödelkomiker wie Bobby Davro und Faith Brown vor Entzücken in Ohnmacht sinken. Ein Festschmaus!

## *Das schlechteste Sorbet aller Zeiten*

Ich sehnte mich danach, mit Nicola zu reden, sehnte mich nach ihrer Beteuerung, dass sie von der Kneipe nicht mit Tarquin nach Hause gegangen war, und sehnte mich nur etwas weniger, oder vielleicht auch ein wenig mehr danach, von ihr zu hören, dass sie tatsächlich mit ihm nach Hause gegangen war. Je unerreichbarer sie mir schien, desto mehr wollte ich sie erreichen.

Kurz glaubte ich, jemand habe bei mir angeklopft, aber das war unmöglich, da nie jemand bei mir anklopfte. Wenn Mrs. Cavanaugh zweimal wöchentlich zum Staubsaugen kam, klopfte sie nicht, sondern hämmerte an die Tür. Ich stand nicht auf. Und dann doch. Es war Cathy gewesen, die schon Dreiviertel des Flurs wieder hinter sich hatte. Ich rief ihr zweimal nach. Beim zweiten Mal hörte sie mich. Sie brauchte einen Augenblick, bis sie zu dem Schluss kam, es lohne die Mühe, noch einmal durch den Flur zurückzukommen.

Sie musste mit jemandem reden. Außer mir war niemand im Haus. Die anderen Mieter waren ausgegangen, und ihre Mutter befand sich auf der ersten ihrer wöchentlich drei Einkaufsexpeditionen.

Sie nahm zögernd Platz und sagte: »Ich hab eine Essstörung. Hat mir der Arzt vor zwei Monaten gesagt.«

Das waren natürlich schlimme, schockierende Neuigkeiten. Ich wusste nicht, was ich sagen sollte.

»Der Arzt hat mir so einen Nährstoffbrei gegeben, den ich essen soll. Absolut ekelhaft. Ich krieg das Zeug nur runter – und ich esse sowieso nur ein Fünftel von dem, was ich essen soll –, wenn ich es vorher einfriere. Schmeckt wie das schlechteste Sorbet aller Zeiten, aber längst nicht so schlecht wie bei Zimmertemperatur.«

»Oh, Cathy«, brachte ich schließlich heraus, »das ist ja eine sehr traurige Geschichte.«

»Vor ein paar Wochen bin ich fast anderthalb Tage lang praktisch blind gewesen. Macht mir echt Angst.« Ich erkannte mit Schrecken, dass sie im Grunde stolz darauf war. »Ich glaub, wenn ich nicht so fett wäre, dürfte ich nicht so einfach zu Ihnen ins Zimmer kommen. Weil ich mir ja Sorgen machen müsste, dass Sie mich antatschen.«

Ich kam mir vor, als wäre ich durch den Spiegel gefallen. Wenn hier einer fett war, dann ich. Sie sah aus wie ein Skelett. Nie wäre ich auf die Idee gekommen, irgendjemand hätte sich selbst in seinen wildesten Träumen vorstellen können, dass es zwischen uns auch nur die geringste erotische Anziehung geben könnte. Bei dem Gedanken musste ich mich schütteln.

»Du bist alles andere als fett, Cathy.«

»Na ja, darum geht's ja bei dieser Krankheit. Wenn ich in den Spiegel schaue, sehe ich da einen Fettsack, noch abartiger als Ihre neue Freundin.« Ich starrte sie verdattert an. »Die Schwester meiner Freundin Jennifer arbeitet in der Kneipe, wo Sie gestern Abend waren«, erklärte sie. »So was spricht sich rum.«

Ich wusste nicht, sollte ich wütend sein oder mich geschmeichelt fühlen, weil da jemand in meine Privatsphäre eingedrungen war. Ich entschied mich für Letzteres, bekannte mich aber zu Ersterem: »Du hast mir nachspioniert, stimmt's, Cathy?«

Sie zuckte die Achseln. Ich erkannte, es war ihr Atem, den ich schon die ganze Zeit gerochen hatte. »Ich weiß, das hört sich erbärmlich an. Aber ich mag Sie seit dem Tag, als Mum Sie bei uns aufgenommen hat. Mir ist schon klar, dass da nichts draus werden kann.«

»Cathy, Herrgott. Ich könnte dein Großvater sein, wenn ich früh genug angefangen und ein Kind hätte, das ebenfalls früh genug angefangen hätte.«

»Sie könnten auch der Großvater von der Vettel gestern sein, biologisch jedenfalls.« Sie strich die Bettdecke unter sich glatt. Dabei war sie kaum schwer genug, eine sichtbare Falte darin zu erzeugen. »Aber die mögen Sie wahrscheinlich, weil sie nicht so fett ist wie ich.«

»Was könnte denn ein hübsches junges Ding wie du bloß mit einem wie mir anfangen?« brachte ich heraus und schämte mich, eine solche Frage zu stellen.

»Ich habe Ihre Werbung für Marcel Flynn gesehen. Sie waren damals gut in Form. Das wissen Sie doch selbst.«

Nun ja, das konnte man so oder so sehen. Meine Pracht und Herrlichkeit wurde mir praktisch über Nacht zuteil. Eben noch war ich Leslie Herskovits gewesen, der Schüler, der von allen anderen herumgeschubst wurde, das Mauerblümchen, der Versager an der Kletterstange. Und im nächsten Augenblick war ich völlig verwandelt, das merkte ich schon daran, wie die Frauen plötzlich auf mich reagierten. Wenn ich zu drei Frauen in einen Aufzug stieg, verstummten sie. Starrten mich an. Kicherten. Und jedes Mal warf eine die Angel aus, um sich vor den anderen aufzuspielen, und fragte mich, ob wir uns nicht mal auf einen Drink treffen könnten. Wenn ich in eine modische Singlebar trat (meine Einsamkeit trieb mich zu Verzweiflungstaten), ließen Frauen die armen Teufel sitzen, von denen sie sich hatten anquatschen lassen, zogen den Bauch ein, drückten die Brust raus und warfen mir lüsterne Blicke zu. Das war ergötzlich. Und peinlich.

Kate hätte das verstanden. Eben noch war sie die unbekannte kleine Tochter eines Arztes aus den Vorstädten mit einer absurden Sammlung guter Schulnoten gewesen, und im nächsten Augenblick ist sie ein märchenhafter Superstar, eine Frau, deren Bild auf den Titelseiten sämtlicher Zeitschriften prangt, die von Bobby Davro und Faith Brown im Fernsehen parodiert wird, der die Leute auf der Straße schamlos nachstarren und deretwegen Busse Verspätung haben, weil Scharen von Männern davor stehen und mit offenem Mund den Umriss ihrer erigierten Brustwarze begaffen.

»Aber das war zu einer Zeit, als du noch gar nicht auf der Welt warst«, sagte ich. »Das war vor einer Ewigkeit.«

»Aber irgendwie spielt das keine Rolle. Für mich haben Sie immer noch Marcel-Flynn-Hosen an und sehen besser aus als jeder andere, den ich kenne. Angenommen, ich überlebe meine Magersucht. Wie stehen meine Chancen, einen Mann kennen zu lernen, der jemals so gut ausgesehen hat oder so gut aussehen wird wie früher einmal Sie? Nahezu null, nehme ich an.« Sie seufzte schwer. Es roch nicht sehr angenehm.

»Die Muskeln haben ein Gedächtnis, oder wie nennt man das? Sie werden das immer in sich drin haben, die Erinnerung daran, wie das war, als Sie so unglaublich gut ausgesehen haben. Und das gibt Ihnen etwas, das keiner, mit dem ich jemals ausgehen werde, jemals haben wird. Bei Frauen ist es ja auch nicht anders. Diese alten Filmstars, diese ehemaligen Sexbomben, haben immer phantastische junge Männer im Schlepptau. Und es ist nicht bloß ihr Geld, das diese Männer anzieht. Ich würde wetten, viele von diesen Frauen sind gar nicht mehr reich. Ich meine, für ehemalige Sexbomben gibt es doch bestimmt nicht viele Rollen. Ihre berühmten Riesentitten würden ihnen bis zum Nabel hängen, wenn sie nicht mit Silikon ausgestopft wären. Und die meisten haben auch noch diesen irritierenden, immer leicht entsetzten Gesichtsausdruck, den man spätestens nach dem zweiten Lifting bekommt. Nein, was diese Männer anzieht, ist das Wissen, dass es einmal Zeiten gegeben hat, wo Millionen Männer Fotos ihrer Freundinnen bei sich im Schlafzimmer hängen hatten.«

Zu meine Schande bemerkte ich, dass ich tatsächlich begann sie attraktiv zu finden – wegen ihrer altklugen Intelligenz, wegen der Selbstsicherheit, mit der sie sich ausdrückte. Ich fing an zu schwitzen.

»Ehrlich, Cathy, was könnte einer wie dir an einem fetten Schwein wie mir gefallen?«

Wie seltsam sie mich anschaute. Ich musste den Blick abwenden. Als ich wieder hinsah, bemerkte ich zu meinem Entsetzen Tränen in ihren Augen.

»Sie verarschen mich, oder?«, sagte sie vorwurfsvoll und stand auf. »Na ja, warum auch nicht? In der Schule haben das auch alle mit mir gemacht. Ich hab immer gedacht, nur auf den Dicken hackt man rum. Jetzt weiß ich's besser.«

Kurz schien es mir, als könnte sie zusammenklappen. Am liebsten hätte ich sie in die Arme genommen, aber das war nach dem, was sie mir gebeichtet hatte, wohl nicht mehr ratsam. Ich musste an Michael Jackson denken, wie grausam man über ihn hergefallen ist, weil er minderjährige Jungen zu sich ins Bett eingeladen hat. Und dass ihm, falls er für diese Jungen Ähnliches empfand wie ich für Cathy, die Empörung der Welt in der Tat vollkommen unverständlich sein musste. Wofür man natürlich noch grausamer über ihn herfallen würde.

Man kann sich in dieser Welt nicht verstecken, wenn man sagenhaft reich ist.

Sie setzte sich wieder, da ihr das Stehen offenbar zu anstrengend war. Und starrte einen Fleck auf der Bettdecke an. »Vielleicht bilden die sich ein, ihre Scherze über schlanke Mädchen täten nicht so weh wie ihre Scherze über die Dicken. Kann man die Logik solcher Leute begreifen?

›Dreh dich nicht zur Seite, Cathy, sonst sieht man dich nicht mehr.‹

›Könnte mal jemand diesen gebrauchten Zahnstocher in den Mülleimer werfen?‹

›Cathy, wenn du ein Bonbon verschluckst, denken die Leute, du bist schwanger.‹

Sehr witzig. Nur nicht für den, der sich so was anhören muss. Besonders wenn man sich im Spiegel sieht und überhaupt nicht versteht, was die eigentlich meinen.«

Ich erkannte mit Schrecken, wie vertraut mir selbst dieses Gefühl in letzter Zeit geworden war. Noch mehr erschrak ich über die Plötzlichkeit, mit der sich ihre Stimmung änderte. »Sie brauchen sich nicht geschmeichelt zu fühlen«, sagte sie und machte Anstalten, ein zweites Mal aufzustehen. »Ich war nur auf Ihre Kohle scharf. Wenn ich meine Krankheit überwinden könnte, hätte ich zwei Möglichkeiten. Ich könnte, auch wenn ich inzwischen jede Form von Unterricht hasse, ein Studium anfangen und irgendeinen Abschluss machen, der mir zu einer Arbeit verhilft, zu der ich dann jeden Morgen mit Angst und Schrecken gehen muss. Oder ich könnte einen reichen älteren Mann heiraten, dessen Vermögen ich erbe, wenn er stirbt. Auf die Weise hätte ich wahrscheinlich nur ein paar Jahre zu leiden. Während ich mich mit der Arbeit bis ans Ende meines Lebens zu quälen hätte.«

Sie war, so schien es mir, Gramm für Gramm das zynischste Mädchen des Planeten. Oder aber sie versuchte mir wehzutun, weil ich ihr wehgetan hatte, obwohl mir das vollkommen fern gelegen hatte. »Nur aus Interesse«, sagte ich. »Wie kommst du darauf, dass ich Kohle habe?«

»Weil ich in *Marie Claire* gelesen habe, dass Supermodels Tantiemen kriegen. Da stand, die Ersten, die das bekommen haben, waren Männer.«

Ich musste lachen. »Und wann soll das angefangen haben, Cathy?«

»Das stand da nicht.«

»Vermutlich in den letzten zehn Jahren, nehme ich an, eher noch in den letzten fünf. Auf alle Fälle kann ich dir versichern, dass ich niemals Tantiemen bekommen habe, für gar nichts, auch nicht für die Marcel-Flynn-Geschichte.«

Sie sah mich verwirrt an. »Und wovon leben Sie dann? Arbeit haben Sie ja anscheinend keine.«

»Geht dich das was an? Meine Mutter ist gestorben. Die letzten neun Jahre ihres Lebens hatte sie Alzheimer, und ihre Pflege war ziemlich teuer. Aber es war doch noch etwas übrig, als sie schließlich starb. Meine Schwester und ich haben es uns geteilt.« Ich wartete, damit sie mir sagen konnte, wie leid ihr das täte.

»Du liebe Zeit. Schämen Sie sich denn nicht?«

»Schämen? Wieso?«

»Von dem Geld zu leben, das Ihre Mutter hinterlassen hat. Statt zu arbeiten.«

»Was für eine Anstellung soll denn einer bekommen, der so fett ist wie ich?«, fragte ich, ohne den Ärger in meiner Stimme zu unterdrücken. Ich sah keinen Anlass zu erwähnen, dass ich bis vor kurzem ein paar hundert Pfund im Monat als George-Clooney-Doppelgänger verdient hatte: im Abendanzug oder in italienischer Freizeitkleidung, die mir die Agentur zur Verfügung stellte, besuchte ich Premieren am Leicester Square, und dann lag es an den anderen, ihre Schlüsse zu ziehen.

Als sie den Gedanken, ich könnte sie verarschen, endgültig von sich schob, sah Cathy für den Bruchteil einer Sekunde ihrer Mutter zum Verwechseln ähnlich. Man hätte schwören können, dass sie unzählige Stunden vor dem Spiegel gesessen und anhand einer Videoaufzeichnung der Szene, als ich Mrs. Cavanaugh erklärt hatte, ich bräuchte einen Kran, um aus dem Haus zu kommen, den Gesichtsausdruck ihrer Mutter studiert hatte. Ihre Stimme wurde sanft. »Ja, ich glaube, darüber könnte man mal nachdenken.«

Tatsächlich hatte ich ursprünglich vorgehabt, meiner Schwester anzubieten, sie solle die gesamte Erbschaft für sich behalten. Jemand, der seine Mutter so hasste wie ich, sollte alles Geld von ihr zurückweisen. Allenfalls hätte ich es für meine Tochter Babooshka anlegen können. Dann aber – und das war nun ganz typisch für mich – fiel mir eine Rechtfertigung ein, das Geld trotzdem anzunehmen: Ich betrachtete es als Wiedergutmachung. Hatte ich unter den Folgen meiner verkorksten Erziehung nicht unendlich zu leiden gehabt? Und wer, wenn nicht meine Mutter, hatte denn meine Erziehung verkorkst?

Das alles brauchte Cathy nicht zu wissen und würde sie wahrscheinlich auch gar nicht nachvollziehen können. Nein, ich log mir schon wieder in die Tasche. Natürlich würde sie so ziemlich alles begreifen können, was ihr die Welt vor die Füße warf. Alles außer ihrer eigenen Situation.

Während sich »Wuthering« lebhafter Nachfrage erfreute, absolvierte Kate einen schlecht vorbereiteten Auftritt in *Top of the Pops*: Ihr Outfit – schwarzes Top, rote Hose und schwarze Stilettos – entsprach nicht gerade dem, was man sich unter Cathy Earnshaw (der Figur, um die es in dem Song geht) vorstellen mochte. Als sie die Aufzeichnung ansah, sprach sie die unsterblichen Worte: *Das ist, als ob ich mir beim Sterben zusehen würde. Hat denn keiner gemerkt, dass ich viel mehr Zeit gebraucht hätte, um das richtig hinzukriegen*?

Nun, es wurde bemerkt; sie selbst schien jedoch nicht zu begreifen, dass man das Eisen schmieden muss, solange es heiß ist. Europa liebte ihren Song über Cathy und Heathcliff, und eines hektischen Morgens wurde sie von der EMI für eine Sendung des italienischen Fernsehens nach Verona geflogen, wo sie zum Playback des Songs die Sängerin mimen sollte. Als sie auf die Bühne trat, sah sie durchs Blitzlichtgewitter der Fotografen ein paar hundert Leute. Und wer konnte ihr zum Vorwurf machen, dass sie die für ihr Publikum hielt? Dann aber drehte sich die Bühne plötzlich um 180 Grad, und sie befand sich in einem Stadion, in dem mehr enthusiastische Zuschauer saßen, als sie je auf einem Fleck gesehen hatte – und sie hatte immerhin schon The Who und Bowie live gesehen. Mädchen, du bist jetzt nicht mehr in The Rose of Lee in Lewisham. Irgendwie brachte sie die Nummer hinter sich, machte eine Verbeugung, und schon war sie wieder in Heathrow. Wie in einem ausgeflippten Märchen!

Das Album erreichte schließlich sogar Rang 3 der Charts und wurde mit Doppelplatin ausgezeichnet. Selbst in Amerika wurde man aufmerksam. »Der Refrain von ›Feel It‹ ist erotischer«, log die einst so hochmütige Zeitschrift *Crawdaddy*, »als alles, was uns Donna Summer vorgestöhnt hat.«

Ich weigere mich, auch nur einen Gedanken daran zu verschwenden, warum vor und nach »Moving«, dem ersten Song des Albums, Walgesänge zu hören sind. Was auch immer sie damit sagen wollte, man musste sich jedenfalls darauf einstellen, sich nicht von der leidenschaftlichen Affektiertheit ihres Gesangs ablenken zu lassen. Aber dann hatte man es immer noch mit ihren Texten zu tun (»The stars that climb from her bowels / Those stars make towers on vowels«), die fast immer wirr und unverständlich erschienen. Man weiß fast nie, wer eigentlich in diesen Songs spricht, oder wer da angesprochen wird.

Und dennoch, die Melodien einiger Refrains – zum Beispiel von »Strange Phenomena« und dem karibisch beeinflussten »Kite« – waren von so berauschender Schönheit, dass man ihr alles andere verzeihen konnte.

Es ist beklemmend, sich auszumalen, warum sie ausgerechnet und nur in »The Man With The Child In His Eyes« so peinlich darauf achtete, sich nicht wie eine Neunjährige anzuhören. Der Text mag stellenweise stark daneben sein, am Ende aber lässt man sich trotz allem von Kates unaussprechlich schönem Gesang erobern.

Was aber den Titelsong betrifft, so hätte ihr A. Powell raten sollen, eine andere Tonart zu wählen, denn bei den stratosphärischen Höhen, zu denen sie sich hier aufschwingt, verliert man rasch alles andere aus dem Blick. Es wirkt wie Angeberei.

Bei anderen Songs – »Feel It«, »L'Amour Looks Something Like You« und »Room For The Life« – war ihr melodisches Talent offenbar gerade zum Sandwichholen in der Oxford Street.

In »Oh To Be In Love«, dem frühesten ihrer Lieder (neben »Wuthering«), in dem sie die romantische Liebe unnachahmlich zynisch aufs Korn nimmt – wie nicht mehr seit dem Stück »Love Hurts«, das Felice und Bordeleaux Bryand für die Everly Brothers schrieben –, setzte sie erstmals ihren berühmt gewordenen Kunstgriff ein: Sie zog sich selbst durch den Kakao, indem sie mit der Stimme für kurze Zeit in ihre tiefere Tonlage wechselte. Nie zuvor in der westlichen Popmusik war das Wort »Baby« als Anrede weniger überzeugend (oder besser höhnischer?) gesungen worden als in »James And The Cold Gun«, und hätte dies jemand auf einer Bühne im West End getan, wäre er als manierierter Effekthascher gnadenlos geschmäht worden.

Lässt man das Album im 21. Jahrhundert nochmals an sich Revue passieren, erinnert einen »The Saxophone Song« nahezu unweigerlich an Lisa Simpsons weitaus anspruchsvolleren »Sax Man«. Und das im ganzen Song störend hervorstechende, unnatürlich trockene Schlagzeug macht überzeugend klar, dass, hätte Hugh Padgham nicht wenige Jahre später natürlicher klingende Aufnahmetechniken wie *gated reverb* und *ambient miking* erfunden, dies zweifellos jemand anders hätte tun müssen.

Ich habe versucht, meine Sünden gegen die arme Mary Priscilla Enser wieder gutzumachen, bin dabei aber nie so weit gegangen wie mein bester Freund aus Modelzeiten, der sich auf jeder Party den am unbehaglichsten dreinschauenden Gast heraussuchte und dann den ganzen Abend damit verbrachte, dem oder der Betreffenden das Gefühl zu vermitteln, hübsch, geistreich und charmant zu sein. Zwar entging mir nicht, dass diese Leute seine altruistischen Wohltaten mit großem Dank entgegennahmen, jedoch schien es mir ein wenig geschmacklos, dass er sie gewissermaßen als Medium zur Bekundung seiner eigenen Großartigkeit benutzte. *Ich interessiere mich nicht wirklich für Sie und würde jetzt eigentlich viel lieber alles daransetzen, mir das hübscheste Mädchen hier zu angeln. Aber da sehen Sie eben, wie selbstlos ich bin.*

Meine Wiedergutmachung sah so aus, dass ich Babooshka (hatte es je auch nur die geringste Chance gegeben, dass ich sie eines Tages spontan mit einem anderen Kosenamen anreden würde?), als sie in der vierten und fünften Klasse war, dringend ermahnte, es besser zu machen als ich. Wenn man sich für Leute einsetzt, auf denen die anderen herumhacken, erklärte ich ihr, werden einen nicht nur diese Leute lieben, sondern auch die, die auf ihnen herumhacken. Es ist das Einfachste von der Welt (wie ich aus Erfahrung wusste!), als Teil eines Haufens einen Mitmenschen zu quälen. Aber selbst die Quäler werden deinen Mut anerkennen.

Im großen ganzen hat es nicht funktioniert, denn wie ich von ihr zu hören bekam, war sie es oftmals selbst, gegen die die anderen sich zusammenrotteten. Oh, das war Musik in meinen Ohren.

In der Hoffnung, ihr zu einigem Ansehen zu verhelfen, meldete ich mich freiwillig als Nachhilfelehrer für ein paar Schüler ihrer Klasse und bot nach Schulschluss auch noch Schauspielunterricht an. Ich verbrachte viel Zeit an ihrer Schule. Kleidung, Ausdrucksweise und Frisuren wirkten ein wenig anders als siebenunddreißig Jahre zuvor, aber der Sadismus war noch immer genau derselbe. Zwei ihrer Mitschüler waren besonders passiv und wurden daher am eifrigsten gequält: Bei dem einen handelte es sich um den klügsten und kreativsten, bei dem anderen um den bestaussehenden Jungen der Klasse. Ihre geistigen und körperlichen Vorzüge nützten ihnen freilich gar nichts. Unablässig wurden die beiden vor ihren Klassenkameraden gepiesackt und gedemütigt, und zwar entweder von dem mickrigen Freizeit-HipHopper mit den langen Wimpern, der im Unterricht immer nur Motorräder zeichnete, oder von dem schwer gestörten Sohn eines prügelnden versoffenen Rockers (so wurde es mir jedenfalls erzählt).

Der Lehrer erlaubte mir, vor der Klasse zum Thema Mut zu sprechen. Ich erklärte ihnen, es brauche viel mehr Mut, für jemanden einzutreten, auf dem die anderen alle herumhacken, als sich diesen anderen einfach anzuschließen. Die Schüler sahen mich seelenvoll an, alle außer Jack, der HipHopper, und Karl, der Rockersohn und Zwangsneurotiker.

Ich gründete einen Klub, den Klub der Freundlichen, und bot jedem in der Klasse, der den Mut aufbrachte, für jemanden einzutreten, der von den anderen gequält wurde, die Mitgliedschaft an. Ich enthüllte die von mir entworfene Mitgliedsurkunde. Alle fanden die Idee und auch die Urkunde echt cool. Als sogar Jack offen bekannte, er wolle sich um Mitgliedschaft bemühen, war ich außer mir vor Freude und Stolz.

Die Woche darauf verlangte Jack seine Aufnahme, und zwar mit der Begründung, er habe eine Schlägerei auf dem Schulhof beendet. Sein Lehrer nahm mich beiseite und teilte mir mit, Jack habe die Schlägerei zwar in der Tat beendet, er habe sie aber auch angefangen – offenbar nur zu dem Zweck, sie dann beenden zu können. Und er habe sich Zeit damit gelassen. Karl zeigte weiterhin keinerlei Interesse und nutzte jeden günstigen Augenblick, den gut aussehenden Will zu attackieren.

Als ich am nächsten Freitagnachmittag meine Tochter von der Schule abholte, erfuhr ich, dass sie eine besonders schlimme Woche hinter sich hatte. Jack hatte keine Gelegenheit ausgelassen, ihr zu verklickern, dass er den Klub der Freundlichen für eine saublöde Sache halte. Und als sie ihn nicht zum Teufel schickte und sich vielmehr genau so passiv verhielt wie ich damals in ihrem Alter, war er nur noch boshafter geworden.

Es gibt nichts Gutes unter dieser Sonne.

## *Baden für eine Nutte*

Ich sehnte mich danach, Nicola anzurufen, aber das war nicht drin, ausgeschlossen. Ich musste jetzt so tun, als sei sie mir schnurz. Würde sie mein Schweigen als Gleichgültigkeit deuten, wie ich hoffte, oder als Resignation, was fatal gewesen wäre? Ich hatte eine Idee. Ich würde ihr eine SMS schicken: Ich ruf dich an, wenn ich aus Ibiza zurück bin. Ich hoffte, sie wusste, dass Ibiza ein Urlaubsort für reiche Männer und ihre Geliebten war, und so würde sie sich vor Eifersucht verzehren. Mal sehen, wie ihr die eigene Medizin schmeckte.

Natürlich hatte ich nicht vor, wirklich nach Ibiza zu fliegen – was für eine grauenhafte Vorstellung: ein Ort, wo Heerscharen betrunkener kleiner britischer Twens auf der Suche nach dem One-Night-Stand durch die Gegend torkeln, und das alles beschallt von dieser Musik, die ich am allerwenigsten ausstehen kann, Musik, bei der die Basstrommel im sturen Viervierteltakt sehr viel lauter ist als der Gesang. *Bumm! Bumm! Bumm! Bumm!*

Oder vielleicht sollte ich doch fahren. Würde es mir nicht unendlich gut tun, von lauter körperlich vollkommenen jungen Männern umgeben zu sein, die sich in einen Zustand von Aufrichtigkeit gesoffen haben, der sie so boshaft wie Kinder macht? Wenn ich es wagte, unter ihnen einherzuwatscheln, würden sie zweifellos in ein Jubelgeschrei ausbrechen, das noch bis aufs spanische Festland zu hören wäre. Ich würde als Geschenk für Kate ein paar Erzeugnisse des örtlichen Kunsthandwerks kaufen. War doch genau das Richtige.

Ich ging ins Internet und fand die Website einer Fluggesellschaft, die mich für ungefähr den gleichen Preis, den British Rail für eine Fahrkarte nach Birmingham berechnete, auf die Insel der Glückseligen bringen würde. Bei solchen Preisen konnte ich davon ausgehen, dass das Flugzeug randvoll mit geilen Achtzehn- bis Dreißigjährigen wäre, die schamlos kichern würden, wenn ich mich auf die zwei Sitze zwängte, die ich brauchte. Und wenn sie erst mal ein paar Drinks intus hätten, würden sie lauthals über mich herziehen. Als ich im Zug nach Gatwick saß, schickte ich Nicola die SMS, die ich mir ausgedacht hatte. Sie antwortete nicht, und ich wagte mir vorzustellen, dass sie vor Eifersucht verbrannte und zu nichts mehr imstande war.

In der Halle warteten viele junge Leute offenbar auf freie Plätze. Als alle anderen ihren Sitz (beziehungsweise in meinem Fall ihre zwei Sitze) eingenommen hatten, wurde der Pöbel in den Flieger gelassen. Ein großer Blonder mit Tattoos, die so groß waren, dass sie noch für drei von seinen Kumpels gereicht hätten, mit gepiercter Augenbraue und einer Frisur, wie sie David Beckham im Jahre 2001 getragen hatte, blieb im Gang stehen und fragte, auf den Sitz neben mir weisend, in perfektem Pseudo-Cockney: »Ist da noch frei?«

Ich sagte nein.

»Hä? Ich seh nichts. Oder sitzt da wer?« Dass er spöttisch werden könnte, hätte ich ihm nicht zugetraut. Aber da sieht man mal.

»Die Sitze gehören beide mir. Das ist ja wohl nicht zu übersehen.«

»So ein Wichser!«, staunte er. »Was für eine Geldverschwendung.« Durchs ganze Flugzeug brüllte er einem ähnlich debil aussehenden Kameraden zu, der gerade über einen anderen Passagier hinweg auf einen freien Sitzplatz kletterte: »Eh, Chris, stell dir vor. Der Typ hat zwei Plätze gebucht, und dabei ist er ganz allein!«

»Vielleicht macht er es sich gern ein bisschen bequem?«, vermutete das Mädchen mit der großen Nase, das auf der anderen Seite des Ganges neben mir saß.

Der Blonde starrte sie lange an. Als er endlich zu dem Schluss gekommen war, dass er wahrscheinlich selbst am Ende einer durchsoffenen Nacht nicht versuchen würde, eine nasenmäßig so übertrieben ausgestattete Frau ins Bett zu kriegen, verzog er geringschätzig die Lippen. »Wer hat dich denn gefragt, du blöde Kuh?«

Eine Stewardess näherte sich seufzend und begleitete ihn zu einem Platz einige Reihen vor mir. Aus Furcht, meine Verteidigerin könnte ein Gespräch mit mir anfangen wollen, vergrub ich mich in das Martin-Amis-Taschenbuch, das ich am Flughafen gekauft hatte. Wie üblich gefiel es mir nicht besonders, aber da er ein wunderbares, wunderbares Englisch schrieb, kam ich mir irgendwie schuldig vor. Wenn hier einer durchfiel, dann doch wohl eher ich, nicht Martin.

Bald hatte ich die Nase voll. Ohne mir die Stelle zu merken, schlug ich das Buch seufzend zu und stierte lieber aus dem Fenster. Da war nichts zu sehen. Ich machte den Fehler, mich zum Gang zu wenden. Sie wartete schon auf meinen Blickkontakt, die mit der großen Nase, und ihre Miene sagte: *Bitte tu mir nicht weh.* Ich sah durch sie hindurch und tat so, als schaute ich mich im Flugzeug um. Aber diese Herzlosigkeit hielt ich nicht lange durch, und so nickte ich ihr eben zu.

Sie hieß Indira. Sie studierte Kieferorthopädie. »Wer schiefe Zähne gerade machen kann, kann in Großbritannien nicht verhungern.« Ihre eigenen Zähne waren vorbildlich gerade und strahlend weiß. Ich nahm an, wer Kieferorthopädie studierte, konnte sich die Zähne mit beträchtlichem Rabatt bleichen lassen. Sie hatte einen zarten Schnurrbart, jedoch nicht so zart, dass man ihn nicht gleich nach der bemerkenswerten Nase bemerkte – sogar noch vor den prächtigen Zähnen. Sie sprach mich mit Sir an. Und schien allein zu reisen.

Ich ahnte, das würde mal wieder ein Diane-Geller-Fall werden. Damals, in der achten Klasse, als ich häufig den Mut aufbrachte, hübsche Mädchen zum Tanzen aufzufordern, unterhielt ich mich nie mit ihnen, wenn ich sie wenig elegant über die Tanzfläche schob. Die arme Diane Geller war ein ausgesprochen semitischer Typ, während ich eher von Blondinen schwärmte; sie war klein und dick, und ich träumte von groß und schlank; sie war draufgängerisch, die anderen reserviert; sie war unansehnlich, die anderen aufgedonnert. Und jetzt kam sie und klopfte der Strandschönheit, die ich gerade beharrlich schweigend über die Tanzfläche schob, auf die Schulter – zum Zeichen, dass sie mit mir tanzen wollte.

Keine Frage, dass alle Augen auf mich und Diane Geller gerichtet waren, und dass die mit diesen Augen verbundenen Gehirne dachten: *Die passen zueinander*. Was für eine unerträgliche Schmach.

Ich stellte mir Indiras ganzes Leben vor. Ich stellte mir vor, dass noch nie jemand mit ihr ausgegangen war, dass erst recht noch nie jemand mit ihr geschlafen hatte, dass sie auf dem Weg nach Ibiza war, weil sie gehört hatte, dort sei es unmöglich, nicht flachgelegt zu werden. Sehr traurig, aber nicht mein Problem. Sogar für uns von Selbsthass erfüllte Fettsäcke gibt es gewisse Mindestanforderungen.

»Hören Sie«, unterbrach ich sie. »Bevor wir weiterreden, muss ich Ihnen etwas sagen. Anziehung ist ein seltsames, unerklärliches Phänomen. Wer kann mit Sicherheit sagen, weshalb ein Mensch einen anderen anziehend findet? Ist das angeboren oder ist es erlernt? Ich sage nicht, dass ich es weiß. Eins aber weiß ich. Gewiss, ich finde Sie sympathisch und aufgeweckt, und intelligent sind Sie offensichtlich auch, und ich bin Ihnen dankbar, dass Sie mir geholfen haben, als dieser Schwachsinnige mir meinen zweiten Sitzplatz wegnehmen wollte. Aber ich halte es für sehr unwahrscheinlich, dass ich jemals etwas mit Ihnen anfangen werde.«

Ich hatte genau das Richtige getan. Wie amüsant. Und sie kam damit klar! Unsere ständige Angst, dass andere unsere Aufrichtigkeit nicht verkraften können – in der Regel dürfte sie unbegründet sein! Ihr Gesichtsausdruck hatte sich nicht verändert. In ihre Augen waren keine Tränen getreten.

»Oh, ich glaube auch nicht, dass ich mit Ihnen etwas anfangen könnte«, sagte sie. »Zunächst einmal sind Sie viel zu alt für mich. Und außerdem fahre ich mit meinem Freund in den Urlaub. Ranjana heißt er. Das ist unser Kopilot hier. Ich fliege gratis.«

Wir warteten gemeinsam auf unser Gepäck, Indira und ich. Als ihr Koffer kam und sie damit loszog, schlenderten der blonde Idiot und sein Kumpel Chris zu mir rüber. Ich rechnete mit dem Schlimmsten – und es trat ein. »Wir wollen mit Ihnen auch nichts anfangen«, sagten sie und grölten vor Lachen. Alle schienen uns anzustarren. Ich überlegte lange, ob es dem Blonden helfen würde, etwas weniger großzügig mit seiner Meinung hausieren zu gehen, wenn ich ihm das Piercing aus der Braue riss, ließ es dann aber doch sein.

Im Taxi zum Hotel kam mir der Gedanke, dass ich, abgesehen von den Einheimischen, womöglich der einzige Mensch auf der Insel war, der das dreißigste Lebensjahr überschritten hatte – und wahrscheinlich auch der fetteste. Ich dachte, um mich als Fremder zu fühlen, hätte ich nicht nach Ibiza fliegen müssen, aber dann fiel mir ein, dass ich hier war, um Nicola ohne lügen zu müssen sagen zu können, dass ich hier war. Mit fünfunddreißig hatte ich bereits mehr gelogen als ein Hundertjähriger, und meist war ich dabei ertappt und gedemütigt worden. Jetzt sage ich die Wahrheit, nicht weil ich anständiger geworden bin, sondern weil ich erkannt habe, dass Lügen sowieso meist kurze Beine haben.

Als ich das Hotel erreichte, klebten mir die Kleider auf der Haut. Im Foyer wimmelte es von krebsrot leuchtenden jungen Briten in Shorts. In ihren Gesichtern waren die Folgen durchzechter Nächte eingegraben. »Ich trinke in meinem Leben keinen Schluck Bier mehr«, stöhnte ein großer dünner Rothaariger mit Cardiffer Akzent. »Du kannst mich beim Wort nehmen.«

Ich ging in ein Tapas-Restaurant und bestellte mir *aceitunas aliñadas, alcachofas a la vinagreta, canelon de atun, tostadas de pisto, tortilla española, patatas ali-oli, ternera asada, plato combinado, jambon iberico, salpicon de marisco, salmon ahumado, ensalada rusa, pimientos asados, patatas bravas, pin-*

*cho de pollo, champiñones a la plancha, pincho de solomillo, queso de cabra, croquetas de pollo, calamares a la plancha, gambas al ajillo, pulpo a la plancha, patatas a la impotancia, salmon a la pimienta, raxo adobado, mejillones a la marinera, chorizo y morcilla, almejas en salsa verde* und *vieiras a la plancha.* Ich hätte auch etwas anderes wählen können, aber mehr hatte die Speisekarte nicht zu bieten. Und Sonderwünsche können sich nur Promis leisten.

*Pulpo* und *chorizo* waren so köstlich, dass ich mir von beiden noch eine zweite Portion kommen ließ, und danach brachte ich nicht nur keinen Bissen mehr herunter, sondern fühlte mich wahrscheinlich auch noch viel elender als die verkaterten Jugendlichen im Hotelfoyer. Das hatte ich natürlich verdient, nicht jedoch, so angegafft zu werden wie von den vier Kellnern da. »*Lo siento*«, entschuldigte sich einer von ihnen. »Aber es ist uns eine so große Freude, einen Briten zu sehen, dem unsere Küche schmeckt. Die meisten Ihrer jungen Landsleute hier verlangen bloß Fritten und Bier. Manchmal hätten wir nicht übel Lust, ihnen das Herz rauszuschneiden und in der Spezialsauce unseres Kochs weich zu kochen.«

Ich klärte ihn nicht darüber auf, dass ich kein Brite war.

Als ich ins Hotel zurückkam, waren die verkaterten jungen Leute schon dabei, sich mit Hilfe von *Cerveza* wieder munter zu machen. Zwei von ihnen schafften es, sich zu mir in den Aufzug zu drängen, und waren freundlich genug, sich nicht darüber auszulassen, wie wenig Platz ich ihnen übrig ließ. Ich ging in mein Zimmer und hatte eine unruhige *Siesta.* Die Melodie von Mr. Acker Bilks »Stranger In The Shore« wollte mir nicht aus dem Kopf gehen. Ich steckte mir den Finger in den Hals – und danach konnte ich endlich etwas schlafen.

Als ich aufwachte, war die Straße vor dem Hotel bereits ein zum Leben erwachtes Gemälde von Hieronymus Bosch. Barbusige Mädchen, deren DNA sie zu einer frühzeitigen Kapitulation vor der Schwerkraft bestimmte und die daher gut beraten gewesen wären, ihre Tops anzubehalten, wurden von geifernden Burschen angequatscht. Die attraktiveren Jungen und Mädels hatten einander wie üblich schon gefunden und sich die Zungen in den Hals geschoben. Gelegentlich mussten sie sie aber zum Kotzen herausnehmen. Einige grölten Fußballschlachtgesänge, andere pinkelten in solchen Scharen an die Außenmauern der Nachtclubs, in denen man für 40 Pfund Eintritt immerhin einen sehr verdünnten Begrüßungsdrink bekam, dass die Rausschmeißer und Türsteher gar nicht erst versuchten, sie zu vertreiben. Pärchen vögelten hemmungslos in den Eingängen geschlossener Läden. Betrunkene Mädchen menstruierten wie Marilyn Monroe schamlos mitten auf der Straße, angefeuert von tierischen Grunzlauten torkelnder Pöbelhaufen. Sonnenbrandopfer wälzten sich vor Schmerzen auf dem Pflaster, gekühlt von Freunden, die sie mit Bier zu sechs Pfund die Flasche übergossen. Von dem Zischen kalten Gerstensafts auf entzündeter Haut konnte einem speiübel werden. Es war alles in jeder Beziehung so furchtbar, wie ich erwartet hatte, eher sogar noch schlimmer. Nichts anderes hatte ich verdient.

Ich wischte mir den Mund am strähnigen blonden Haar eines Jungen ab, der mich an Chris aus dem Flugzeug erinnerte, und begab mich auf Geheiß meiner Gene in das Restaurant, wo ich bereits zu Mittag gegessen hatte. Als Kind hatte ich mit meinen Eltern in Los Angeles gelebt, einer Stadt an der Westküste Amerikas. Die Stadt ist lange nicht so bekannt für ihre Restaurants wie etwa San Francisco, aber schon damals hatte sie ein paar Millionen Einwohner und daher auch sehr sehr viele Restaurants. Dennoch: Ab etwa meinem fünften Lebensjahr und bis ich mit neunzehn dann von zu Hause fortzog, gingen meine Eltern immer nur ins Chatam am Westwood Boulevard in West Los Angeles. Es störte sie offenbar nicht, dass es nur höchst mittelmäßig war. Etwa 1951 waren sie dort zum ersten Mal gewesen, und da man sie nicht übers Ohr gehauen oder vergiftet hatte, machten sie es zu ihrem Stammlokal und gaben sich mit den anspruchslosen Genüssen dort zufrieden.

Kate Bush ist bekanntlich seit früher Jugend Vegetarierin, hat aber angeblich irgendwann nach dem Erscheinen von *The Red Shoes* angefangen, Fisch zu essen. Im Lauf der Jahre hat sie verschiedene Organisationen unterstützt, die gegen die barbarische Behandlung von Tieren kämpfen, dabei jedoch der Versuchung widerstanden, eine eigene Produktserie vegetarischer Tiefkühlkost auf den Markt zu bringen. Ich jedenfalls würde mein Tiefkühlfach ohne Zögern damit füllen. Aber das ist wohl ebenso unwahrscheinlich wie ein Nachfolger für *The Red Shoes.*

Jahre nachdem das Chatam dem gewandelten Geschmack des Publikums zuliebe einem Restaurant hatte weichen müssen, dessen Speisekarte nicht zwecks Betonung seiner Erlesenheit vollständig in altenglischer Fraktur gedruckt war, brachte die Neigung, am Bewährten, Echten und nicht allzu Guten festzuhalten, meine Eltern in Schwierigkeiten. Sie beschlossen, für die Gestaltung ihres Gartens einen Profi zu Rate zu ziehen. Der Mann war ein bekannter Trinker und verschwand zuweilen wochenlang, während der Garten unbewohnbar blieb. Doch er hatte den Garten der Andresens gegenüber und auch den Garten der Jensens angelegt, die ein paar Häuser weiter wohnten. Meine Mutter behauptete, er sei der einzige Gartenplaner in der Stadt. Als sie mir das sagte, machte ich meine üblichen Gesten geringschätziger Ungläubigkeit und erklärte auf meine vertraute sarkastische Art (erlernt von der Besten von ihr!), dass dieser Mann in einer Stadt von inzwischen dreieinhalb Millionen Einwohnern sehr wahrscheinlich *nicht* der einzige Gartenplaner sei. Sie machte das überdrüssige, gekränkte Gesicht, das ich, als sie die siebzig überschritten hatte, immer häufiger zu sehen bekommen sollte (worauf mir zunehmend klarer wurde, wie sie mich mit ihrer ständigen Schimpferei vergiftet hatte), und zuckte nur die Schultern: »Also, er hat den Garten der Andresens und der Jensens gemacht, und ich hatte keine Lust, mich lange nach was umzusehen.« Sollte heißen: Wie immer entschied sie sich für den Spatz in der Hand.

Und bekam genau, was ich ihr auch schon vorher hätte sagen können. Der Mann grub den Garten um, pflanzte ein paar Bäume und Bodendecker und verschwand dann erst mal für einige Wochen; auch auf die immer flehentlicheren Anrufe meiner Eltern reagierte er nicht, dabei drohten sie ihm nicht etwa, ihn vor Gericht zu bringen oder so was, sondern flehten ihn bloß an wie Kinder einen unnachgiebigen Vater, also aus einer Position absoluter Schwäche und Unterwerfung heraus.

Eines Samstagnachmittags war ich gerade zu Besuch, als er und zwei seiner illegal eingewanderten Mitarbeiter, denen er garantiert sehr viel weniger als den vorgeschriebenen Mindestlohn zahlte, plötzlich im Garten auftauchten. Ich lief hin und stellte ihn zur Rede. Weit davon entfernt, sich zu entschuldigen, wurde er geradezu aufsässig. Ob er meinen Eltern versprochen habe, zu dem und dem Termin fertig zu sein? Nein, habe er nicht. Und daher wolle er wissen, ob sie vielleicht damit aufhören könnten, ihm dauernd was auf seinen verdammten Anrufbeantworter zu sprechen.

Wir starrten uns wütend an, und schließlich packte ich ihn mit einer Hand bei seinem Pferdeschwanz und verpasste ihm mit der anderen einen sauberen Kinnhaken, der ihn lang zu Boden streckte. Mit gebrochenem Kiefer stöhnte er die Mexikaner an, ihm zu helfen. Konnte er aber bei dem mickrigen Lohn, den er ihnen zahlte, allen Ernstes erwarten, dass sie sich mit einer Naturgewalt wie mir anlegten? Ich trat ihm in die Rippen und spürte, wie ein paar davon nachgaben. Er bat winselnd um Gnade. Ich rammte ihm einen Fuß in den Bauch. Er bekam keine Luft mehr. Ich bespuckte ihn und sagte, wenn er meinen Eltern nicht den Respekt erweise, den sie verdienten, würde ich ihn aufstöbern, wo auch immer er sich zu verstecken versuche, und ihn so übel zusammenschlagen, dass man ihn nicht mehr als Menschen erkennen werde.

Schön wär's.

In Wirklichkeit sagte ich ihm – nicht flehentlich, sondern seine wütenden Blicke erwidernd –, ich hoffe doch sehr, er werde die Arbeit bald beenden können. Und damit machte ich kehrt und ging ins Haus zurück.

Die Erinnerung ließ meinen Blutzuckerspiegel so steil absinken, dass ich, kaum hatte ich in dem Restaurant Platz genommen, alles, was ich bereits zu Mittag gegessen hatte, noch einmal bestellte, außer den *almejas en salsa verde*, die für meinen Geschmack nicht besonders ausgesehen hatten, und dazu noch ein paar *raciones*. Ich war der einzige Nichteinheimische im Lokal. Die Kellner strahlten mich so bewundernd an, dass ich mich beinahe für meine Kindheit entschädigt fühlte. Das Essen war köstlich, aber es kitzelte kaum meinen Gaumen. Ich schmeckte nur den Schmerz, meine Eltern enttäuscht zu haben.

Lautstark fiel ein Quartett junger Briten herein. Man führte sie an einen Tisch und gab ihnen Speisekarten, mit denen sie aber nicht zurechtkamen. »Eh, Ramon«, lallte ihr Sprecher, »können wir nicht bloß ein paar Fritten und Würstchen kriegen? Und ich meine: ordentliche Würstchen, nicht diesen scharfen Kanakenfraß. Und mach dalli, Mann, klar? Wir wollen noch Zeit für'n anständigen Nachtisch haben. Pflaumentorte.«

Seine drei Kumpels quietschten vor Vergnügen. Pflaumentorte! Du lachst dich kaputt!

Ihnen gelang das schier Unmögliche – sie verdarben mir den Appetit. Ich hatte mein *chorizo* noch nicht mal zu zwei Dritteln geschafft. Mein Kellner sah untröstlich aus.

Ich begab mich ins infernalische Gewühl der Straße hinaus und hatte nach zwanzig Schritten bereits zwanzig Flyer in die Hand gedrückt bekommen, auf denen mir diverse Bars und Nachtclubs aus der Umgebung jede Menge billiges Gesöff und sexhungrige Nymphomaninnen verhießen. Ich hätte auch noch mehr bekommen, wenn sich die Verteiler – angewidert von meiner Körperfülle oder meinem Alter – bei meinem Anblick nicht plötzlich alle abgewendet hätten. Aber die verlotterten Mädchen, die in Minirock und kniehohen Stiefeln vor sämtlichen Bars und Nachtclubs von Sant Antoni herumlungerten, fanden mich offenbar ganz ungeheuer attraktiv und winkten mir zu wie Schiffbrüchige dem Rettungshubschrauber. Seit meinen Marcel-Flynn-Zeiten hatte ich mich nicht mehr so umschwärmt gefühlt.

Ich war aber nicht nach Ibiza gekommen, um mich umschwärmt zu fühlen.

Verzweifelte Zeiten erfordern verzweifelte Maßnahmen. Als ich an einer Bar namens *Tu Madre La Puta* vorbeikam, bemerkte ich, wie ein Trio junger Schotten mit bloßem Oberkörper und Sir-Alex-Ferguson-Tattoos dem Mädchen vorm Eingang klar machte, sie würden nur reinkommen, wenn sie jedem von ihnen einen blasen würde. Ohne zu zögern kniete sie sich auf ihre Flyer und zog dem am wenigsten Widerwärtigen der drei den Hosenschlitz auf.

Als ich in die Del Progres einbog, geriet ich in einen Pulk dunkelhäutiger kleiner Männer in Hawaiihemden, das waren iberische Rowdys mit verschlagenen Augen und schnurgeraden Schnurrbärten, die mich als *jefe* und *amigo* und einmal auch als *puto* titulierten. »Beste Preis in die Insel, *jefe*«, zischte einer und spielte damit offenbar auf Ecstasy an. »Wenn mein Haschisch weg, *amigo*, is weg«, prophezeite ein anderer, »und bei diese Preis is weg bald.« Ein Dritter fragte: »Charlie, *jefe*?« Ich verstand nicht recht, was er meinte, und reagierte daher mit dem barschen Lächeln, das ich mir in London für die Verkäufer von Obdachlosenzeitungen zugelegt hatte. Ich konnte nur hoffen, dass er mich nicht für schwul hielt.

Aus dem Regen in die Traufe. »Gefälschte Louis-Vuitton-Handtasche für *la mujer, amigo*?«, empfahl mir ein kleiner Einheimischer mit goldenem Schneidezahn und Glasauge. »Von einer echten nicht zu unterscheiden. Garantiert. Sie wird freuen sich sehr, amigo.« Ich hatte das Gefühl, ich bekäme eins übergebraten, wenn ich nicht wenigstens ein bisschen Interesse heuchelte.

Also sah ich mir seine Sachen an und fiel fast in Ohnmacht, als ich das *Earthrise*-Video von 1992 in dem Haufen entdeckte. Darauf befand sich nicht nur »Don't Give Up«, das Duett von Kate und Peter Gabriel, aufgenommen in Überblendtechnik. Sie halten einander also nicht wirklich in den Armen wie in der bekannteren, bei Sammlern daher weniger begehrten Version. Sondern auch Kates kurzer Auftritt in *Spirit Of The Forest* war darauf, zusammen mit anderen Stars wie Debbie Harry, Lenny Kravitz (mit dem sie niemals etwas hatte) und LL Cool J. Seit über einem Jahrzehnt war ich hinter diesem Video her. Der Bursche verlangte 50 Euro und sah mich völlig verblüfft an, als ich ihm den Schein ohne Umstände in die Hand drückte. Dann behauptete er, er habe 75 gemeint. Ich sagte, mehr als 50 bekäme er nicht von mir, und er solle mir noch eine gefälschte Louis-Vuitton-Handtasche dazugeben. Das tat er, mit Vergnügen. Ich dachte, vielleicht freut sich Kate ja darüber.

Ich schob die kostbare Kassette in meine Schultertasche und wandte mich endlich in die Del Progres. Eine Horde betrunkener Briten stand johlend um ein Mädchen mit bloßen Brüsten herum. Dabei schien es eigentlich ausgeschlossen, dass man an diesem albtraumhaften Ort bloß mit bloßen Brüsten irgendwelches Aufsehen erregen konnte. Dann erkannte ich, dass sie Milch verspritzte, und zwar in die Münder ihrer Bewunderer. Ich schüttelte mich vor Ekel. Ein wackliger Rüpel mit dem Emblem der Blackburn Rovers auf der Stirn trat an mich heran. »Was is, Mann? Biste schwul oder was?« Unser Gespräch war jedoch nur von kurzer Dauer, denn schon verlor er das Bewusstsein, kippte vornüber und schlug mit dem Gesicht in etwas, das, wie ich hoffte, Hundescheiße war, vermutlich aber von einem Menschen stammte. »So«, fühlte sich ein anderer Rüpel berufen, mir mitzuteilen, »hab ich mich noch nie amüsiert.«

Ich erblickte ein *botega*-Fenster, gegen das gerade niemand kotzte oder pinkelte, und lehnte mich daran, um mich zu sammeln. Plötzlich geriet links von mir eine Horde halbnackter Idioten in Bewegung – wie ein Bienenschwarm. Mein Forscherdrang erwachte und ich sah genauer hin. Die stärksten, am besten aussehenden Kerle, solche, die ihre Jungen am heftigsten verteidigen würden, hatten sich ins Zentrum des Schwarms gedrängt, um mit großspurigem Gebaren ihre Brust- und Bauch- und Armmuskulatur und ihr strahlend weißes Lächeln vorzuführen. Ihre beleibteren, weniger umwerfenden Brüder mussten sich mit dem Versuch zufrieden geben, ihre Bäuche einzuziehen, und sahen in ihrer Mitte weder Pamela Anderson noch Holly Valance, noch Dannii Minogue, sondern eine kleine Frau mit dunklen Haaren.

Es war Indira, die ich aus dem Flugzeug kannte. Schüchtern lächelnd, sah sie hauptsächlich den Boden zwischen ihren Füßen an. Das Balzverhalten, das sie ausgelöst hatte, war ihr eindeutig peinlich, aber ebenso eindeutig genoss sie es auch.

Sie bemerkte mich und winkte. Ich fürchtete, die paarungswilligen Männchen könnten mich deswegen in Stücke reißen; aber irgendwie gelang es ihr, sich bis zu mir durchzudrängen. Nun standen wir beide mit dem Rücken an der *botega*. Die feuchte Nachtluft war von Testosteron erfüllt. Ich ging in die Knie, damit sie mir ins Ohr schreien konnte. Schreien musste sie, weil sie im Gebrüll und Geheul des Pöbels sonst nicht zu hören gewesen wäre.

»Ibiza ist ganz schön lustig, was, Sir?«

»Wenn einem so etwas gefällt«, sagte ich. »Wo kommen die bloß alle her?«

»Keine Ahnung«, sagte sie. »So geht das schon, seit ich aus dem Hotel gekommen bin.«

»Aber was ist mit Ihrem Verlobten, dem Kopiloten?«

Der Heißeste ihrer Freier hatte Shorts und Unterhose ausgezogen und vollführte vor ihr jetzt einen Stangentanz ohne Stange. Dafür bekam er aber eine Erektion, und die anderen kreischten »Latte! Latte! Latte« und versuchten rhythmisch dazu zu klatschen.

»Der war total geschafft«, erklärte Indira, »und wollte lieber schlafen. Und was er nicht weiß, macht ihn nicht heiß, oder?« Auf der ganzen Welt gibt es nicht viele Dinge, die mich mehr aus der Fassung bringen als eine hässliche Frau, die sich in Koketterie versucht.

Ein Mädchen mit riesigen entblößten Brüsten starrte mich an – voller Entsetzen, wie ich einige bange Sekunden lang glaubte – und erbrach sich dann jäh auf meine Turnschuhe. »Hättest dich ja auch verziehen können, Jimmy«, sagte ihr von der Sonne puterrot gerösteter Beschäler mit dem stärksten Glasgower Akzent, den ich jemals gerade noch so hatte verstehen können.

Und ich verzog mich tatsächlich so schnell, wie mein Körperumfang es zuließ. Als ich die Straße erreichte, in der mein Hotel lag, war ich außer Atem und völlig durchgeschwitzt. Die Bar hatte noch geöffnet, aber die Kellner waren ausgeflogen. Nein, Irrtum. Da war ein Mädchen – nein, eine Frau, eindeutig eine Frau, Mitte dreißig, mandelbraun von der Sonne, blond gefärbt, kreisrunde Ohrringe. Und sie kam, eine Zigarette in der Hand, auf mich zu. »Spendierst du mir einen Gin Tonic?«, fragte sie mit dem Akzent der Home Counties und ließ mich erkennen, dass sie mehr Zähne als Platz dafür hatte.

»Wenn du die Kippe ausmachst«, sagte ich.

»Gesundheitsfanatiker?«

Ganz gewiss nicht. Ich kann bloß den Gestank nicht ausstehen, und die Dummheit auch nicht. Steht doch auf der Packung: Rauchen ist tödlich. Ich weiß, es gibt Leute, die darauf antworten: »Tja, irgendwas wird in der Tat am Ende tödlich sein. Und bis dahin wird man sich doch ein wenig amüsieren dürfen?« Solche Leute haben bestimmt noch keinen an Lungenkrebs sterben sehen, so wie ich (in sehr komprimierter Form, im Fernsehen). Und wo bleibt der Spaß, wenn man morgens aufwacht und sich fühlt, als hätte man ein Messer in der Brust?

»Allergisch gegen den Rauch«, sagte ich. Das ist bequemer. Ich weiß nicht mal, ob man gegen Zigarettenrauch überhaupt so allergisch sein kann wie zum Beispiel gegen Pollen oder Katzen, aber normalerweise fragen die Leute nicht nach. Sie zuckte die Achseln und drückte ihre Zigarette in einem Aschenbecher auf dem Nachbartisch aus.

Sie roch natürlich nach Rauch, war aber angenehm offenherzig. Sie heuchelte Interesse an mir. Allerdings zählt zu den wenigen Dingen, die ich im Lauf meines Erwachsenenlebens herausgefunden habe, dass fast jeder Mensch viel lieber von sich selber redet, als etwas von mir zu hören. Und sie machte da keine Ausnahme. Vor neun Jahren, mit neunzehn, war sie zum ersten Mal auf Ibiza gewesen. Ich nahm an, die Sonne und die Zigaretten hatten ihren Teil dazu beigetragen, dass sie viel älter aussah, als sie wirklich war oder jedenfalls zu sein behauptete. Der Kontrast zwischen ihrer dunkelbraunen Haut und den hellblonden Haaren wirkte aus der Ferne verblüffend, aus der Nähe aber konnte man sehen, dass sie schon ziemlich ledrig war. In ihrem ersten Urlaub hatte sie sich so gut amüsiert, dass sie einen Job bei einer der vielen britischen Gesellschaften annahm, die junge Leute auf die Insel flogen, ihnen Unterkünfte besorgten, sie in ständiger Betrunkenheit hielten und wieder nach Hause flogen. Und das alles zu einem Spottpreis. Sie liebte die Insel so sehr, dass sie nicht einmal kündigte, als sie dahinterkam, dass es zu ihren nicht im Arbeitsvertrag schriftlich festgehaltenen Aufgaben gehörte, diverse höherrangige männliche Angestellte zu fellationieren, wenn sie mal aus England herüberkamen, um nach dem Rechten zu sehen. Sie wurde die Geliebte eines Clubbetreibers, und sie vermutete, dass ich ihm schon begegnet sein könnte. Denn seit er den Club verloren hatte, verhökerte er auf der Del Progres falsche Louis-Vuitton-Taschen und Koks. Mit vierundzwanzig schon zu alt, woanders einen vergleichbaren Job zu bekommen, habe sie sich in ihrer Verzweiflung der Prostitution zugewandt.

Ob ich mit ihr vögeln wolle?

Ich fand ihre ledrige Haut und ihre sehnsüchtigen Blicke nach dem Aschenbecher, in dem sie die Zigarette ausgedrückt hatte, reichlich abschreckend, wollte aber unsere Unterhaltung noch ein wenig fortsetzen. Offenbar hatte sie geglaubt, ich wollte sie aufziehen. Als sie merkte, dass dem nicht so war, wurde sie melancholisch.

»Manchmal fühl ich mich hier sehr einsam. Ich hab ja keinen, mit dem ich reden kann. Die Einheimischen meiden mich wegen meines Lebenswandels, und die Briten sind entweder so betrunken, dass sie kein vernünftiges Wort herausbringen, oder so verkatert, dass sie keine Lust dazu haben. Außerdem komme ich mir hundert Jahre älter vor als die meisten hier. Kann ich meine Kippe wirklich nicht zu Ende rauchen?«

Eine Nutte hatte es auf Ibiza nicht leicht. Den britischen Jungen standen zum Vögeln kostenlos britische Mädchen zur Verfügung. Die Einheimischen standen eher auf Sechzehnjährige, die wie vierzehn aussahen. Wenn ich es mir nicht anders überlegte, war ich ihr erster Freier seit zehn Tagen.

Es war beschämend, aber genau das verschaffte mir einen kleinen Vorteil. Ich fragte, ob sie mir sagen könne, dass sie Nicola heiße (ihren Namen hatte sie noch nicht genannt). »Klar, warum nicht?«, sagte sie achselzuckend. Ich fragte, ob sie bereit sei, mich zu verspotten, bevor wir dann zur Sache kommen würden. Und jetzt wurde es heikel. Sie fragte, wozu ich so etwas nötig habe und was genau sie denn an mir verspotten solle. Ihre erste Frage beantwortete ich zuerst: »Liegt das nicht auf der Hand?«

Sie sah mich lauernd an, was wiederum in mir die Sorge weckte, sie könnte jeden Augenblick davonlaufen. »Dein Alter? Dass du schon älter bist?«

»Na ja, das kannst du auch sagen, aber sieh mich doch mal an. Mein Gewicht, Nicola! Mein Gewicht!«

»Oh«, sagte sie, längst nicht so entschlussfreudig, wie ich gehofft hatte, »natürlich.«

»Ich meine, hast du keine Angst, wenn ich beim Vögeln auf dir liege – dass ich dich totquetschen könnte?«

Sie sah mich lange an, nippte an ihrem Drink, holte tief Luft und sagte: »Du bist verrückt, wenn du denkst, ich leg mich unter einen, der so schwer ist wie du, Mann.«

Latte!

Was das Verspotten anging, gab ich zu, dass ich selbst nicht wusste, warum mich die Vorstellung, mir von ihr einige der schlimmsten Augenblicke meines Lebens in Erinnerung rufen zu lassen, so erregte. Es war einfach so. Vielleicht stimmte etwas mit meiner DNA nicht. Und damit stimmte weiß Gott was nicht.

Ich sagte, ich wolle vorher noch baden, noch zwanzig Minuten. Sie sah mich geradezu zärtlich an und sagte: »Für eine Nutte brauchst du nicht zu baden, Darling, und was anderes bin ich schließlich nicht.«

Ich erklärte, ich könne es nicht ertragen, mich ungewaschen zu einer Frau zu legen, Nutte hin oder her. Meine Mutter sei aus der Grundschule nach Hause geschickt worden, weil sie so gestunken habe – damals, als sich ihre Familie noch kein warmes Wasser leisten konnte. Und wenn ich jetzt nicht badete, käme das einem Verrat an ihrer Erinnerung gleich, auch wenn sie noch lebe. Und da sei noch etwas, nicht ganz so edel. Ich hoffte, dass Nicola, während ich badete, irgendwo ein Handvoll grünes Gras auftreiben könnte.

Jetzt zog sie andere Saiten auf. »Ich weiß nicht, was das werden soll, Darling, aber das kostet natürlich extra. Weiß der Geier, wie ich hier an ein Büschel Gras rankommen soll. Meinst du nicht, mit Sand geht es auch?«

Ich antwortete, ich würde lieber zahlen, was sie für angemessen halte. Wir trennten uns.

Meine Erregung legte sich in der Wanne nicht. Im Gegenteil, beim Gedanken an das Gras, das sie mitbringen würde, und die schrecklichen Beschimpfungen, mit denen sie mich überschütten würde, während sie mich zwang, es zu essen, musste ich sehr an mich halten, nicht Hand an mich zu legen und so dafür zu sorgen, dass ich ihre Dienste nicht mehr nötig hatte.

Sie brauchte länger, als ich erwartet hatte, bis sie zurück war. Dann endlich!

Einige geübte, fließende Bewegungen, und schon war sie ausgezogen. Was mich vor Erregung schaudern ließ, war aber nicht der Anblick ihres nackten Körpers, sondern das Häuflein Gras auf der Kommode. Ich bat sie, ihre Schuhe wieder anzuziehen. Sie tat es und sah mich erwartungsvoll an. »Die Vorstellung«, sagte ich, »mit meinem Körper in Berührung zu kommen, ist dir sicher unaussprechlich ekelhaft.«

»Ja«, sagte sie, »bestimmt.«

Ich wartete. Sie auch.

»Ich nehme an, du findest meinen Schmerbauch total widerlich«, sagte ich.

»Widerlich«, stimmte sie zu. Das lief ganz und gar nicht nach Plan.

»Und wahrscheinlich denkst du, auch wenn ich doppelt so lange gebadet hätte, meinen Schweinegestank wäre ich nicht losgeworden.«

»Doppelt so lange«, sagte sie und zeigte damit endlich ein wenig Initiative, wenn auch bei weitem nicht genug.

Ich hörte die Verzweiflung in meiner Stimme. »Und um mir deine Verachtung zu beweisen, wirst du mich wahrscheinlich dazu zwingen, dieses Gras zu essen.«

»Essen? Ah, ja. Richtig, genau das werde ich tun.« Sie drehte sich seufzend zu der Kommode herum, aber jetzt war ich so erregt, dass mir das nichts mehr ausmachte. Ich ließ mich auf alle viere nieder und hielt ihr mein Gesicht hin.

»Friss das, du widerliches fettes Schwein«, sagte sie. Das war schon ziemlich gut, nur dass sie ihre Hand ausgestreckt hielt, als erwarte sie, ich würde das freiwillig essen, wie ein lahmer Hirsch im Tierpark. Erst als ich mein Gesicht auf ihre Hand legte und mich daran rieb, kapierte sie, worum es ging. Aber dann war es einfach himmlisch! »Du widerlich fettes, Gras fressendes Schwein«, sagte sie. »Du mit deinem ekelhaften Schweinegestank!«

Ah, wie ich das liebte – und sie, weil sie es mir gewährte. Als ich fertig war, sagte ich, ich würde auch noch dafür bezahlen, wenn sie sich einfach neben mich legen würde.

»Dafür berechne ich nichts extra, Darling.« Offenbar fand sie es nett von mir, dass ich hinterher nicht gleich sagte, sie solle sich wieder anziehen und die Fliege machen. Sie war ja auch einsam. Ohne dass ich sie darum bat, legte sie ihren Kopf auf meine Schulter. Vorher hatte ich gar nicht bemerkt, wie herrlich ihr Haar duftete.

Minutenlang lagen wir schweigend auf dem Bett. Dann drehte sie sich auf die Seite und stützte den Kopf auf die Hand. »Es geht mich ja nichts an, Darling, und wenn du nicht darüber reden willst, sag es einfach. Aber das mit dem Gras verstehe ich nicht.«

»Ich auch nicht. Die meisten Leute streben danach, die demütigendsten Augenblicke ihres Lebens zu vergessen. Leute wie ich finden es ungeheuer erregend, sie in einem erotischen Zusammenhang immer wieder nachzuerleben. Ich weiß ehrlich nicht, warum das so ist.«

»Vielleicht versuchst du das demütigende Erlebnis nachzuspielen, um es irgendwie zu einem glücklichen Abschluss zu bringen. Und was wäre besser dazu geeignet als ein erotischer Genuss?«

Ich sah sie staunend an; soviel Klugheit hätte ich ihr niemals zugetraut.

»Mit einundzwanzig bin ich für ein Jahr zurückgegangen«, erklärte sie, »und habe an der Universität Roehampton Psychologie studiert. Ich dachte, ich könnte vielleicht Psychotherapeutin werden.« Genau wie Kate als Teenager!

Wie bescheuert ungerecht es auf der Welt zugeht! Talentierte, kluge, tatkräftige Menschen müssen sich abkämpfen, um nur irgendwie über die Runden zu kommen, und an den Hebeln der Macht sitzen Schwachköpfe.

Ich fragte, ob sie mit mir nach London zurückgehen würde. Ich habe mich immer viel zu schnell verliebt, und jetzt war ich zu alt, um damit aufzuhören. Sie sagte, sie fühle sich geschmeichelt, aber sie sei schließlich wegen der Sonne nach Ibiza gegangen.

Sie musste nach Hause. Sie und der spanische Clubbetreiber hatten eine Tochter, deren ungewöhnlich verständnisvolle Großmutter sich um sie kümmerte, wenn Nicola – wie sich herausstellte, war das ihr tatsächlicher Name – ihrem Broterwerb nachging. Sie gab mir ihre E-Mail-Adresse, und wir versprachen uns, miteinander in Kontakt zu bleiben. Ich war mir nicht sicher, ob ich ihr glaubte, dass sie wirklich Nicola hieß.

Ich konnte bei all dem Gebrüll und Geschrei und Gejohle und dem Lachen und Heulen und Gluckern der Alkohol, Ecstasy, Haschisch, Koks und ungeschützten Sex hemmungslos konsumierenden Achtzehn- bis Dreißigjährigen in den Straßen ringsum kaum schlafen. Aber es wäre unfair gewesen, ausschließlich ihnen die Schuld an meiner Schlaflosigkeit zu geben. Gedanken an die wunderbar grausamen Dinge, die Nicola zu mir gesagt hatte, hätten mich wahrscheinlich auch dann wach gehalten, wenn sie mir nicht so bereitwillig ihre E-Mail-Adresse gegeben hätte.

## *Sie und Ihre Vision*

Es sollte mich eine Stange Geld kosten, aber da ich unmöglich noch einen Tag und noch eine Nacht auf Ibiza verbringen konnte, fuhr ich zum Flughafen, um zwei Plätze im nächsten Flieger nach London zu buchen. Die freundliche Frau am Schalter versicherte mir, es seien in der Tat noch zwei Plätze zu haben, aber die lägen weit auseinander. Als ich fragte, wie ich ihrer Meinung nach auf nur einem Sitz Platz finden sollte, sah sie mich verwirrt an und sagte: »Nun, wie jeder andere auch, Sir.« Ihr Sarkasmus schmeckte mir nicht. Ich buchte nur einen Platz und hoffte wider alle Hoffnung, dass es schon gut gehen werde.

Weiß der Himmel wie, aber es gelang mir tatsächlich, mich auf einen Einzelsitz zwischen zwei Achtzehn- bis Dreißigjährige zu quetschen, denen schon das leiseste Geräusch Höllenqualen bereitete und die aus diesem Grund den Start der Maschine beinahe nicht überlebt hätten.

Doch als wir zu unserer Reiseflughöhe aufstiegen, wurden sie gesprächig. Nachdem er mich zur Geheimhaltung verpflichtet hatte, setzte mir der zu meiner Rechten, Denis, ein stark tätowierter BWL-Student von der Universität Exeter, einen Plan auseinander, der ihn zum Millionär machen würde. Er wollte eine Firma gründen, Body Doubles sollte sie heißen.

Chloe zu meiner Linken war bereits mehrfach im Urlaub auf Ibiza gewesen – und die drei vorigen Male schwanger nach Hause gekommen. Aus diesem Grund hatten ihre Eltern ihr diesmal ein anderes Reiseziel schmackhaft machen wollen, und sie musste schon mit Selbstmord drohen, damit sie von ihr abließen. Sie hatte herausgefunden, dass sie mit solchen Drohungen praktisch alles bei ihren Eltern erreichte, sah aber schon die Zeit kommen, wo sie tatsächlich von einem Hochhaus oder so was springen musste, wenn sie glaubwürdig bleiben wollte. Sie bat mich herauszufinden, ob Denis sie für so akzeptabel halte wie sie ihn. Ich fand, die beiden passten gut zusammen, hätte es mir aber nie verzeihen können, wenn sie sich vermehrt hätten, und stellte mich daher lieber schlafend.

Kates »Eat The Music« von ihrem Album *The Red Shoes* ging mir durch den Kopf, und so verbrachte ich den größeren Teil des Flugs mit Gedanken an meine Entwicklung als Esser.

Ich weiß nicht, wie das bei Hannah Bush gewesen sein mag, für meine Mutter jedenfalls war Putzen ein angenehmer Zeitvertreib. Putzen war weder schwierig noch Furcht erregend, und zusätzlich hatte sie dabei das Gefühl, alles im Griff zu haben. In meiner Kindheit gab es selten einen Augenblick, da man nicht auf dem Fußboden jedes beliebigen Zimmers im Haus eine sterile Operation hätte durchführen können.

Kochen war für meine Mutter alles andere als ein angenehmer Zeitvertreib. Bei uns aß man nicht gut. Einige wenige Gerichte gab es immer und immer wieder – an einem Abend gebratenen Fisch (von meiner Mum im Backofen erwärmt, aber sehr oft nicht heiß genug), dazu eine Folienkartoffel und Tiefkühlerbsen und -möhren, am nächsten Abend Frikadellen (mit einem hart gekochten Ei drin), dazu eine Folienkartoffel und Tiefkühlmais, am dritten Abend Brathuhn, dazu eine Folienkartoffel und Tiefkühlgemüse, am vierten Abend Thunfisch-Nudel-Auflauf, mit zerkrümelten Kartoffelchips obendrauf. Und dann wieder von vorn. Niemals Sauce. Selten Kräuter. (Als ich zwölf war, fing mein Vater an, aus einem Laden in der Nähe seiner Arbeitsstelle Pizza mit nach Hause zu bringen. Und das war für mich die reine Götterspeise. Oregano!) Selten frisches Gemüse. Manchmal Wackelpeter mit Dosenobst. Wir aßen wie Sträflinge.

Das Tragische dabei war, dass sie echtes Talent besaß. Alle paar Monate machte sie eine Bolognese, und die war phantastisch. Himmlischer Duft durchzog das Haus. Wie gesagt, ich habe bereits in sehr jungen Jahren sehr gern Sport getrieben, aber an Tagen, an denen meine Mutter Bolognese machte, konnte mich kaum etwas ins Freie locken.

Einen weniger wählerischen Esser als meinen Vater hat es nicht gegeben. Frikadelle mit einem Ei drin? Lecker! Kaum erhitzter Tiefkühlfisch? Lecker! Brathuhn ohne irgendwie nennenswerte Sauce? Ekstase! Er teilte alles auf seinem Teller sauber in kleine Bezirke ein. Beim Kauen schob er seine Erbsen und Möhren zu perfekten Parallelogrammen zusammen. Ordnung musste bis zur letzten Gabel eingehalten werden!

Wir verputzten jeden Krümel. Meine Eltern waren zur Zeit der Weltwirtschaftskrise groß geworden, und da durfte ich auf meinem Teller einfach nichts übrig lassen, genau wie mein Vater nicht zulassen konnte, dass sich die Maiskörner auf seinem Teller mit dem Kartoffelbrei mischten. Meine Mutter, deren Familie sich damals nicht mal warmes Wasser hatte leisten können, war sogar aus der Schule nach Hause geschickt worden, weil sie so schmutzig war. Wir ließen – wir *konnten* nicht anders! – kein Essen umkommen, so langweilig und fade es auch war und so sehr es uns zum Hals heraushängen mochte.

Wenn das Geschirr abgeräumt war, versammelten wir uns vor der Glotze, und endlich lebten unser aller Gaumen auf, wenn meine Mutter die Kekse brachte. Sie konnte gut backen, auch wenn sie mir viel zu oft Biskuitplätzchen machte – und hatte einen ausgezeichneten Geschmack, was Kekse aus dem Supermarkt betraf. Ob selbst hergestellt oder gekauft, sie waren immer der bei weitem interessanteste, schmackhafteste Teil jeder Mahlzeit, und wir verschlangen sie, spülten sie mit kalter Milch hinunter, während wir Sitcoms über glückliche heile Familien mit Müttern sahen, die zum Staubsaugen Perlenketten anlegten und ihre Gatten nicht ständig vor den Kindern zur Schnecke machten.

Ungefähr einmal in der Woche gingen wir Hamburger essen, um meiner Mutter die Schinderei zu ersparen, den Backofen anwerfen und Tiefkühlfisch und Tiefkühlgemüse erhitzen und Folienkartoffeln zubereiten zu müssen. Das Schnellrestaurant hieß Woody's Smorgasbord, da konnte man sich die Zutaten selbst auf den fertigen Hamburger legen. Meine Eltern, die immer auf ein Schnäppchen aus waren, fanden das unwiderstehlich. Und als bei Woody's das Fünf-zum-Preis-von-vier-Menü an Donnerstagabenden eingeführt wurde, aßen wir dort regelmäßig jede Woche. Mein Vater und ich verdrückten jeder zwei davon, und ich war erst zehn. Man aß nicht zum Vergnügen oder bis man satt war, sondern um möglichst viel zu sparen.

Das Unausweichliche geschah. Ich setzte an. Normale beige Jeans (Bluejeans, die bei uns praktisch als Schuluniform getragen wurden, erlaubte mir meine Mutter nicht) passten mir nicht mehr. Ich brauchte jetzt eine Größe für Moppelige.

Aber das Schulessen! Oh, ich aß wie ein König. Aber ich war nicht nur ... moppelig. Ich war auf dem Schulhof auch der einzige Junge in geschmackvoll aufeinander abgestimmten beigefarbenen Jeans und braunen Schuhen – alle anderen trugen Bluejeans und schwarze Schuhe – und ich hielt mich entsprechend im Hintergrund. Was für einen Spaß die Klassenkameraden mit mir hatten! Beim Schulessen taten sie so, als glaubten sie, ich sei darauf aus, ihnen ihre Sandwichs zu klauen – zwei Scheiben Wabbeltoast mit einer einzigen Scheibe schauderhaft grauen Frühstücksfleischs dazwischen –, und ließen mich immer drei Meter abseits sitzen.

Und jetzt, Jahrzehnte später, bin ich in fast jeder Beziehung derselbe wie damals: derselbe im Abseits stehende kleine Fettsack.

Es hätte sicher schlimmer kommen können. Das ist mir schon klar. An meinen Essgewohnheiten änderte sich nichts. Meine Mutter kochte weiter wie eine Frau, die das Kochen hasst, und wir stopften uns weiter mit Keksen voll. Aber dann begann ich als Zehnjähriger fanatisch (und linkisch) Sport zu treiben und wurde wieder einigermaßen schlank. Zwei Jahre später ereilte mich der Horror der Mittelstufe. Dort erfuhr ich, wie das Leben mit schwabbeligen Jungen verfährt, die etwas besitzen, das man nicht anders als Titten nennen kann.

Es hätte sehr viel schlimmer sein können. Aber es war schon schlimm genug.

Beim Landeanflug fragte ich mich, ob Kate als Kind wohl gern Boxty Cakes gegessen hat. Jedenfalls vermute ich, dass ihre Mutter Hannah diese irische Kartoffelspezialität im heimischen County Waterford kannte. Ich stellte mir Hannah vor, wie sie Kate den alten Knittelvers darüber beigebracht hatte, der da lautet:

*Boxty auf dem Backblech, Boxty in der Pfann.*
*Wer nicht Boxty backen kann, aus dem wird nie ein Mann.*

Ich fragte mich, ob Champ, das Lieblingsessen der Iren schlechthin – hergestellt aus den bescheidensten Zutaten (Kartoffeln, Schalotten, Milch, Salz und sehr viel Butter) –, auch bei den Bushs so beliebt gewesen war. Ich fragte mich, ob die Bushs an Treacle Bread geknabbert hatten, wenn sie an warmen Frühlingsabenden derbe viktorianische Shantys sangen, so wie wir uns mit Keksen voll gestopft hatten, während wir im Fernsehen Sitcoms anschauten, in denen das australische Familienleben als sehr verschieden von dem unseren dargestellt wurde.

Und dann waren wir in Gatwick gelandet.

Begeistert über die guten Verkaufszahlen von Kates Debütalbum, spendierte ihr EMI einen Champagnerempfang in Paris. Und als die Platte immer weiter über die Ladentische wanderte, gab man ihr nicht nur eine große Party im St. Katherine's Dock im Schatten der Tower Bridge, sondern stellte ihr auch ein teures Steinway-Klavier in den Proberaum. Ins Feuer der Kritik geriet Jay, für dessen Plakat mit Kates erigierter rechter Brustwarze an den Londoner Bussen die EMI viel Prügel hatte einstecken müssen und der noch immer als ihr Manager arbeitete. Jemand stellte ihr boshaft die Frage, ob sie sich, wenn sie ihren Champagner ausgetrunken habe, vielleicht mal an die Arbeit für ihr nächstes Album machen könnte. *Würde es dir schrecklich viel ausmachen, deine Verschnaufpause zu einem späteren Zeitpunkt einzulegen?*

Als Nachfolger von »Wuthering« sollte »Them Heavy People« erscheinen, ein Song, in dem sie von Gurdjieff schwärmte, wie es noch kein britischer Popsänger vor ihr gewagt hatte. Sie meinte jedoch, dies könnte das verbreitete Missverständnis zementieren, sie sei im Grunde nur auf Sensationsmacherei aus, und brauchte die EMI diesmal nicht erst mit Tränen zu überreden, stattdessen »The Man With The Child In His Eyes« herauszubringen. Eine gute Entscheidung: Die Single stieg in den Charts immerhin auf Rang sechs. In späteren Jahren entwickelte sich der Song zu ihrem am meisten gecoverten: von Dusty Springfield bis Natalie Cole versuchten sie alle ihr Glück daran.

Sie flog nach Tokio, spielte dort im Budokan »Moving«, und bald stand der Song in Japan auf Platz eins. Nach der Produktion eines Fernsehwerbespots für Seiko flog sie wieder nach Hause und flunkerte vor der Presse, auf ihrem demnächst erscheinenden zweiten Album werde sie sich eher als Rocksängerin zeigen. Sie entdeckte, dass sie sich jetzt nicht mehr auf Flughäfen bewegen konnte, ohne von Leuten angesprochen zu werden, die ihr ihre Bewunderung bekundeten. Da sie aus einer intakten Familie stammte, reagierte sie stets freundlich und entgegenkommend auf solche Begegnungen.

*Sounds* schickte einen Reporter los, der den Mythos ihrer ständigen Herzlichkeit ankratzen sollte. Da sie ihn während seines Besuch mit nie nachlassender Herzlichkeit behandelte, blieb ihm nichts anderes übrig, als zu berichten, dass es sich dabei keineswegs um einen Mythos handele. Der bekannte Rockfotograf Barry Plummer lichtete sie auf dem Löwenfell ab, in dem sie früher zu Hause Geld zu verstecken pflegte. Viele fanden, das sei ein seltsames Verhalten für eine Jungvegetarierin. EMI fragte an, ob sie nicht vielleicht mal an ihrem zweiten Album arbeiten wolle. Wenn ihr danach sei, könne sie für die Aufnahmen nach Südfrankreich gehen und sich das Ganze als Arbeitsurlaub vorstellen.

Nur wenige hektische Monate nach dem Erscheinen von *The Kick Inside* flogen Kate und Andrew Powell sowie diverse Getreue der KT Bush Band nach Nizza, um sich am Rand der Stadt in einem von David Gilmour empfohlenen Studio einzunisten. Die junge Frau, die kaum zwei Jahre zuvor sprachlos vor Begeisterung das Wunder des Overdubbing bestaunt hatte, ließ sich von Tontechniker John Kelly in alle Einzelheiten des Aufnahmeprozesses einweihen und machte kein Hehl daraus, dass sie sich auf den Tag freute, wenn kein Andrew Powell mehr zwischen ihr und ihrer Vision stehen würde. Die Kühnheit dieses Mannes! Entzückt von ihrer ersten Aufnahme von »Wow«, versuchte er ihr auszureden, den Song noch 40- oder 50-mal zu singen.

Sie brachten die Bänder in die AIR Studios hoch über der Oxford Street und ließen die meisten Beiträge der KT-Bush-Musiker von den Leuten, die auf dem ersten Album mitgewirkt hatten, noch einmal neu einspielen. Offenbar fand man die KT-Bush-Männer nicht besonders überzeugend. Als sich Kate in gewohnter Weise anbot, mal eben runterzugehen und Sandwichs für alle zu besorgen, musste sie jemand daran erinnern, dass sie nicht mehr einfach so über die Oxford Street springen konnte, ohne von zahllosen Fremden angehalten zu werden, die ihr sagten, wie sehr sie sie liebten, oder sie beschworen, sie solle endlich aufhören, ihre Gedanken durch Mikrowellenübertragung in ihre Zahnfüllungen zu kontrollieren.

Das fertige Album, *Lionheart*, war wieder ein Erfolg, wenn auch nicht ein ganz so großer wie *The Kick Inside*. Für mich hatte es alle Schwächen des Debütalbums, aber nur die Hälfte seines Charmes. Statt den von »The Man With The Child In His Eyes« gebahnten Weg weiter zu beschreiten, hatte sich Kate offenbar für gnadenlose Affektiertheit entschieden. In

»Hammer Horror« und »In The Warm Room« klang sie wie der Star einer von Patienten einer Nervenheilanstalt inszenierten Varietédarbietung. Vor ihrem quietschend hohen Gesang in »Fullhouse« konnten die Unbekehrten nur noch kapitulieren, und Ähnliches ließ sich von dem grauenhaften Wortspiel sagen, das für den Titel der bedenklich überproduzierten »Rock«nummer »Don't Push Your Foot On The Heartbrake« herhalten musste. Wann immer sie mit der Stimme einer normalen Erwachsenen sang, schien sie sich gezwungen zu fühlen, sich über sich selbst lustig zu machen.

Die Texte blieben verwirrend. »Wow«, dessen Refrain mit einigen Cellos untermalt, Reminiszenzen an die Beatles des Summer of Love wachrief, schien von einem Schwulen zu handeln, der sexuell zu gierig war, um als Schauspieler Erfolg haben zu können – aber wer konnte das schon wissen? In dem zum Teil gejodelten »Kashka From Bagdad« waren nur wenige Worte zu verstehen. Wenn man sich aber einbildete, von Kate etwas Interessantes über die Nöte sexueller Minderheiten in repressiven moslemischen oder anderen Gesellschaften zu erfahren, täuschte man sich. Die Arrangements sollten bloß Raffinesse beweisen und zerstörten jeglichen rhythmischen Fluss. Wer bei »Oh England My Lionheart« am liebsten gleich ausgewandert wäre, konnte sich bei dem von Brecht und Weill beeinflussten »Coffee Homeground« nur noch die Ohren zustöpseln.

Aber man musste es ihr lassen: Kompromisse machte sie nicht – man konnte sich unmöglich einen anderen Popkünstler zur Rechten von Captain Beefheart (den Kate offen bewunderte) vorstellen, der noch weniger geneigt gewesen wäre, es der Hörerschaft einfach zu machen. Jahre später schrieb *The New York Press*: »Bush ist ein Genie, und Genies gehen zu weit. Manche ihrer Sachen sind so scheußlich, dass sich die Farbe von den Wänden schält.«

Trotz meiner beträchtlichen Vorbehalte gegen ihre Musik wurde ich ihr glühender Fan, als ich erkannte, wie ähnlich wir uns waren. Mit ihrem quietschenden Gesang und ihren Texten, die kein Mensch verstehen konnte, machte sie es den Leuten praktisch unmöglich, ihre Musik zu mögen. Ich, verzweifelt bemüht, mir den Schmerz erbarmungsloser Zurückweisung zu ersparen, hatte es als Heranwachsender den Leuten ebenfalls unmöglich gemacht, mich zu mögen. Wo Kate quiekte, war ich penetrant sarkastisch. Ich hätte mich natürlich Captain Beefheart ergeben können, aber immerhin bestand bei ihm eine gewisse Möglichkeit, dass er gar nicht wusste, wie kompliziert seine Musik war. Kate hingegen hatte »The Man With The Child In His Eyes« komponiert und gesungen. Wer fähig war, derart abgefahrene Musik zu machen, uns stattdessen aber »Fullhouse« vorsetzte, war offensichtlich darauf aus, sich die Welt ebenso entschlossen wie ich vom Leib zu halten.

Bei der Ankunft in London-Gatwick hatte ich eine unangenehme Halluzination. Wenn man durch den Zoll geht und in den eigentlichen Terminal kommt, sieht man dort jedes Mal eine Schar meist dunkelhäutiger Männer, fast alle in mittleren Jahren und im Anzug, und alle halten sie Schilder mit den Namen von Passagieren hoch, die sie abholen sollen. Ich aber glaubte für einen Moment darauf zu lesen: *Du hättest im Ausland bleiben sollen, Fettsack.* Ich blieb so abrupt stehen, dass mich beinahe jemand umrannte. Als ich ein älteres Paar hinter mir entdeckte, das einem der wartenden Fahrer aufgeregt zuwinkte, war ich so erleichtert, dass ich die beiden um ein Haar umarmt hätte.

London als Ganzes hatte sich in meiner Abwesenheit nicht sehr verändert. Mrs. Cavanaugh servierte gerade das Mittagessen, als ich nach Hause kam. Sah köstlich aus. Beim Essen plauderte ich mit einem der anderen Mieter, Mr. Halibut – ein Name, den ich mir nicht ausgedacht habe. Er hatte einen sehr trockenen Humor, und es wäre ihm durchaus zuzutrauen gewesen, dass er eigentlich Halliburton oder so hieß und seinen

Namen zu Halibut abgekürzt hatte, aber das war natürlich nicht herauszufinden. Mit fast achtzig Jahren hatte er noch zwei nennenswerte Leidenschaften: Er hörte sich mindestens viermal täglich Kates Album *The Sensual World* an, und er hasste die Schauspielerin Elizabeth Hurley, von der er jedem erzählte, sie habe kein Talent und sei nur aufs Geld aus.

Mr. Halibut verbrachte bis zu sechs Stunden täglich im Internet, immer auf der Suche nach News, um die Website auszustatten, die er gestaltet hatte, um seine Leidenschaft aller Welt bekannt zu machen: *hurleyhatred.com.* In knapp einem Jahr hatte die Website nur 221 Besuche erhalten, was meiner Meinung nach mehr über das allgemeine Interesse an Hurley als über das an Mr. Halibuts Leistung aussagt, die wirklich bemerkenswert war. Auf der Startseite zum Beispiel gab es eine Animation, für deren Erzeugung er eigens ein kompliziertes Programm hatte erwerben und studieren müssen.

Ich wusste: Ihn nach der Website zu fragen, könnte ihm die Laune verderben – ursprünglich hatte er angenommen, sie würde ein solcher Renner, dass Kosmetik- und Haarpflegehersteller Werbeflächen bei ihm schalteten. Als uns aber der Gesprächsstoff ausging, ließ ich meine Bedenken fahren. Er behauptete, er achte gar nicht mehr auf die Besucherzahlen. »Ich mache die Website zu meinem eigenen Vergnügen«, sagte er. »Von mir aus braucht sich das überhaupt keiner anzusehen.« Das war eindeutig gelogen, und ich nahm mir vor, die Seite öfter mal zu besuchen. Nach meiner Schätzung gingen ungefähr 150 der 221 Besuche im letzten Jahr auf mein Konto.

Er wollte keinen Nachtisch und sagte, ich könne seinen haben. Als er nach oben gegangen war, erzählte mir Mrs. Cavanaugh, ihrer Schätzung nach gingen ungefähr 200 von Mr. Halibuts Besuchen auf ihr Konto. Mir kam der Gedanke, dass wir wahrscheinlich beide mit unseren Schätzungen weit übers Ziel hinausschossen. Es war herrlich, wieder zu Hause zu sein.

Sie bat mich, ihr Bescheid zu sagen, wenn ich Cathy sähe, die gestern Abend nicht zum Essen erschienen und seither verschwunden sei. Zu ihrem Entsetzen hatte Mrs. Cavanaugh vor kurzem erfahren, dass es Männer gibt, die es nach Mädchen mit Essstörungen gelüstet, und dass sie wie die Pädophilen ihre Kontakte hauptsächlich übers Internet herstellen und ihre Opfer mit dem Versprechen, es werde nichts zu essen geben, zu heimlichen Treffen locken.

# *Die endgültige Bestätigung*

Fest mit mir an ihrer Seite, jedoch ohne es zu merken, tourte Kate durch Australien und Neuseeland und berichtete gehorsam von ihrer hohen Wertschätzung der Aborigenes. Auf Eric Idlcs Einladung trat sie in Amerika in *Saturday Night Live* auf, vermochte das Land damit aber nicht im Sturm zu erobern. Nach England zurückgekehrt, erfuhr sie, dass ihr die Leser des *New Musical Express (NME)* bei der Wahl zum Pin-up des Jahres Rang zwei zugewiesen hatten, ebenso die Leser von *Sounds* bei der Wahl zum weiblichen Sexobjekt. Es war die Blütezeit von Debbie Harrie. Kate schien die lange Reise nicht sehr genossen zu haben und musste sich bald nachsagen lassen, sie habe Angst vorm Fliegen.

Was Liveauftritte anging, wirkte sie zunächst eher unentschlossen, bis sich herausstellte, dass sie sich gründlich darauf vorbereitet hatte. Ein ganzes Jahr vor Beginn der eigentlichen Proben begannen sie, Del oder Paddy langwierige Besprechungen mit Simon Drake (nicht bloß PR-Mann bei EMI, sondern neuerdings auch Zauberer!) in dessen Haus in Chiswick über Möglichkeiten, die Bühnenpräsentation der Songs der ersten beiden Alben durch Choreografie zu verbessern. Kate schwebte eine aufwändige 150-Minuten-Multimedia-Show vor, in der jeder einzelne Song als in sich abgeschlossener Einakter aufgeführt werden sollte. Tänzer sollten zum Einsatz kommen, Simons Magiertricks und insgesamt siebzehn Kostümwechsel. Das bescheidene Motto der Show: *The Tour Of Life*. So etwas sollte die Welt noch nicht gesehen haben!

War das ihr Ernst? Oh ja, und ob. Vier Monate vor der Premiere begann sie mit der KT Bush Band (bei der Preston Heyman jetzt an Stelle von Charlie Morgan spielte, verstärkt durch drei zusätzliche Musiker, darunter Gitarrist Alan Murphy, und zwei Sängerinnen) in den Thameside Woodwharf Studios in Greenwich zu proben, dann mit Tänzern in Covent Garden und schließlich mit der kompletten tausendköpfigen Besetzung in Shepperton. Mitte März, zwei Wochen vor der ersten Show, war die Tournee ausverkauft.

Während der 150-Minuten-Show verließ Kate kein einziges Mal die Bühne, sondern verschwand nur ab und zu hinter einem riesigen Ei aus Metall, das nach Bedarf auf die Bühne gerollt wurde und in dessen mit rotem Plüsch ausgekleidetes Innere sie sich zum Umziehen zurückzog. Als sie auf die Bühne kam, trug sie ein blaues Lycratrikot. Bei »Them Heavy People« Trenchcoat und Filzhut. Gleich darauf, bei »Egypt«, war sie eine Zigeunerin. Und dann, bei »Strange Phenomena«, erschien sie in Frack und zerknautschtem Zylinder. Später, bei »James And The Cold Gun«, agierte sie als mordlustiges Cowgirl. Absolut umwerfend!

Und ikonoklastisch. Bei »Hammer Horror«, wozu sich der Choreograph der Show zu ihr auf die Bühne gesellte, trat sie als Henkerin auf und sang überhaupt nicht, sondern tanzte lediglich und schnitt Gesichter. Jahre bevor so etwas üblich wurde, hatte ihre Crew aus handelsüblichen Drahtbügeln, wie man sie aus der chemischen Reinigung kennt, ein bemerkenswertes Mikrophongeschirr für sie gebastelt. Die Lightshow war sensationell, dazu Rauchschwaden und Trockeneisnebel und für die Fetischisten im Publikum (niemand wandte sich ab!) PVC-Kostüme und Kate selbst in schwarzem Leder bei »Don't Push Your Foot On The Heartbrake«, den sie als ihren Patti-Smith-Song betrachtete.

Und jede Menge Gewaltszenen – Simon Drake, der Kate ermorden und in ein mit der Aufschrift »Schweinefleisch« versehenes Fass stoßen will; Geigen in Menschengestalt, von denen sie niedergeschlagen wird (was man nur als Kommentar dazu auffassen konnte, wie ungern sie dieses Instrument gespielt hatte); oder der Schluss von »James«, wo sie alle um sich herum abknallt. Und Jays Gedichte und die unverkennbaren Anklänge an so tugendhafte Vorbilder wie *Thoroughly Modern Millie* und *Singing In The Rain*. Bei »Oh England My Lionheart«, von Kate in einer zu großen Bomberjacke auf einer mit sterbenden Kampffliegern übersäten Bühne gesungen, konnte man glatt patriotisch werden. Und nachdem sie einige der zahllosen vom Publikum auf die Bühne geworfenen Geschenke aufgesammelt hatte, winkte uns Kate am Ende der Show wie vom Deck eines Ozeandampfers zu, und wir applaudierten und johlten völlig hingerissen und klatschten zum Rhythmus von Heymans donnerndem Schlagzeug.

Einem Fotografen gelang es, sich in einer der letzten Kostümproben im Rainbow Theatre in Finsbury Park einzuschleichen. Roadies erwischten ihn jedoch, rissen ihm den Film aus der Kamera und knurrten ihn drohend an. Eine gestresste Kate machte ihn zur Schnecke, weil er ihr die Überraschung verderben wolle. Die BBC produzierte für *Nationwide* einen fünfzehnminütigen Bericht über die Tournee. Granada TV plante ebenfalls eine Sendung. Alles schien bestens zu laufen. Die Vorpremiere im Poole Arts Centre in Bournemouth versetzte alle Beteiligten in Hochstimmung – bis sie hörten, dass Beleuchter Bill Duffield, als er im Saal noch einmal nachsehen wollte, ob man beim Abbauen auch nichts vergessen habe, fünf Meter tief gestürzt sei. Er lag im Koma und starb eine Woche später. Kate war kurz davor, die ganze Tour abzusagen, doch konnte man sie überreden, jetzt nicht aufzugeben. Am nächsten Abend, am 3. April 1979, gab sie ihr offizielles Livedebüt im Liverpool Empire, eine halbe Meile vom Cavern Club entfernt. Nach dem letzten Song gab es so enthusiastischen Beifall, dass sie ins Publikum rief, am liebsten würde sie die komplette Tour in Liverpool machen. Doch das wäre ihren Fans in Stuttgart sicher nicht recht gewesen.

Alles in allem war es eine großartige Show, stellenweise provozierend albern (genau wie ihre Musik) und völlig überdreht, insgesamt aber ein echtes Meisterwerk und großartige Unterhaltung. »Das phantastischste Spektakel, das ich jemals bei einem Rockkonzert erlebt habe«, äußerte sich der Kritiker vom *Melody Maker* etwas zweideutig. »Kate Bush gehört zu den Künstlern, die man mit einer Bezeichnung wie Superstar eher herabsetzen würde.«

Weitere Stationen der Tournee: das Hippodrome in Birmingham, das New Theatre in Oxford, das Gaumont in Southampton, das Apollo in Manchester, das Empire in Sunderland, die Usher Hall in Edinburgh, die City Hall in Newcastle. Eine ganze Woche im Londoner Palladium. Manchmal reagierten Zuhörer sehr enttäuscht, weil Kate zwischen den Songs nicht mit dem Publikum kommunizierte. Aber das hätte den Zauber der ganzen Veranstaltung zerstört. Die Presse überschlug sich weiter vor Begeisterung. »Stellenweise eher schon absurdes Theater, aber absolut unwiderstehlich«, staunte der Mann von *Sounds*, dessen Vokabular vielleicht nicht ganz so ausdrucksstark war. Allein der rabiate Griesgram Charles Shaar Murray vom *NME* gab naserümpfend zu bedenken: »Das Dumme ist bloß, dass sie nichts anderes im Kopf hat, als ein großer Star zu sein«, eine Bemerkung, die einen noch nie dagewesenen Proteststurm auslöste.

Cathy war nicht mit einem durchgebrannt, den es nach Magersüchtigen gelüstete, sondern lag bewusstlos auf meinem Bett. Neben ihr meine Schachtel Cipramil. Und bis auf eine waren alle Tabletten herausgedrückt. Das heißt, sie hatte dreizehn oder vierzehn genommen. Und wer weiß was sonst noch.

Panik. Grauenhafte, in Eiswasser getauchte, Übelkeit erregende Panik.

Der Puls war noch zu fühlen. Immerhin etwas, und etwas sehr Gutes. Ich rannte zur Treppe. Nicht doch. Ich musste einen kühlen Kopf behalten. Alles in der richtigen Reihenfolge tun. Als ich bedachte, dass sie womöglich schon seit voriger

Nacht auf meinem Bett lag, fand ich es plötzlich äußerst unfair, dass ich nur ein paar Millisekunden hatte, das Richtige zu tun. Ich bestellte telefonisch einen Krankenwagen. Der Einsatzleiter war nicht schlecht und schaffte es, mich so weit zu beruhigen, dass ich mich bald einigermaßen verständlich ausdrücken konnte. Kaum hatte ich aufgelegt, war die Panik wieder da. Hätte ich fragen sollen, ob ich sie künstlich beatmen musste? Ich hatte einmal erlebt, wie eine Obdachlose mit abstoßendem Äußeren direkt vor mir zusammengebrochen war, und vermutlich hätte ich sie künstlich beatmen müssen. Doch wie hätte ich mich dazu überwinden können, meinen Mund auf den einer offensichtlich so ungepflegten Person zu pflanzen? Und als ich Cathys Atem roch, schien es mir auch bei ihr unmöglich.

Sie atmete! Wo war ich mit meinen Gedanken? Aber jetzt musste ich nach unten und es ihrer Mutter sagen. Ach, warum ich?

Ich lief so schnell die Treppe runter wie ich konnte. Das war natürlich nicht sehr schnell. Mrs. Cavanaugh trocknete gerade das Geschirr vom Mittagessen ab. Ich sagte ihr, sie müsse sofort in mein Zimmer kommen. Sie wurde kalkweiß und war dreimal so schnell oben, wie ich runtergekommen war. Als ich sie eingeholt hatte, telefonierte sie schon. »Das interessiert mich nicht, dass Sie schon einen Wagen losgeschickt haben«, schrie sie in den Hörer. »Sie sollen noch einen schicken. Was, wenn der erste eine Panne hat?«

Die Frage erwies sich als überflüssig. Der Krankenwagen, den ich bestellt hatte, war bereits vorgefahren. Sie rannte mit Lichtgeschwindigkeit die Treppe runter, die Sanitäter ebenso schnell die Treppe rauf. Sie behorchten Cathys Herz mit einem Stethoskop. Sie maßen ihren Puls. »Die kriegen wir wieder hin«, sagte der mit den vielen Piercings im Ohrläppchen. »Wir pumpen ihr den Magen aus, und das war's dann auch schon.« Sie legten Cathy auf die Trage, als sei sie so leicht wie eine Katze.

»Ja«, sagte Mrs. Cavanaugh. »Tun Sie das. Kriegen Sie sie wieder hin.«

»Sie können sich drauf verlassen«, sagte der andere, der keine Piercings hatte, und dann waren sie weg.

Kein Model bleibt ewig gefragt. Der Geschmack des Publikums mag sich nicht ändern, doch die Images der internationalen Modeindustrie ändern sich laufend. Die großen Werbeagenturen leben ja davon, dass sie ihren Klienten einreden, die potentielle Kundschaft wolle nicht immer dieselben Gesichter sehen, ganz gleich, wie wunderbar symmetrisch die auch seien, ganz gleich, was für phantastische Wangenknochen die haben mögen. Wenn die Klienten klug sein wollten, sollten sie sich besser auf ihre eigene Inspiration verlassen, die würde ihnen schon das nächste Gesicht besorgen, das beim Publikum ganz groß rauskommen wird. Einen Monat lang reißen sich die Leute um dich. Im nächsten Monat haben alle schon die Nase voll von dir, und du kannst noch froh sein, wenn du mit dem Rücken zur Kamera für Unterhosen Modell stehen darfst. Aber ich habe niemals Geld für Sex genommen, nicht einmal, als sonst nur nervtötende Routinejobs zu haben waren.

Nach meiner letzten Marcel-Flynn-Kampagne galten mein Gesicht und mein Körper ungefähr neun Monate lang bei jedem, der etwas zu verkaufen hatte, als Verkaufsgarant. Arbeitslos wurde ich durch Mark Pringle, neun Jahre jünger als ich und sehr viel kantiger, und Andrew Chen, vierzehn Jahre jünger als ich, mit besser definierter Bauchmuskulatur und überdies auch noch Halbchinese in einem Augenblick, da die gefragtesten New Yorker und Londoner Werbeagenturen unisono der Ansicht zu sein schienen, die Konsumenten bevorzugten zur Zeit den asiatischen Typ. Meine Agentin Rona, die mich beim Trampen entdeckt hatte, fragte an, ob ich bereit sei, gegen ein beträchtliches Honorar eine Frau von ihrer Synagoge zu einer großen Wohltätigkeitsveranstaltung zu begleiten. Ich war bereit, und schon ging's los.

Phyllis Liebowitz war die zweite »Vorzeige«-Frau eines Mannes, der – er ruhe in Frieden – mit seiner Cateringfirma bei der Filmindustrie ein Vermögen gemacht hatte und dann mit einundsiebzig – Gott hab ihn selig – auf dem Golfplatz von einem Schlaganfall niedergestreckt worden war. Bei unserem ersten Treffen hörte ich von diesem armen Teufel und seinem ach so frühen Tod, bis es mir zu den Ohren herauskam, doch gelang mir anscheinend ein hinreichend interessierter Gesichtsausdruck. Denn die Woche darauf fragte sie Rona, ob ich sie zur Hochzeit der Tochter einer Freundin begleiten könne. Als ich Rona daran erinnerte, dass ich Model sei und kein Gigolo, wies mich Rona freundlich darauf hin, dass ich ein Model sei, das von den Werbeagenturen nicht mehr nachgefragt werde, und dass Phyllis mir wahrscheinlich zwanzig Prozent mehr als beim ersten Mal zahlen würde. Es sei ja nicht so, als ob unverheiratete Juden, deren vorteilhaftes Äußeres ihnen zu einem Job als Model für Marcel Flynn verholfen habe, auf den Bäumen wüchsen.

Phyllis erklärte sich in der Tat mit einem höheren Honorar einverstanden. Auf der Hochzeit erfuhr ich, wie sie zwei Frauen erzählte, ich sei ihr Neuer. Als sie fragten, ob ich in der Kiste so gut sei wie mein prächtiger Körperbau verheiße, zwinkerte ihnen Phyllis mit einer Miene zu, die sie nicht anders als zustimmend interpretieren konnten. Später, als sie mit einem Geschäftspartner ihres verstorbenen Mannes tanzte, fragte mich eine der beiden Frauen, ob ich sie nächsten Freitag zur Bat Mitzwah der Tochter einer Freundin begleiten könne. Ich hatte den Eindruck, sie sei weniger an mir interessiert als an der Vorstellung, Phyllis die Schau zu stehlen.

Auf der Heimfahrt in ihrer großen Lexus-Limousine ließ mich Phyllis spüren, dass sie für das, was sie mir jetzt bezahlte, mehr verlangte als geistreiche Bemerkungen, Charme und gutes Aussehen. Ich hatte damals keine Freundin – bis ich die Frau kennen lernte, die dann Babooshkas Mutter wurde, sollten noch ein paar Wochen vergehen. Doch die Aussicht bedrückte mich, und zwar weniger aus moralischen als vielmehr aus praktischen Erwägungen heraus. Schlicht gesagt: Ich hatte Angst zu versagen, vor der Demütigung, bei dieser Frau nicht in die gehörige Wallung zu kommen. Zu diesem Schluss kam die arme Phyllis auch, dabei hatte ich ihr – aufrichtig! – gesagt, sie sei bei weitem die attraktivste Neunundvierzigjährige, die ich je gekannt habe. Tränen der Wut vergießend, teilte sie mir mit, dass zu der Zeit, als sie ihren seligen Gatten kennen gelernt habe, Gott sei seiner Seele gnädig, jemand wie ich sich glücklich geschätzt haben würde, hätte sie ihm auch nur neunzig Sekunden Aufmerksamkeit geschenkt. Mit zweiunddreißig war es für mich schwer vorstellbar, dass eine Neunundvierzigjährige jemals sehr viel jünger als sieben- oder achtundvierzig gewesen war, und noch schwerer vorstellbar, dass sie jemals ein Objekt allgemeiner Begierde gewesen sein konnte. Mit zweiunddreißig war ich sehr dumm.

Nun zeigte sich Phyllis von ihrer rachsüchtigen Seite und erzählte Rona, ich habe versucht, mich an sie heranzumachen. Rona war stinksauer. Ich brauchte Tage, sie von meiner Unschuld zu überzeugen. Als sie mir schließlich glaubte, war es zu spät, die andere anzurufen und ihr zu sagen, ich stünde nun doch für die Bat Mitzwah der Tochter ihrer Freundin zur Verfügung. In dieser Woche liefen meine Geschäfte schlechter als die des fast schon zahnlosen Obdachlosen, der vor dem örtlichen Supermarkt mit seinem Kaffeebecher hockte, in den gelegentlich jemand ein paar Cent oder ein Päckchen Kaugummi warf, das längst allen Geschmack verloren hatte.

Rona war nur zwei Jahre älter als ich, kam aber aus einer ganz anderen Galaxis. In ihrer Welt hielt man fest zusammen. Christen paarten sich ausschließlich mit Christen. Die Farbigen, wie sie sie nannte, paarten sich ausschließlich mit Farbigen. Und besonders wichtig: Juden paarten sich ausschließlich mit Juden.

Meine Familie betrachtete sich nur sporadisch als den Juden zugehörig. Meine Mutter gefiel sich in der Vorstellung,

Antisemitismus sei etwas Zeitloses und immer noch fast so verbreitet wie in ihrer Jugend, als ihre Eltern aufgrund ihrer Volkszugehörigkeit Schwierigkeiten hatten, eine Wohnung zu finden. Es schien ihr ein eigenartiges Vergnügen zu bereiten, sich auszumalen, dass man uns in gewissen Restaurants nicht bedienen würde, obwohl sich das am Ende immer als falsch herausstellte. In der Öffentlichkeit sprach sie das Wort *Jude* stets nur flüsternd aus, aus Furcht, Nichtjuden könnten uns sonst kritisch ansehen. Bei Kommunalwahlen kreuzte mein Vater auf den Stimmzetteln, grundsätzlich nur Kandidaten mit jüdischen Nachnamen an. Ein Friedman, Rosenberg oder Silverstein bekam garantiert seine Stimme. Ich lernte für meine Bar Mitzwah allein aus dem Grund, weil mein einziger Freund zu dieser Zeit das auch tat und ich sonst keinen hatte, mit dem ich zusammen sein konnte. Und weil ich vermutete – zu Unrecht, wie sich herausstellte –, dass dabei etwas Geld für mich rausspringen würde. Denn üblicherweise bekam ein Dreikäsehoch, nachdem er mit dickem kalifornischen Akzent ein bisschen Hebräisch vorgelesen und sich zum Mann erklärt hatte, ein Bündel Bares für seine Mühe.

Rona besorgte mir Verabredungen mit Frauen, die keine Jüdinnen waren. Für mich gab es zwischen den verschiedenen Religionen keinen Unterschied. Die Nichtjüdinnen wollten genau wie Phyllis Sex von mir und reagierten ebenso zornig, wenn ich sie – immer aus dem gleichen Grund – zurückwies, wobei die Gehässigeren das Scheitern ihrer Avancen wahlweise damit erklärten, ich sei eine Schwuchtel oder, in einem denkwürdigen Fall, ein Hinterlader. Die Empfindlicheren weinten untröstlich, da sie in meiner Zurückweisung die endgültige, brutale Bestätigung ihrer Unattraktivität sahen. Die Sache wurde mir so zuwider, dass ich für eine Zeitlang ausstieg.

Ich bekam einen Job an der Uni, da musste ich Immatrikulationsformulare ausfüllen. Langweiliger ging's wirklich nicht. Mit mir im Sekretariat saß eine Doppelgängerin von

Whitney Houston – sie sah prächtig aus, aber reden konnte man nicht mit ihr. Ich musste mich mit mir selbst unterhalten, indem ich den Antragstellern einen anderen zweiten Vornamen verpasste als den, mit dem sie sich beworben hatten.

Der Job hätte mein Untergang sein können. Die meisten anderen an den Schreibmaschinen waren Frauen, fast alle übergewichtig, fast alle mit Fotos von gemischtrassigen Kindern auf dem Schreibtisch, fast alle mit Pralinenschachteln in Reichweite, Schachteln, deren Inhalt sie im Lauf einer Schicht zu dezimieren pflegten. Dahinter steckte wohl der Versuch, sich für die geisttötend langweilige Arbeit mit dem intensiven sinnlichen Vergnügen, das der Verzehr von Schokolade bietet, schadlos zu halten.

Ich habe Grund zu der Annahme, dass Kate in einigen Phasen ihrer Karriere, wenn sie allzu hart im Studio arbeitete, ganz ähnliche Vorstellungen hatte. Es trifft nicht zu, dass Kate einmal weit über zwei Zentner gewogen hat. Auf mich aber trifft zu – ich weiß es, und jetzt erfahren Sie es als Leser auch –, dass ich in meinem Monat als Schreibkraft drei Pfund zugenommen habe. Rona bemerkte anzüglich, ich sei wohl etwas in die Breite gegangen. So fett und beschämt hatte ich mich seit meinem zehnten Lebensjahr nicht mehr gefühlt. Und es sollte sehr lange dauern, bis ich wieder irgendetwas anderes fühlte.

Ich hätte mir ein Taxi zum Krankenhaus genommen, wusste aber nicht, in welches man Cathy eingeliefert hatte. Obwohl ich gerade zu Mittag gegessen hatte, war ich sehr, sehr hungrig. Ich ging nach unten und wartete, dass Duncan und Gilmour von der Arbeit kamen. Ich fand, sie sollten erfahren, was passiert war. Dann fand ich, sie sollten es nicht erfahren, denn schließlich hatte ich ihre Schwester ja nicht gerade aufgefordert, in meinen Sachen zu schnüffeln und meine Cipramil zu nehmen. Und dann fand ich wieder, doch, sie sollten es erfahren. Wäre ich nicht so ein von Selbsthass und

Depressionen geplagter Fettsack, Cathy hätte kein Cipramil bei mir finden können, schon gar nicht in meinem Zimmer.

Duncan und Gilmour erschienen auf der Bildfläche und stöhnten über die Hitze. »Ah, der Spinner«, schnaubte Gilmour, als er mich bemerkte. Sein gutmütigerer Bruder fragte, ob mit mir alles in Ordnung sei. Ich sagte nein und brach in Tränen aus. Und dann erzählte ich, wie ich Cathy auf meinem Bett gefunden hatte und dass ihre Mutter mit ihr im Krankenwagen weggefahren war.

Plötzlich bekam ich keine Luft mehr, Gilmour hatte mir seine Hände um den Hals gepresst und schrie: »Ich bring diesen Verrückten um! Ich erwürg ihn mit bloßen Händen.« Ich hätte Duncan für sehr viel stärker als seinen jüngeren Bruder gehalten, aber er – und ich auch! – schien Stunden zu brauchen, bis er Gilmours Hände von meiner Kehle weggezerrt hatte. Jedenfalls lange genug, dass mein ganzes schmerzliches Leben vor meinen Augen vorüberziehen konnte, was wahrlich kein angenehmer Anblick war.

»Gerade jetzt, wo Mum uns am meisten braucht«, schrie Duncan, »musst du dich wie ein Wahnsinniger aufführen? Idiot! Schwachkopf! Los, komm, wir fahren hin.«

Als ich fragte, ob ich vielleicht hinten bei ihnen im Wagen mitfahren könnte, fiel Gilmour erneut über mich her und würgte mich noch heftiger als zuvor. »Wir kriegen zehn von dir in diese Scheißkarre, du dämlicher Saftsack!« Und wieder spulte sich vor meinen Augen mein ganzes Leben ab, die ganze erbärmliche Prozession.

»Vielleicht sollten Sie besser hier bleiben, für alle Fälle«, meinte Duncan, der trotz seiner Strapazen und seiner Erregung immer noch freundlich war. Ich stimmte zu.

Schon komisch, was so in einem Kopf vorgeht. Man versucht an etwas – irgendetwas! – anderes zu denken als das, was einen beinahe den letzten Nerv kostet. Und was kommt dabei raus? Russell Crowe in *Gladiator*, die berühmte Anfangsszene, wo er zu den römischen Legionen, die von ihm befehligt werden, sagt: »Auf mein Kommando lasst ihr die Hölle los.« Als meine Tochter mich (gegen heftigen Widerstand) in diesen Film geschleppt hatte, fand ich den Spruch ziemlich cool, ungefähr so wie »Ist das heute dein Glückstag, Penner?« Aber je mehr ich darüber nachdachte, desto lächerlicher kam es mir vor. Verstand es sich nicht von selbst, dass die Römer diese Hundertschaften blutrünstiger Goten, die auf der anderen Seite der Schlucht nur darauf warteten, sie zurückzuschlagen, mit aller Macht bekriegen würden? Hätte der von Crowe dargestellte Maximus denn sagen können: »Auf mein Zeichen wollen wir es denen ganz schön ungemütlich machen, aber übertreibt es bitte nicht, ja?«

Ich hasste mich selbst, dass ich in einer solchen Situation solch belustigende Gedanken anstellen und mich fragen konnte, ob Nicola sich gefragt hatte, warum ich sie nicht angerufen hatte.

Ich weiß nicht, wie sie das geschafft hat, aber Mrs. Cavanaugh kam zurück, um das Abendessen zu machen, und dann klopfte sie bei jedem ihrer Mieter an und entschuldigte sich, dass es so spät geworden war. Ohne auf ihre Entschuldigung zu achten, nahm ich sie gleich in die Arme. Sie weinte, aber nur ganz kurz und ganz leise, eine Frau von ungeheurer Selbstbeherrschung.

Sie schneuzte sich leise in ein Papiertaschentuch und setzte sich auf die Bettkante, des Bettes, auf dem ich die arme Cathy gefunden hatte. Im Krankenhaus hatte man festgestellt, dass Cathy keine einzige von meinen Cipramil geschluckt hatte, sondern bloß aufgrund eines niedrigen Blutzuckerspiegels das Bewusstsein verloren hatte. Jetzt wurde sie intravenös ernährt. Ihre Überlebenschancen waren großartig, wobei freilich außer Frage stand, dass sie unbedingt Nahrung zu sich nehmen musste. »Es war nicht Ihre Schuld«, sagte sie. »Sie sollen wissen, dass ich Ihnen keine Vorwürfe mache.«

»Aber ohne meinen dummen Selbsthass und meine depressiven Zustände«, sagte ich, »hätten hier keine Tabletten herumgelegen, und sie hätte nicht so tun können, als ob sie die genommen hätte.«

Das klang bestimmt sehr seltsam. Mrs. Cavanaugh und ich sahen uns an. Dann lachte sie laut auf. Und als sie einmal angefangen hatte, war sie nicht mehr zu bremsen. Sie brüllte vor Lachen. Keuchend rutschte sie vom Bett auf den Fußboden, und darüber musste sie noch lauter lachen. Und schon hatte sie mich angesteckt. Wer an dem Zimmer vorbeikam, musste denken, dort habe sich eine Schar Geisteskranker eingenistet. Aber irgendwann hatte Mrs. Cavanaugh genug gelacht und fing wieder an zu weinen. Sie weinte, bis sie nicht mehr konnte.

Schließlich war es vorbei. Sie tupfte sich mit ihrem Taschentuch die Augenwinkel ab, sagte, was jede Frau der Welt bei einer solchen Gelegenheit gesagt haben würde (»Ich sehe bestimmt furchtbar aus«) und seufzte sich in ihre Kindheit zurück. Im Zimmer unter meinem ließ Mr. Halibut zur Abwechslung einmal *The Dreaming* laufen. Kate hatte »Sat On Your Lap« fast zu Ende gesungen, als Mrs. Cavanaugh endlich etwas sagte. »In einer Hinsicht sind Sie und Catherine sich sehr ähnlich. Ihr könnt euch beide nicht so sehen, wie ihr wirklich seid.« Ich war mir nicht sicher, wie sie das meinte, fand aber, das sei jetzt nicht die Zeit, danach zu fragen.

Sie seufzte noch einmal, diesmal bis in die Zeit vor ihrer Empfängnis zurück. »Können Sie sich vorstellen, was es für mich bedeuten würde, sie zu verlieren?«

Lebhaft. Ich hatte die Stimme meiner Babooshka seit achtzehn Monaten nicht mehr gehört.

## *Der Schmerz*

Wie aufs Stichwort nahm Babooshka genau zu der Zeit, als ihr Interesse an Jungs erwachte, beträchtlich an Leibesfülle zu. Fast gleichzeitig überredete ihre Mutter den Schweizer Elektronikmillionär, den sie nach mir geheiratet hatte, ihr ein Facelifting und eine Brustvergrößerung zu spendieren. Nachdem sie die Qualen, die solche Operationen mit sich bringen, überstanden hatte, legte sie sich eine neue Garderobe zu, die ihre neue Figur zur Geltung brachte. Wenn sie beim gemeinsamen Shoppen (und etwas anderes als shoppen tat sie selten) ihre äußerst knappen Lycrashorts und ihr äußerst enges Lycratop spazieren führte, pfiffen ihr die Teenager beifällig nach. Bab hätte vor Scham im Boden versinken mögen. Ich fühlte mit ihr und sagte, ich hielte das für wenig einfühlsam von ihrer Mutter. Das wiederum nahm Bab mir übel.

Ich hatte sie nicht erst von ihrem ersten Atemzug an angehimmelt, sondern schon seit dem Augenblick, als ich erfuhr, dass sie im Bauch ihrer Mutter heranwuchs. Ihre Geburt verwandelte mich. Für lange Zeit spürte ich nichts mehr von meinem Selbsthass, sondern empfand im Gegenteil eine immer tiefere Selbstbewunderung, denn Babooshka holte eine Freundlichkeit und Geduld und Großmut aus mir hervor, die ich gar nicht in mir vermutet hatte.

Und das war längst nicht alles. Als sie zweieinhalb Jahre alt war, verbrachten wir einmal einen Samstagnachmittag allein miteinander, weil ihre Mutter in der Kunstgalerie war, wo sie »arbeitete«, falls man es Arbeit nennen kann, an einem Schreibtisch zu sitzen und Kreuzworträtsel zu lösen. Ich betete meine Tochter förmlich an und tat alles, um sie glücklich zu machen. Aber was ich auch machte, sie ließ sich den ganzen Nachmittag nicht aus dem Schmollwinkel locken. Als sie das Auto ihrer Mutter in die Straße einbiegen sah, hellte sich ihre bis dahin verfinsterte Miene schlagartig auf. Sie war wie verwandelt und strahlte vor Freude.

Ihre Mutter und ich ließen uns scheiden. Wir konnten uns nicht mehr ertragen. Ich hatte jetzt einen Job als EDV-Gehilfe in einer Anwaltskanzlei. Verglichen damit war mein vorheriger Job im Unisekretariat eine einzige Lustbarkeit gewesen. Jeden Morgen um zwanzig nach fünf stand ich auf, nahm den Bus um zwanzig nach sechs, fuhr fünfzig Meilen nach Süden und traf um halb neun an meinem Arbeitsplatz in San Francisco ein. Und nachdem ich den lieben langen Tag von blasierten jungen Anwälten herumgeschubst worden war, fuhr ich knapp zwei Stunden mit dem Bus in die entgegengesetzte Richtung und war gegen halb acht wieder zu Hause. Und fast jedes Mal fand ich meine Frau dann vor dem Fernseher (wo sie sich irgendwelchen Mist ansah, Wiederholungen schauderhafter Sitcoms aus den Sechzigern und ähnlichen Scheiß). Bei ihr hockten ihre Eltern, meine Schwiegereltern, die praktisch bei uns eingezogen waren, und soffen. Da mir nur ungefähr 180 Minuten blieben, um zu Abend zu essen, Gymnastik zu machen, mit meiner Tochter zu spielen und irgendetwas zu unternehmen, das mich womöglich aus dem beruflichen Albtraum herausholte, in den ich geraten war, bis ich ins Bett musste, um am nächsten Morgen wieder um zwanzig nach fünf aufzustehen und das Ganze von vorn anzufangen, fragte ich meine Frau, ob sie Zeit gehabt habe, etwas zu essen zu machen.

Ob sie kein Recht habe, sich auch mal etwas zu entspannen, fragte sie gereizt zurück.

Ich nahm mir in San Francisco eine kleine Wohnung und fuhr nur noch freitagabends nach Hause, um Bab abzuholen; sonntagabends brachte ich sie wieder zu ihrer Mum und ihren Großeltern. Diese Tage mit ihr waren die glücklichsten meines Lebens. Sie selbst sah das entschieden anders. Ich konnte noch so freundlich und liebevoll und aufmerksam sein, sie ließ mich jederzeit merken, wie sehr es ihr missfiel, auch nur achtundvierzig Stunden die Gesellschaft ihrer Mutter entbehren zu müssen.

Ich focht das Scheidungsurteil an, das ich zunächst akzeptiert hatte, da ich mich einem Streit nicht gewachsen fühlte. Nach dem neu ausgehandelten Kompromiss brauchte ich meine Tochter nicht mehr allein abzuholen, das heißt, die Hälfte der Fahrten musste meine Frau machen. Sie brachte sie mir jeden Samstagmorgen nach San Francisco. Wenn es klingelte, schrie ich begeistert auf und sprang in großen Sätzen die Treppe runter. Und wenn ich unten ankam war und die Haustür aufriss, versteckte sich meine Tochter heulend hinter ihrer Mutter – ihrer Mutter, die sich, als unsere Ehe den Bach runterging (woran mindestens zur Hälfte ich selbst schuld war, das gebe ich jetzt zu und habe es auch damals schon zugegeben), geweigert hatte, mit mir zu einer Partnerberatung zu gehen. *Wir müssen an unsere Tochter denken. Wenn wir uns trennen, wird sie ihr ganzes Leben an den Folgen zu leiden haben.* Nichts da. Das interessierte meine Frau nicht die Bohne.

Und es war meine Frau, an die sich meine Tochter klammerte.

Fünfzehn Jahre später schmerzt mich die Erinnerung immer noch mehr, als ich sagen kann.

Das hat sich nie gelegt. Vor Bab konnte ich meinen Schmerz verbergen, und bald lachte sie wieder. Das waren wunderbare Tage. Ich ging mit ihr zu einem Spielplatz zwischen den großen Hotels oben auf Nob Hill – ein zauberhafter Ort – und schob sie endlos auf der Schaukel an. Vor Lachen kreischte sie bei der Vorstellung, sie könnte, wenn ich sie hoch schubste, von der Schaukel direkt ins Wohnzimmer einer Wohnung in einem der eleganten alten Gebäude, die den Platz umstanden, springen und nachsehen, was es dort zu essen gab. Ich trug sie auf den Schultern nach North Beach, wo wir an geschäftigen Freitag- oder Samstagabenden über die Columbus Avenue spazierten, dem hektischen Treiben der italienischen Köche in ihren offenen Küchen zusahen und uns an den köstlichen Gerüchen erfreuten. Stundenlang hatte ich Tränen der Freude in den Augen, bis meine Tochter mir irgendwann unweigerlich mitteilen musste: »Ich will zu Mummy.«

Ein großer Mann hat einmal, grammatikalisch nicht ganz korrekt, gesungen: »If you love somebody, set them free.« Wäre ich ein besserer Mensch gewesen, hätte ich meiner Tochter vielleicht ihren Willen gelassen. Stattdessen zeigte ich ihr deutlich, wie sehr sie mir wehtat, und zählte ihr alles auf, womit ihre Mutter sie im Stich ließ. Ich schämte mich und am Ende habe ich einen sehr hohen Preis dafür zahlen müssen.

Babooshka kam in die Schule. Jeden Freitagnachmittag holte ich sie mit dem Auto von der Schule ab, und jeden Freitagnachmittag bestätigte mir ihre Miene, was ihre Mutter mir auch schon von ihr berichtet hatte: dass sie sich einen Daddy wünschte, der so war wie die anderen geschiedenen Daddys, von denen man immerzu hörte – einen Daddy, der mit seinem Kind Pläne machte und dann nicht auftauchte. Jeden Freitagnachmittag ein neues gebrochenes Herz.

Sie war die Tochter ihrer Mutter, außerordentlich klug, aber mit einer offenbar angeborenen Aversion gegen jegliche Art von Arbeit. Ich wollte meiner Tochter etwas beibringen. Ich tat, was Kates Brüder und ihr Dad für sie getan hatten – ich lehrte sie Gedichte und Songs und Melodien schreiben und wie man die Harmonien dazu setzt. Ich brachte ihr das Zeichnen bei. Beim ewigen Hin und Her zwischen meiner Stadt und der ihrer Mutter verbrachten wir jede Menge Zeit im Auto, und ich fand, wir sollten einen Teil davon nutzen und Spanisch lernen. Und alles nahm Bab mir übel.

Ihre Mutter, die ihr schon früh den Gebrauch der Fernbedienung zum Wechseln der Fernsehkanäle beigebracht hatte, lehrte sie jetzt, wie man sich falsche Fingernägel professionell auf die echten klebt, wie man sich Strähnchen in die Haare färbt, wie man viel Zeit mit dem Einkaufen hübscher neuer

Kleider verbringen kann und wie man (sie führte es ihr vor) eine weitere Ehe den Bach runtergehen lässt, jedoch erst, nachdem ihr Schweizer Elektronikmillionär und dritter Gatte (vor mir hatte sie auch schon einen, ohne Kinder) ihr die erwähnten Schönheitsoperationen bezahlt hatte.

Als sich meine Tochter durch die Pubertät kämpfte, sich in Jungen verknallte, die sie zu fett fanden, ihre Freunde wechselte wie andere Leute Papiertaschentücher und oft genug gar keine hatte, wurde unser Verhältnis noch schwieriger. Ich versuchte ihr ein wenig Verantwortungsgefühl beizubringen, indem ich sie bat, ihre Schmutzwäsche nicht auf dem Fußboden liegen zu lassen. Das trug mir ihren Hass ein, und Mommy versicherte ihr eifrig, das sei eben meine tyrannische Art. (Hatte ich während unserer Ehe nicht ständig dafür zu sorgen versucht, dass wir zum Essen bei Freunden einigermaßen pünktlich erschienen, statt mit fünfundvierzig Minuten Verspätung, wie es bei ihr die Norm gewesen war?)

Einen Teil der Schuld an ihrem Körperumfang nahm ich auf mich. Im Rückblick sah ich mit Entsetzen, dass ich mir im Lauf der Jahre angewöhnt hatte, Essen als Trost zu gebrauchen. Es ging ihr schlecht, weil wieder einmal ein Junge sie abgewiesen hatte? Na, kann es sein, dass eine schöne Eiswaffel den Schmerz ein wenig erträglicher macht? Es ging ihr schlecht, weil ihre Mutter nichts anderes im Sinn hatte, als in den angesagten Nachtclubs von San Francisco die Aufmerksamkeit wesentlich jüngerer Männer auf sich zu lenken? Na, wie wär's mit einer leckeren Mahlzeit bei ihrem Lieblingschinesen?

Ich nahm aber nicht bloß die Schuld auf mich. Ich übernahm auch die Verantwortung dafür, ihr ein gutes Beispiel zu sein und mich dem Problem zu stellen. Ich aß, als stünde eine Hungersnot bevor, ging allerdings auch täglich ins Fitnessstudio. Einmal plante sie, mit einem schwulen Klassenkameraden zu einer Tanzveranstaltung ihrer Schule zu gehen. Am Nachmittag davor brach sie bei dem Gedanken, dort die

Einzige zu sein, die nicht richtig von einem Jungen eingeladen worden war, in Tränen aus. Mir fuhr das wie ein Messer ins Herz. Ich tröstete sie, so gut ich konnte, beließ es aber nicht dabei. Da ich nicht wollte, dass sie noch einmal so zu leiden hatte, erklärte ich ihr mit äußerster Freundlichkeit, sie sei zwar sehr schön (und das war sie wirklich), aber viele Jungen sähen das nicht, weil sie Übergewicht habe. Nie werde ich die Mischung aus Wut und Scham und Entsetzen vergessen, mit der sie mich dann angesehen hat.

Einen Augenblick lang war ich sprachlos. Dann sagte ich etwas, das ihr Hoffnung machen sollte. Sie habe unbestreitbar Übergewicht, aber dafür gebe es eine sehr einfache Lösung. Sie müsse einfach nur weniger essen und mehr Sport treiben.

Jetzt sprang nur noch Wut aus ihren Augen. Sie habe unbestreitbar Übergewicht? Und wie käme es dann, dass ihre Freundinnen (die beiden, die sie zitierte, waren noch aufgedunsener als sie) meinten, sie sehe gut aus? Und wenn sie nun mal keine Lust hatte, ins Fitnessstudio zu gehen? Es klang bemerkenswert abstoßend und uncool, wie sie es sagte. Wenn sie nun mal keine Lust hatte, in einem mottenzerfressenen, rotzverklebten und nach Katzenpisse stinkenden Sweater herumzusitzen?

Mommy war natürlich keine Hilfe. Mommy war dürr wie Victoria Beckham, hatte aber seit sieben Jahren, als es mir damals in Los Angeles einmal gelungen war, sie eine Woche lang mitzuschleppen, kein Fitnessstudio mehr von innen gesehen. (Für kurze Zeit hatte es ihr Spaß gemacht, weil sie in ihrem Spandextrikot wirklich sehr hübsch aussah; und sie wusste es.) Wenn Mommy schlank sein konnte, ohne Sport zu treiben, warum konnte es meine Tochter nicht?

Mommy konnte ihr nur beibringen, wie wichtig es war, Haar und Fingernägel in regelmäßigen Abständen von einem Profi machen zu lassen. Und sie brachte ihr das Schminken bei. Meine Tochter ist künstlerisch veranlagt und war sehr gut im Schminken. Ihr Haar sah fabelhaft aus, wenn sie vom Friseur kam. Und wenn ihr falsche Fingernägel mehr Selbstvertrauen gaben, umso besser. Aber verglichen mit ihrer Fettleibigkeit spielte das alles kaum eine Rolle. Die Jungen sahen allesamt an ihr vorbei nach ihren schlankeren Klassenkameradinnen. Und meine Tochter litt entsetzlich.

In jeder Stadt, in die sie die *Tour Of Life* führte, stellte sich Kate tapfer der Presse und erwies sich als viel weniger schrullig, aber auch weniger flegelhaft als Bob Dylan, der anerkannte Meister der Rockstarpressekonferenz. Als Piccadilly Radio sie fragte, wie viel Geld sie verdient habe, behauptete sie, keine Ahnung zu haben. Dylan, man kann es sich vorstellen, hätte geantwortet: »£ 14230,55.« Man fragte, ob sie jetzt im Luxus lebe, und sie versicherte, sie lebe seit Jahren in derselben Wohnung. Was würde sie mitnehmen, wenn sie in einem Bauernhaus in einem öden Hochmoor von Yorkshire leben müsste? Freunde, Zigaretten, Tee, Musik und zwei Katzen. Dylan hätte in seinen besten Zeiten garantiert noch Anita Ekberg und eine Glühbirne genannt.

Nach der letzten Vorstellung des britischen Teils der Tour (in Edinburgh) begaben sich einige Stars der Show in das teure Fischrestaurant Cousteau's, mussten dort aber feststellen, dass übereifrige Fans ihrem Wagen gefolgt waren und ihnen jetzt durchs Fenster beim Essen zusehen wollten. Aus Furcht, sie könnten erfrieren, brachte Kate ihnen etwas Wein und Autogramme nach draußen. Zurück in London, gab es eine Soiree im Dial 9, unter den Gästen waren Fee Waybill von The Tubes und David Bowies Privatsekretärin.

Das Land konnte einfach nicht aufhören, von ihr zu reden. Der *Daily Star* spekulierte, Zoodle und Pyewacket seien ehemalige Liebhaber, die von ihr verhext worden seien. (Bist du da drin, Al?) Der *Daily Express* riet allen heterosexuellen britischen Männern, bloß nicht Kates Auftritt in der BBC-Sendung *The Abba Special* am Abend des Karfreitags zu verpassen, denn da werde sie »wollüstige erotische Gebärden« zeigen. In einer Karikatur der *Daily Mail* brachte Margaret Thatcher als Kate den Premierminister Callaghan zum Stöhnen. Sie war unbestreitbar zu einer Ikone geworden.

EMI knirschte schamlos schmollend mit den Zähnen und erklärte, Kate (dieses undankbare Weibsstück!) habe die Einladung ihres Produzenten abgelehnt, den Titelsong für *Moonraker*, den nächsten James-Bond-Film, aufzunehmen. Stattdessen nahm sie den Titelsong von *Der Magier* auf, der auf Filmfestivals gut ankam und von Kinobesuchern gemieden wurde wie die Pest.

Die Tour erreichte den europäischen Kontinent. Da Kates Stimmbänder schwer strapaziert waren, wurden in Stockholm, Kopenhagen, Hamburg und Amsterdam vier Songs aus dem Programm genommen. Ein Arzt in der schwedischen Hauptstadt gab ihr den Rat, ihre Stimme nur auf der Bühne zu gebrauchen. Die Ausbildung bei Lindsey Kemp half ihr, sich pantomimisch auszudrücken, und die Leute reagierten ebenfalls nonverbal in improvisierter Gebärdensprache, so als sei Kate nicht nur vorübergehend stumm, sondern auch taub. Manchmal können die Menschen wirklich allerliebst sein.

Ihre Stimme erholte sich wieder und die Tour ging weiter: Stuttgart, München (wo die Bühne im Circus Krone unter zigtausend roten Nelken verschwand, die von den Zuschauern geworfen wurden), Köln, Paris (im Théâtre des Champs Elysées, wo auch schon G.I. Gurdjieff gewirkt hatte), Mannheim, Frankfurt, und zum Abschluss noch drei Zusatzkonzerte im Hammersmith Odeon, eins davon als Benefiz für Bill Duffield.

Bei diesem letzteren kamen zu »Them Heavy People« Peter Gabriel und Steve Harley in Trenchcoat und Schlapphut auf die Bühne, nicht wie sonst Kates Tänzer Gary und Stuart. Das Publikum raste vor Begeisterung und hörte damit auch nicht auf, als Harley eine Solonummer vortrug. Als die drei zum Schluss gemeinsam »Let It Be« sangen (und nicht »Gimme Dat Ding«, wie es allen, die Paul McCartneys schwammige

Ode an die Hoffnung nicht mehr hören konnten, vermutlich lieber gewesen wäre), animierte Harley das Publikum wie bei einem Fußballspiel zum Mitsingen. Und Kate konnte die Tränen nicht mehr halten.

Eines Sonntagnachmittags fuhr ich Babooshka, ihren schwulen Klassenkameraden und ein paar Freundinnen zum Kino; ausgemacht war, dass die Mutter des Klassenkameraden sie alle wieder nach Hause bringen würde. Fünf Minuten nach dem Ende des Films rief mich meine Tochter an. Die Mutter des Klassenkameraden gehe nicht ans Telefon. Ich war gerade mit etwas beschäftigt, das keinen Aufschub duldete, und riet ihr, es bei der Mutter ihres Freundes in ein paar Minuten noch einmal zu versuchen. Schon neunzig Sekunden später klingelte das Telefon wieder. Die Mutter des Klassenkameraden gehe immer noch nicht ran und die Warterei sei ziemlich langweilig. Dann nehmt den Bus, schlug ich vor. Der Bus war ungefährlich, kostengünstig, klimatisiert und praktisch immer leer. Und er kam alle fünfzehn Minuten.

Aus ihrer Reaktion hätte man schließen können, ich hätte ihr gesagt, von jetzt an würden wir nur noch Katzenstreu essen.

Ich sprach mit ihrer Mutter und bekundete meine Sorge darüber, dass unsere Tochter so vieles für selbstverständlich nahm. Ich fände es sehr bedenklich, dass sie eine Fahrt mit dem Bus nicht einmal in Erwägung zog. Die Antwort ihrer Mutter bestand darin, dass sie ihr noch in derselben Woche, in der sie den Führerschein mache, ein Auto kaufte. Und ich war der Tyrann.

Meine Tochter war zweieinhalb, als ich nach San Francisco ging. Seit dieser Zeit hatte ich ihr immer wieder klarzumachen versucht, dass das Haus, in dem wir, wenn auch nur für zwei oder drei Tage in der Woche, zusammen wohnten, nicht bloß Daddys Haus war, sondern auch Babs und Daddys Haus. Jetzt fing sie an, mir donnerstagabends auf den Anrufbeantworter zu sprechen: »Ich möchte morgen nicht in dein Haus kommen, Daddy.«

Vollkommen ratlos, ging ich zu Psychotherapeuten. Auch sie konnten mir nicht sagen, warum meine Tochter so sehr an ihrer Mutter hing, die jetzt, nachdem sie den Schweizer Elektronikmillionär losgeworden und ein beträchtlicher Teil seines Vermögens auf ein ihr allein gehörendes Bankkonto gewandert war, nichts anderes im Kopf hatte, als sich in den angesagten Nachtclubs von San Francisco zur Schau zu stellen. Ihr größter Ehrgeiz schien darin zu bestehen, von sehr viel jüngeren Männern für eine Gleichaltrige gehalten zu werden.

Meine Tochter sprach nur äußerst widerstrebend mit den Psychotherapeuten. Wenn sie wie üblich zu spät von ihrer Mommy gebracht wurde, tat sie im Wartezimmer so, als ob sie mich nicht kannte. Für mich war das ein Gefühl, als würde mir das Herz ohne Narkose herausgerissen.

Mommy tat sich mit einem blasierten Versicherungsvertreter zusammen, der eine meta-ironische Schmalzlocke trug und sie in angesagte, auf die Achtziger getrimmte Clubs ausführte. Meine Tochter, die sich daran gewöhnt hatte, Mommy für sich allein zu haben, war nicht gerade begeistert. Sie besuchte mich immer seltener in … meinem Haus (in das ich, beträchtliche Unannehmlichkeiten auf mich nehmend, aus San Francisco gezogen war, weil meine Tochter nicht das Gefühl haben sollte, dass sie meinetwegen jedes Wochenende auf ihre wenigen Schulfreunde verzichten musste). Ich sagte ihr, wie schmerzlich es mir sei, ihren damaligen neuen Freund nicht richtig kennen zu lernen. Darauf ließ sie drei volle Monate lang nichts mehr von sich hören.

Der Schmerz unserer Entfremdung trieb mich in die Ferne, nach London; erst als ich von dort zurückkam, versöhnten wir uns wieder. Inzwischen war ihr die Beziehung mit dem neuen Freund so unerträglich geworden, dass sie mich sogar fragte, ob sie in … mein Haus einziehen dürfe. Ich war sofort einverstanden und tat damit, wie mir später klar wurde, exakt das, was ich ihrer Mommy so oft zum Vorwurf gemacht hatte – ich gab Bab die Möglichkeit, vor einem Problem, dem sie sich nicht stellen wollte, einfach davonzulaufen. Aber der Schmerz unserer Entfremdung – und dann die Freude über unsere Wiederannäherung – ließen mich keinen klaren Gedanken fassen.

Ich hab's vermasselt. Ich bestand darauf, dass sie ihre Schmutzwäsche regelmäßig nach unten in den Korb brachte – nicht, um sie zu waschen, bitte schön; nein, sie sollte sie nur herunterbringen, damit sie gewaschen werden konnte. Sie wohnte jetzt nicht mehr bei ihrer Mommy, sah sie aber noch ziemlich oft. Täglich ging sie nach der Schule in der Boutique vorbei, in der ihre Mommy ohne jeden Ehrgeiz als achtundvierzigjähriges Ladenmädchen arbeitete, das freilich bei schmeichelhafter Beleuchtung für sechsunddreißig gehalten werden konnte. Täglich versuchte sie Mommy zu überreden, ihren notorisch untreuen Freund in die Wüste zu schicken. Täglich erklärte Mommy verlogen, sie wolle darüber nachdenken. Und täglich kam meine Tochter völlig verstört und oft den Tränen nahe nach Hause. Und täglich tröstete ich sie, so gut ich konnte.

Ich rief meine Exfrau an. Da sie nicht geneigt schien, ihren neuen Freund zu verlassen, und da jede Erwähnung dieses Themas meine Tochter schrecklich aufregte, fragte ich, ob sie nicht wenigstens aufhören könnte, mit Bab über ihn zu reden. Wie unbesonnen! Mir einzubilden, ich könnte sie für irgendetwas verantwortlich machen! Wenn unsere Tochter unglücklich sei, behauptete sie, dann deshalb, weil sie es so schwierig finde, mit mir unter einem Dach zu leben.

So war das also. Wenn Bab von meiner Exfrau kam, durfte ich tagtäglich die Trümmer wegräumen, und sie erzählte dafür meiner Exfrau, wie unglücklich sie bei mir sei?

Ich stellte Bab zur Rede. Sie gab zu, sie habe sich in der Tat bei Mommy darüber beklagt, wie … tyrannisch ich sei. Und zu meinem unendlichen Bedauern platzte mir jetzt tatsächlich der Kragen. Ich sagte meiner Tochter, dass ich mich wieder einmal verletzt und verraten fühlte.

Tagelang ließ sie sich nicht blicken. Dann erfuhr ich, dass Mommy, die der Überzeugung anhing, dass man keine schwierige Situation zu lösen braucht, wenn man auch einfach davonlaufen kann, meiner Tochter die Schlüssel zum nicht weit entfernten Haus ihrer Eltern gegeben hatte. Und da diese zur Zeit in ihrem zweiten Haus in Miami wohnten, war Bab dort ganz allein.

Acht Tage später rief sie an und wollte ihre Sachen haben. Ich packte alles in Plastikmüllsäcke und sagte, sie könne es abholen. Wieder ohne Narkose. Ich sagte, dass ich sie praktisch seit dem Augenblick ihrer Zeugung zuverlässiger liebe als jeder andere, aber ich könne nicht einfach so darüber hinweggehen, wenn sie jetzt ausziehe. Wenn sie gehe, sei es aus. Wenn sie nicht mal imstande sei, Konflikte mit dem Menschen zu lösen, der sie am allermeisten liebe, sei sie nicht mehr zu retten.

Sie traf ihre Entscheidung. Wie zu erwarten war, sah die so aus, dass sie ins Haus ihrer Großeltern einzog, wo es niemanden gab, der sich über Berge schmutziger Wäsche auf dem Fußboden beschweren konnte.

Zwei Wochen lang tat sich nichts. Ich rief an und lud sie zum Essen bei mir ein. Sie lehnte ab. Dann ging sie gar nicht mehr ran, wenn ich anrief. Ich sprach auf den Anrufbeantworter ihrer Großeltern, aber sie rief nicht zurück. Wieder ging ich nach London, traf aber Vorbereitungen, rechtzeitig zur Abschlussfeier ihrer Highschool zurückzukommen. Sie mailte, die Mühe könne ich mir sparen, denn sie werde mir keine Eintrittskarte besorgen. Ich wies sie darauf hin, dass sie diese vorsätzliche Grausamkeit wahrscheinlich bis an ihr Lebensende bereuen werde. Das interessierte sie nicht. Ich war beim Highschoolabschluss meiner Tochter nicht dabei. Das hat mir unsäglich wehgetan.

Ein paar Wochen danach war ich so weit darüber hinweg, dass ich ihr in einer Mail versichern konnte, sie werde bis zu meinem letzten Atemzug mein ein und alles sein, so wie sie es schon seit ihrem ersten gewesen sei. Sie reagierte nicht darauf. Ich sprach ihr auf den Anrufbeantworter. Sie rief nicht zurück. Ich schrieb weitere Mails. Ich ging nach England zurück, diesmal für immer. Die düstere Atmosphäre dort gefiel mir. Es gefiel mir auch, dass eine Londoner Agentur der Meinung war, ich sähe George Clooney so ähnlich, dass man mich dafür bezahlen konnte.

Ich schickte ihr weiter Mails – nichts Ernstes, nur Schilderungen aus meinem Leben. Keine Reaktion. Ich schickte ihr eine Geburtstagskarte. Keine Reaktion. Ihr Lieblingsrestaurant in San Francisco war ein Chinese. Der Laden hieß Firecracker, und die Spezialität des Hauses war Firecracker Chicken. Und in England gab es ein Unternehmen, das Chips mit Firecracker-Chicken-Geschmack produzierte. Ich stellte mir vor, das könnte ein Lächeln auf ihr schönes Gesicht zaubern und vielleicht sogar ihr Herz ein wenig erweichen, und schickte ihr eine leere Packung. Keine Reaktion.

Erst nach sieben Monaten hörte ich endlich von ihr. Kurz angebunden verlangte sie zu wissen, wo die CD mit der Installationssoftware für ihr Lieblingscomputerspiel geblieben sei. In ihrer ganzen Teenagerzeit hatte ich immer in der Zwickmühle gesteckt: einerseits wollte ich sie mir nicht noch stärker entfremden, andererseits scheute ich die Verantwortung und wollte nicht Klartext mit ihr reden, wenn sie sich mal wieder absolut danebenbenommen hatte. Sollte ich wieder Neville Chamberlain spielen, oder sollte ich riskieren, dass sie ihr Schweigen noch weiter ausdehnte, indem ich ihr sagte, was ich von ihrer E-Mail hielt?

Erst nach zwanzig Versuchen hatte ich meine Antwort formuliert: Ich teilte ihr mit, sie täte mir sehr leid, denn einer der beiden folgenden Punkte träfe ja wohl zu. Entweder werde sie in ihrem späteren Leben von Scham und Schuldgefühlen gequält, weil sie ihren Vater, der immer für sie dagewesen sei, so schlecht behandelt habe, oder aber, noch schlimmer, sie bleibe die gehässige Person, die ihn erst nicht an ihrer Highschoolabschlussfeier habe teilnehmen lassen und ihm nach Monaten grausamen Schweigens dann diese gemeine Mail geschickt habe.

Ich bekam keine Antwort. Wieder vergingen zehn Monate in Schweigen.

Meine Schwester, die zu Bab immer freundlich und großzügig gewesen war und die auch Bab immer gemocht hatte, versuchte mit ihr Kontakt aufzunehmen – nicht meinetwegen, sondern aus freien Stücken. Meine Tochter antwortete nicht auf die Nachrichten, die meine Schwester in ihrem Collegewohnheim hinterließ. Im Gegensatz zu mir fand meine Schwester die Stimme meiner Exfrau, ihrer Exschwägerin, nicht unausstehlich. Doch als meine Schwester sie anrief und sich nach der Durchwahl meiner Tochter erkundigte, weigerte sich meine Exfrau, die meine tyrannische Art nicht leiden konnte, sie ihr zu geben. Und wieder vergingen mehrere Monate, ohne dass ich die Stimme des Menschen hörte, den ich am meisten liebte.

An dem Abend, als meine Tochter aus dem Krankenhaus gekommen war, hatte ich sie in die Arme genommen und weinend an all die Qualen und Schmerzen gedacht, vor denen ich sie nicht hatte beschützen können. Da hatte ich ihr und mir selbst geschworen, ich werde ihr ein guter Vater sein, ganz gleich, was ich sonst noch anfangen würde.

In jeder Stunde eines jeden Tages erinnerte mich ihr Schweigen daran, wie sehr ich in dem versagt hatte, was mir im Leben am allerwichtigsten gewesen war. Und in jeder Stunde eines jeden Tages wurde ich, auch wenn das mit unbewaffnetem Auge natürlich nicht zu sehen war, ein bisschen fetter, ein bisschen abstoßender.

Ich brauchte mir nicht auszumalen, wie es war, ein Kind zu verlieren. Ich wusste es nur zu gut. Aber mit der armen Mrs.

Cavanaugh würde ich nicht darüber reden. Das konnte nur in einem Meer aus Tränen enden.

Wie sich herausstellte, waren ihr Depressionen nichts Fremdes. Als Kind hatte sie erlebt, wie ihre Mutter manchmal zweiundsiebzig Stunden am Stück praktisch kein Wort gesprochen hatte. Mit Schreckensmiene lag sie auf dem Bett, starrte an die Decke und rang nach Luft. Wenn Mrs. Cavanaugh oder einer ihrer Brüder fragten, was sie habe, presste sie zwischen den Zähnen hervor: »Es tut so weh.« Auch das brauchte ich mir nicht auszumalen. Ich wusste nur zu gut, wie das war, wenn man einen ganzen Tag lang keinen einzigen Gedanken fassen konnte, der einem keine Schmerzen bereitete. Dann aber erzählte Mrs. Cavanaugh etwas, das selbst mir noch unbekannt war: Am Ende habe ihre Mutter nicht einmal mehr aufstehen können, um zur Toilette zu gehen. Die Kinder mussten der Vierundvierzigjährigen Windeln anlegen.

Selbst in meinen schlimmsten Depressionen, wenn meine Augen und Ohren und Fingerspitzen und meine Nase mir sagten, dass ich in meinem Schlafzimmer war, etwas Größeres als die Summe meiner Sinnesorgane mir jedoch meldete, dass ich in der Hölle sei, selbst wenn Kate Bushs »And Dream Of Sheep« meine Qual nicht zu lindern vermochte, habe ich doch nie ins Bett gemacht.

Ich hätte beinahe geschmunzelt bei der Vorstellung, dass man den berühmten Monty-Python-Sketch, in dem verschiedene schwerreiche Einwohner der Grafschaft Yorkshire einander mit Schilderungen ihrer bescheidenen Herkunft zu übertreffen versuchen, für Depressionskranke hätte umschreiben können. Nicht mehr: *Sie hatten eine Bruchbude? Luxus!* Sondern: *Sie lebten in der Hölle, hatten aber noch die Funktion ihrer Ausscheidungsorgane unter Kontrolle? Das nennen Sie Depression?*

## *Weinen erlaubt*

Nachdem Mrs. Cavanaugh gegangen war, sah ich mir eine halbe Stunde lang den Katalog an, den mir die Post am Morgen gebracht hatte. Da wurden Digitalkameras zu sehr günstigen Preisen angeboten, und ich überlegte, ob ich eine für Kate bestellen sollte. Aber womöglich gehörte sie zu den Leuten, denen die Digitaltechnik immer ein Buch mit sieben Siegeln bleiben wird. Da ich auf die circa zweitausend E-Mails, die ich ihr im Lauf der Jahre geschickt hatte, nie eine Antwort erhalten hatte, konnte ich nicht einmal wissen, ob sie überhaupt einen Computer besaß. Dass jemand, der sich so intensiv mit den Feinheiten der Aufnahmetechnik beschäftigt hatte wie sie nach *Lionheart*, ein Technikmuffel sein könnte, schien mir unwahrscheinlich. Andererseits hatte ich gelesen, dass Kurt Cobain, der angeblich einen Verstärker aus seinen Einzelteilen zusammenbauen konnte, von der Gebrauchsanleitung seiner Videokamera so überfordert war, dass es ihm nicht gelang, sie mit den beigelegten Batterien in Betrieb zu nehmen, und er, wenn er seine kleine Tochter filmte, dies nur mit dem Netzstecker in der Wand hinbekam. Womöglich war Kate im Studio jeder neuen Technik gegenüber aufgeschlossen, im Privatleben aber das genaue Gegenteil, und falls dem so war, konnte mein Geschenk sie nur an ihre Schwächen erinnern, was natürlich das Letzte war, was ich wollte. Am Ende bestellte ich doch nur ein weiteres Paar Ohrringe.

Erschöpft von meinen Erwägungen, schaltete ich den Fernseher an und stellte zu meiner Freude fest, dass *Megastar*, wo der arme Jez von den Esssüchtigen einmal kurz am Ruhm geschnuppert hatte, unter dem neuen Titel *Star Idol* weiterlief.

Das war allerdings in der Frühzeit solcher Shows, als man die lächerlich untalentierten, in Selbsttäuschung befangenen

Kandidaten noch nicht von denen getrennt hatte, die tatsächlich ein bisschen singen konnten.

Einer der Juroren, ein Plattenproduzent aus dem Norden, der sich sehr in der Ausbreitung seines Dünkels gefiel, brachte eins der verängstigt dreinblickenden Mädchen nach dem anderen mit seinen abfälligen Bemerkungen zum Weinen. Ich hatte den fatalen Eindruck, er selbst halte seine Kritik für aufrichtig, nicht für abfällig. Das Schlimmste war, dass sich die Juroren offenbar ganz willkürlich von irgendetwas begeistert zeigten.

Nach einer Weile schälte sich ein Motiv heraus: die Herabwürdigung der Jugend. Das war unverkennbar ein Rachefeldzug der Älteren. Keiner der Juroren war unter vierzig, und der abfällige Kretin aus dem Norden ging schon deutlich auf die sechzig zu. Die hatten den Spieß einfach umgedreht. Junge Sänger und Sängerinnen mit glatten Wangen und dichtem, glänzendem Haar, mit festen Brüsten, voller Mut und Lebensfreude, mussten vor dummen, blasierten, ergrauenden, talentlosen Juroren aufmarschieren und sich von ihnen in aller Regel grausam demütigen, angähnen, mitten im Vortrag unterbrechen, vorführen und hämisch in ihr Provinzkaff zurückschicken lassen. Mum und Dad und ihre Freunde und Klassenkameraden hatten sie ermutigt, an dieser Castingshow teilzunehmen und ihr außerordentliches, gottgegebenes Talent nicht unter den Scheffel zu stellen? Da lachen ja die Hühner! Wie sich die Juroren vor der Kamera aufspielten, als ob sie sich vor Hohn und Spott kaum noch zu halten wüssten! Da seht ihr, was euch eure Jugend und Schönheit und Begabung nützen! Ha!

Als ich merkte, dass mich das trotz allem ziemlich amüsierte, fand ich mich selbst unsympathisch. Was für niedere Gefühle dieses Spektakel auslöste. Auf der einen Seite brach mir beim Anblick dieser vielleicht zum Popstar geborenen Sängerin, deren akribische Britney-Spears-Imitation von der Jury mit ätzendem Hohn in der Luft zerrissen worden war und die jetzt hemmungslos schluchzend von dannen taumelte, das Herz. Und auf der anderen Seite hätte ich dem abfälligen Kretin aus dem Norden und dem aufgeplusterten Plattenproduzenten neben ihm, wie sie da beide verächtlich die Nüstern blähten, am liebsten meine Hände um die feisten Hälse gelegt und so lange zugedrückt, bis ihnen für immer die Puste ausging. Es war eine emotionale Deppen-Show für aufgeklärte Zeiten, und ich fiel voll darauf rein.

Bis zum Herbst nach ihrer Tournee hatte sich Kate wieder so weit erholt, dass sie zum fünfundsiebzigjährigen Jubiläum des London Symphony Orchestra zusammen mit Cliff Richard in der Royal Albert Hall auftreten konnte. Sie trug das weiße Kleid aus ihrem »Wuthering Heights Indoors«-Video, das bodenlange, mit farbigen Streifen besetzte und mit Chiffon unterlegte Terylenkleid, und sang »Symphony In Blue«, »Blow Away« und »Them Heavy People«.

Peter Gabriel, mit dem sie eine immer tiefere Freundschaft verband, machte sie mit neuen Techniken wie *Drum Machines* und *Sampling* bekannt und trat auch in ihrer Weihnachtssendung auf, die von der BBC ausgestrahlt wurde. Ihr war nicht entgangen, wie raffiniert Gabriels Produzent Hugh Padgham Phil Collins' Schlagzeug aufgenommen hatte, und bald benutzte sie bei ihren eigenen Sachen eine ganz ähnliche Kombination aus *open miking, gated reverb* und warmer Verzerrung – und erzielte verblüffende Ergebnisse. Entschlossen, die *Drum Machine* ebenso als Inspirationsquelle zu nutzen, wie Peter es tat, nahm sie sich vor, jeden Abend einen Song damit zu schreiben. Nachdem ihr das anfangs entnervend kompliziert erschienen war, begann sie in den unbarmherzigen Beats allmählich musikalische Strukturen zu erkennen. Bald waren die ersten zwanzig Songs fertig.

EMI erkundigte sich anzüglich, ob Kate sie vielleicht mal mit einem neuen Album beehren wolle. Das wollte sie in der Tat, vorausgesetzt freilich, sie durfte es selbst produzieren, und sie wollte Jon Kelly als Produzenten. Das kleine, intime Studio 3 in der Abbey Road quoll über von Blumen, mit denen EMI sie in kreative Stimmung zu versetzen trachtete. Angeblich hatte sie massenhaft Schokolade und Courvoisier konsumiert und wie ein Schlot John Player Specials geraucht.

Im Wesentlichen holte sie die Musiker ins Studio, die sie auf der Tour begleitet hatten. Dazu kam der berühmte Keyboarder Max Middleton, der bei den Aufnahmen eine Reihe spektakulärer Hüte trug. Paddy spielte wie üblich eine Unzahl sehr exotischer Instrumente. Jeweils eine ganze Woche lang arbeitete sie an »Breathing« und »Babooshka«, jedoch nicht im Elfenbeinturm des Regieraums, sondern live im Studio, wo sie ihre Begleiter bei jedem einzelnen Take zu Höchstleistungen anzustacheln versuchte. Die Belegschaft der Studiokantine soll kurz vor einer Meuterei gestanden haben: wegen der Menge EMI-eigenen Geschirrs, das Kate zerdepperte, bis sie genau das richtige Geschirr-Zerdepper-Geräusch für den Schluss des Songs gefunden hatte. Doch als die Aufnahme im Kasten war, ließ sie alle im Haus mit belgischem Konfekt beschenken. Wie konnte man dieses Mädchen nicht lieben?

Kurz vor dem Ende von *Star Idol* kam Duncan überraschend zu mir rein. »Wissen Sie, was mir daran gefällt?«, fragte er. »Dass die Juroren kein Blatt vor den Mund nehmen. Wenn jemand Scheiße ist, sagen sie das auch.« Mein Leben lang hatte ich das Gefühl, auf einem Planeten zu leben, der ein wenig anders ist als der, auf dem der Rest der Menschheit lebt. Das macht mich einsam. Und hungrig natürlich auch.

»Ich wollte mich noch mal wegen Gilmour entschuldigen«, sagte er. »Schon als die beiden noch klein waren, hat er sich immer als Cathys Beschützer betrachtet.«

Ich nickte dankbar, auch wenn mich die Unterstellung, dass man Cathy vor mir beschützen musste, nicht begeistern konnte. Duncan wandte sich dem Fernseher zu, wo sich gerade ein Asiate mit riesengroßen Augen darin versuchte, aber auch wirklich alle stimmlichen Manieriertheiten Sir Elton Johns nachzuäffen. »Oha«, sagte Duncan. Die Juroren waren vollkommen außer sich. »Wenn Sie kein absoluter Megastar werden, hänge ich meinen Beruf an den Nagel«, japste der Juror vom Rundfunk begeistert. »Der Kretin aus dem Norden hatte Tränen in den Augen. »Brillant«, flüsterte er, scheinbar bemüht, nicht wirklich loszuflennen, »absolut brillant.«

Der abgefeimte Plattenproduzent neben ihm verdrehte die Augen. »Grottenschlecht«, gähnte er. »Vielleicht sogar noch eine Spur schlechter. Aber okay, im Zweifel für den Sänger.«

Die einzige Frau in der Runde und meist mit Abstand die freundlichste der vier Juroren, erklärte, sie habe sofort gemerkt, dass der Junge George Michael imitieren wollte, finde aber, dass sei ihm nicht besonders gelungen. Und dann durfte er mit bebender Unterlippe abschieben. Draußen wurde er von dem schottischen Moderator in Empfang genommen, den wir offenbar als unwiderstehlichen Charmeur wahrnehmen sollten, und hier explodierte er förmlich vor Kummer. »Mein Vater hat Krebs«, heulte er, »und meine Mutter ist Näherin, aber sie hat Arthritis in beiden Händen und kann ihre Arbeit kaum noch machen! Ich wollte sie und meine Oma und meine vier kleinen Schwestern unterstützen!« Der schottische Charmeur machte ein niedergeschlagenes Gesicht. Es war eine Sache, irgendeine kleine Narzisstin zu trösten, die trotz ihrer zu kleinen Brüste und ihrer zu großen Lippen davon geträumt hatte, die Welt werde ihr zu Füßen liegen – und diesen Traum verloren hatte. Eine ganz andere Sache aber war das hier – verpflichtete ihn sein Vertrag wirklich dazu, sich mit so was abzugeben? Der Junge fiel vor ihm buchstäblich auf die Knie und schlug verzweifelt mit den Fäusten auf den Boden. Fernsehen der Spitzenklasse.

»Armes Schwein«, schniefte Duncan, und schon begann er selbst zu heulen.

Verglichen mit den meisten, die ich in der letzten halben Stunde – live und auf dem Bildschirm – erlebt hatte, war ich ja wohl die reinste Frohnatur. Ein höchst sonderbares Gefühl.

Duncan hatte die Talsohle noch nicht durchschritten. Ich nahm ihn in die Arme. Zu meinem Schrecken drückte er mich heftig an sich. Wie sich herausstellte, hatte das alles nichts mit Cathy zu tun. »Am Montag habe ich mich von meiner Lebenspartnerin getrennt«, schniefte er. »Fast drei Jahre waren wir zusammen. Und wir hatten ein Kind. Sie glauben ja nicht, was wir alles zusammen durchgemacht haben, sie und ich, und jetzt ist alles aus.« Er schüttelte den Kopf, und wieder kamen ihm die Tränen. Ein dickes Mädchen kreischte Toni Braxtons »Unbreak My Heart«, und die vier Juroren versuchten einander mit ulkig schmerzverzerrten Mienen zu übertreffen. Widerstrebend schaltete ich den Fernseher aus.

»Wir haben uns bei den Anonymen Süchtigen kennen gelernt. Bei mir war's die Spielsucht, bei ihr Sex. Lachen Sie nicht. Früher hab ich auch nicht gewusst, dass man nach Sex oder Spielen süchtig sein kann, aber das gibt es wirklich. Glauben Sie, ich wäre in meinem Alter zu meiner Mutter zurückgezogen, wenn ich nicht jede freie Minute im Wettbüro verbracht hätte, um auf Fußballergebnisse zu wetten oder auf Pferde? Wir haben uns gegenseitig Kraft gegeben.

Sie hatte ein paar harte Rückfälle, einmal ausgerechnet mit ihrem Exmann, und einmal mit Gilmour. Das war ein schwerer Schlag. Ihr Exmann, der sie immer verprügelt hat! Aber wir sind damit fertig geworden. Und wie gesagt, wir hatten Jennifer. Sie ist autistisch. Ein unglaublich kluges Mädchen – das spürt man –, aber die Ärzte sagen, dass wir vielleicht niemals ihre Stimme hören werden. Und auch damit sind wir gemeinsam fertig geworden.

Dann vor ein paar Monaten ist etwas passiert. Gemma und ich wollten mal ausgehen, und als Aufpasser für Jennifer nahmen wir einen jungen Mann, den jüngeren Bruder einer Kollegin von Gemma. Machte einen guten Eindruck, nicht wie diese Teenager, die einem kaum in die Augen sehen können. Ziemlich selbstbewusst – *der* konnte einem in die Augen sehen. Und dann sein Händedruck, das hatte was. Wie sagt man? Charisma, charismatisch. So einer, mit dem auf der Schule alle befreundet sein wollen und dem die Mädchen nur so nachgelaufen sind.«

Er faltete sein Taschentuch wieder zusammen. Wahrscheinlich wäre er froh gewesen, wenn ich den Fernseher angelassen hätte, zur Ablenkung. Oder aber auch nicht.

Er zupfte seufzend an den Ecken seines Taschentuchs herum. »Er musste nach Hause gefahren werden. Ein Taxi hätte mich aber zwanzig Pfund gekostet. Also bot ich ihm an, ich könnte ihn fahren.« Wieder seufzte er. »Solche Gefühle für einen Mann waren mir bis dahin völlig fremd. Früher in der Schule, wenn da einer schwul war, war ich immer der Erste, der ihn zur Schnecke gemacht hat. Ich bin nicht stolz darauf, aber was wussten wir denn damals schon?

Ich bin an den Straßenrand gefahren. Wir haben uns unterhalten, nichts besonders Schlüpfriges. Fußball. Er hatte so was Anziehendes, ich fand ihn einfach hinreißend. Jamie heißt er. Ich hab einen Arm um ihn gelegt, ihn an mich gedrückt. Er nimmt mich in die Arme Ich küsse ihn. Zungenkuss. Ich hab ihn zu nichts gezwungen. Er hat meinen Kuss erwidert. Oh Himmel!«

Er litt Höllenqualen. Wir beide. Warum erzählte er mir das bloß? Ich begriff nur, dass er das unbedingt loswerden wollte.

»Ich war total verwirrt. Die nächsten drei Tage konnte ich an nichts anderes denken. Sogar Gilmour, der mit seinen Wutattacken selbst genug Probleme hat, sogar der hat was gemerkt. Ich hab ihm erzählt, Gemma und ich hätten Krach.

Ich hab versucht, Jamie auf seinem Handy zu erreichen. Er hat nicht zurückgerufen. Ich hab ihm eine SMS geschickt, ich müsste ihn unbedingt sehen. Schließlich hat er geantwortet. Wenn ich ihm nicht soundsoviel pro Woche zahle, werde er alles seinem Vater erzählen. Er habe meine SMS, damit könne er alles beweisen.

Erst da erfuhr ich, dass er noch siebzehn war. Das hatte er

früher nie erwähnt, und ich war zu naiv gewesen, ihn nach seinem Alter zu fragen. Er sah aus wie zwanzig, obwohl ich so was nicht gut abschätzen kann. Sie kennen doch den Spruch, dass ein Mann entweder nur mit dem Kopf oder nur mit dem Schwanz denken kann, aber nicht mit beidem gleichzeitig? Tja, ich bin der lebende Beweis dafür. Und ich hatte mich schon vorher für ein Wrack gehalten!

Drei Wochen hab ich gezahlt. Aber dann hatten Gilmour und ich ein paar laue Wochen hintereinander, und ich musste mich zwischen Jamie und meinen Spielschulden entscheiden. Meine Spielschulden habe ich bei zwei Mafiatypen, denen es egal ist, ob sie mein Geld bekommen oder mir die Schultern auskugeln. Also hat er Gemma angerufen und ihr alles erzählt. Sie ist an die Decke gegangen. Nicht weil ich einen anderen hatte oder weil dieser andere ein minderjähriger Junge war. Nicht weil ich Geld verpulverte, das sie für jemanden brauchte, der sich um Jennifer kümmerte, wenn wir beide auf Arbeit waren. Sondern weil ich sie belogen hatte. Das hat sie schlimmer gekränkt als alles andere.«

Seine Stimme war ausdruckslos geworden. Er sprach nicht mehr zu mir, sondern an den grauen Fernsehschirm gewandt. »Sie hat mit mir Schluss gemacht. Es kann nie wieder wie früher sein, hat sie gesagt.«

Ibiza schien bereits sechs Monate her. Ich wollte mich endlich meiner Erschöpfung hingeben. Doch der arme Duncan hatte noch mehr auf dem Herzen, und das sprach er jetzt aus, mit leerem Blick und monotoner Stimme.

»Was ich Ihnen von dem Babysitter erzählt habe, das ist alles wahr. Aber deswegen hat mich Gemma nicht verlassen. Sie fand die Vorstellung von einem Dreier sogar ganz reizvoll. Nein, sie hat Schluss gemacht, weil ich sie geschlagen habe.«

Er seufzte auf und schüttelte den Kopf. »Als ich klein war, hat mein Dad mich zwanzigmal am Tag verprügelt, mindestens. Ich war immer von oben bis unten voller blauer Flecken. Und er hat mir gedroht, wenn ich meinen Lehrern nicht sage, dass ich die Treppe runtergefallen bin, würd's mir noch dreckiger gehen. Manche hatten bestimmt einen Verdacht, wollten sich aber nicht damit abgeben.

Geschadet hat's mir wahrscheinlich nicht direkt. In der Schule hatte ich keine Angst vor den Schlägertypen, weil ich immer dachte, die können mich auch nicht schlimmer misshandeln als mein Vater. Ich war alles andere als ein Schläger, aber Angst hatte ich vor keinem. Das hat mir Respekt eingebracht.

Jedenfalls war mir schon als Kind der Gedanke vertraut, dass der Stärkere immer Recht hat. Obwohl, *Gedanke* ist nicht das richtige Wort, ich hab da nicht mit dem Kinn in der Hand herumgesessen wie diese berühmte Statue und gedacht: ›Ja, stimmt.‹ Ich hab das einfach als etwas Natürliches akzeptiert. Und als Gemma und ich uns zusammentaten, war mir klar, dass ich sie auch schlagen würde. Hab ich aber nicht. Kein einziges Mal. Ich wollte nicht auch so ein Feigling sein.

Umgekehrt war's leider auch nicht viel besser. Bei ihr zu Hause hat der Vater zwar nicht die Fäuste gebraucht, aber seine Sprache. Fünf Minuten bei ihm und Gemmas Mutter, und ich wollte nur noch schreiend weglaufen. Was für ein sarkastisches Schwein. Ich hab's, glaub ich, kein einziges Mal erlebt, wenn ich dort zu Besuch war, dass Gemmas Mutter nicht am Ende geheult hat. Und Gemma hat die böse Zunge ihres Vaters geerbt. Als sie mit mir Schluss gemacht hat, hab ich geheult, oder jedenfalls beinahe. Und dabei habe ich sie niemals geschlagen.

Und das alles, weil ich sie angelogen hatte, wie schon gesagt.«

Für den Rest des Abends sprachen wir darüber, dass Gemmas Kindheit in entscheidender Hinsicht genau wie meine eigene gewesen war: auch bei ihm hatte ein Elternteil den anderen regelmäßig mit Worten zur Schnecke gemacht. Ich vertraute ihm an, ich würde viel dafür geben, wenn ich wie er in der Schule keiner Schlägerei aus dem Weg gegangen wäre. Ich erzählte ihm sogar, was damals nach dem Fußballspiel an der Montgomery Highschool passiert war. Das hatte ich noch keinem erzählt. Mir brach die Stimme. Und dann alle Dämme. Jetzt war ich mit Heulen an der Reihe.

Er nahm mich nicht in die Arme – dafür war ich dankbar. Vor Jahren hatte mich die Freundin, die ich nach meiner Frau hatte, zu einer Sitzung bei einem Partnerschaftsberater mitgenommen. Als ich dort wegen irgendetwas in Tränen ausbrach, nahm mich meine Freundin instinktiv in die Arme. Und als ich mich wieder beruhigt hatte, forderte der Berater meine Freundin auf, einmal darüber nachzudenken, was sie da getan habe. Einerseits, gab sie zu, zeuge es von Mitgefühl, wenn man einen traurigen Menschen in die Arme nehme, andererseits könne man darin aber auch den unbewussten Versuch erblicken, den anderen aus eigennützigen Motiven zu beschwichtigen. Leute, die einen Weinenden in die Arme nehmen, sagen fast immer: »Ist ja schon gut. Nicht weinen.« Aber warum – abgesehen davon, dass man sich den unbehaglichen Anblick eines weinenden Menschen ersparen will – sollte der andere nicht weinen dürfen? Weinen ist das beste Mittel, etwas loszuwerden. Weinen befreit. Einem Weinenden zu sagen, er solle nicht weinen, ist wahrscheinlich sogar noch schlimmer, als ihm zu sagen, er solle weiter weinen und alles rauslassen. Was für eine ungeheuerliche Arroganz, sich einzubilden, dass man berechtigt sei, einem anderen das Weinen zu »erlauben«!

Duncan nahm mich nicht in die Arme, fühlte sich nicht berufen, mir die Erlaubnis zum Weinen zu geben, und sagte auch nicht, dass ich nicht weinen solle. Er legte mir sachte eine Hand aufs Bein und tätschelte es fast unmerklich, was schlicht und einfach sagen sollte: Ich bin da.

## *Absolute Schweine*

Ich lenkte mich von Nicola ab, indem ich noch süchtiger nach *Star Idol* wurde und mir das zweimal in der Woche ansah, stets in der Hoffnung, die jungen Sänger und Sängerinnen, die ich so verabscheute, entnervt von den immer ätzenderen Kommentaren der Jury und der Abneigung des Publikums in Tränen ausbrechen zu sehen. Am Ende jeder Folge mussten die Wettbewerber, die vom Publikum die wenigsten Stimmen erhalten hatten, vor den vier Juroren aufmarschieren. Die suchten sich einen heraus, der fürs Erste noch nicht auszuscheiden brauchte. Sodann hatten die beim Publikum nicht durchgefallenen Kandidaten zu entscheiden, wer von den verbliebenen weiter dabei sein durfte. Das alles begleitet von einer unheilschwangeren Musik, die für einen Film über die Belagerung von Leningrad oder für *Wer wird Millionär* hätte geschrieben sein können.

Sichtlich zitternd und oft schweißgebadet – so stellten sich die Kandidaten, von denen einer rausgekegelt werden sollte, ihren Mitkandidaten. Ihre kleine Rede war immer dieselbe: »Ich habe mein Bestes gegeben, und ich kann euch nur bitten, mit dem Herzen abzustimmen.«

Besonders genoss ich die Darstellung eines selbstverliebten mickrigen Lackaffen aus Oldham, der seine Vielseitigkeit demonstrieren wollte, indem er eine alte Elton-John-Nummer gesungen und dazu unablässig mit seinen langen Wimpern geklimpert und mit den Händen groteske HipHop-Gebärden vollführt hatte. Er erinnerte mich an einen Jungen von meiner Highschool, der, als er sich in mein Jahrbuch eintrug, meinen Namen falsch geschrieben hatte.

Kurz schien es, als wollte er mir einen Strich durch die Rechnung machen, als könnte er Haltung bewahren und bis zum bitteren Ende freundlich und tapfer bleiben. Als dann jedoch die lockere blonde (was sonst?) Moderatorin fragte, ob er seine Mitkandidaten vermissen werde, brach er in zornige Tränen aus. »Wenn die mich rausschmeißen? Nein, die Arschlöcher werd ich bestimmt nicht vermissen!« Ein großartiger Moment der britischen Popgeschichte, was sag ich, der Fernsehgeschichte.

Am Schluss der nächsten Sendung trat er noch einmal auf, um sich zu entschuldigen. Unter Tränen, die diesmal nicht zornig, sondern echt bekümmert wirkten, erklärte er, der Stress sei einfach zu viel für ihn gewesen, und er sei wirklich sehr dankbar, dass man ihm die Gelegenheit gebe, bla bla bla bla.

Dann aber, wieder so eine Sternstunde, rastete er abermals aus. Seine Mitkandidaten, die ihn rausgewählt hatten, erwartete immer noch ein lukrativer Plattenvertrag und ein einjähriger Aufenthalt in einer Luxuswohnung in St. John's Wood. »Das ist doch nicht fair!«, heulte er. »Ich kann besser singen als alle hier, von zweien mal abgesehen, und ich sehe viel cooler aus als die! Das muss doch auch berücksichtigt werden! Sieht das denn keiner, verdammte Scheiße noch mal!«

Irgendwie hoffte ich, am nächsten Abend aus den Nachrichten zu erfahren, dass er sich umgebracht oder wenigstens das Haus in Hertfordshire verwüstet habe, wo die überlebenden Kandidaten von der Außenwelt abgeschirmt gehalten wurden. Doch ich musste mich mit den neuesten Schreckensmeldungen aus dem Nahen Osten zufrieden geben.

Plötzlich versagte Kates ehemals untrügliches Gespür für kommerziellen Erfolg. EMI wollte das heitere »Babooshka« als erste Singleauskopplung von *Lionheart* herausbringen, sie aber setzte »Breathing« durch, den Song, in dem sie gegen den nuklearen Holocaust zu Felde zog. BBC interviewte sie in der Sendung *Nationwide* zu dem Song und zeigte fast das ganze umstrittene Video, das Kate dazu produziert hatte, während die erbärmlichen Feiglinge von *Top of the Pops* die Zuschauer um Verständnis baten, dass sie nur den Anfang des Videos zeigen könnten. In der Radio-One-Sendung *Roundtable* waren sich Ian Dury, Kid Jensen und Anne Nightingale alle darin einig, dass der nukleare Holocaust in der Tat keine besonders gute Sache sei und dass Kates Song dies eindringlich auf den Punkt bringe. (Jahre später spielte Kate »Breathing« – vielleicht der nüchternste Song aller Zeiten – auf einem Konzert zugunsten der Wohltätigkeitsorganisation Comic Relief. Besonders heikel wurde es, als sich mitten im Song das Pedal ihres Klaviers verklemmte und sie mit Klangfarben experimentieren musste, mit denen zu experimentieren sie vorher ganz gewiss nicht vorgehabt hatte.)

»Breathing« schaffte es in den Charts nur bis Rang sechzehn. »Babooshka« kam immerhin in die Top 5. Niemand hätte den Verantwortlichen bei EMI einen Vorwurf machen können, wenn sie gesagt hätten: »Haben wir doch gleich gewusst.« Offenbar haben sie das aber nicht getan, vor allem wohl deshalb, weil sich das Album, auf dem sich die beiden Songs befanden, als erstes Album einer britischen Solokünstlerin auf Rang eins platzierte (wenn auch nur für eine Woche, dann wurde es von Bowies *Scary Monsters* von der Spitze verdrängt).

Für mich war *Never For Ever* im Vergleich zu *Lionheart* nur ein sehr kleiner Fortschritt, und zwar allein wegen »Babooshka« mit seinem unwiderstehlichen Refrain und »Army Dreamers«, das von dem hübschen, auf der Akustikgitarre gespielten Motiv profitierte und nicht so überproduziert war wie die anderen, auch wenn man auf den unangenehm verschämten Gesang durchaus hätte verzichten können. »Violin« mit seinem rasend schnellen Gitarrensolo wartete mit mehr stimmlichen Manierismen auf, als Lene Lovich sie in ihrer gesamten Karriere zustande gebracht hat. Auch »Egypt« erinnerte stark an die Kleinkunstdarbietung eines Irrenhausensembles. In »Wedding List« blieb Kate zwar tatsächlich einige Takte hintereinander in der tieferen Stimmlage, aber das wurde durch den Micky-Mouse-Chor in »Blow Away (For Bill)« zunichte gemacht, der jede Chance vereitelte, dass dieser Song womöglich anrührend wirken konnte. »All We Ever Look For« mit einem Synthesizer, der einen vor sich hin pfeifenden Menschen nachmacht, und mit pompösen Pauken (die doch nur das Exzentrische noch exzentrischer machen sollen) und in der Stereolandschaft hin und her gehenden Schritten erinnerte an Brian Wilson in seiner unzugänglichsten Phase.

Der Fleischberg und Cyril riefen an (sie hatten meine Nummer von der Auskunft!) und luden mich zum Lunch bei sich zu Hause ein. Ich sagte, wenn mich Nicola nicht selbst einladen würde, wäre mir das eher unangenehm. Nicht doch, sagten sie, es gehe nur um uns drei. Nicola sei ... nicht da.

Kaum zu glauben, aber der Fleischberg erschien mir noch gewaltiger als bei meinem ersten Besuch, war allerdings auch sehr viel freundlicher. Die Kommunikation zwischen ihr und ihrem armen Gatten erinnerte mich immer noch sehr an die meiner Eltern. »Cyril«, verfügte der Fleischberg, kaum dass mich Cyril ins Haus gelassen und flüsternd um eine Kippe gebeten hatte, »geh ruhig in den Garten und rauch ein paar Kippen oder so.«

»Wie denn? Hab doch keine Zigaretten mehr, Schatz«, brachte er nur zögernd heraus. »Seit wann ist das Rauchen nicht mehr verboten?«

Sie ignorierte die Frage und läutete ein Glöckchen, das neben ihr auf dem Tisch stand. Jemand, der aussah wie ein echter englischer Butler, wahrscheinlich aber bloß der frisch pensionierte Nachbar war, der eine Unterwürfigkeitsphantasie auslebte, erschien in der Tür. »Smithson«, sagte sie, »drehen Sie meinem Mann drei Zigaretten.«

»Ich habe das Rauchen leider aufgegeben, Madam.«

»Sie haben nichts dergleichen getan, Smithson. Drei Zigaretten. Und bringen Sie uns die Vorspeise.«

Smithson errötete und führte den aufgeregten Cyril, der

sein Glück offenbar gar nicht fassen konnte, aus dem Zimmer.

»Sie fragen sich vermutlich, warum Ihnen Smithson nicht die Tür geöffnet hat«, unterstellte sie zutreffenderweise. »Na, soll Cyril etwa nicht das Vergnügen haben, um eine Kippe bitten zu dürfen? Aber jetzt genug von Cyril. Wir haben uns gewundert, Sie nicht öfter hier zu sehen. Wir hatten den Eindruck, Sie hätten ein Auge auf Nicola geworfen, so ungehörig das an sich auch sein mag, wenn man den Altersunterschied bedenkt.«

Ich murmelte die üblichen Ausflüchte, ich hätte zu viel zu tun gehabt und so weiter. Privatangelegenheiten, sagte ich. Aber sie hakte trotzdem noch einmal nach. *Star Idol* sehen und zu viel essen, dachte ich. »Wie gesagt, es handelt sich um Privatangelegenheiten«, erklärte ich lächelnd und fand sie noch unsympathischer.

Sie seufzte. Smithson schwebte mit einem Tablett voller Essen ins Zimmer. »Noch nicht, Smithson«, sagte sie. »Schicken Sie erst meinen Mann wieder rein.«

»Sehr wohl, Madam«, seufzte Smithson und hasste sie noch mehr. »Er ist aber noch nicht mit der zweiten Zigarette fertig, Madam. Soll ich ...«

»*Auf der Stelle*, Smithson«, forderte sie scharf. »Sofort!«

Der arme Cyril stand nach seinem gestutzten Vergnügen in der Tür, aber ich kam bald dahinter: genau darum es ging es überhaupt. Der Fleischberg verzog das Gesicht und wedelte sich Frischluft zu. »Was für eine *abscheuliche* Angewohnheit! Einfach abscheulich!«

»Entschuldige, Darling«, fing Cyril an. »Aber man kommt so schwer davon los, wenn man ...«

»Ruhe, Cyril. Es ist genug!«

Er bebte gedemütigt, faltete die Hände und senkte den Kopf. Ich kam mir vor wie zu Hause. »Ich will nicht um den heißen Brei herumreden«, sagte der Fleischberg, nun wieder an mich gewandt. »Ich würde Sie gern öfter hier sehen, natürlich nur, falls ihre zeitaufwändigen Privatangelegenheiten das zulassen.«

»Na ja«, improvisierte ich, »ich weiß ja nicht, wo Nicola geblieben ist, aber falls sie wieder auftaucht, werden Sie und Cyril und ich uns vermutlich öfter …«

»Sie befindet sich seit achtundvierzig Stunden auf einer Schlankheitsfarm«, unterbrach mich der Fleischberg und nahm sich drei große Bonbons aus einer gewaltigen Schachtel. »In Kalifornien. Angeblich die beste der Welt. Außerordentliche Erfolgsrate. Die haben sogar ihre eigene Sprache. Ich weiß, das kostet Cyril ein Vermögen. Sie wird noch einige Wochen bleiben.

Aber um Nicola geht es jetzt gar nicht. Es geht um Sie und mich. Sie sind ja offensichtlich aus irgendeinem schmutzigen Grund auf fette Frauen scharf. Nun, fettere als mich werden Sie nirgendwo finden. Wenn Nicola zurückkommt, wird sie – falls dieser Laden hält, was er verspricht – nur noch einen Bruchteil ihres früheren Umfangs haben. Und daher steht für mich fest, dass Sie es eigentlich auf mich abgesehen haben.«

Mit anzüglichem Grinsen schlug sie erst das Oberteil ihres Morgenmantels auf und zog dann auch noch den unteren Saum nach oben, so dass ihre schwarzen Nylonstrümpfe zum Vorschein kamen. Ich dachte, ich falle in Ohnmacht. Das heißt, ich hoffte es inbrünstig.

»Erzählen Sie mir nicht, Sie hätten nie an mich gedacht, seit wir uns zum ersten Mal gesehen haben«, sagte sie. »Erzählen Sie mir nicht, Sie hätten nicht davon geträumt, in mich einzutauchen wie in einen geheizten Swimmingpool. Ich werde Ihnen nämlich sowieso nicht glauben.«

Verschwommen sah ich Cyril im Zimmer stehen. Er keuchte. Aber den größten Teil meiner Konzentration musste ich darauf verwenden, hinreichend Blut in mein Gehirn zu steuern, damit ich nicht einfach zusammenbrach.

»Ich fühle mich sehr geschmeichelt«, fing ich an.

Wie Sie bereits wissen, war es nicht gerade so, dass die

Damenwelt nicht auch einmal nach mir geschmachtet hätte, so unvorstellbar das auch jedem vorkommen musste, der mich jetzt sah oder als Kind kannte. Kurz vor und während meiner Zeit als das Gesicht von Marcel Flynn brauchte ich nur für die zweimal im Jahr fällige Zahnsteinentfernung beim Zahnarzt aufzutauchen, und schon kamen alle seine Praxishilfen aus den Behandlungszimmern und hatten plötzlich irgendwas im Empfangsbereich zu tun. Wenn ich im Restaurant von der Toilette kam, verstummten die Gespräche an den Tischen, wo nur Frauen saßen.

Zweimal passierte es mir bei Vorstellungsgesprächen (bei denen es um nervtötende Bürojobs ging), dass mich meine potentiellen Arbeitgeberinnen baten, ich solle aufstehen und mich einmal für sie umdrehen. Zuvor, als ich es am meisten ersehnt hatte, war ich von weiblichen Wesen nie beachtet worden. Natürlich genoss ich es, von ihnen zum Objekt gemacht zu werden, und glaubte zu verstehen, warum es manchen Frauen Spaß macht, als Stripperin zu arbeiten. Und als ich erfuhr, was die Chippendales allein an Trinkgeld einnehmen, rief ich tatsächlich dort an und erkundigte mich, ob ich auch mal vorsprechen könne, musste mir jedoch sagen lassen, dass sie nur junge Männer suchten, die erstens tanzen konnten und zweitens über eine gut entwickelte Brustmuskulatur verfügten. Ich mochte zwar über Nacht zum Frauenschwarm geworden sein, aber die beiden Bedingungen konnte ich nicht erfüllen – oder höchstens die erste, falls man mir den zaghaften Foxtrott anrechnete, den ich gelegentlich auf Schulpartys versucht hatte.

»Du darfst dich zurückziehen, Cyril«, zischte der Fleischberg den Gatten an, und der machte sich ohne weitere Ermunterung von dannen.

»Der geht jetzt aufs Klo«, ächzte der Fleischberg, »um sich rasch etwas Erleichterung zu verschaffen. Ich hab das nur für ihn gesagt, wissen Sie.«

Ich wusste gar nichts.

»Bilden Sie sich nichts ein, Mr. Herskovits. Sie sind auf eine gewöhnliche, filmstarhafte Art schon recht attraktiv, aber mehr als einen Mann will ich nicht, und dieser Mann ist Cyril. Seit ich so aus der Form geraten bin, kommt ein normaler Koitus praktisch nicht mehr in Frage. Und jetzt hat er's am liebsten, der Gute, wenn ich vor seinen Augen jemanden verführen will.«

Jetzt war mir nicht mehr vor Ekel schwindlig, sondern vor Verwirrung. Auch das spürte sie. »Er ist ein echter Glücksfall für mich. Ich meine, ich hab wirklich was gegen das Rauchen, und ich wünschte tatsächlich, er würde das lassen – aber dass ich ihn so mies behandle, so hart und verächtlich? Das tu ich nur ihm zuliebe. Er bettelt darum. Als wir damit angefangen haben, fand ich es ... pervers, einen, den man liebt, so zu behandeln. Aber besteht wahre Liebe nicht darin, dem anderen das zu geben, was ihm am meisten Freude macht?«

Ernüchtert, aber auch geläutert und ein wenig klüger als zuvor, begab ich mich zu meiner zweiten Sitzung mit den Anonymen Esssüchtigen. Bis auf Nicola waren dieselben da wie beim ersten Mal, die Feindseligen kein bisschen weniger feindselig. Und dazu zwei bemerkenswerte Neuzugänge. Die Umfangreichere der beiden war die Bemerkenswertere. Sie hatte sich so geschminkt, dass sie aussah wie frisch exhumiert: ein sehr blasses Pfannkuchen-Make-up, dunkelrote Lippen und violetter Lidschatten. Ihre trüben Kontaktlinsen hatten die Farbe von Milch. Den Eyeliner hatte sie so dick aufgetragen wie die mexikanischen Gangstermädchen meiner Jugend, sich jedoch nicht damit zufrieden gegeben, bloß die Konturen ihrer Augen zu betonen, sondern sich auch noch auf dem Kopf stehende Kreuze neben die äußeren Augenwinkel gemalt. Ihr langes Haar hatte sie zu Zöpfen geflochten und daran jeweils ein Bündel neonrosa Fädchen befestigt. Ihre Kleidung kombinierte hauchdünne, durchsichtige schwarze Flächen, PVC und schwarze Netzstrümpfe, die aussahen, als hätte sie sie vor dem Anziehen mit einer Rasierklinge bearbeitet. Die Schuhe, die Boris Karloff als Frankensteins Monster trug, waren im Vergleich zu ihren Stiefeln mit den achtzehn Zentimeter hohen Plateausohlen zierlich und feminin.

Zu Halloween würde sie sich jedenfalls nicht umziehen müssen. Auf ihre verzweifelte, Aufmerksamkeit heischende Art war sie einfach großartig.

Das konnte man von ihrer Begleiterin nicht behaupten. Pechschwarz gefärbte Haare, verschwenderisch umrahmte Augen und Ringe nicht nur in beiden Nasenflügeln, sondern auch in den äußeren Enden ihrer Augenbrauen. Aber da sie die bleiche Grundierung weggelassen hatte, wirkte sie neben ihrer Freundin wie der Inbegriff strotzender Gesundheit. Ihre freilich natürlich durchweg schwarze Kleidung hatte sie vermutlich im Versandhandel bestellt.

Der Hauptunterschied aber lag in der Haltung der beiden. Die Körpersprache der Auffälligeren sagte, dass sie ganz gern im Zentrum der Aufmerksamkeit stand. Die ihrer Begleiterin war die eines lebenslänglichen Mauerblümchens, das es gewöhnt war, ständig übersehen zu werden, wenn Männer sie und ihre bemerkenswerte Freundin anquatschten. Am liebsten wäre ich hingegangen und hätte sie in die Arme genommen. Wenn sich aber unsere Blicke begegneten, sagten mir ihre Augen, dass ich das besser lassen sollte.

Die Auffälligere der beiden, die sich Dahlia nannte, und bei einer Größe von einsfünfzig gut zwei Zentner auf die Waage brachte, stellte sich ziemlich wortreich vor. Mit dreizehn hatte man ein außerordentliches turnerisches Talent an ihr bemerkt und schon davon gesprochen, sie zu einem Toptrainer nach Osteuropa zu schicken. Dann aber brach sie sich das Schlüsselbein und stellte fest, dass sie viel lieber tanzte als turnte und am allerliebsten sang. Mit vierzehn gewann sie sämtliche Karaokewettbewerbe, die in Lewisham, Southwark und Greenwich ausgetragen wurden. Und mit fünfzehn sang und tanzte sie bei einer Show im West End mit und verdiente mehr Geld als ihr Vater, der als Metzger arbeitete.

Nachdem sie der Talentcouch einer der gewieftesten Manager des Popbusiness in der Show gesehen hatte, fand sie sich auf seiner Kandidatenliste für eine Girlgroup wieder. Von den neun Mädchen, die für die drei freien Jobs in Frage kamen, war sie schließlich die Vierte. Aber kaum hatte sie die Leute von der West-End-Show überredet, sie wieder einzustellen, erwies sich eine der drei für die Gruppe ausgewählten als schwanger und wurde gefeuert.

»Ich war tatsächlich einfältig genug, mich mordsmäßig darüber zu freuen«, enthüllte sie. »Wenn ich gewusst hätte, was mich da erwartete, wäre ich nur noch weggelaufen und hätte mir lieber ein paar Blagen zugelegt.«

Crinolyn, pampige Mutter von Teenagern, fand das gar nicht amüsant. Dahlias Freundin, deren Namen und Gewicht wir immer noch nicht wussten, bemerkte das und reagierte aggressiv: »Ist was, du blöde fette Kuh?«, fragte sie Crinolyn. Worauf die beiden so schnell auf die Füße kamen, wie Frauen von solcher Masse es können, und drohend aufeinander zuzutrampeln begannen. Unser heldenhafter Gruppenleiter Graham rollte sich zwischen sie, um Schlimmeres zu verhindern.

Als er wieder zu Atem gekommen war – was ihm in Anbetracht der gewaltigen Kräfte, die von den Fettrammen beidseits auf seine Lungen ausgeübt wurden, überraschend schnell gelang –, setzte Graham Dahlias Freundin den Kopf zurecht: Hier werde niemand beschimpft. »Wir sind hier, um uns gegenseitig zu helfen«, sagte er, »und nicht, um es uns noch schwerer zu machen. Das versuchen die Dünnen schon genug, auch ohne unsere Hilfe.« Dahlias Freundin machte wieder ihr kränklich verbiestertes Gesicht.

Dahlia wollte mit ihrer Geschichte fortfahren, aber plötzlich platzte Jez heraus: »Jetzt weiß ich endlich, wer sie ist. Seht sie euch doch an! Das ist eine von den Condimettes!«

Sogar Crinolyn war beeindruckt. Sogar ich. Kurz vor dem Millennium hatten die Condimettes achtzehn Monate lang einen Nummer-eins-Hit nach dem anderen gehabt. Auch in Europa, Asien und Australien hatten sie Riesenerfolge gefeiert. (Wir Amerikaner, die wir auch mit Robbie Williams nichts hatten anfangen können, gönnten ihnen widerwillig einen Hit und ignorierten sie danach.) Ich erinnerte mich an einen Artikel, in dem es geheißen hatte, kleine britische Mädchen wünschten sich zu Weihnachten nichts sehnlicher als Puppen, die nach den Mitgliedern der Condimettes modelliert seien. Sie hatten Werbung für Kosmetik, Fahrschulen und Softdrinks gemacht und garantiert 100 Millionen Pfund pro Nase zusammengescheffelt.

»Ich fand es widerwärtig, praktisch von Anfang an«, erklärte Dahlia. »Ja, der Schotter war natürlich erst mal toll, aber man gewöhnt sich sehr schnell daran. Und bald stellt man fest, dass man nicht einfach losziehen und das Geld so mir nichts dir nichts ausgeben kann, weil einem sofort ganze Heerscharen geifernder Spinner mit ihren Kameras auf die Pelle rücken und mit ihren Blitzlichtern mitten ins Gesicht schießen. Und was die mit mir gemacht haben, war noch überhaupt nichts im Vergleich zu dem, wie sie meine Familie drangsaliert haben. Mein Vater traute sich nicht mal mehr in den Garten, um in Ruhe eine zu paffen (meine Mutter mag es nicht, wenn er im Haus raucht), weil sämtliche Bäume ringsum von solchen Irren mit Teleobjektiven besetzt waren, die nur darauf warteten, dass er rauskam. Einmal wollte ich mir mit meiner Nichte Louisa in London einen schönen Tag machen. Kaum waren wir aus dem Haus, da waren wir auch schon blind von den Blitzlichtern und konnten keinen Schritt weitergehen. Louisa hat sich vor Angst in die Hose gemacht. Seitdem schämt sie sich so, dass sie nicht mehr aus ihrem Zimmer kommt.

Die haben auch die Ehe meiner Eltern zerstört. Ein Schmierblatt hat Fotos von meinem Vater und seiner Sekretärin am Strand von Blackpool veröffentlicht, während die Familie davon ausging, dass er sich auf Geschäftsreise in den

Staaten befand. Eine andere Zeitung brachte Fotos von meiner Schwester und dem besten Freund ihres Mannes. Den Paparazzis war nicht zu entrinnen. Keiner konnte sich mehr sicher fühlen. Und ich war an allem schuld. Wäre ich bei den Karaokewettbewerben geblieben, oder auch nur bei der Show im West End, dann hätte das alles nicht passieren können.«

»Ich weiß nicht, worüber du dich beklagst«, sagte Crinolyn, die Stimme der Arbeitslosen, und sah Boopsie und Graham Beifall heischend an. »Armes reiches Mädchen. Mit deinen Millionen, mit deinem halben Dutzend Villen, mit deinen Autos, mit deinen Bediensteten. Würd mich nicht wundern, wenn du sogar einen eigenen Privatjet hättest. Also hör auf mit dieser Jammerei. Das ist ja ekelhaft.«

»Würdest du mal mit mir vor die Tür kommen und das wiederholen?«, fauchte Dahlias Freundin, zog eine Dose Haarspray aus ihrer Handtasche und schwenkte sie wie eine Handgranate.

»Ich könnte das auch vor deiner Mutter wiederholen, du fette Hexe!«, gab Crinolyn zurück und stemmte sich mühsam, mühsamer als beim ersten Mal, von ihrem Stuhl hoch.

Auch Graham erhob sich keuchend. »Crinolyn, was ich zu Dahlias Freundin gesagt habe, gilt auch für dich. Hier wird niemand beschimpft, weder alte noch neue Teilnehmer.« Dass Crinolyn sich wieder setzte, war jedoch mehr ihrer Atemlosigkeit als Grahams Tadel zu verdanken.

»Seht ihr«, sagte Dahlia, »genau das ist das Problem. Jeder denkt, wenn man Kohle hat, braucht man sich über gar nichts mehr zu beklagen. Aber das ist dumm. Als ob ein reicher Mensch nichts zu beklagen hat, wenn er unheilbar an Krebs erkrankt!«

»Halt den Mund!«, fauchte Boopsie, worüber sie selbst nicht weniger erschrak als alle anderen. »Meine Tante ist letztes Jahr an Brustkrebs gestorben. Ich dulde nicht, dass du das so leichtfertig in den Mund nimmst!«

»Jetzt ist aber genug!«, protestierte Dahlia. »Ich bin ja wohl die Letzte, die leicht über etwas hinweggehen könnte, stimmt's?« Sie sah sich um und hoffte, jemand – irgendjemand! – hätte den kleinen Scherz auf ihre eigenen Kosten bemerkt. Wahrscheinlich war ich der Einzige. Aber sie blieb trotzig.

»Ich muss mich vor euch nicht dafür rechtfertigen, dass ich unglücklich bin«, sagte sie. »Wenn ihr glauben wollt, ein reicher Mensch habe keinen Grund, unglücklich zu sein, bitte sehr. Aber dann heult euch bloß nicht bei mir aus, wenn ihr selbst Popstar oder Filmstar geworden seid und ihr dahinter kommt, dass die viele Kohle nur ein sehr schwacher Trost ist.«

Auch das kapierte keiner, nicht einmal ihre Freundin, die Crinolyn immer noch finster anstarrte. Aber mir war schon klar, sie war die geborene Entertainerin.

»Schwamm drüber«, erklärte sie angewidert. »Sagen wir, ich hatte keinen wahren Grund, unglücklich zu sein, ich war's aber trotzdem. Ich wollte nur noch meinen Frieden haben. Ich wollte, dass die Leute, die ich liebe, in Ruhe gelassen werden. Und dazu musste ich irgendetwas Unverzeihliches tun, damit ich aus dem Vertrag rauskam. Ich weiß, unsere Kultur kann mit der Zeit so ziemlich alles verzeihen, alles, nur zwei Dinge nicht – dass jemand fett ist und dass jemand alt ist. Und da mir das Altwerden zu lange dauerte, sah ich als Ausweg nur das andere. Also fett werden.

Ihr kennt doch die grotesken Sachen, die manche Stars in ihre Verträge reinschreiben lassen? Jennifer Lopez zum Beispiel? Niemand darf sich in ihrer Hörweite zum Thema Steatopygie äußern. Und der Kaviar in ihrer Garderobe? Überschreitet auch nur ein einziges Fischei den vertraglich festgelegten Durchmesser, kann sie ihren Auftritt absagen. Nun, so exaltiert war ich nicht, ich habe aber verlangt, dass in meiner Garderobe immer jede Menge Schokoladentorte vorrätig sein musste und auch diese Spezialeiscreme, die die Amis für befreite Kriegsgefangene entwickelt haben, die kurz vorm Verhungern sind. Das ist die kalorienreichste Substanz, die der Menschheit geschenkt wurde.«

Der arme Jez hatte sein Hemd schon durchgeschwitzt. »In welchen Geschmacksrichtungen gibt es das?«, fragte er, und der Sabber lief ihm in Strömen aus dem Mund.

»Vanille, sonst nichts, was auf die Dauer ziemlich fade wird. Aber ich hab mir von einem Roadie immer ein paar Schachteln Schokoladeneis schmelzen lassen, das ich mir dann als Sauce drübergegossen habe.«

Einen wunderbaren Augenblick lang waren wir uns alle einig und jaulten verzückt über die von Dahlia beschriebene Köstlichkeit. Falls draußen gerade Leute vorbeigingen, mussten sie uns für Buddhisten halten.

»Wie ihr euch vorstellen könnt«, fuhr Dahlia fort, »nahm ich schnell und reichlich zu. Am Anfang haben unsere Manager noch versucht, einfach darüber hinwegzugehen. Und die Presse hat mitgemacht. Auf dem Cover von *Loaded* sah ich sogar eher abgemagert aus. Da hatten sie meinen Kopf einfach auf einen anderen Körper montiert. Mit digitaler Bildbearbeitung kann man ganz erstaunliche Dinge machen, wenn man sich auskennt.

Bei unseren Auftritten in *Top of the Pops* wurde ich zunächst hinter drei Tänzern versteckt. Es dauerte eine ganze Weile, bis irgendwer was mitbekam. Und ironischerweise war es die Boulevardpresse, die mich am Ende gerettet hat. *News Of The World* brachte Fotos von mir, nackt beim Sonnenbad in meinem Garten. Vielleicht habt ihr die ja gesehen, auf Seite eins, mit der Überschrift *Entsetzlich! Gestrandeter Wal in Islington gesichtet!*

Aber ich habe noch mehr unternommen. Habe heimlich eine Werbeagentur für eine Imagekampagne verpflichtet, die mich öffentlich fertig machen sollte. Sonst tun diese Leute ja immer genau das Gegenteil, aber es hat ihnen richtig Spaß gemacht. Kein Comedian, kein Talkshow-Moderator, der nicht ständig blöde Witze über mich gerissen hat. Es gab sogar eine eigene Webseite mit krassen Sprüchen, die alle anfingen mit: ›Wenn Dahlia von den Condimettes noch fetter wird …‹

Zu meiner Überraschung schlug sich die Öffentlichkeit aber auf meine Seite. Unser Management holte eine vorgefertigte Presseerklärung für derartige Fälle, in denen Stars öffentlich als Alkoholiker, Drogensüchtige oder Pädophile angeprangert werden, aus der Schublade. Ihr wisst schon, die übliche Masche: Ich bräuchte eine Pause. Man hoffe, mit der richtigen Behandlung werde ich mein Leben bald wieder in den Griff kriegen und bei der Gruppe dann weitermachen können, und so fort. Aber das Publikum hat da nicht mitgespielt. Unser Management wurde ... wie sagt man noch mal?«

»Überschwemmt«, soufflierte ihre Freundin, immer noch finsteren Blicks.

»Genau. Unser Management wurde von Briefen von Leuten überschwemmt, die sagten, sie würden nie mehr irgendein Produkt der Condimettes kaufen, wenn man mich rausschmeißt. Tagelang stand nichts anderes in den Zeitungen. Entweder etwas über mich oder über Ulrika Johnsson und diesen Fernsehfritzen, der sie angeblich vergewaltigt hatte. Hat einer von euch das gesehen?«

»Ja, ich glaub schon«, behauptete Jez, aber ich hatte den Eindruck, er habe Dahlia – wie wir alle inzwischen – ein wenig ins Herz geschlossen und wolle sich nur lieb Kind bei ihr machen.

»Aber ich wollte nicht aufgeben«, fuhr sie fort, »und habe meine Kalorienaufnahme fast verdoppelt. Vom Aufwachen am Morgen bis zu dem Augenblick, als ich auf die Bühne musste, stopfte ich mir Pralinen in den Hals. Die zwei Zentner hatte ich im Handumdrehen drauf.

Ich bin beinahe krepiert, aber es hat funktioniert. Die Werbeagentur ließ sich von einem Hacker einen Computervirus basteln. Der Virus verschickte jede Menge E-Mails an alle Adressen, die im Adressbuch eines infizierten Computers gespeichert waren, alle mit dem Betreff: »Die Condimettes dürfen Dahlia nicht rausschmeißen!« Es dauerte ein paar Tage, aber schließlich führte dies die Gegenreaktion herbei, auf die wir gehofft hatten. Das Mädchen, für das ich ursprünglich nachgerückt war, wurde wieder in die Gruppe geholt. Sie gab ihre Kinder zur Adoption in Südamerika frei, und alle haben Eltern gefunden.

Aber ich konnte nicht mehr aufhören zu essen. Meine Familie braucht Jahre, um sich von dem Rummel zu erholen, falls sie sich überhaupt jemals davon erholen kann, und das war eine schreckliche Vorstellung. Ich war inzwischen so weit, dass ich es für eine Leistung hielt, wenn ich mich so voll gestopft hatte, dass ich kurz vorm Erbrechen war. Jedenfalls konnte ich nicht mehr aufhören zu essen.« Eine vollkommene Träne entquoll wie aufs Stichwort ihrem Auge. »Und deshalb bin ich hier.«

Wenn man einer Schar neunjähriger amerikanischer Mädchen das Foto eines niedlichen Kätzchens zeigt, machen sie alle wie auf Kommando »Ohhh«. Hier nun verkörperten die weiblichen Anonymen Esssüchtigen diese amerikanischen Mädchen: Sie standen auf, drängten sich um Dahlia und überschütteten sie mit Liebe.

Ihre Freundin, um die sich niemand kümmerte, versuchte so zu tun, als bemerke sie das nicht. Ich stellte mir vor, dass sie darin Übung hatte. Ich bin feige und fies, käuflich und kaputt, mies und misanthropisch, ich habe mehr Gründe, mich zu schämen, als ich jemals werde aufzählen können. Ich habe meinen Eltern übel mitgespielt und bin von der einzigen Person auf der Welt verlassen worden, nach deren Liebe ich mich am meisten sehne. Aber ich tat nicht so, als spürte ich nichts von dem Unbehagen, das Dahlias Freundin quälte.

Ich versuchte mit ihr ins Gespräch zu kommen. »Was man in Gegenwart von Jennifer Lopez nicht erwähnen darf – Steatopygie? Können Sie mir sagen, was das ist?«

Diese Frau kannte kein Maß. Sie sah mich genauso an wie vorhin Crinolyn und schwenkte ihr Haarspray. »Aha! Du weißt das also nicht, ja?«, zischte sie. »Kauf dir doch ein Lexikon, du Arsch!«

Die anderen sprachen viel weniger ausführlich von ihren eigenen Problemen als beim letzten Mal. Offenbar waren alle darauf versessen, Dahlia einen Drink auszugeben. Ich kam mir reichlich überflüssig vor, ein Gefühl, das mir seit meinem ersten Atemzug vertraut war, und geriet ins Schwanken. Gleich fing *Star Idol* an – und konnte ich mir das entgehen lassen?

An diesem Abend war *Star Idol* so amüsant wie lange nicht mehr. Aus irgendeinem Grund hatte ich die bisherigen Auftritte des Kandidaten Evelyn verpasst, und jetzt wurde er sofort zu meinem Favoriten. Nicht wenige seiner Konkurrenten hatten Frisuren, als seien sie gerade aus dem Bett gekommen. Aber tatsächlich hatten sie alle eine Ewigkeit gebraucht, diesen Effekt zu erzielen. Evelyn hingegen hatte sich offenbar bemüht, sein Haar ordentlich zu richten – und kläglich versagt. Die anderen hatten zumindest brav aufgepasst, als der gefeierte Choreograph von Chart-Topper Wicked Fytt im *Camp* vorbeigekommen war und sie coachte, wie sie sich auf der Bühne zu bewegen hatten. Bis auf den langen Waliser und das Mädchen mit dem nigerianischen Nachnamen, das sich für eine zweite Aretha Franklin zu halten schien, benahmen sich alle wie Popstars.

Bei Ev dagegen schienen sich alle vier Gliedmaßen zum Takt eines anderen Drumcomputers zu bewegen. Er krächzte und krähte, gluckste und grölte dazu, selbstverständlich immer im unpassendsten Augenblick. Er war der wiedergeborene Sid Vicious, nur ohne dessen fatale Punkgebärde. Und absolut taub für Kritik.

Nach den Auftritten analysierten die Juroren die Darbietungen jeweils im Detail, beanstandeten hier einen schlecht getroffenen Ton, da eine zu oft wiederholte Gebärde oder eine lyrische Sequenz, aus der man mehr hätte machen können. Nach Evs Auftritt hielten sich alle den Bauch vor Lachen. »Keine Ahnung, ob das Pop ist«, sprach mir einer von ihnen aus dem Herzen, »aber unterhaltsam war es auf alle Fälle.«

Im Verlauf der Sendung landete Ev ziemlich weit vorn. Und ich glaubte wieder an das Publikum.

Nun mussten sich die *Star Idol*-Kandidaten entscheiden – zwischen der weinerlichen, farblos eleganten Genoa, deren Freund Rugbyspieler war, und der verängstigt wirkenden Andrea aus Leeds.

»Ich habe bei dem Song mein Bestes gegeben«, erklärte Genoa feierlich, »und hoffe, ihr hört auf euer Herz und stimmt für mich.« Danach schickte sich Andrea an, jegliche Tradition außer Kraft zu setzen. Tränen strömten ihr über beide Wangen. »Seit ich ganz klein war«, sagte sie, »hatte ich immer nur ein Ziel. Ich wollte eine berühmte Sängerin werden, aber nicht für mich, sondern für meine Mum. Sie war auf dem besten Weg, Karriere zu machen. Aber dann kam der Unfall.«

Sie schluchzte erbärmlich. Die Kamera zeigte ihre verblüfften Konkurrenten der Reihe nach in Großaufnahmen, dann die Juroren und die Freunde und Verwandten der armen Andrea. Ihre Mutter, im Rollstuhl, litt solche Qualen, dass sie den Kopf nach hinten geworfen hatte und um Atem rang. Ich malte mir aus, wie der Produzent im Regieraum schon überlegte, wo er all die Preise aufhängen sollte, die er dafür bekommen würde. Das war großes, sehr großes Fernsehen.

Wir Zuschauer zu Hause sahen nun erst mal eine ganze Menge Werbung. Mein Handy klingelte. Auf dem Display erschien eine Nummer, die ich nicht einprogrammiert hatte, oder anders gesagt: Es war nicht Nicola. Eine andere Nummer als ihre hatte ich nämlich nicht im Speicher. Auch die Stimme war mir unbekannt; sie hörte sich an wie die eines Mannes, der eine Frau nachzuahmen versucht oder der zum Vorsprechen für eine Neuauflage von Monty Python übt. »Les Herskovits?«, fragte er oder sie. Ich bejahte. »Sie sind ein Freund der ehemaligen Condimettes-Sängerin, die sich jetzt Dahlia nennt, oder wenigstens Mitglied der Esssüchtigen-Gruppe, bei der sie jetzt teilnimmt?« Als ich fragte, wer das wissen wollte, legte er oder sie den Hörer auf.

Dann ging die Show weiter. Als Genoa die vierte Stimme erhielt, also die, die sie in die nächste Runde beförderte, wollte sie Andrea tröstend streicheln. Aber die schlug ihre Hand weg und wandte sich an die, in deren Mitte sie nun nie wieder zurückkehren durfte. »Ihr seid Schweine. Absolute Schweine!« Und mit furchtbar bösem Blick fügte sie hinzu: »Und wenn ich hundert Jahre alt werden muss, ich werde einen Weg finden, euch so wehzutun, wie ihr mir wehgetan habt. Das schwöre ich euch.« Plötzlich erschienen zwei Security-Leute und führten Andrea weg.

Und ich, ein Misanthrop, der sich an der Vernichtung eines Mitmenschen weidete, lachte und lachte, bis ich Schluckauf bekam.

## *Hinter der Hecke*

Ich glaubte draußen jemanden kichern zu hören und wünschte, ich wäre einen Zentner leichter, damit die Dielen nicht so laut knarrten, wenn ich an die Tür schlich. Zu meiner Überraschung knarrten sie aber nur leise. Ich kroch langsam auf allen vieren, versuchte den Schluckauf zu unterdrücken und hoffte, wer auch immer da draußen war, konnte mich nicht hören. Als ich die Tür erreicht hatte, stand ich so geräuschlos wie möglich auf. Ich fürchtete, mein Herzklopfen poltere durchs ganze Haus, aber niemand schien durch den Flur davonzuhasten. Ich riss die Tür auf.

Vor mir stand ein kahl rasierter Mensch, Ohrring und gepiercte Augenbraue, scharf geschnittene Züge, blaue Augen, Anfang vierzig, Hakennase, jemand, dessen Bier man am Tresen besser nicht verschüttete. Bekleidet war er mit einem Ben-Sherman-Sporthemd, gebügelten Jeans und tadellosen Nike-Turnschuhen. Im Kragenausschnitt zeigte sich eine Tätowierung.

Ich tat so, als sei ich auf dem Weg zum Klo. »Kann ich Ihnen helfen?«, fragte ich.

»Ich komme von … der Gemeinde«, sagte er, was offenbar gelogen war. »Ich habe dafür zu sorgen, dass Pensionen … nicht als Unterschlupf für Asylsuchende missbraucht werden. Gibt's hier welche? Falls ja, sagen Sie's mir besser.«

Unten schob Mr. Halibut seinen Kopf aus der Tür. Mir blieb nichts anderes übrig, als den Lauscher in mein Zimmer zu bitten. Der Vorschlag schien ihn in Verlegenheit zu setzen, schließlich aber nahm er achselzuckend an. Ich fragte, ob er sich als Mitarbeiter der Gemeinde ausweisen könne. Die Gegenstände in meinem Zimmer faszinierten ihn so, dass er die Frage nicht hörte. Offenbar gab er sich alle Mühe, nichts zu übersehen. Ich wiederholte die Frage. Er legte die Stirn in Falten, griff nach seiner Brieftasche und überlegte es sich dann doch wieder anders.

Vorsichtig formulierte ich meine Zweifel an seiner Angabe, dass er von der Gemeinde komme. Ich wollte mir nicht den Zorn eines Menschen mit gepiercter Augenbraue zuziehen. Aber ich war wohl nicht vorsichtig genug gewesen. Er sah mich an, als wolle er aufspringen und mir einen Kopfstoß verpassen. Dann aber erschien zu meiner grenzenlosen Erleichterung ein breites, verlegenes Grinsen auf seinem Gesicht. »Ich bin Journalist«, gab er zu. »Na ja, Teilzeitjournalist, im Nebenberuf. Eigentlich arbeite ich auf dem Bau. Aber nebenher versuch ich mich ein bisschen in Journalismus.«

Ich erfuhr, er war freier Mitarbeiter bei *News Of The World*, und zwar seit dem Glückstag, an dem er sich zufällig gerade in einem Schnapsladen befand, als der angeblich vom Alkoholismus geheilte frühere West-Ham-Stürmer Declan Worst hereinkam und eine Magnumflasche Stolichnaya kaufte. »Dafür haben die mir hundert Pfund bezahlt, das war der Anfang.«

Seither hatte er keine ähnlich skandalträchtige – oder lukrative – Geschichte mehr aufgetrieben, aber die Arbeit machte ihm Spaß und war ihm jedenfalls lieber, als sich »mit der Alten zu zanken«, wie er es ausdrückte. »Die nimmt es persönlich, dass ich mir lieber mit meinen Kumpels einen hinter die Binde gieße oder Asylbewerber zusammenschlage, als mir mit ihr irgendwelche blöden Sendungen anzusehen, wo einem erzählt wird, wie man sein Geld am besten anlegt! Wenn wir nicht diesen Ehevertrag hätten, hätte ich mich schon vor Jahren von ihr scheiden lassen.«

Ich dachte, vielleicht war er der Anrufer von vorhin gewesen, der sich angehört hatte wie einer, der bei Monty Python mitmachen will. Und so war es auch. Nachdem er sich ausgegrinst hatte, sah er mich herausfordernd an und fragte: »Na und?« Als ich mich nach seinem Namen erkundigte, fragte er wieder: »Wer will das wissen?« Als ob nicht nur wir beide im Zimmer gewesen wären.

Für mich interessierte er sich nur insoweit, als ich ihn womöglich mit verkäuflichem Material über Dahlia versorgen konnte. Als ich sagte, da gäbe es nichts, schaute er erst wütend, dann düster aus der Wäsche. »Wieder mal ein Abend im Eimer«, sann er verbittert und fummelte an dem Ring in seiner Braue herum, was mich ganz nervös machte. »Die Jungs vom Liz-Hurley-Team machen einen Tausender die Woche, manche jedenfalls. Und ich hab immer bloß diesen Kleinkram am Hals.«

Er schien es nicht eilig zu haben. »Wo soll ich jetzt hin? Bis ich wieder in Plaistow bin, haben die Kneipen längst geschlossen. Sie kennen ja diese beschissenen U-Bahnverbindungen.«

Ich hatte Mitleid mit ihm. Unten in Mrs. Cavanaughs Kühlschrank hatte ich noch ein paar Flaschen Budweiser. Das Zeug war in London genauso fade und schwach wie in Kalifornien – die Plörre schmeckte auf der ganzen Welt wie Limo mit Biergeschmack, erinnerte mich aber an meine Heimat. Ich fragte, ob er Lust auf eine Pulle habe. Er sagte, lieber würde er Mückenpisse trinken. Aber das tat er vermutlich nur aus Höflichkeit. Dann nahm er mein Angebot eifrig an.

Plörre oder nicht, das Budweiser machte ihn gesprächiger. Als ich fragte, ob er sich nicht manchmal für seine Arbeit schäme, reagierte er entsetzt. »Aber wieso denn? Häuser müssen doch gebaut werden, oder? Ohne uns würden die Leute immer noch wie die Wilden in wackligen Hütten hausen!« Wie sich zeigte, nahm er tatsächlich ab und zu einen Job am Bau an. Ich wies ihn behutsam darauf hin, dass ich nicht das Bauhandwerk gemeint habe, sondern seine Nebentätigkeit für *News Of The World*. Er reagierte kaum weniger entsetzt. »Aber wieso denn?«, fragte er noch einmal. »Die Leute sind doch ganz wild auf Prominente, oder? Da spüren sie ein bisschen Glamour und was Interessantes, womit sie sich identifizieren können. Wenn sie in der Mittagspause erfahren, wem Liz Hurley mal wieder den Mann ausgespannt oder welche

Milliardäre sie zu Paten ihres Kindes bestimmt hat, dann hilft ihnen das, gut durch den Nachmittag in der Fabrik zu kommen.

Und wenn Sie mir sagen wollen, ich solle Mitgefühl mit den V.I.P.s haben, vergessen Sie's. Schließlich hat niemand sie gezwungen, einen Hit zu haben oder Film- oder Fernsehstar zu werden.«

Das erinnerte mich lebhaft an eine gewisse Helen Sandersen, die vor ein paar Jahren in einem Boulevardblatt, das ich nicht noch durch Nennung seines Namens aufwerten will, ihren Lesern mit einem exklusiven Sensationsschocker aufgewartet hatte. Darin spekulierte sie, Kate wisse vermutlich gar nicht, dass die Riesenvilla in Berkshire, in der sie und ihr Lebensgefährte und Gitarrist Danny McIntosh fern von den Blicken der Öffentlichkeit zu erziehen hofften, was die Schlagzeile ihren »geheim gehaltenen Sohn« Bertie nannte, dass diese Villa vor dreißig Jahren der Schauplatz der Entführung eines Neunzehnjährigen gewesen sei, der dort mit seiner Familie gelebt habe. Genau so etwas wollen Eltern hören! Aber natürlich hatte ja niemand Kate gezwungen, Hits zu schreiben.

»Aber was ist mit den Angehörigen?«, fragte ich. »Dahlia hat uns erzählt, das Allerschlimmste sei für sie gewesen, wie ihre Eltern und Geschwister und Freunde belästigt wurden.«

Der Mann aus Plaistow rülpste nachdrücklich und wurde sarkastisch. »Und natürlich war keiner von denen so schlau zu sagen: ›Moment mal. Vielleicht ist das keine so tolle Idee‹, stimmt's? So ein Quatsch. Weiß doch jeder, der länger als zwei Wochen in diesem Land gelebt hat, dass die Boulevardpresse alles und jeden niedermacht, wenn es um die Auflage geht.« Er rülpste noch lauter. Budweiser mag keinen Geschmack haben, aber keiner kann behaupten, dass es keine Kohlensäure hat.

Ich fragte, ob ich noch öfter mit ihm zu tun bekommen werde. Er stöhnte und sagte, das wolle er nun wirklich nicht hoffen. »Dahlia ist höchstens was für Seite zwölf. Wenn ich nicht bald was Schärferes an die Angel kriege, schmeiße ich den Kram wahrscheinlich hin und arbeite für ein paar albanische Kumpels von mir, die Prostituierte aus Osteuropa einschleusen.«

Es ist schrecklich, kein Gespür für Ironie zu haben: wenn man ohne übertriebenes Augenzwinkern oder Ähnliches nie mitbekommt, ob man auf den Arm genommen wird oder nicht.

Der Erfolg von »Babooshka« als Single brachte nicht nur *The Kick Inside* von neuem in die Albumcharts, sondern veranlasste auch Fred Vermorel, den alten Halunken und Spezi von Malcolm McLaren, das Buch *Kate Bush: Princess of Suburbia* herauszubringen, von dem er Jahre später behauptete, es sei als grotesker Roman gedacht gewesen, geschrieben aus der Sicht zweier psychotischer Klatschkolumnisten.

»Army Dreamers«, das thematisch an Elvis Costellos weitaus größeren Hit »Oliver's Army« vom Vorjahr erinnert, wurde als dritte Single aus dem Album ausgekoppelt. Auf die B-Seite kam »Passing Thru The Air«, einer der Songs, an dem sie im Jahr zuvor in David Gilmours Heimstudio gearbeitet hatte. Mick Jagger, für dessen ausdrucksstark falschen Gesang in »Little Red Rooster« Kate unterdessen ihre große Bewunderung bekundet hatte, erklärte in *Roundtable* reichlich ungehobelt, das sei nicht seine Musik, gestand jedoch, dass er Kate sehr nett finde. Gönnerhafter Flegel.

Nicht dass sich die Kritiker vor Begeisterung überschlugen. Einer gab zwar zu (unfassbar!), Kates melodisches Talent reiche an das von McCartney heran, verwarf das Album aber als »Perfektion in einem Vakuum«. Tony Mitchell, der später für das Fetischistenblatt *Skin Two* arbeitete, höhnte in *Sounds*: »Durchschnittsware, alles nur Show, verlogen.« (Hat er ernsthaft geglaubt, diese Aufnahmen stellten keine großen Anforderungen an die Hörer? *Hallo?*) Zum ersten Mal seit ihrer Tournee kehrte Kate in die Provinz zurück und absolvierte

Interviews und Autogrammstunden in Edinburgh, Glasgow, Newcastle, Liverpool, Manchester (wo sie über 600 Fans geküsst haben soll) und Birmingham. Zurück in London, erblickte sie vor einer Autogrammstunde in der Oxford Street eine Schlange von Fans, die sich fast bis zu Selfridge's hinzog.

Als ihr Drummer Charlie Morgan sie behutsam darauf hinwies, sie neige dazu, das Adjektiv *phänomenal* ein wenig zu häufig zu gebrauchen, so wie sie es früher mit *phantastisch* getan habe, war sie schwer gekränkt. Jahre später tauchte das Wort *unglaublich* in jedem dritten Satz von ihr auf. Unabhängig von ihrem jeweils aktuellen Lieblingswort fand sie es nicht angenehm, ständig interviewt zu werden. Nach McCartneys Vorbild (der sich zu seinem ersten Soloalbum selbst interviewt hatte) erzählte sie dem fiktiven Zwort Finkle: »Ich finde es sehr schwierig, mich in Interviews richtig auszudrücken. Oft kommen mir die Leute mit so vielen Vorurteilen, dass ich den größten Teil des Interviews mit dem Versuch verbringe, mich gegen das Image zu verteidigen, das mir die Medien vor acht Jahren angeheftet haben. Manchmal sage ich etwas bloß, um überhaupt etwas zu sagen. Manchmal rede ich völligen Blödsinn und manchmal komme ich mir vor wie ein Tiger in der Falle. Wenn ich mir ein Interview hinterher noch mal durch den Kopf gehen lasse, merke ich oft, dass ich genau das Gegenteil von dem gesagt habe, was ich eigentlich sagen wollte.«

Nach nüchterner Betrachtung der Tatsachen fand ich, dass mir die Versicherungen des Fleischbergs nicht reichten. Ich rief Cyril an. Bis zur Geburt meiner Tochter neigte ich von Natur aus dazu, mich um niemanden außer mich selbst zu kümmern. Und als sie die Kommunikation mit mir eingestellt hatte, fiel ich wieder dahin zurück. Dennoch dachte ich jetzt an ihn und fragte mich, ob die grausame Behandlung durch den Fleischberg wirklich in seinem Sinne war.

Butler Smithson nahm ab. »Und wem darf ich melden?«,

fragte er, als ich Cyril verlangte. »›Wen‹«, korrigierte ich ihn unwillkürlich. Nicht einfach ein Butler, sondern einer, der sich anstrengte, gewählt zu sprechen, musste einen solchen Fehler machen!

»Verzeihung?«, sagte er streng. Ich erklärte, *wem* sei Dativ, aber wenn er frage, *wen* er melden solle, müsse er den Akkusativ verwenden.

»Hören Sie, Mann«, sagte er nach einigem Nachdenken, das ihn darauf gebracht zu haben schien, dass er offen mit mir reden könne, »Zum Teufel mit Ihrem Dativ. Wollen Sie ihn oder sie? Spucken Sie's doch einfach aus.« Einerseits gefiel es mir, dass er mit mir wie mit seinesgleichen zu reden versuchte, andererseits fühlte ich mich herabgesetzt.

Cyril klang nicht nur wohlauf, sondern ausgesprochen munter. Erst versicherte er mir, es gehe ihm ausgezeichnet, dann schlug er vor, wir sollten uns mal auf ein Kebab treffen oder was trinken gehen. Die Vorstellung machte mich ein wenig nervös. Ich kann es nicht ertragen, wenn Leute in meiner Umgebung rauchen. Und außer Sichtweite des Fleischbergs würde er garantiert rauchen wie ein Schlot. Auch konnte ich mir nicht vorstellen, was wir uns zu sagen haben könnten, während wir ein komplettes Kebab verspeisten, da unsere früheren Gespräche praktisch nichts anderes zum Inhalt gehabt hatten, als dass er eine Kippe von mir schnorren wollte und ich ihn jedes Mal daran erinnern musste, dass ich nicht rauche. Ich sagte, ich habe schrecklich viel zu tun. Ich wies darauf hin, Leute wie ich hätten nicht so viel Bewegungsfreiheit wie Leute mit Normalgewicht. »Unsinn«, rief er fröhlich. »Wir treffen uns, und damit basta.«

Ich hatte früher selbst geraucht. Als Teenager hatte ich in Restaurants gejobbt, das gebrauchte Geschirr von den Tischen geräumt. Die Kellnerinnen, denen ich half, hatten immer brennende Zigaretten in den Aschenbechern in der Küche, und ich konnte den Geruch nicht ausstehen. Aber als ich dann an die Universität kam und sich niemand um mich kümmerte, erblickte ich darin die perfekte Gelegenheit, ein leicht verwegenes, bedrohliches Image zu kultivieren. Denn dort war niemand von meinen alten Klassenkameraden, die alle davon wussten, dass ich mal hatte Gras fressen müssen.

Mir kam der Gedanke, dass Babooshka inzwischen vermutlich auch rauchte. Garantiert sogar, denn bei ihren Versuchen, mich auf jede erdenkliche Weise vor den Kopf zu stoßen, hatte sie sicher auch den heißen, Krebs erregenden Rauch in ihrer Lunge schätzen gelernt.

Cyril und ich – er natürlich mit einer Zigarette im Mundwinkel und der nächsten schon in der Hand – trafen uns in einem Pub bei ihm um die Ecke. Der Laden führte den wunderbaren Namen The Kings Bladder, worin, wie so oft in Großbritannien, ein Apostroph zu fehlen schien. Als er mich sah, sprang er aufgeregt auf und trat von einem Bein auf das andere wie ein kleiner Junge, voller Ungeduld, dass ich zu ihm an den Tisch kam. Schließlich hielt er es nicht mehr aus und lief mir auf halber Strecke entgegen. Was müssen wir für ein Bild abgegeben haben!

Er sagte, ich sähe blendend aus. Wieder einmal verfluchte ich meine DNA, die es mir unmöglich machte, Ironie von Ernst zu unterscheiden, außer in ganz krassen Fällen, wenn etwa ein heldenhafter Arzt seine lukrative Praxis für Schönheitschirurgie aufgibt, um im dunkelsten Afrika AIDS-Kranke zu behandeln, und kurz nach seiner Ankunft beim Kauf von Zahnpasta vom Blitz erschlagen wird.

Er hatte den Eindruck, ich könnte ihm Tipps geben, wie man es anstellt, bei jüngeren Frauen zu landen. Denn das wollte er. Der Eindruck kam daher, dass ich mit Nicola ausgegangen war. Mir war das unheimlich. Ich erklärte, dass ich ohne die zufällige Begegnung in der Esssüchtigen-Gruppe wohl niemals Gelegenheit gehabt hätte, mich mit ihr zu verabreden. Ich sagte, unsere gemeinsame Teilnahme an dieser Gruppe habe mich (und sie vermutlich auch) darauf gebracht, dass wir etwas gemeinsam hätten. Er sah mich spöttisch an. Ich fühlte mich unbehaglich – und zu der Frage berechtigt, wie er sich das vorstelle, einfach so mit jüngeren Frauen auszugehen, obwohl er doch mit dem Fleischberg verheiratet sei. Der Rauch seiner Zigarette zog in meine Augen.

»Ich und die Alte«, lachte er. Typisch für die schlimmste Sorte Raucher, merkte er gar nicht, wie sehr er mich belästigte: »Wir sind nur dem Namen nach Mann und Frau. Ich meine, mal ehrlich, können Sie sich vorstellen, wie wir es noch miteinander treiben sollen?« Er kreischte vor Lachen, wofür wir ringsum finstere Blicke ernteten und, ich geb's ja zu, auch das eine oder andere Grinsen; die Strafe in Form eines Hustenanfalls folgte auf dem Fuß.

Ich werde nie begreifen, wie es auf der Welt zugeht. Während Cyril noch hustete, drückten zwei Männer am Nebentisch ihre Selbstgedrehten aus und steckten sich gleich wieder neue an, während sie sich gleichzeitig über das thailändische Essen hermachten, das soeben vor sie hingestellt wurde.

»Scheißchinafraß«, knurrte einer der beiden, während er den Teller hin und her drehte, um das kurzgebratene *Ong choi* mit gelber Bohnensauce in einen womöglich appetitlicheren Blickwinkel zu bugsieren. »Gott steh dir bei, wenn du heutzutage mal bloß ein schottisches Ei essen willst.«

Die Kellnerin, eine nicht mehr ganz junge Thailänderin, zuckte zusammen, sagte aber nichts. Cyril zuckte zusammen und sagte eine ganze Menge.

»Eh, Mann, kannst du nicht etwas höflicher sein?«

Die zwei Zigarettendreher sahen sich an. Der mit dem *Ong choi* sagte zu Cyril: »Halt dein beschissenes Maul, du blöder Zwerg, sonst komm ich rüber und reiß dir deinen Ösophagus aus dem Arsch!« Jetzt zuckte die Thailänderin erst richtig zusammen!

Cyril seufzte resigniert, wie mir schien. Mein Herz klopfte plötzlich viel zu schnell. Der Magen drehte sich mir um. Er drückte sorgfältig seine Kippe aus, damit er sie nachher noch zu Ende rauchen konnte, und stand auf. Sein Bauch und der Tisch sahen sich in die Augen. Jemand kicherte.

»Ich gebe dir den guten Rat, Mann, entschuldige dich«, sagte er mit boshaftem Blinzeln. Der Kicherer von eben kicherte schon wieder. Ein anderer lachte laut auf. Wäre ich ein Mann gewesen, ich hätte mich jetzt erhoben und neben ihn gestellt. So aber wollte ich mich am liebsten unterm Tisch verkriechen.

Nun erschien der Wirt – kahlköpfig, reich tätowiert und außerordentlich dickbäuchig: nicht sonderlich beeindruckend. Aber es kommt alles auf die Haltung an, stimmt's? Er stauchte die beiden Kampfbereiten zusammen. »Falls ihr euch prügeln wollt, tut das draußen auf dem Parkplatz, nicht hier drin. Du, setzt dich jetzt hin. Und du isst dein *Ong choi* und hältst die Klappe.«

Der Selbstdreher zuckte die Achseln und rieb die hölzernen Essstäbchen aneinander, wie es erfahrene Besucher asiatischer Restaurants tun, um sich keine Splitter zu holen. Cyril blieb lange genug stehen, bis niemand mehr daran zweifeln konnte, wie enttäuscht er vom Einschreiten des Gastwirts war.

Wo waren bei vergleichbaren Vorfällen in meinem Leben die Leute gewesen, deren Einschreiten mir erlaubt hätte, das Gesicht so großartig zu wahren?

Dann aber sah ich, dass hier wohl gar nicht Cyril das Gesicht hätte wahren müssen. Als ich ihn fragte, was er denn getan hätte, wenn die Selbstdreher auf ihn losgegangen wären, erklärte er lachend: »Die hätte ich zu Hackfleisch verarbeitet.« Ich erfuhr, dass er tagsüber als Polier arbeitete. Früher, nach einer kurzen Karriere als Jockey, war er im Hauptberuf Schläger gewesen. »Mein Vorteil war, dass ich so klein bin. Wo Größere Verdacht erregt hätten, bin ich immer noch reingekommen.« Tatsächlich habe man ihm gerade erst wieder einen Schlägerjob angeboten. »Da ist doch jetzt eine bei diesem Gesangswettbewerb im Fernsehen rausgeflogen, weil die anderen gegen sie gestimmt haben – na ja, sie meint, denen könnte man mal eine Abreibung verpassen.« Er kicherte begeistert. »Wenn ich Zeit habe, übernehm ich die Sache. Das Honorar ist fabelhaft. Und ich hab mir schon lange keinen mehr aus der Musikbranche vorgeknöpft. Und wenn es Leute gibt, die man sich mal vorknöpfen sollte, dann die.«

Er kicherte noch lauter. Der Selbstdreher, der sich vorhin rausgehalten hatte und jetzt sein *Kaeng khiao wan nuea* verzehrte, warf ihm einen finsteren Blick zu. Cyril brauchte ihn nur einmal kurz ins Auge zu fassen, und schon starrte er wieder fasziniert auf seinen Teller.

Plötzlich dämmerte mir, dass mich Cyril an jemanden erinnerte: er war genau wie mein Mitschüler Billy, zu meiner Zeit als Versager an der Kletterstange. Billy Ayres legte sich ständig mit Jungen an, die mindestens einen Kopf größer waren als er. Und immer waren sie es, die mit eingezogenem Schwanz davonschlichen. Seinem Äußeren nach schien Billy so schwach zu sein, wie er klein war, aber niemand stellte ihn je auf die Probe. Er kreischte. Seine Augen traten hervor. Er drückte Wut nicht aus, er verkörperte sie. Vierzig Prozent seines Gesamtgewichts muss aus kochendem Testosteron bestanden haben. Offenbar wurde von vornherein unterstellt, dass jemand, der so furchtlos auftrat, eine oder auch mehrere absolut tödliche Kampfsportarten beherrschte. Er war der Sir Alex Ferguson aus einem anderen Raumzeitgefüge.

Bei Cyril aber war das anders. Ihn hatte man intensiv auf die Probe gestellt, als Boxer, im Bantamgewicht. Er war Meister bei der Territorialarmee gewesen. Als Amateur hatte er 22 von 22 Kämpfen gewonnen, davon 15 durch k.o. Man sagte ihm eiserne Fäuste nach. Um ein Haar wäre er Profi geworden. Mit achtzehn, zu Beginn seiner Jockeykarriere, arbeitete er nebenher als Rausschmeißer in der beliebtesten Diskothek von Basildon, wo er »vier bis fünf Rowdys pro Woche die Nase brechen« durfte.

Ich begann ihn in neuem Licht zu sehen. Und als mir das

gelungen war, erkundigte ich mich behutsam nach seiner Beziehung zu dem Fleischberg. »Meine Unterwürfigkeit und das alles?«, fragte er entzückt. »Ist doch alles nur Spaß!«

So wie er immer gut mit den Fäusten gewesen sei, sei er auch immer ein unterwürfiger Typ gewesen. »Kann mir auch nicht erklären, warum«, sagte er nachdenklich. »Mein Vater war auch so, weiß Gott. Als ich klein war, hat Mum ihn tagtäglich zur Schnecke gemacht, und ich konnte das kaum ertragen. Vielleicht bin ich deswegen so aggressiv geworden, was meinen Sie?

Als Kind war ich wie die anderen Jungen, der tapfere Beschützer des schwachen Geschlechts und all dieser Quatsch. Und in der Pubertät war dann plötzlich alles ganz anders. Die anderen Jungen wollten Mädchen, die sie herumkommandieren konnten, aber ich war immer hinter denen her, die selbst dominieren wollten. Die fand ich viel interessanter, die waren eine echte Herausforderung.«

Das hätte mir als Teenager gerade noch gefehlt. Als wären Mädchen nicht schon an sich eine Herausforderung gewesen.

Sein Handy klingelte und er verwandelte sich. Mit einem Schlag schien er noch sehr viel kleiner zu werden. Seine Stimme wurde farblos. Sein Rückgrat krümmte sich. »Hallo, Darling«, murmelte er. »Selbstverständlich, Darling. Absolut, Darling. Wenn du es so wünschst, Darling. Ja, Darling. Mach ich, Darling.«

Er strahlte vor Wonne, als er das Handy wieder zusammenklappte. »Die Alte. Ist heute auf dem Kriegspfad. Sagt, sie schlägt mich mit dem Stock, wenn ich nach Hause komme, falls sie die Kraft dazu hat. Phantastisch.«

Sein Akzent klang meinem frisch in die Heimat zurückgekehrten Ohr einigermaßen vertraut, aber er gab sich auch Mühe. Er hatte ein teures Internat besucht und gelernt, beim Sprechen die Zähne zusammenzuhalten. Und dort hatte er auch den Rohrstock schätzen gelernt. »Das war eine dieser Schulen, wo man glaubte, Leiden stärkt den Charakter«, gab er lachend zum Besten. Ich hasse Menschen, die nichts verbittern kann – oder genauer, ich traue ihnen nicht. »Wir wurden regelmäßig geprügelt und praktisch immer ohne Grund. Ich weiß noch, wie ich einmal gezüchtigt wurde, nur weil ich schon zwei Wochen lang nicht mehr verdroschen worden war. Die gingen davon aus, dass niemand in meinem Alter so tugendhaft sein konnte, und bestraften mich, weil ich mein schlechtes Betragen so gut verheimlicht hatte. ›Es wäre viel gesünder für dich‹, hat der Rektor gesagt, ›wenn du Manns genug gewesen wärst, dich offen zu deinen Schandtaten zu bekennen.‹

Die glaubten auch, Lob wirke sich wachstumshemmend aus oder so ähnlich. Lob habe ich nur ein einziges Mal zu hören bekommen, und das war, als mich die Oberin einmal prügelte und ich keinen Mucks von mir gab. ›Tapferer Junge‹, hat sie hinterher gesagt. Und ich hab mich wochenlang gefreut wie ein Schneekönig.«

Ihm waren die Zigaretten ausgegangen, und jetzt tat er etwas ganz Außerordentliches – er bat den Burschen, mit dem er sich beinahe geprügelt hätte, um eine Selbstgedrehte. Der schien sich richtiggehend zu freuen, ihm eine geben zu dürfen. Ja, wirklich, ich verabscheue Menschen, die nichts verbittern kann. Oder konnte es sein, dass die beiden Streithähne jetzt, nachdem ihr Testosteronspiegel wieder auf Normalniveau abgesunken war, die Männlichkeit des anderen anerkannten und sich gegenseitig dafür bewunderten? Wenn es so etwas gab, würde ich es wahrscheinlich niemals am eigenen Leib erleben.

»Mit der Oberin hatte ich noch ein seltsames Erlebnis«, kicherte Cyril. »Jahre später habe ich sie wiedergesehen, in einer Telefonzelle in der Wardour Street. Das heißt, nicht sie selbst, sondern ein Foto von ihr. Sie hatte ihr Interesse an ungezogenen Jungen nicht verloren. Das heißt, sie gab sich jetzt geschäftlich mit ihnen ab.« Er schlug sich vor Lachen auf die Schenkel. Und bald hielten sich alle an den Tischen in unserer Nähe die Bäuche.

Er musste nach Hause, wollte aber noch wissen, ob ich Lust hätte, ihn bei einem seiner nächsten Jobs zu begleiten, wenn er die Sänger windelweich prügelte, die seine neue Klientin aus der Show gekegelt hatten. »Wenn es um *Star Idol* geht«, sagte ich, »könnte es schwierig für mich werden. Evelyn hat mir ganz gut gefallen und ein paar von den anderen waren auch nicht übel.« Er zuckte missbilligend die Achseln. »In meinem Geschäft ist kein Platz für moralische Rücksichtsnahmen. Damit stellt man sich ja nur selbst ein Bein.«

Ich sagte, ich sei sehr beschäftigt. Er glaubte mir nicht. »Nein, wirklich«, sagte ich. »Unsinn«, sagte er. Er duldete einfach keinen Widerspruch, und am Ende war ich einverstanden: Am nächsten Morgen um elf würde er mich abholen.

Ich ließ mich von ihm vor dem Blumenladen an der Hauptstraße absetzen, nicht vor dem Haus von Mrs. Cavanaugh. Nach allem, was ich erlebt hatte, sollte es meine gereizte Stimmung dämpfen, Kate einen Strauß Chrysanthemen zu schicken. Auf dem Begleitkärtchen erinnerte ich sie daran, wie sehr ich und mit mir Zehntausende ihrem neuen Album entgegenfieberten, hielt es dann aber für besser, es doch nicht mitzuschicken. Wenn sie das immer noch nicht begriffen hatte, würde sie es niemals verstehen.

Als ich mich mühsam aus dem Taxi schob, das mich nach Hause gebracht hatte, lauerte hinter der Hecke vor Mrs. Cavanaughs Haus der Mann aus Plaistow, der mit den gepiercten Brauen und dem Ben-Sherman-Hemd. Es schien ihm nicht zu passen, dass ich solo war. Als wäre hinten auf dem Rücksitz des Taxis noch Platz für einen Zweiten gewesen! Ich fragte ihn, wen ich denn seiner Meinung nach hätte mitbringen sollen. »Einen männlichen Popstar, der nicht schwul ist«, sagte er, »oder besser einen bekannten Fußballer oder Rugbyspieler. Oder am allerbesten einen Kabinettminister, der als treu sorgender Familienvater bekannt ist.« Ich antwortete, ich würde sehen, was sich machen ließe, könnte aber in Anbetracht meiner streng heterosexuellen Ausrichtung sicher nicht viel ausrichten.

## *Alles nur Bluff*

Prompt holte mich Cyril am nächsten Morgen im Taxi ab. Wir fuhren nach Essex. Er war sehr stolz auf das Veilchen, das ihm der Fleischberg verpasst hatte, als er, nach Bier und Zigaretten stinkend, vom Kings Bladder nach Hause gekommen war. Während unserer Fahrt schnorrte er vier Kippen vom Fahrer, der häufig Grund zum Seufzen hatte. Er zeigte uns die Villa, in der eine der Schwulen-Orgien eines berühmten Comedians damit geendet hatte, dass ein junger Mann in seinem Swimmingpool ertrunken war. Jede Menge Leute hätten angehalten und sich vor dem Haus fotografieren lassen. Unser Fahrer sagte, wenn der Comedian diesen Leuten Gebühren dafür abknöpfen würde, hätte er inzwischen genug Geld beisammen, um sich vor derlei Zudringlichkeit zu schützen. Ich schätze solche Übertreibungen eigentlich bloß, wenn es meine eigenen sind, aber so geht es sicher allen.

Unser erster Ausflug, teilte Cyril mir mit, führte uns zum Haus von Genoa, der *Star Idol*-Teilnehmerin mit dem perfekten Gesicht, die dauernd in Tränen ausbrach. Da machte sich offenbar der schwermütige italienische Zweig ihrer Familie bemerkbar. Sie weinte, egal, ob die Juroren jemandem sagten, er habe an manchen Stellen falsch gesungen oder sein Vortrag sei makellos gewesen. Sie weinte, wenn das Publikum *für* sie, und auch, wenn es *gegen* sie stimmte. Vielleicht, dachte ich, nimmt sie ja Salzersatzstoffe.

Sie lebte, wie Cyril herausgefunden hatte, wieder bei ihrer Mutter und ihrem älteren Bruder, und zwar seit sie sich von ihrem Freund getrennt hatte, einem Rugby-Star, der die Vorstellung, dass Millionen von männlichen Zuschauern jede Woche auf ihre Titten glotzten, unerträglich fand. Ihre Mutter war höchstwahrscheinlich auf Arbeit, ihr älterer Bruder, ein arbeitsloser Pianist, lag bestimmt im Bett und versuchte zu schlafen. Ich fragte mich besorgt, ob es zu Cyrils Auftrag gehörte, Genoa wehzutun, doch er versicherte mir, dass das nicht der Fall war. »Wir haben einen Moralkodex wie alle anderen auch«, sagte er beschwichtigend, »und Frauen körperliche Schmerzen zuzufügen ist definitiv tabu. Prügel kriegen nur ihre männlichen Angehörigen.«

Genoa öffnete die Tür – ihr Gesicht sah im realen Leben viel weniger perfekt aus als im Fernsehen, dafür wirkten ihre Hüften wesentlich runder. Als Cyril ihr sagte, wer uns geschickt hatte, versuchte sie uns die Tür vor der Nase zuzuschlagen, aber Cyril hatte bereits sein Füßchen drin. Schreien hätte ihr nichts genützt, denn die nächsten Nachbarn wohnten so weit entfernt, dass sie es nicht gehört hätten. Daher tat sie das, was sie am besten konnte – weinen.

Cyril erkundigte sich, ob ihr Bruder zu Hause war. Sie verneinte, worauf Cyril skeptisch eine Augenbraue hochzog und sagte, die Vorstellung, sie könne ihn anlügen, gefalle ihm gar nicht. Danach schluchzte sie nur noch lauter und sah nervös hinter sich zur Treppe. Und da kam auch jemand, der gut und gern ihr Bruder sein konnte: Unterhose, labbriges graues T-Shirt, Tränensäcke unter den Augen und die Haare gestylt wie von Jamie Oliver – mit Küchengeräten. Er roch überhaupt nicht gut. »Hallo, hallo«, sagte er. »was soll das hier werden?« Depressive haben oft den schönsten Humor, der ihnen allerdings kein Trost ist.

»Ich fürchte, deine Schwester war ungezogen, Freundchen«, sagte Cyril. »Sie hat dazu beigetragen, einen von uns bei *Star Idol* rauszuwählen.«

»*Star Idol!*«, sagte Genoas Bruder verächtlich. »Mehr als diese Musik bringt unser Land nicht mehr zustande, genau! Ein Haufen talentloser Leute winselt einem Kreis von Juroren, die ein echtes Talent nicht mal erkennen würden, wenn es auf ihrem Schoß säße, alten Mist vor. Und dann wählt ein taubstummes Publikum denjenigen, der die schönsten feuchten Augen hat.«

Genoa heulte jetzt wie ein Wasserfall, anders ließ es sich nicht sagen. Ihr Bruder verdrehte die Augen und sagte: »Du doch nicht, Gens. Du singst wenigstens saubere Töne. Halt dich zur Abwechslung mal für'n Moment raus, ja?«

Cyril räusperte sich vernehmlich. »Wenn ihr zwei euch ausgequatscht habt, können mein Kollege und ich vielleicht mal zum Anlass unseres Besuchs kommen, nämlich, euch eine Menge Kummer zu bereiten.«

»Ha!«, rief Genoas Bruder. »Die größere Aufgabe wäre, den mal für fünf Minuten zu unterbinden.«

»Red weiter«, sagte Cyril mit finsterer Miene. »Falls ich mich nicht irre, hast du eigentlich keinen Kummer, sondern eine Depression.«

»Ist das so ein großer Unterschied?«, fragte Genoa und schneuzte sich in ein Papiertaschentuch.

»Doch, schon«, sagte Cyril. »Kummer ist, jedenfalls laut *Encyclopaedia Britannica* tiefes Leid, wohingegen eine Depression dauerndes Unglücklichsein bedeutet. Der Unterschied ist meiner Meinung nach mehr oder weniger der zwischen dumpfem und akutem Schmerz.«

Die Geschwister kicherten. »Darf ich fragen, was daran so verdammt komisch ist?«

»An der *Encyclopaedia Britannica*?«, fragte Genoas Bruder zurück. »Was daran komisch ist, wenn jemand mit Ihrer Statur *die* zitiert und nicht ein Wörterbuch aus dem Schnäppchenmarkt, das merken Sie nicht?«

Cyril wollte sich nicht anmerken lassen, dass ihn die Situation amüsierte, aber es war vergebliche Liebesmüh. Er drehte das Gesicht zur Seite und brach in schallendes Gelächter aus. Diese Abreibung war ja nun wirklich comedyreif!

»Genau«, sagte Cyril schließlich, merkte aber beim Blick auf Genoa, die ebenfalls Mühe hatte, ihr Prusten zu unterdrücken, dass er gleich weiterkichern konnte. »Genau«, sagte er wieder und schaffte es diesmal, ein finsteres Gesicht zu machen. »Zeit, die Zeche zu bezahlen. Wie ich höre, ist der Herr Pianist?«

»Theoretisch ja«, sagte Genoas Bruder säuerlich, »praktisch aber nicht mehr. Ich hab aufgehört. Ein echter Musiker schafft es in diesem Land nicht, davon zu leben, nicht, wenn er nicht fröhlich lauter Mist spielt. Und dazu war ich nicht bereit. Sie wissen doch, wer in diesem Land ein Vermögen mit Musik macht, alles Flaschen, die Bässe nicht von Höhen unterscheiden können. ›Ach, Sie wollen blöde Elton-John-Songs hören, wenn Sie sich einen ansaufen, oder diesen grässlichen Robbie Williams? Na, da leg ich doch gleich was auf!‹ Arschlöcher!«

Ich schlich mich zum CD-Regal der Geschwister. So unauffällig wie möglich inspizierte ich, was sie angesammelt hatten. Keine Spur von Kate Bush, dafür aber *Under the Pink* von Tori Amos. Was Cyril ihnen auch anzutun gedachte – sie hatten es verdient!

»Ich fürchte, ich muss dir ein paar Fingerchen brechen, Freundchen«, teilte Cyril dem Bruder mit. Genoa holte hörbar Luft und brach wieder in Tränen aus. »Bitte«, winselte sie, »nicht das! Ich ruf die Produzenten an! Ich seh zu, ob sich an den Stimmen, die für mich abgegeben wurden, was machen lässt!«

»Nur zu«, sagte Genoas Bruder und hielt Cyril beide Hände hin. »Brich sie mir, wenn's dir Spaß macht. Die nützen mir sowieso nichts. Bedien dich!« Jetzt flennte er auch.

»Verdammte Scheiße!«, sagte Cyril und schob die Hände von seinem Gesicht weg. »Warum muss alles andauernd so schwierig sein?«, sagte er und wurde mit jeder Silbe wütender, bis er schließlich brüllte.

Durchaus möglich, dass die Nachbarn *das* gehört hatten. Wir anderen waren baff. Na ja, dass ich noch nie jemanden mit einer solchen Wut im Bauch erlebt habe, hätte ich auch wieder nicht behaupten können. Ich hatte ja Bill Ayres an der Junior Highschool erlebt. Und Sir Alex Ferguson.

Genoas Bruder war der Erste, der nach Cyrils Ausbruch wieder Worte fand. »Schon gut«, sagte er und streckte ihm noch einmal die Hände entgegen. »Ehrlich.«

»Simon, nicht, bitte!«, sagte Genoa und fasste nach seinen Händen.

»Wir hauen ab«, sagte Cyril zu mir in einem Ton, der keinen Widerspruch duldete. »Diese Schnepfe hat sie nicht alle. Mit dem als Bruder hat sie schon genug zu leiden.«

Er nahm mich am Arm und führte mich zum Taxi zurück, drehte sich auf halber Strecke aber noch mal zu seinem Beinahe-Opfer um. »Such dir Hilfe, Kumpel. Bleib nicht in deiner Scheiße liegen und jammer rum, wie ungerecht die Welt ist. Natürlich ist sie ungerecht. Das versteht sich von selbst. Aber es gibt pharmakologische Hilfen für solche wie dich, Serotoninhemmer und so. Lass dir welche verschreiben! Hör auf, das schwarze Loch zu sein, in das deine Schwester ewig und drei Tage ihre Liebe reinkippen muss, ohne je was wiederzukriegen. Komm aus dem Knick!«

Das war eine ziemlich geschliffene Rede, fand ich. In einem Film wäre Genoas Bruder nach diesem Vorfall ernüchtert gewesen. Aber das war kein Film, und er wurde genauso emotional wie Cyril. »Serotonin-Wiederaufnahmehemmer? Hab ich alles schon probiert!«, rief er, das Gesicht schmerzverzerrt. »Die hab ich alle durch! Und geholfen hat keiner! Fluctin? Von wegen! Cipramil? Von wegen! Fevarin? Von wegen! Floxyfral? Von wegen! Seroxat? Von wegen! Gibt nur eins, worauf man sich bei denen verlassen kann, weißt du das? Abspritzen, das kannst du vergessen, Mann! Weißt du, wie das ist, wenn du vögelst, aber nicht abspritzen kannst, du selbstgerechter kleiner Wichser? Eine Folter ist das! Nicht lange, und du lässt das Vögeln komplett. Und weißt du, wie das ist? Verdammt deprimierend, das kann ich dir sagen!« Er konnte jetzt vor Wut kaum noch an sich halten, sprang buchstäblich herum, bestimmt seit Wochen das erste Mal, dass er sich körperlich verausgabte.

»Sei du mal eine Woche an meiner Stelle, ach was, bloß mal einen Tag, du hässlicher kleiner Zwerg! Einen Tag!«

Cyril hatte sein Pulver bereits verschossen. Wir stiegen ins Taxi und fuhren weg.

Wieder sah ich mich in meinen Erwartungen getäuscht. Ich hatte damit gerechnet, dass Cyril verärgert war oder zumindest peinlich berührt. Aber er war ungefähr so irritiert, wie er es über die Mitteilung gewesen wäre, dass eine ihm unbekannte Popgruppe die Veröffentlichung ihrer nächsten Single um zwölf Stunden verschoben hätte.

Kate hielt sich nicht lange mit der unangenehmen Nachricht auf, dass die amerikanische Rock-Xanthippe Pat Benatar, die sich notorisch in Spandex zwängte, »Wuthering Heights« auf ihrem Album *Crimes of Passion* gecovert hatte, und verwirrte sicher viele ihrer Fans damit, dass sie ein Konzert von Stevie Wonder besuchte. Kaum weniger entzückt, als sie es von Lindsey Kemp gewesen war, stürzte sie sich gleich wieder in die Arbeit an »Sat In Your Lap«, ihr bis dahin percussion-sattester Song. Es ärgerte sie später gewaltig, dass manche Leute glaubten, sie habe damit Adam Ants Buschtrommel-Sound abkupfern und so Kasse machen wollen. Dabei stammten ihr Song und das Arrangement dazu aus einer Zeit, als die Ants noch lange nicht – in einem in der bisherigen britischen Popgeschichte einmaligen Vorgang – katapultartig an die Spitze gestiegen waren.

Kate glaubte einfach, einen Song mit Rhythmen anfangen zu lassen, würde ihre Musik eingängiger machen, und hatte den treuen Del angehalten, ihre Drum Machine programmieren zu lernen. Zu Weihnachten brachte sie die etwas schrille Single »December Will Be Magic Again« heraus. *Women's World* veröffentlichte ihren Artikel mit der Überschrift »Wie kann man nur tote Tiere essen?«. Es folgte von der *British Cattle Farmer's World* allerdings keine Entgegnung mit dem Titel »Wie können Sie, die Tochter eines Arztes, nur Kette rauchen?« – eine solche Zeitschrift gibt es nämlich gar nicht.

»December Will Be Magic Again« schaffte es zwar in die israelische Top Ten, verdrängte allerdings nicht die unaussprechliche Slade-Nummer, die ich nicht dadurch aufzuwerten gedenke, dass ich sage, welche es war. Julie Burchill warf Kate vor, eine »spröde Mystikerin« zu sein. Sie tröstete sich mit der Plastik von John Lennon und Yoko Ono, die für das Cover von *Two Virgins* posieren, und mit einem Exemplar des Drehbuchs zu *Magical Mystery Tour*, die sie bei einer von Sotheby's veranstalteten Auktion mit Rock-Devotionalien ersteigert hatte.

Unseren zweiten Besuch dieses Tages sollten Cyril und ich bei Ibrahim machen, der auch aus Essex stammte. Wenn Genoa untröstlich war, offenbarte Ibrahim ein unaussprechlich sonniges Gemüt. Er hatte zu denen gehört, die beim Publikum am wenigsten Punkte sammeln konnten, aber jedes Mal reagiert, als sei er gerade zum Final-Sieger gekürt worden. Er strahlte über beide Ohren und zeigte dabei seine großen Zähne, die, anders als sonst in England üblich, alle in dieselbe Richtung standen. Als die Nörgler unter den Juroren seinen Gesang als gewöhnungsbedürftig bezeichneten, hatte ihnen Ibrahim mit andächtiger Selbstbeherrschung gelauscht. Als die ausgewogeneren Juroren durchblicken ließen, dass er an Selbstüberschätzung leide, wenn er glaube, harten Rock singen zu können, und eher eine Karriere in einer Boygroup anstreben sollte, hatte er ernsthaft genickt, als sei dies der klügste Rat, den er je vernommen hatte. Offenbar handelte es sich bei Ibrahim um den dankbarsten Teenager von ganz Großbritannien. Und ausgerechnet ihm wollten wir Schmerz zufügen.

Ich fand die Vorstellung unerträglich und fragte Cyril, wie viel Andrea ihm dafür bezahlte, Ibrahim die Hölle heiß zu machen. Er erwiderte, es stehe ihm nicht frei, mir das mitzuteilen. Ich biss in den sauren Apfel und sagte, ich würde ihm zehn Prozent mehr als Andrea dafür zahlen, wenn er Ibrahim in Ruhe ließ. Cyril warf mir einen verständnislosen Blick zu, den ich bei ihm noch nicht gesehen hatte: Traurigkeit, vermischt mit Empörung. »Völlig unmöglich, darüber auch nur nachzudenken«, sagte er. »Total unmoralisch, was du da vorschlägst.«

Nach den Erkundigungen, die Cyril eingezogen hatte, lebte Ibrahim mit seiner schwangeren Frau und ihrem sechs Monate alten ersten Sohn in Harlow – nicht weit von dem Ort, wo Kate in David Gilmours Heimstudio ihre Originaldemos aufgenommen hatte. »Ich mag es nicht, jemandem eine Abreibung zu verpassen, wenn das andere mitbekommen«, sagte Cyril, »und richtig schlimm wird es für mich, wenn ich es vor den Augen der Kinder machen muss. Es zerreißt einem das Herz, wenn sie mit ihren Fäustchen auf dich eintrommeln und rufen: ›Hör auf, meinem Daddy wehzutun!‹ Bei dem ist das Balg wenigstens noch zu winzig, um irgendetwas zu kapieren.« Ich fand so viel Professionalität schon bewundernswert, auch wenn sie mich abstieß, zog in Betracht, mein Angebot zu erhöhen, und überlegte bang, dass er dann womöglich tödlich beleidigt wäre.

Ibrahims junge Frau öffnete die Tür. Sie sah aus wie um die fünfundvierzig, war vermutlich aber noch keine dreißig. Ibrahim fütterte seinen Sohn Poppy. Die Frau rief ihm zu, er habe Besuch, und mir schoss durch den Kopf, ob ich Cyril k.o. schlagen sollte.

Als ich selbst noch oft in Faustkämpfe verwickelt wurde, wohnte ich in einer Siedlung, die in circa drei Tagen auf dem Gelände einer ehemaligen Obstfarm errichtet worden war. Mein Vater musste bis zu seiner Arbeitsstelle weit fahren, aber es war das einzige Haus, das sich meine Eltern leisten konnten, und das auch nur dank beträchtlicher Unterstützung durch den Staat. Vor diesem Haus hatte ich meinem unmittelbaren Nachbarn einen Schlag auf den Kehlkopf verpasst – so gut hatten meine Chancen, einmal als Sieger aus einer körperlichen Auseinandersetzung hervorzugehen, noch nie zuvor gestanden. Und so sollten sie auch später nie wieder stehen.

Als wir in die Gegend um den Flughafen von Los Angeles

zogen – viel näher zur Arbeitsstelle meines Vaters – setzte sich die Feigheit durch, die meine genetische Veranlagung war, und ich geriet immer seltener in Streit, wenn ich auch noch ab und zu meine Fäuste einsetzte.

Eines Tages, ich war ungefähr acht, bekam ich schweren Krach mit einem Klassenkameraden, der in dem Block direkt neben unserem wohnte. Ich nahm mir vor, mir meinen tiefen Groll nicht anmerken zu lassen, und wir gingen zusammen heim. Gut hundert Meter vor der Tür zu seinem Haus sagte ich, ich hätte eine geile (es ist keine Teenager-Erfindung der neunziger Jahre, *geil* als Ausdruck der Bewunderung zu verwenden) indianische Pfeilspitze bekommen, die ich ihm zeigen wollte. Ich sagte, er solle die Hand ausstrecken und die Augen schließen. Als er es tat, schlug ich ihm mit voller Wucht ins Gesicht. Unter Tränen rannte er heim, während das Blut aus seiner Nase lief. Die Erinnerung an meine Missetat erfüllt mich noch heute mit solcher Scham, dass ich mich mit Essen bestrafen möchte.

Während wir darauf warteten, dass Ibrahim mit dem Füttern seines Sprösslings fertig wurde, merkte ich, dass mein Selbstvertrauen in mancher Hinsicht mit den Jahren immer weiter geschwunden war. Selbst wenn ich es schaffte, Cyril zu überreden, die Augen zuzumachen und ihm den kräftigsten Hieb meines Lebens zu verpassen, sprach alles dafür, dass er – immerhin ein ehemaliger Preisboxer – vom Boden wieder aufstehen und mit seinen stählernen Fäusten so begeistert Rache üben würde, dass man mich, wenn er schließlich mit mir fertig war, nur noch anhand der Zähne identifizieren konnte.

Ich würde es geschehen lassen.

Der Ibrahim, der endlich an der Tür erschien, hatte nur wenig Ähnlichkeit mit der Person, die ich aus dem Fernsehen kannte. Bei *Star Idol* war sein kunstvoll verwuscheltes Haar für die freche Moderatorin eine Quelle endloser Belustigung gewesen. Jetzt aber hätte es nicht ordentlicher gekämmt sein können. Auch die Bartstoppeln, die ich aus dem Fernsehen gewöhnt war, fehlten. Und er lächelte nicht. Sogar alles andere als das.

»Wer sind Sie und was wollen Sie?«, sagte er weniger liebenswürdig, als ich erwartet hatte. »Ich habe Mails von Fans zu beantworten. Ich habe einen Sohn, der noch gewickelt werden muss und eine Frau, die mich verwöhnen will, sobald wir alleine sind.«

»Ich fürchte, Freundchen, du bist ungezogen gewesen«, sagte Cyril und schob sein Füßchen in den Türspalt. »Du hast mitgemacht, als eine unserer Freundinnen bei *Star Idol* rausgewählt wurde.«

»Was? Meinst du etwa Andrea? Die war doch eine Null. Wir alle sind froh, dass wir den Müll wieder los sind. Und jetzt verpisst euch bitte.« Als er die Tür schließen wollte, merkte er, dass ihm Cyrils Fuß im Weg stand. »Nimm deinen blöden Fuß da weg, du kleiner Affe«, sagte er bedächtig, »oder ich brech dir sämtliche Gräten.«

Cyril war das Sinnbild der Lässigkeit. »Das glaube ich ja nun eigentlich nicht, Freundchen«, sagte er. Er zündete sich eine Zigarette an. »Ich war mal für ein Jahr Meister der Territorialarmee im Bantamgewicht. Ich hab als Amateur meine zweiundzwanzig Kämpfe alle gewonnen und fünfzehn davon durch k.o.« Jetzt kommt er gleich zu dem Teil mit den Fäusten wie Stein, dachte ich, aber das verhinderte Ibrahim, der ihn mit einem heftigen Stoß rückwärts in die Begonien des Vorgartens beförderte, wo Cyril im nächsten Moment stumm vor Staunen auf dem Rücken lag.

»Möchtest du auch?«, fragte Ibrahim und schaute mich finster an, und schon im nächsten Augenblick hatte er dafür meine ungeteilte Sympathie.

»Kein Bedarf, danke«, brachte ich schließlich heraus und bemühte mich, abgebrüht und locker zu klingen. »Ich bin nur rein zufällig hier. Viel Glück bei der Show übrigens. Wenn Sie mich fragen, läuft es auf einen Zweikampf zwischen Ihnen und Evelyn hinaus.«

Doch statt meinen durchsichtigen Versuch, mich bei ihm einzuschmeicheln, mit Verachtung zurückzuweisen, wurde Ibrahim plötzlich der, den ich aus dem Fernsehen kannte. »Glauben Sie wirklich?«, fragte er eifrig und wirkte mit einem Mal zwölf Jahre jünger. »Hey, dann würde ja ein Traum wahr werden!«

Ich fand das ziemlich ätzend und war dankbar für die Ablenkung, als sich der arme Cyril aus den Begonien aufrappelte. In Nullkommanichts war Ibrahim wieder die andere, weniger charmante Ausgabe seiner selbst. »Hol den aus den Blumen raus und dann zieht Leine«, sagte er und schlug mir die Tür vor der Nase zu.

Der Taxifahrer und ich lockten den wutschnaubenden Cyril in den Wagen. Als wir wieder auf der A24 waren, verkündete er, es würde ihn nicht kratzen, Andreas Geld zu behalten, auch wenn er Ibrahim nichts getan hatte. »Ich hab es nach bestem Wissen und Gewissen probiert«, sagte er. »Und mehr verlangt unser Kodex auch nicht von mir.« Zu der Art und Weise, wie Ibrahim ihn abgefertigt hatte, sagte er nur: »Meine Armeezeit ist ein Vierteljahrhundert her. Glaubst du denn, Muhammed Ali war fünfundzwanzig Jahre nach seinem Abgang aus dem Ring noch genauso gut in Form?«

All die Jahre, in denen er anderen seine Abreibungen verpasst hatte, hatte er also nur geblufft?

»Na klar. Wir sind doch nicht wie ihr Yankees, wir sind Engländer. Wir schlagen uns doch nicht einfach so mit Leuten oder knallen sie ab. Uns geht es doch bloß darum, sich sportlich auf die Brust zu klopfen, damit der Gegner erst gar kein Testosteron produziert.«

## *Etwas ganz Großes*

Ich fuhr mit dem Bus zum nächsten Treffen der Esssüchtigen.

Niemand merkte, dass ich den Raum betrat, und es hätte auch niemand gemerkt, wenn ich ihn wieder verlassen hätte. Alle umschwärmten Dahlia, deren Flirt mit Goth offenbar Mitte der Woche zu Ende gegangen war. »Das war einfach nicht ich«, sagte sie, und der unverkennbar in sie vernarrte Graham hätte beinahe seine Zunge verschluckt, so heftig nickte er bei Dahlias Worten. In seinen Augen konnte sie nichts Unrechtes tun.

Er war der Erste, der uns von seinen zwei Wochen erzählte. Er sei verliebt wie seit Jahren nicht, sagte er und schaute immer wieder zu Dahlia. Da er für das Objekt seiner Zuneigung so gut aussehen wollte wie möglich, war er seit unserem letzten Treffen jeden Tag ins Fitnessstudio gegangen. Dort hatte er zwar nur feindliche Blicke geerntet, aber trotzdem drei Pfund abgenommen. Nach meiner Berechnung entsprachen drei Pfund ungefähr einem dreiviertel Prozent seines Körpergewichts, doch ich neidete ihm den aufmunternden Beifall der ganzen Runde nicht, den seine aufregende Neuigkeit ihm eintrug. Falls Dahlia überhaupt bemerkte, dass sie diejenige war, die ihn in eine solche Stimmung versetzte, ließ sie sich das nicht anmerken. Sie saß die ganze Zeit, die er redete, da und bastelte an einer SMS.

Boopsie, die seit dem letzten Treffen eher gut drei Kilo zugelegt hatte, hatte ebenfalls gute Neuigkeiten. Sie sollte bei einer Anzeigenserie in Zeitungen für die erste britische Kette von Kebab-Restaurants Werbung machen. Bei der gesundheitsgefährdenden Fettleibigkeit, die im Aufschwung begriffen war, hatte ihr Agent ihr eine lukrative Zukunft als Model vorausgesagt, vorausgesetzt, ihre eigene Fettleibigkeit führte nicht zu ihrem vorzeitigen Ableben.

Dahlia hatte sogar noch aufregendere Neuigkeiten. Veranlasst durch den Erfolg der ersten Staffel der Reality-Show *Star Idol* hatte Englands stärkster Privatkanal hastig mit der Produktion einer dritten Staffel *Megastar* begonnen, deren früherer Erfolg wiederum das Vorbild für *Star Idol* gewesen war. Der ursprüngliche *Megastar* war die Starthilfe für Daryn Doll gewesen, den Teenager mit dem feucht verschleierten Blick und der Hasenscharte, dessen verängstigtes Jaulen »Unchained Melody« und »I Will Always Love You« zum neunten beziehungsweise sechsten Mal zu Hits gemacht hatte. Groß herausgekommen war dadurch auch Vinod, der sich ursprünglich als männliche Britney Spears aus Sri Lanka positioniert hatte, dann aber zu der Einsicht gelangt war, dass er seiner künstlerischen Vision treu bleiben müsse und im Fernsehen fortan nur noch in Jeans mit zerfetzten Knien auftrat. In der zweiten Staffel der Show waren zehn Jungen und Mädchen für zwei »Bands« gecastet worden, um deren Betreuung sich zwei Juroren kümmerten, die Topmanager in der Musikindustrie waren. Die Girls waren im vorigen Jahr DER Weihnachtshit geworden, die Boys hatte man, als sie zu ihrem zweiten öffentlichen Auftritt unterwegs waren, aus ihrer Limousine gezerrt und zusammengeschlagen.

Marktanalysen hatten erbracht, dass die Zuschauer während der beiden bisherigen Wettbewerbe emotional am stärksten von Daryn angesprochen wurden, dem mit der Hasenscharte, von Claudine, einem Mädchen aus Norfolk mit einer Fehlstellung des linken Fußes, das Platz drei belegte, aber auch von einem blinden Jungen aus Plymouth. Die Produzenten ließen daraufhin zur Reinkarnation des Wettbewerbs nur Teilnehmer der Altersgruppe zwischen 18 und 26 mit anrührenden gesundheitlichen Beschwerden oder herzzerreißenden Gebrechen zu. Und wer konnte besser durch eine solche Show führen als Dahlia, die so fett war, dass sie sich kaum noch rühren konnte?

Eine ganze Weile schon hatte keiner von uns mehr ein Wort

über seine eigenen Essprobleme verloren. »Aber ist das nicht wieder mal ganz typisch«, sagte Crinolyn nun in bitterem Ton. »Der mit der Hasenscharte wird dem Prinzen von Wales vorgestellt und der mit dem Gewichtsproblem vor die Tür gesetzt.«

Ich nahm den Bus nach Hause. Während der langen Fahrt fiel mir ein, dass ich Kate über die Jahre vermutlich mehr Blumen geschickt habe, als 1997 den Weg des Leichenzugs von Prinzessin Diana säumten. Bloß zum Spaß versuchte ich auszurechnen, wie viel Geld ich in den vergangenen zwölf Monaten für Geschenke an Kate ausgegeben hatte, und kam schließlich auf etwas über 2000 Pfund. Es half alles nichts: Wenn das Geld, das ich von meiner Mutter geerbt hatte, weg war, musste ich Kate weniger oder nicht mehr so teure Geschenke schicken.

Das eigentlich Frustrierende daran war natürlich, dass ich nie in irgendeiner Form einen Dank erhalten hatte: für die Millionen von Blumen, die Ströme von Cognac, für die Dutzende von Büchern und Zeitschriftenabonnements, die Berge von Schuhen, Handtaschen und Schals, die Hunderte von Ohrringen, Armbändern und Halsketten und auch für die Unterwäsche zum Valentinstag, die ich Kate geschickt hatte, da meine Intuition es mir eingab, und zwar an ein halbes Dutzend Anschriften, die ich entweder aus dem Internet gezogen oder mir von anderen Katefans hatte aufspüren lassen. Zusätzlich zu der Villa auf einer Insel in der Themse in Berkshire besaß sie angeblich noch eine geräumige viktorianische Villa in Greenwich, eine Luxuswohnung mit Blick auf den Fluss in Battersea und ein paar andere Domizile, die ich aus Rücksicht auf meine Quellen, die mich zur Geheimhaltung verpflichtet haben, nicht nennen kann.

Wie Sie sich bestimmt denken können, haben die anderen Katefans, mit denen ich im Austausch stehe, hohe Preise für ihre Informationen verlangt. Einem Holländer musste ich eins meiner zwei Exemplare der in Kanada zu Promotionzwecken herausgebrachten LP *An Interview With Kate Bush* (EMI America SPRO 282) für die Adresse ihrer Penthaus-Wohnung in Brighton geben, ein Verlust, der mich jedoch nicht so geschmerzt hat wie die Tatsache, dass mich ihre E-Mail-Adresse das einzige Exemplar der kanadischen Promo-Pressung von »Wow« auf gelbem Vinyl und eins der drei Exemplare der rosa-weißen kanadischen Pressung von *Hounds of Love*, wiederum zu Promotionszwecken erschienen, gekostet hat.

Wie Sie sich vielleicht auch denken können, hat mir Kates Schweigen wehgetan. Ich will es nicht leugnen: Ich wäre über die Maßen entzückt, wenn sie die Zeit fände, mir einmal zu danken. Auf seltsame Art hat ihr Schweigen aber auch etwas Wohltuendes. Andere können zwar ebenfalls von ihrer Verehrung für Kate berichten, ich jedoch kann meine belegen. In dem separaten Ordner, in dem ich meine ihr geschickten Mails sammle, sind fast zweitausend verschiedene Gegenstände dokumentiert, während der zweite Ordner, den ich für ihre Antworten angelegt habe, leer ist. Hätte jemand, der sie weniger liebt als ich, nicht längst aufgegeben?

Zurück in meinem Zimmer, steckte Duncan den Kopf bei mir herein und fragte mich, ob ich ihn am Wochenende zur Schwul-und-Stolz-Parade begleiten würde. Wollte er mich verführen oder zumindest für irgendetwas ausbeuten? Wie weit konnte sich einer mit meiner Statur seiner Meinung nach schleppen, bevor er den ganzen Umzug durcheinander brachte und damit den Fortschritt und die »Agenda der Homosexuellen« aufhielt? »Ach«, sagte er, »wer nicht wagt, der nicht gewinnt.«

Er schien nicht geneigt, sich wieder trollen zu wollen. Nur um überhaupt etwas beizutragen, fragte ich, ob er nicht auch finde, dass Schwul-und-Stolz keine besonders glückliche Bezeichnung sei. Wenn man auf etwas stolz ist, sagt man damit nicht, dass man sich das selbst so gewählt hat?

Duncan zog die Stirn misstrauisch in Falten. »Die Schwulen haben die Schnauze voll davon, sich für das zu schämen, was sie sind«, sagte er. »Und an der Stelle kommt dann der Stolz rein.«

»Klar sind sie bedient, ist ja auch verständlich«, stichelte ich. Aber würden sie denen, die ihnen vorwerfen, absichtlich pervers zu sein, nicht weniger in die Hände spielen, wenn sie ihren Umzug *Schwul-aber-nicht-peinlich* nennen würden?«

Er stand auf, hatte endlich genug von mir. »Ich bin gekommen, weil ich Sie zu was einladen wollte, und nicht, um semantische Spielchen zu spielen. Arschloch.« Ich hatte mein Zimmer wieder für mich.

Dahlias Auftritt kam im Fernsehen. Die Behauptung, dass eine Kamera dicker macht, stimmte. Sie stellte die drei Juroren der Show vor, machte fröhlich Smalltalk, so als würden sie sich seit Ewigkeiten kennen. Die eine war eine permanent verblüfft aussehende ehemalige Disco-Queen, die zu Beginn der Neunziger ein paar Hits unter den Top 20 gehabt hatte. Als sie dem Publikum vorgestellt wurde, lächelte sie nicht, wohl deshalb, weil entscheidende Gesichtsmuskeln durch Botox lahm gelegt waren.

Ihr zur Linken saß der ehemalige Assistent von Shania Twains Visagistin, ihr zur Rechten ein PR-Mann von einer großen Plattenfirma.

Eine schwerhörige Perle aus Darlington sang ein paar Takte eines Celine-Dion-Hits, der mir nie gefallen hatte. Dafür, dass sie sich selbst kaum hören konnte, war sie nicht mal so schlecht. Als Nächster kam ein smarter Epileptiker aus Lincoln, der das unvermeidliche »Back For Good« von Take That hinter sich brachte, ohne einen Anfall zu kriegen. Wir mussten es ihm einfach abnehmen, dass er das Leiden, das er zu haben behauptete, auch wirklich hatte.

Danach erschien zu meinem Erstaunen – keine andere als Mrs. Cavanaughs Tochter Cathy, so zerbrechlich, dass sie in einem Rollstuhl hereingefahren werden musste. Sie sang ausgerechnet »Unchained Melody« und machte es zu ihrem eigenen Song. Sie war wirklich und wahrhaftig richtig gut, eine der besten Sängerinnen, die ich in diesen Shows je gesehen hatte.

Der ehemalige Assistent von Shania Twains Visagistin brach sich beinahe einen ab, um mehr als nur »Wunderbar!« rüberzubringen, und die Disco-Queen erklärte Cathy für *echt* spitze. Der Plattenmensch gähnte theatralisch und sagte, bei dem Auftritt habe er die erste Kandidatin, die Schwerhörige, beneidet. Das Studiopublikum grölte seinen Protest heraus. Die Disco-Queen nannte ihn Ignorant, und das Studiopublikum bestätigte ihr Urteil durch frenetischen Beifall.

Der Visagist sah das Menetekel. Ohne Umschweife ging der Plattenmensch nun auf die nächste Kandidatin los, ein rundliches Mädchen aus Swansea, das offenbar unterschiedlich lange Beine hatte, wie man aus der dickeren Sohle unter einem Schuh schließen konnte. Er attackierte sie so scharf, als hätte sie persönlich den Prostatakrebs erfunden. Sein Opfer schaute bei dem Angriff so peinvoll drein, dass man meinte, ihr stülpe sich gleich der Magen nach außen.

Die Disco-Queen erklärte sie zwar noch für spitze, doch es war zu spät. Das Mädchen erbrach sich zwischen seine Füße. Dahlia führte sie weg, während ein erboster Techniker mit einem Lappen auf die Bühne gerannt kam.

Es war wunderbares Fernsehen, aber mir wurde klar, dass es von nun an bergab gehen würde, da der Höhepunkt erreicht war. Ich schaltete den Apparat aus und begab mich, was ich schon seit Monaten nicht mehr getan hatte, an die frische Luft, um mich zu bewegen.

Ich staunte, wie tief ich gesunken war. Während meiner Model-Karriere hätte ich an keinen bloßen Spaziergang gedacht, sondern an einen wunderbaren langen Lauf, gekrönt von einem Sprint den La-Cienega-Hügel hinauf zum Sunset Boulevard. Wenn ich bei den Walkern ankam, die sich regelmäßig an dieser Ecke trafen, schwamm ich selber bereits in meinen Endorphinen, war schweißnass und strotzte vor purer Kraft, wollte es der ganzen Welt zeigen, zumindest so lange, wie die Endorphine in meinem Blut noch nicht wieder verdünnt waren. Und jetzt fragte ich mich bang, ob ich eine Runde um den Block schaffen würde.

Ich fand meine Trainingshose, die ich seit meinem Einzug bei Mrs. Cavanaugh nicht getragen hatte. Zu meiner Verblüffung passte ich sogar noch rein. Ich suchte in meiner Kommode nach einem Stirnband, doch als ich es um hatte, betrachtete ich mich im Spiegel – ich sah wie ein Idiot aus. Ich überlegte, ob ich das Ganze auf einen anderen Abend verschieben sollte, wenn es wärmer war oder kühler oder wenn ich früher losgehen konnte – oder später. Es fehlte nicht viel, und ich hätte den Fernseher wieder eingeschaltet, ging aber schließlich doch hinaus. Oh, die Endorphine!

Unmittelbar vor dem Haus braute sich etwas zusammen, das nach Krawall aussah. Normalerweise mache ich um Krawalle immer einen großen Bogen. Aus Angst, dass dort Leute mitmischen, die andere angreifen und mich dadurch zwingen, eine Entscheidung zu treffen: zwischen dem, was ich für meine moralische Pflicht halte, und der Demütigung durch den oder die Angreifer, die ich mir gern ersparen würde.

Vor vielen Jahren fuhr ich einmal mit Babooshkas Mutter im Bus nach Oahu. In unserer Sehnsucht danach, miteinander allein zu sein, hatten wir uns für die Inselseite gegenüber der von Honolulu entschieden. Auf der Rückfahrt war ein Hippie, der einen liebenswürdigen Eindruck machte und aussah wie der Sänger von Jethro Tull, in den Bus eingestiegen und hatte angefangen, alle in seiner Nähe Sitzenden anzuquatschen. Etliche Meilen weit bestand der Mann nur aus Frieden, Liebe und gnadenloser Freundlichkeit. Auf einmal aber wurde er plötzlich aggressiv und provozierte die Leute. Nachdem er das schwarze amerikanische Pärchen ein paar Reihen hinter sich entdeckt hatte, ließ er rassistische Sprüche vom Stapel. Ich war empört, wies aber wie üblich alle Verantwortung von mir. Wenn ihn das Pärchen ignorieren konnte, sagte ich, konnte ich das auch, sollte es vielleicht sogar und nicht versuchen, den Helden zu spielen.

Es wurde nicht besser. Der Langhaarige, der das schwarze Pärchen unbedingt zu einer Reaktion veranlassen wollte, ging dazu über, allen zu sagen, wie sehr er Mexikaner hasste. Er persönlich habe im Auftrag der CIA schon viele Mexikaner umgebracht. Die Tatsache, dass er unübersehbar durchgeknallt war, machte es mir ein wenig leichter (aber nur ganz wenig), ihn zu ignorieren.

Er wollte aber nicht ignoriert werden. Er hasste nämlich nicht nur Mexikaner, sondern auch Hawaiianer, von denen ziemlich viele im Bus saßen. Er wollte bei nächster Gelegenheit auch von denen so viele wie möglich umbringen – eine Erklärung, die einen muskelbepackten hawaiianischen Teenager dazu brachte, aufzuspringen und »Halt die Fresse, du verrücktes weißes Arschloch!« zu schreien.

Der Langhaarige wollte es nun nicht zulassen, dass ein Dunkelhäutiger auf diese Weise mit ihm sprach, und stand ebenfalls auf, woraufhin der Hawaiianer ihm eins auf die Nase gab, aber nur so fest zuschlug, dass der wiederum eine Machete hervorzog, scharf genug, um damit den Busmotor in Stücke schneiden zu können.

An dem Punkt kickte ich, der ich immer meine Haut zu retten gedenke, den Ball in eine Richtung, für die ich mich bis ans Ende meiner Tage schämen werde. Der Langhaarige stand zwischen mir und dem hawaiianischen Teenager, hatte mir den Rücken zugekehrt. Wäre ich ein Mann gewesen, wäre ich ihm von hinten auf den Rücken gesprungen oder hätte ihm wenigstens einen Fausthieb auf den Rücken oder den Schädel verpasst. Doch stattdessen beeilte ich mich, mit allen anderen aus dem Bus herauszukommen. Dass der Hawaiianer in diesem Bus sein Leben nicht verlor, hatte nichts damit zu tun, dass ich meiner Verantwortung gerecht geworden wäre, vielmehr nur damit, dass Gott wenigstens einmal aufpasste.

Die Situation auf der Straße vor Mrs. Cavanaughs Haus

verlangte kein solches Eingreifen meinerseits. Hier krakeelten bloß zwei immer wütender werdende Kerle, die offenbar um einen Parkplatz stritten.

Wie sich herausstellte, waren es ein Boulevardjournalist mit Halbglatze und dunklen Schweißflecken unter den Ärmeln seines zerknitterten Jacketts und ein nach neuester Mode gekleideter junger Asiate. Letzterer hatte seinen »Hab-dich-lieb«-Smart offenbar gerade in die Parklücke gesteuert, in die der Journalist seinen schwer verbeulten, gut zehn Jahre alten Vauxhall hatte quetschen wollen. »So viel Platz brauchen Sie für Ihre Streichholzschachtel ja nicht«, schimpfte der Journalist. »Sie finden doch fast überall was.«

Der junge Asiate verdrehte herablassend die Augen. »Ich könnte versuchen herauszufinden, wem die Autos vor und hinter meinem gehören, und die Leute bitten, ein bisschen weiter ranzurücken, damit nicht so viel Parkplatz verschenkt ist, wenn Ihnen das was bringt.«

»Sparen Sie sich Ihren Sarkasmus für Typen, die bessere Verwendung dafür haben«, knurrte der Journalist. »Sie verschwenden hier mit ihrem Schwulenmobil Parkplatz, dabei können Sie parken, wo Sie wollen, und ich nicht, denn mein Wagen ist viel größer. Eigentlich simple Physik, oder?«

»Sie beschimpfen mich als Schwulen, weil ich so verantwortungsbewusst bin, ein Auto mit einem viel umweltfreundlicheren Motor zu fahren als Sie, und dafür soll ich mich mit einem kleinen Parkplatz begnügen, ja? Offenbar fehlt es Ihnen an Verstand, aber das ist nicht mein Problem.«

»Mr. Großmaul, ja?«, knurrte der Journalist geplättet. »Feine Pinkel wie Sie verstecken sich immer hinter solchen aufgeblasenen Wörtern, wenn sie mal jemand für ihr lausiges Benehmen zur Rechenschaft zieht.« Einer aus der kleinen Menge, die sich um die beiden gebildet hatte, genoss die Ironie des Ganzen, die dem Journalisten selber aber entging. Er und der Asisate standen sich schon so dicht gegenüber, dass sie fast mit der Nasenspitze zusammenstießen.

»Wieso kommen Sie darauf, dass ich ein feiner Pinkel bin?«, fragte der Asiate.

Der Zorn des Journalisten war jetzt kaum noch zu bremsen. Die beiden drückten schon die Nasen aneinander platt. »Sie glauben wohl, wir vom Boulevard wüssten nicht, dass Ihr von den Hochglanzmagazinen auf uns runterseht? Ne, ne, das wissen wir nur zu gut, Freundchen.«

Nun ging endlich jemand dazwischen, der Manns genug war, wozu ich mich ja nicht entschließen konnte – eine Frau nämlich. Sie war ebenfalls Asiatin, aber mit viel dunklerer Haut als der Smart-Fahrer und mit schimmerndem glattem Haar. »Jetzt machen Sie mal einen Punkt, Sie beide«, sagte sie in einem leicht ungeduldigen, aber vor allem amüsierten Ton einer Lehrerin. »Ringsherum gibt es noch jede Menge Parklücken. Außerdem kann jeden Moment wieder was frei werden. Ist es da wichtiger, dass man sich gegenseitig so beschimpft?«

Der Hochglanzjournalist machte ein betretenes Gesicht und reichte dem Boulevardkollegen die Hand, was der aber nicht bemerkte, weil er sich gerade herumdrehte.

Sein Blick fiel auf mich. »Hey, Sie«, sagte er so laut, dass die anderen es hörten, »vielleicht könnten Sie mir helfen, einen Parkplatz zu finden, der für meinen verantwortungslosen Vauxhall groß genug ist. Aber den fahr ich nicht, weil ich wild darauf bin, die Ölreserven der Welt aufzubrauchen, sondern weil ich mir was Neueres nicht leisten kann. So üppig ist das nämlich nicht, was man als freier Journalist für den *Mirror* verdient.«

Wie lehnt man eine solche Aufforderung ab?

Ich fragte, wer der Asiate mit dem Smart war. »Freiberufler, schreibt Klatschgesichten für diese Hochglanzmagazine mit den kurzen Namen. Diese Leute bilden sich ein, ihr Dreck stinkt nicht mehr, wenn sie ihn zwischen glänzende Titelseiten stecken. Arrogante kleine Arschlöcher.«

Ich fühlte mich verpflichtet mitzuteilen, dass ich nicht George Clooney war und es sich deshalb nicht lohne, sich an meine Fersen zu heften, vor allem nicht bei diesem unfreundlichen Wetter. Der Mann musste mich ansehen, um sich zu vergewissern, dass ich keinen Scherz machte. »Ihretwegen bin ich nicht hier, mein Freund«, sagte er. »Mir geht's um Cathy Cavanaugh. Haben Sie heute Abend *Megastar* gesehen? Morgen früh spricht das ganze Land über das Mädchen. Derjenige, der die intimsten und peinlichsten Geschichten über sie oder ihre Familie rauskriegt, hat für die nächsten Wochen ausgesorgt.«

Es dauerte eine Weile, bis er einen Parkplatz gefunden hatte. Es waren eine Menge Leute unterwegs, die dasselbe suchten, aber niemand mit einem Smart. Als wir zurückkamen, stellten wir fest, dass es auf meiner Straße kein Durchkommen mehr gab. Ich sah, dass Mrs. Cavanaugh und Gilmour vor der Tür der Pension standen und zu einer kleinen Meute sprachen, deren Rand wir uns so schnell hinzugesellten, wie es meine Leibesfülle zuließ.

»Ich sage Ihnen die Wahrheit«, sagte Mrs. Cavanaugh gerade erschöpft, aber auch ein wenig ängstlich, »sie ist nicht da.«

»Dürfen wir dann wenigstens mal kurz reinkommen und uns ihre persönlichen Sachen ansehen«, sagte die Frau aus Sri Lanka mit dem schimmernden Haar, die den Boulevardjournalisten und Mr. Smart getrennt hatte. Ihr Ton war leicht gereizt, leicht vorwurfsvoll.

»Wer nur einen Zeh über die Schwelle dieses Hauses schiebt«, rief Gilmour, »den mach ich so fertig, dass man ihn hinterher nur noch anhand seines Zahnstands identifizieren kann.«

Mrs. Cavanaugh zuckte zusammen. »Es gibt absolut keinen Grund, warum Sie uns gegenüber diesen Ton anschlagen, Sir«, sagte die Frau aus Sri Lanka. »Wir machen nur unsern Job oder zumindest unsern Zweitjob. Ich für meinen Teil arbeite tagsüber zum Beispiel in der IT-Branche, wie Sie aus meinem Aussehen sicher schon geschlossen haben.«

»Auch wir haben ein Recht auf Privatleben«, sagte Gilmour.

»Das sehe ich ein wenig anders«, erwiderte die Frau aus Sri Lanka. »Das kriegen wir V. I. P.-Journalisten zwar immer wieder zu hören, aber ich muss darauf hinweisen, dass Ihre Familie auf das Privileg eines Privatlebens verzichtet hat, als Ihre kleine Cathy Teilnehmerin am *Megastar*-Wettbewerb wurde.«

»Aber das war nur Cathy«, platzte Mrs. Cavanaugh heraus, der man die innere Anspannung mit jeder Minute deutlicher ansah. »Was ist mit uns anderen, die wir in dem Punkt doch eher vorsichtig sind?«

Die Frau aus Sri Lanka seufzte ein wenig gönnerhaft, wie mir schien. »Sie lesen wohl keine Hochglanz-Gazetten, gute Frau?«

»Ich les den *Guardian*. Und hin und wieder noch den *Independent*.«

»Wenn Sie sich ab und zu dazu herabließen, aus Ihrem Elfenbeinturm herabzusteigen, wüssten Sie, dass auch im Bereich der V. I. P.-Berichterstattung die Söhne und Töchter für die Sünden der Väter und Mütter büßen. Falls Sie verstehen, wie ich das meine. Das gilt natürlich auch umgekehrt.«

»Wie reden Sie denn mit uns!«, brummte Gilmour. Ich glaube nicht, dass er verstanden hatte, was die Frau aus Sri Lanka gerade sagte, aber alle ringsum wussten ganz genau, wie es gemeint war.

Der Asiate, der von dem Boulevardjournalisten beinahe eins gewischt bekommen hätte, mischte sich ein. »Meine Kollegin wollte darauf hinweisen, dass Familie und Freunde und sogar flüchtige Bekannte in der Klatsch- und Tratschkultur Freiwild sind.«

»Wenn Sie nicht gewollt haben, dass wir hier sind«, pflichtete der Boulevard-Schreiberling bei, »hätten Sie Ihrer Tochter und Ihrer Schwester nicht erlauben dürfen, im Fernsehen aufzutreten und das Herz der Leute zu entflammen.« Sein Ton ließ darauf schließen, dass er meinte, Klartext geredet zu haben, wo die Asiatin bloß dunkel geraunt hatte. »Wie ist es jetzt? Können wir uns ihre Bude mal kurz ansehen?«

Noch ehe Gilmour seine finstere Drohung wiederholen konnte, entstand hinter uns Bewegung. Ein schwarzer Mercedes war, aus der Vicarage Road kommend, in unsere Straße eingebogen und wollte jetzt, weil hier kein Durchkommen mehr war, wieder zurücksetzen. Inzwischen war der Rückweg aber durch neu hinzugeströmte Klatschsüchtige versperrt. »Da ist sie! Da ist Cathy!«, schrie jemand. Und im Nu war es wie eine Neuauflage der Beatles-Manie: Die Leute fielen wie Kakerlaken über den Mercedes her.

Für jemanden mit meiner Figur war das zu viel der Aufregung. Ich ging ins Haus und schaffte es auch, mich an Gilmour vorbeizuzwängen, obwohl der mittlerweile danach schmachtete, jemandem – egal wem – ein paar Knochen zu brechen. In der Küche, ich sah es konsterniert, saß Cathy, und auf meinen unwillkürlich ausgestoßenen Schrei hin kamen Mrs. Cavanaugh und Gilmour angerannt.

Mrs. Cavanaugh brach beim Anblick ihrer Tochter in Tränen aus und schloss sie so fest in die Arme, dass ich Angst hatte, sie könnte ihr die Luft nehmen. »Ich dachte, du bist da draußen in dem Auto. Ich dachte schon, wir hätten dich verloren.«

»Die in dem Auto ist eine Doppelgängerin«, sagte Cathy. Sie sah sehr, sehr müde aus, fast als stünde sie mit einem Bein schon im Grab. »Ich hab schon bei einer Plattenfirma unterschrieben, das ist toll. Die lassen alle ihre Stars doubeln. Gute Arbeit, dass da jemand dran gedacht hat.«

»Aber das arme Ding da draußen!«, jammerte Mrs. Cavanaugh. Sie hatte nun mal ein gutes Herz.

»Eine Asylantin. Sie hätten sie nächste Woche abgeschoben, wenn sie den Job nicht angenommen hätte. Ist zwar heftig, aber es war ihre eigene Entscheidung. Und sie hat ja schließlich einen Fahrer und zwei Bodyguards mit im Auto sitzen.«

»Wir haben die Show aufgenommen«, sagte Gilmour. »Du warst umwerfend. Komm, sieh's dir an.«

Mr. Halibut war, angelockt von dem Krach, heruntergekommen, und er und ich griffen Cathy unter die Arme und führten sie in die Diele. Gilmour fand die Stelle auf dem Video, wo ihr Auftritt begann, der beim zweiten Hören sogar noch besser klang. Mir war vorher nicht aufgefallen, dass dem Visagisten und dem PR-Mann die ganze zweite Hälfte des Songs hindurch der Mund offen gestanden hatte. Doch wir konnten sie nicht zu Ende ansehen.

Cathy riss vor Entsetzen die Augen auf. »Halt an!«, schrie sie. »Bitte! Ich will das nicht sehen!«

»Aber du warst wunderbar, Schatz!«, sagte Mrs. Cavanaugh flehentlich. »Genauso hat Kate sich auch gefühlt, als sie hinterher ihren ersten Auftritt in *Top of the Pops* gesehen hat. Sie hat gesagt, sie sei sich vorgekommen, als habe sie sich beim Sterben zugesehen. Aber die Zuschauer fanden es wunderbar. Für manche hat er ihr ganzes Leben verändert, dieser eine Auftritt, auch wenn Kate ihr Bühnenkostüm hinterher nicht mehr gefiel.«

Cathy schluchzte. »Habt ihr gesehen, wie fett ich da aussah? Habt ihr das gesehen? Und habt ihr gehört, dass ich bei *Herz* viel zu hoch war? Oh, mein Gott, oh, mein Gott!« Sie sah mich an. »Haben Sie noch was von Ihren Antidepressiva?« Ich erschauerte vor Abscheu und sie drehte sich zu Gilmour um: »Kurt Cobain hat es mit einem Gewehr gemacht. Kannst du mir eins besorgen? Von deinen Kumpels vielleicht?«

Mrs. Cavanaugh gab ihr eine Ohrfeige. Ich hatte noch nie erlebt, dass sie die Beherrschung verlor, aber war sie nicht eben böse gereizt worden? »Du hörst sofort auf, solchen Unsinn zu reden, Cathy! Hast du verstanden?«

Verstanden hatten sie vermutlich sogar die Bodyguards in dem Mercedes auf der Straße – und das durch das Panzerglas hindurch. »Hast du mir und deinen Brüdern nicht schon genug Schande gemacht? Schäm dich! Schäm dich, du!«

Das genügte jedoch nicht. Als Teenager sah Cathy es wohl als ihr von Gott gegebenes Recht an, allen, die sie liebten, das

Leben zur Hölle zu machen. »Na, entschuldige, Mum, dass ich eine heimtückische Krankheit hab, gegen die ich nichts tun kann!« Ihre Augen füllten sich mit Tränen. »Wenn ich Leukämie hätte, würdest du mich bestimmt nicht so anschreien.«

Mrs. Cavanaugh holte aus, um ihr noch eine Ohrfeige zu verpassen, sackte dann aber in die Knie: wie eine Marionette, deren Fäden gerade jemand abgekappt hatte. Sie wollte weinen, hatte aber keine Tränen mehr und wiegte sich nur hin und her, hin und her.

Dafür brach jetzt Cathy in so viel Tränen aus, dass es für beide reichte. Der schweigsame Gilmour schloss sich an. Die drei klammerten sich aneinander, als ginge es um ihr Leben. Mr. Halibut und ich sahen uns an. Wir kamen uns wie Störenfriede vor und verdrückten uns nach oben.

Durch mein Fenster sah ich, wie die Paparazzis über den Mercedes herfielen, an die Scheiben trommelten, an den verriegelten Türen zerrten und sogar den Kofferraum zu öffnen versuchten. Als sie merkten, dass das Auto ein paar Zentimeter rückwärts zu fahren versuchte, legten sich zwei auf die Straße, woraufhin andere in einen Sprechchor verfielen: »Ihr Blut klebt an deinen Händen! Ihr Blut klebt an deinen Händen!« Ich musste an meine Collegezeit zurückdenken, aber die radikalen Studenten der Sechziger inszenierten das besser als der Haufen hier. Da sie sich nicht die Beine überfahren lassen wollten, rutschten die beiden Opferlämmer aus der Gefahrenzone. Der Mercedes kroch im Schneckentempo rückwärts, aber er fuhr! Als schließlich ein Polizist auftauchte und die Aktion für beendet erklärte, war er schon halb in Freiheit.

## *Besonders gewieft*

Am nächsten Morgen wachte ich davon auf, dass jemand ungeduldig an meine Tür hämmerte. Es war Duncan, aber er wollte mich weder verführen noch zu einer Schwulenparade mitschleppen. »Du beschissener Judas« brüllte er, als ich ihm geöffnet hatte. »Du Kollaborateur! Du gemeiner Verräter!« Ich hoffte, dass ich noch träumte, aber er packte mich alles andere als träumerisch an der Schlafanzugjacke und schob mich rückwärts auf einen Stuhl. Knallte mir die Morgenausgabe der *News Of The World* auf den Schoß. Die Schlagzeile schrie: CATHY DIE GROSSE. ENGLAND LIEBT DICH!

Sie singt ein Lied im Fernsehen, und schon ist sie CATHY DIE GROSSE?

»Aber das ist es ja gar nicht mal«, sagte Duncan, als könne er meine Gedanken lesen. »Wie konntest du nur? Wie konntest du nur!«

Ich konnte nicht und hatte nicht. Und sagte es ihm.

»Aber du bist der Einzige, von dem sie das haben können«, sagte er, »du oder … dieser Kerl, der sich um mich und die Tochter meines Partners gekümmert hat. Oh, Mann!« Er schüttelte verdrossen den Kopf.

»Schön, du magst sie nicht«, sagte er schließlich und seufzte. »Aber die verstehen sich auf ihr Handwerk. Sind sogar verdammt gewieft.«

»Sie verdienen ihre Brötchen damit«, ich zuckte die Schultern, »zumindest diejenigen, die tagsüber keine gut bezahlten IT-Jobs machen.«

Er ging und ich schaltete den Fernseher ein. Wenn ich vormittags auf war, sah ich mir gerne neue Folgen von *Trina* an, wo lüsterne, mehrfach gepiercte junge Rowdys die Ergebnisse von Vaterschaftstests erfuhren, die auf Veranlassung ihrer Schlampen von Freundinnen durchgeführt worden waren.

Ich bekam nie genug von diesen jungen Kerlen, die Trina beteuerten, sie könnten unmöglich der Vater dieses Kindes sein – sie hatten doch nur einmal mit diesen unförmigen Mädchen gevögelt! Und jetzt wollten die ihnen das anhängen! Biologie wurde in den staatlichen Schulen Großbritanniens offenbar noch luschiger unterrichtet als in meinem prüden Land.

An diesem Vormittag ging es allerdings nicht um die Ergebnisse von Vaterschaftstests. Das Thema war vielmehr *Meine talentierte Tochter hatte keine Chance bei Megastar, weil sie nicht magersüchtig ist*. Ein Arbeiter aus Scunthorpe redete auf Trina erregt ein, dass seine Familie seit Jahren auf Luxus wie Kabelanschluss verzichtete, damit seine Tochter Julie, die den sonst bei ihr auftretenden ledigen jungen Müttern glich wie ein Ei dem anderen, Gesangsunterricht nehmen konnte. Und als ihre große Chance dann gekommen war? Dann war's vorbei! Denn die Produzenten von *Megastar* gingen angeblich nur nach dem Äußeren, sie wollten bloß Kandidaten mit herzzerreißenden Krankheiten.

»Das ist so unfair«, quengelte Julie, die sich offenbar einbildete, ihre Singstimme sei so schön, dass sie strähniges, fettiges Haar, Sommersprossen, eine große Nase, einen Anflug von Damenbart, ein Doppelkinn, kleine Brüste über fettem Bauch und breiten Hüften, dicke Beine, riesige Füße und ein grelles Make-up wettmachen konnte. Wenn Großbritannien dieses Mädchen nur einmal zu hören bekommt, dachte ich, kann sich Kylie Minogue Arbeit als Putzfrau oder in der Marktforschung suchen. »Und bloß, weil ich eine normale Figur hab.«

Trina holte einen anderen Gast herein, einen ausgemergelten Bulimiker aus Reading, der am Abend zuvor auch, allerdings mit weniger spektakulärem Ergebnis als Cathy, in *Megastar* gesungen hatte. Seiner Meinung nach war es höchste Eisenbahn, dass mal andere als »bescheuerte Stinos«, wie er sich ausdrückte, mit Unterhaltung Geld verdienten. Alle Essgestörten im Studiopublikum – und es waren ungefähr die Hälfte – applaudierten so heftig, wie ihre schwachen Körperkräfte es zuließen.

»So ein Quatsch!«, ließ sich darauf Julies Vater aus Scunthorpe vernehmen. Er betrachtete Julie wohl mit liebenden Augen. »Wer zwingt Sie denn, zu essen und das Zeug wieder rauszuspeien oder zu fressen und das Zeug wieder rauszureihern oder was immer Sie auch machen?« Jetzt klatschten die Normalos im Studio eine Runde Beifall. »Warum essen Sie nicht einfach anständig und hören auf zu jammern?«

»Das hat man nicht in der Hand ...« Der junge Bulimiker aus Reading setzte gerade zu einer Erklärung an, doch da brach unter zwei Frauen aus dem Studiopublikum ein Handgemenge aus. Eigentlich war es das aber nur in der Theorie, denn die eine Kombattantin, ein ausgemergeltes junges Mädchen, hatte lediglich die Kraft, sich schützend die Ohren zuzuhalten, während ihre dicke Kontrahentin mit einer Handtasche auf sie einschlug.

Als Sicherheitsleute die dicke Frau von ihrem Opfer wegzogen, sauste Trina mit Mikro und makelloser Frisur schon hinüber. »Dieses Thema löst offenbar starke Emotionen aus«, sagte sie zu der Fülligen, wohl in der Hoffnung, die werde den Satz als Frage auffassen.

»Da haben Sie verdammt Recht«, sagte die Dicke keuchend. »Ich kann's nicht mehr hören, wenn Leute, die sich selber kaputtmachen, von anderen dauernd Mitgefühl fordern.«

»Empfinden Sie das so?«, fragte Trina erstaunt. Es war klar, dass sie ihr Publikum anstacheln wollte, und die Normalos unter den Studiogästen taten ihre Zustimmung auch brüllend, johlend und trampelnd kund, vielfach begleitet von Fäusteschwingen.

Trina gefiel der Blutdurst aber nicht, den sie gerade angestachelt hatte. Ich dachte, dass es für sie doch sicher schrecklich war. Sie musste sich Aufzeichnungen der Shows von Jerry Springer und Rikki Lake ansehen, in denen sich amerikanische Studiogäste voll Wonne mit Stühlen bewarfen oder gegenseitig die Augen auszukratzen versuchten. Sie gab sich alle Mühe, in ihrem Publikum ein ebensolches Emotionsbad anzurichten, doch das gab sich schon mit ein bisschen Johlen und Hampeln zufrieden.

»Wie seht ihr das, meine Moppel-Schätzchen?«, versuchte sie die andere Hälfte auf Trab zu bringen, sah aber aus, als wolle sie lieber woanders sein. »Sind Normalos einfach bloß herzlose Schweine?« So geschwächt, wie sie waren, fiel die Zustimmung der Essgestörten weniger schrill aus.

»Ich höre nichts«, sagte Trina und schüttelte empört den Kopf. »Etwas mehr Applaus bitte.« Sie beugte sich zu dem Gestell hinunter, das ihr am nächsten saß. »Sie«, sagte sie bissig, »Ihr Essproblem, ist das etwas, wofür Sie sich entschieden haben, oder haben Sie das auch so wenig in der Hand wie ein Alkoholiker das Trinken?«

»Ausgesucht hab ich mir das bestimmt nicht«, murmelte eine verängstigte junge Frau.

»Sprechen Sie doch bitte etwas lauter!«, sagte Trina.

»Ich hab es mir nicht ausgesucht«, wiederholte die junge Frau, diesmal in Trinas Mikrofon. »Es ist schrecklich. Die reine Hölle. Ich würde das meinem ärgsten Feind nicht wünschen.«

Die Essgestörten wollten ihre Zustimmung wieder durch Applaus kundtun, hatten sich aber schon beim letzten Mal ziemlich verausgabt. Trina ließ resigniert die Arme sinken, es folgte Werbung für ein Damen-Intimspray, und jemand klopfte leise an meine Tür.

Es war die große Cathy persönlich, und sie war, wie nicht anders zu erwarten, außer sich, und kam sich, wie sie sagte, vor, als fahre sie in einem Wagen, der sich selbständig gemacht hatte. Ihr Zustand schloss es aus, dass ich sie mit ihrer empörenden Frage von gestern Abend – nach meinem Cipramil – konfrontierte. Bei ihrer Heimkehr von einem kurzen Sanatoriums-Aufenthalt wog sie schon sieben Pfund mehr und menstruierte auch wieder. Doch als sie hier vor mir saß, sah sie aus, als habe sie alle sieben Pfund schon wieder abgehungert, vielleicht sogar noch mehr.

»Meine Freundin Judith hat gerade angerufen«, sagte Cathy. »In der *Sun* steht heute ein Aufmacher über sie. Sie habe schon mehr Selbstmordversuche unternommen als alle anderen Mädchen ihrer Altersgruppe in Großbritannien. Sie hat sich so geschämt, dass sie es heute Morgen wieder versucht hat. Und das ist alles meine Schuld.«

»Wirklich? Seit wann schreibst du für die *Sun*?«

»Sei nicht so sarkastisch. Du weißt doch, was ich meine.«

»Hast du bei *Megastar* noch was anderes gemacht, als wirklich gut zu singen?«

»Der Song war doch Mist. Aber ich sah so scharf aus, dass man mit meinem Auftritt Käse hätte schneiden können.«

»Hast du den Eindruck gehabt, dass das irgendwen gestört hat?«

»Ich hab denen bloß leid getan, weil ich so fett bin. Das sieht doch ein Blinder.«

»Na, ich seh das nicht, Cathy. Da sind doch noch ganz andere Kaliber aufgetreten. Warum solltest du den Fernsehleuten mehr leid getan haben als die?«

Sie sah mich nur verstört an. Jeden Moment, dachte ich, rennt sie raus. Aber ich irrte mich. »Du gibst da dein ganzes Leben«, sagte sie. »Und wenn die Ungeheuer von irgendeinem Schmierblatt vom Unglück deiner Freundin profitieren wollen, hat das mit dir selbst gar nichts zu tun. Das müssen die auf sich nehmen.«

Es klopfte schon wieder an meine Tür, diesmal viel selbstbewusster als vorhin Cathy. Ich schlurfte rüber, um nachzusehen. Öffnete die Tür einen Spaltbreit, spähte hinaus und wurde beinahe niedergetrampelt von den beiden, die dahinter lauerten und ohne Federlesens ins Zimmer stürmten wie in einem Blitzkrieg. »Wer ist das?«, fragte die weibliche Hälfte des Duos, eine blondgesträhnte Zweiundzwanzigjährige, die vor Energie sprühte und nach Zigaretten stank. Die Frau sah mich herausfordernd an.

»Mein Kumpel«, sagte Cathy. Ich erinnerte mich nicht, dass mich jemals jemand als seinen Kumpel bezeichnet hatte, und fand das unsagbar lieb und anrührend.

»Schön, dass Sie da sind«, sagte ich und verabscheute mich gleich danach dafür. Eigentlich hatte ich statt Gastfreundschaft mehr eine Missbilligung zum Ausdruck bringen wollen.

Die Blonde sah mich weiter unverwandt an. »Worüber haben Sie gerade mit ihr gesprochen?«

»Wie bitte?«, sagte ich schon in deutlich kritischerem Ton. Oho, jetzt stellte ich mich dem Eindringling entgegen!

Sie schniefte verächtlich und zündete sich eine Zigarette an. Mein Zimmer ist eine Nichtraucherzone, aber ich dachte, ihr diese Information zu geben wäre so, als wollte ein Palmwedel einem Monsun sagen, er solle ihn nicht nass machen. »Sie haben ihr etwas geraten. Ich hab's gehört. Leugnen ist zwecklos. Ich hab einen Zeugen.«

Der Begleiter der Blonden schien gleich alt, hatte seine Haare nach oben gestylt und war von bestürzender Blässe. Er feixte, während er auf einem Fingernagel kaute. Und er hatte noch gar nichts gesagt, da wusste ich schon, dass er beim Sprechen nicht mal die Zähne auseinander nehmen würde.

»Der Typ da hat über Ungeheuer und Schmierblätter gelästert«, rief die Blonde Cathy in Erinnerung. Mit ihren zweiundzwanzig war sie jetzt eine Erscheinung, aber das lag vermutlich nur daran, dass sie schon ein Vermögen für ihre Aufmachung und Kleidung ausgegeben hatte. Ihre Gesichtszüge konnten mit der Art, wie sie präsentiert wurden, nicht mithalten – in gut zehn Jahren, wenn ihr Haar nicht mehr so dicht und glänzend war und wenn sie die ersten Falten am Hals hatte, war sie keine solch imposante Erscheinung mehr. Bei derlei Dingen lag ich mit meiner Einschätzung fast immer richtig. Mir fiel ein, dass ich sie schon mal gesehen hatte.

»Was hat er noch zu dir gesagt?«

Cathy fand das alles sehr peinlich. »Nepenthe, nur die Ruhe.

Er hat mich nicht beraten. Ich durfte mich an seiner Schulter ausweinen. Er ist mein Kumpel.« Für diese Worte wollte ich sie in die Arme schließen und nie wieder loslassen.

Nepenthe bedachte mich mit einem finsteren Blick, seufzte und ließ sich teenagerhaft auf mein Bett plumpsen, von wo aus sie mir mitteilte, es sei sehr wichtig, dass Cathy jetzt nicht konfus gemacht wurde. Sie zog ihr Handy hervor, scrollte, ob sie eine SMS bekommen hatte, und runzelte die Stirn, als das nicht der Fall war.

»Machen Sie es sich nur bequem«, forderte ich meine Gäste auf. Cathy war offenbar die Einzige, der mein Sarkasmus nicht entging. »Nepenthe ist meine Managerin«, teilte sie mir mit. »Seit gestern Abend. Genau gesagt, seit ich mit meinem Song fertig war.«

»Ein Talent wie Cathy, so was findet man nur alle Jubeljahre einmal«, ließ mich Nepenthe wissen. »Nur reicht Talent allein im Popmusikgeschäft nicht aus. Da braucht man auch ein besonders gewieftes Management. Und genau das haben Harold und ich zu bieten.« Ich hatte das deutliche Gefühl, dass sie das eher Cathy verklickern wollten, wahrscheinlich schon zum zweiten Mal innerhalb zweier Tage, und nicht mir.

»Neue Ideen«, spulte Harold in genau demselben Ton und designten Akzent ab, den ich erwartet hatte. »Das ist doch das A und O, nicht? Kühne neue Ideen.«

Jetzt fiel mir ein, wo ich Nepenthe schon mal gesehen hatte – in einer der Fernsehshows über die Kinder der Superreichen, einer Sendung, in der eines dieser unglücklichen kleinen Mädchen unfassbar teure Partys plante, die sie dann schließlich zu besuchen vergaßen oder zu der sie sechs Stunden zu spät kamen, weil sie nicht damit zufrieden waren, was ihre Haarstylisten an dem Tag zustande gebracht hatten, oder weil sie in letzter Minute nach Gstaad fliegen und jemanden von dort holen mussten, der sein Handwerk wirklich verstand.

Ich stellte fest, dass der Geruch von Nepenthes Zigarette

das Böse in mir weckte, und fragte sie, wen sie sonst noch managte. Ich hab mich schon immer über Leute gewundert, die sich Zigaretten anzünden, bevor sie nachgesehen haben, ob irgendwo Aschenbecher stehen. Nepenthe war nicht begeistertet, dass sie zum Fenster gehen und ihre Asche hinausschnipsen musste. Ich vermutete, dass sie sich von meiner Frage in die Enge getrieben fühlte – und ich hatte Recht. »Als Manager haben wir noch keine Erfahrung gesammelt. Das halte ich aber auch nicht für nachteilig, im Gegenteil. Cathy hätte an jemanden geraten können, der für seine Künstler nur einen Scheißjob abliefert. Das hätte sehr leicht passieren können. Aber sie hat ein Team gefunden, das nicht so viele schlechte Angewohnheiten hat, dafür aber viele kühne neue Ideen.«

Cathy griente mich schüchtern an. »Sie waren die Ersten, die mich gefragt haben«, sagte sie. »Ein paar andere haben noch draußen vor dem Studio auf mich gewartet, aber da war es schon zu spät.«

»Und was wird jetzt mit der *Sun*, die diesen Unsinn über meine angeblich suizidgefährdete Freundin geschrieben hat?«, wendete sich Cathy an Nepenthe. »Was werden Sie dagegen unternehmen?«

»Mein Dad«, sagte Nepenthe, als gäbe es nichts auf der Welt, was sich noch von selbst verstünde, »wird sie verklagen. Sie werden sich entschuldigen und deiner Freundin außerdem eine hübsche Stange Geld bezahlen müssen.«

»Aber was die da gedruckt haben, stimmt ja. Es war keine Verleumdung oder üble Nachrede. Was mich so gestört hat, war noch was anderes. Wenn sie nicht meine Freundin wäre, hätte man sie doch gar nicht öffentlich gedemütigt.«

Nepenthe missfiel es, dass ihre Antwort nicht den gewünschten Erfolg gehabt hatte, und griff erneut zum Handy. »Wenn man im Musikgeschäft ganz nach oben kommen will, geht das nicht, ohne auf dem Weg dahin auch mal ein paar Leuten auf die Zehen zu treten«, philosophierte Harold. Sein Eingreifen ins Gespräch war eine Demonstration der Flexibilität der Zweipersonen-Management-Doppelspitze. Ich wollte zwar, konnte aber nicht widerstehen und erkundigte mich nach seiner Erfahrung.

Er hatte mal einen Klub betrieben und zwar halbwöchentlich und auf Rechnung seines Vaters. Der Laden hielt sich so knapp plus minus null. »Ich sage ja immer, entweder hat man ein natürliches Talent für diese Sachen oder man hat es eben nicht«, sann er laut nach. »In meiner Familie liegt allen das Entertainment im Blut.«

Aus Nepenthes Handy drang die Klingelmelodie eines Hits aus jüngster Zeit. Sie schaute mit finsterem Blick auf das Display und griente dann. »MegaGlobalMusic«, verkündete sie betont lässig. »Sie wollen sich mit uns treffen.«

»Lass sie zappeln«, sagte Harold im Ton des Knaben mit der Entenbrust, der inzwischen erwachsen geworden war und auf Rache sann. »Sollen die Kerle durch den Staub robben!« Cathy warf mir einen Blick zu, der fragte, worauf sie sich hier nur eingelassen hatte. Er wich aber gleich dem Ausdruck völliger Bestürzung.

»Ich komm um vor Hunger«, sagte sie und war selber überrascht. »Ich könnte ein paar Eier mit Bohnen und gebratenen Champignons wegputzen.« Absolut sensationelle Neuigkeiten, dachte ich, aber Nepenthe teilte meine Begeisterung nicht. »Wollen wir doch jetzt keinen Fehler machen«, sagte sie. »Das Publikum mag dich an der Schwelle des Todes. Wir lassen dich künstlich ernähren, sollte es tatsächlich so weit kommen. Aber wir wollen doch nicht an einem erfolgreichen Image herumpfuschen.«

Dazu konnte ich nicht schweigen, doch es gelang mir, sachlich und konkret zu bleiben. »Begreifen Sie nicht, was für ein Durchbruch das ist? Begreifen Sie nicht, wie wichtig es ist, dass Cathy anfängt, richtig zu essen? Es könnte die Entscheidung zwischen Leben und Tod sein!«

Nepenthe durchbohrte mich jetzt mit tödlichen Blicken. »Darf ich fragen«, brachte sie schließlich heraus, »was *Sie* über die Musikindustrie wissen? Über welche Qualitäten *Sie* hier verfügen?«

»Wie ich Ihrer Ansprache entnehmen durfte, nur unwesentlich weniger als Sie selbst«, sagte ich zitternd vor Zorn. Wenn ich zu Harold ging und ihm einen Hieb verpasste, dachte ich, würde er vermutlich nicht mal versuchen, sich bei mir zu revanchieren – ich bin bei Leuten, die noch schwächer und willfähriger sind als ich, schon immer ziemlich furchtlos gewesen. Harold schien intuitiv zu spüren, woran ich gerade dachte, und begann noch hektischer an seinen Fingerspitzen zu kauen.

»Schon gut«, sagte Cathy seufzend, »ich hab sowieso keinen Appetit mehr.« Sie sah zarter aus denn je.

Sie gingen gemeinsam hinaus, Harold und Nepenthe, und stützten Cathy auf beiden Seiten unter ihren knochigen Ellbogen. Ich rauchte vor Zorn. Die Vorstellung, dass Harold und Nepenthe Kapital aus Cathy schlagen könnten, bereitete mir Magenschmerzen. Es gab einmal eine Zeit, da hätte ich gedacht, bei einer Arroganz und Naivität wie der ihren sei das Scheitern vorprogrammiert. Aber ich hatte schon zu viele Loser groß rauskommen sehen. Und es war jedes Mal unerträglich mitanzusehen, wenn solche Leute ohne mit der Wimper zu zucken glaubten, ihren Erfolg nicht blindem Zufall zu verdanken, sondern ihrer Gewieftheit oder Entschlossenheit oder gar ihrem Charme. Wenn sie dann in irgendetwas reingestolpert waren und einen Haufen Kohle gemacht hatten, wurden sie stets von anderen umschwärmt, die ihnen einen Teil davon wieder abzuschmeicheln versuchten. Und das ließ sie noch eitler werden. Es war eine grausame, dumme Welt, in die ich hineingeboren wurde.

Nachdem sie sich in East Wickham ein eigenes Studio eingerichtet hatte, um sich beim Aufnehmen so viel Zeit zu nehmen, wie sie wollte – o mein Gott, was für eine Idee! – sollte Kates viertes Album ganz anders werden als die ersten drei.

Sie wollte Songs, bei denen der Rhythmus im Vordergrund stand, und trennte sich von Jon Kelley, auf den sie sich, wie sie fand, zu stark gestützt hatte. Der Ärmste bat sie, es sich noch einmal zu überlegen. Aber wie die Mitglieder der KT Bush Band vor ihm musste er schließlich einfach tapfer sein.

Kate lehnte es ab, die Böse Fee in der Kinderfernsehserie *Worzel Gummidge* darzustellen, genauso wie sie es ablehnte, in einer geplanten West End Produktion von *The Pirates of Penzance* mitzuwirken.

In Pausen von der Studioarbeit sang sie Background Vocals auf »Flowers«, einer Aufnahme von Zaine Griff, die ebenfalls von Kates ehemaligem Lehrer Lindsey Kemp gefördert worden war, demonstrierte aber, dass sie nicht ganz auf der Höhe ihrer stimmlichen Leistung war, und bastelte weiter an *The Dreaming*, bis das halbe Jahr 1982 herum war, jettete anschließend nach Jamaika und machte Urlaub, anstatt an ihrer Autobiographie *Leaving My Tracks* zu schreiben, auf die man im Verlagshaus Sidgwick & Jackson schon unruhig wartete.

Die Verleger warten immer noch. Dass das Buch nie veröffentlicht wurde, hielt allerdings niemanden davon ab, es zu besprechen. In *Lives and Works*, einer Sammlung von Artikeln und Empfehlungen zur Rockmusik, hieß es zum Beispiel: »In diesem wunderschön illustrierten Buch gibt Kate Bush Einblick in ihre Arbeitsmethode, spricht über Studiotechnik, Quellen ihrer Inspiration und ihr ganz privates Leben. Eine interessante, unverstellte Form der Autobiographie, bei der die Autorin, wie es scheint, ohne die Hilfe eines Ghostwriters auskam (als wäre das eine Erkenntnis, die sich aus der Autobiographie von jemandem gewinnen ließe, dem man einen gewissen Hang zum Schreiben nachsagt!) und die überraschend flott geschrieben ist.« Angeblich umfasste das Buch 144 Seiten Text und acht Seiten Fotos.

Aus dem Urlaub in der Dreadlock-Zone zurückgekehrt, sprang Kate nach nur zweitägiger Vorbereitungszeit bei der Prince's Trust Royal Gala im Londoner Dominion Theatre kühn für David Bowie ein. Sie sang gerade »The Wedding List«, backgroundmäßig unterstützt von Pete Townshend, Midge Ure und Phil Collins und anderen, als sie zu ihrem Entsetzen bemerkte, dass ein Träger ihres Kleids gerissen war. Als Profi bedeckte sie sich lässig und improvisierte wild in ihrer Choreographie. Nur gut, dass die Boulevardschreiber nach wie vor Songtexte nicht lasen, denn »The Wedding List« handelte eigentlich von einer Frau, die dem Mann, der sie töten wollte, weil sie einen anderen heiraten wollte, eine Kugel in den Kopf schießt. Nett, was Prinz Charles da zu hören bekam!

## *Knöpfpause*

Zu Beginn meiner nächsten Sitzung mit der leise säuselnden türkischen Psychotherapeutin, die mir der britische Gesundheitsdienst auf mein Beharren hin gewährt hatte, zog ich meinen Stuhl dicht vor ihren, bevor sie überhaupt ein Wort wispern konnte, und sagte, ich hätte in der Woche zuvor große Mühe gehabt, sie zu verstehen. Entweder stieß ich mit meiner Mitteilung auf taube Ohren, oder sie hatte etwas an den Stimmbändern. Ich frage mich, ob sie viele Albträume hatte, in denen sie um Hilfe rief, aber von niemandem gehört wurde. Ich fragte mich auch, ob diese Fragen etwas über meine eigene Krankheit sagten.

Vielleicht bekam ich ein feineres Gehör. Wir widmeten uns noch einmal dem Thema meiner allzu strengen Selbsteinschätzung. Sie sagte, es handele sich dabei um eine Anpassungsschwäche. Ich hatte ja, wie sie ihren Notizen entnahm, selbst eingeräumt, dass sie mir mein Benehmen selbst nicht erträglicher machte. Heraus kam dabei im Grunde nur, dass es mir schwer fiel, in meiner Haut zu stecken. So hatte ich das noch gar nicht gesehen. Was sie sagte, ergab auf einer pragmatischen Ebene einen Sinn. Wenn ich nachsichtiger mit mir war, so dachte ich, war ich trotz meiner Monstrosität raus aus der Sache. Es kam mir richtig vor, dass ich mich selbst für verantwortlich hielt.

Irgendetwas an diesem Gedankengang gefiel ihr. Sie begann zu sprechen. Ich beugte mich so weit vor, dass mein Ohr fast ihre Lippen berührte. Sich selbst für verantwortlich zu halten, sagte sie, sei das nicht der Impuls eines hochmoralischen Menschen? Einen erheiternden Moment lang dachte ich, sie sei auf etwas Bestimmtes aus, nur um zu dem Schluss zu kommen, dass ihr fast unverständlicher Akzent und ihre leise Stimme einen bemerkenswerten Hang zur Sophisterei kaschierten. Als ich ihr das vortrug, tat sie so, als wisse sie nicht, was Sophisterei heißt.

Mit ihrem ziemlich absonderlichen Album *The Dreaming* kam Kate weder bei Radio One noch bei den meisten Kritikern gut an. Im Gegenteil, viele glaubten, das Album tauge für ein Plädoyer auf vorübergehende Unzurechnungsfähigkeit, falls Kate eines Verbrechens angeklagt wäre. Sie selber sollte es später als Schmerzensschrei bezeichnen. Über den Titeltrack, die Auslöschung der Aborigines, sagte der *Melody Maker*: »Das ist die kaputteste Platte, die ich je gehört hab.« Obwohl sie wegen des gespenstischen, schauerlichen Gesangs und des Gastauftritts von Rolf Harris auf dem Didgeridoo von manchen so verstanden wurde, als tue Kate ihr Bestes, um nie wieder hundert Meter lange Schlangen von Leuten sehen zu müssen, die vor Plattenläden auf sie warteten, kletterte das Album trotzdem auf Platz drei. Und Kate entdeckte, dass sie Fans an unerwarteten Orten hatte, zum Beispiel die kommunistische Zeitung *The Morning Star*, die das Album mit Superlativen überhäufte. Kate trat in der Sendung *Looking Good, Feeling Fit* auf, wo sie über Tanzen und Fitness sprach.

An den Schalthebeln der Produktion ganz auf sich gestellt und dadurch frei, sich uneingeschränkt alles zu erlauben, geriet *The Dreaming* zum Sammelsurium von Verrücktheiten. »Houdini« und der Titelsong, Letzterer durchsetzt mit Tierlauten und Geräuscheffekten, zusammenhanglosem musikalischen Geschwätz von der Art, wie man es nach der Veröffentlichung von *Sgt. Pepper's Lonely Hearts Club Band* so häufig zu hören bekam, als es so wenige Popsänger gab und so viele Künstler. »Get Out Of The House«, ein Song voller hallgesättigtem Gekreisch, endet mit dem Sprechgesang eines I-Ah-Imitators und ist vielleicht der einzige Track in Kates Laufbahn, den man sich wirklich nicht anhören kann – was ja doch eine Menge sagt. [Hand aufs Herz: Wenn Sie nicht gelesen hätten, dass Kate durch Stanley Kubricks Film *Shining* zu dem Song angeregt worden sei, mit welchem Gebet hätten Sie dann Hilfe beim Entschlüsseln seines Sinns erfleht?] »Sat In Your Lap« mit seinem Percussion-Getrommel fiel ebenfalls in die Kategorie Anstaltspatienten-Kabarett, und die Munchkins, die man schon in »Blow Away« auf dem vorherigen Album gehört hatte, jaulten wieder in voller Stärke in »Suspended in Gaffa« – zum ewigen Schaden dieses rhythmisch an eine Polka erinnernden Songs. Kate hielt ihre Bassisten dazu an, zu viele *glissandi* zu spielen. Es klang, als hätte sie verlangt, dass zunächst mal die Gitarrenhälse gebuttert wurden, wenn die Studioarbeit losging.

Danach folgten aber doch Momente von beträchtlicher Schönheit. »All the Love«, in Teilen eine Hommage an Laurie Anderson, war unergründlich, aber stellenweise doch bewegend in seiner anrührenden Klage. Mit dem gequälten Refrain von »Pull Out The Pin« gelang ihr zum ersten Mal eine erschütternde Passage, die wirklich rührte, ohne abstoßend zu sein. Und das dramatische »Night Of The Swallow«, offenbar ein Dialog zwischen der Sängerin und dem angehenden Schmuggler, den sie vor sich selbst zu bewahren sucht, besaß mit seinen effektvoll eingesetzten keltischen Instrumenten eine Art Kinoqualität.

Colin Irwin stöhnte im *Melody Maker*: »Anfangs klingt es verblüffend und keine Spur lächerlich … In ›Get Out Of My House‹ brüllt und tobt sie wie ein Löwe im Käfig, in ›Leave It Open‹ kreischt sie wie ein geisteskranker Beo. Sie hat einen sehr riskanten, absolut unkommerziellen Weg eingeschlagen …« In Amerika erklärte Nick Burton in *Record's*: »Bush ist theatralisch, raffiniert und feinsinnig wie Bowie in seiner *Hunky-Dory*-Phase; eklektisch und von geradezu barocker Wunderlichkeit wie Peter Gabriel. Ihre schlichtweg atemberaubende Stimme erlaubt ihr kindlich anmutenden Gesang ebenso wie handfeste Sinnlichkeit … Der Eckpfeiler des Albums ist ›Night Of The Swallow‹, das sich elegant durch die verschiedensten Stimmungen bewegt; ein Werk, das Schönheit und Verzweiflung, Schmerz und Grauen zum Ausdruck bringt.« Den Vogel der Präzision schoss Charles Faris ab, der das Album als »Zeit in der Hölle« bezeichnete.

Nach der Veröffentlichung in Amerika kam *The Dreaming* für kurze Zeit in die *Billboard*-Charts, aber nicht lange genug, um das zarte Pflänzchen von Kates Fangemeinde abzuschrecken. EMI und ihre amerikanische Tochtergesellschaft Capitol, angetreten, um mit Kates Durchbruch auf dem weltgrößten Plattenmarkt Profit zu machen, drängten Kate, die Einladung von Fleetwood Mac zu einer gemeinsamen Tour anzunehmen. Sie lehnte ab, war aber immerhin bereit, über den großen Teich zu kommen und mit David Letterman in dessen Late-Night-Show Bonmots zu tauschen. Ein kanadischer Farmer gab 4000 Dollar aus seiner Privatschatulle aus, um Kate herüberzuholen. Heraus dabei kam aber bloß der Start von *Breakthrough*, dem nordamerikanischen Gegenstück des britischen Fan-Magazins *Homeground*.

Während »Suspended in Gaffa« in den anspruchsvolleren Regionen Europas gut abverkauft wurde, promotete EMI mit bemerkenswertem Ungeschick die Single »There Goes A Tenner« und besaß dann noch die Kühnheit, Kate ans Herz zu legen, es sei eine klasse Idee, wenn sie aufhörte, sich selbst zu produzieren. Pikiert richtete sie sich ein mit allen Schikanen ausgestattetes 24-Spur-Aufnahmestudio in East Wickham ein (und nutzte es zumindest ein paar Monate). Vor die – wie sie es sah – Alternative gestellt, entweder berühmt zu sein oder ihre Arbeit genau so zu machen, wie sie es wollte, entschied sie sich für die Arbeit und war stolz auf sich.

Wie schon gesagt, als ich zuzunehmen begann, hatte ich angenommen, ein Dicker gelte bei anderen als ein fideler Typ. Die in der letzten Zeit erlebte Prozession leicht oder schwer Verwirrter und sexuell Unentschiedener durch mein Zimmer ließ mich jedoch meine Meinung revidieren. In Wahrheit hielten andere uns Dicke für gute Zuhörer und Besitzer breiter Schultern, an denen sie sich ausweinen konnten. Denn jetzt kam, rundheraus gesagt, Mrs. Cavanaugh persönlich, die Lippen röter als sonst geschminkt und in einem knöchellangen, fast bis zum Hals zugeknöpften Trenchcoat, so als regne es bei mir.

Es war der Jahrestag des Selbstmords ihres Mannes. Sie hatte ihn damit verbracht, sich immer und immer wieder Kates »You're The One« anzuhören. Offenbar war das ein familiärer Zug. Sie war voller Traurigkeit, doch es gab niemanden, an den sie sich trostsuchend wenden konnte. Duncan war damit beschäftigt, zu überlegen, ob er Gemma Nimalkas wegen verlassen sollte. Cathys neue Manager ließen sie von dem Moment an, wo sie die Augen aufschlug, bis zu dem, da sie endlich ins Bett wanken durfte, allerlei blödsinnige Kunststückchen machen. Und Gilmour hatte sie gesagt, er dürfe sich bei ihr nur noch blicken lassen, wenn er nüchtern war – und das war er nur selten. Mrs. Cavanaugh hatte zwar etliche Freundinnen, aber seit Cathys Auftritt bei *Megastar* hatte keine mehr Zeit, Mrs. Cavanaugh zurückzurufen. Doch wenn ich beschäftigt wäre, Mrs. Cavanaugh würde das verstehen. Sie ließ die Hand am Türknauf.

Ich sagte, ich sei keineswegs beschäftigt – und beruhigte sie. Schließlich kam sie endgültig herein und setzte sich aufs Bett. Einen Tee wollte sie nicht. Einen Keks wollte sie auch nicht. (Vor Scham darüber, wie viele von ihren ich angenommen hatte, hatte ich mir eigene Vorräte angeschafft.) Ich setzte mich und ließ sie reden.

Ihr Roger, den sie nur wenige Wochen nach ihrem siebzehnten Geburtstag geheiratet hatte, war Busfahrer und Amateurmusiker gewesen. Das Busfahren gefiel ihm, und er hatte eine, die wie Dusty Springfield klang, auf der Gitarre begleitet. Duncan kam ein paar Monate nach ihrer Hochzeit zur Welt. Sie hatte ein Foto.

Wie oft mir so etwas auch passiert, ich kapier das offenbar

nie. Ich bilde mir ein, wenn mich jemand anschaut, sieht er – abgesehen von den paar mehr Falten auf der Stirn und dem leicht gelichteten Haar – im Prinzip das lebenssprühende, attraktive Marcel-Flynn-Model von 33 in mir. Und dabei habe ich Leute vor mir, mittleren Alters oder schon ganz alt, und denke mir, dass die nie anders waren als so, wie ich sie jetzt vor Augen habe: grau und erschlafft, mit Gleitsichtbrille, die an einer Kette um ihren Hals baumelt, damit sie sie nicht verlegen können, versöhnt mit dem langweiligen Warten darauf, dahin zurückkehren zu können, wo sie herkamen (obwohl sie das nie zugeben würden). Aber hier war der unwiderlegliche Beweis, dass die matronenhafte, mitgenommene, durch und durch unattraktive Mrs. Cavanaugh mit ihrem Macramé-Kragen und ihrem Fransenschnitt, ihren langen künstlichen Wimpern und Plateausohlen und einem Rock, der kaum irgendwohin reichte, auch mal ein Feger war. Und ihr Roger! Der hatte auf der Bühne neben Rod Stewart nicht deplaziert ausgesehen, ein echter Kerl in seinem Satinanzug und mit dem Stufenschnitt.

Als er beim Rock 'n' Roll ausgestiegen war, fuhr Roger nur noch seinen Bus und träumte davon, genug sparen zu können, um sich irgendwo einen Pub zu kaufen. Dort wollte er dann selber Gitarre spielen, sobald er jemand Zuverlässiges für den Tresen gefunden hatte. Er spielte, knackte auch ein paar Jackpots, und als Duncan zwölf und Gilmour auf der Welt war, waren er und Mrs. Cavanaugh nur noch wenige Monate von der Erfüllung ihres Traums entfernt. Doch dann lief eines dunstigen Septembernachmittags ein schottischer Schauspieler namens Tam MacPherson, verzagt, weil sein Glasgower Akzent auf der Bühne durchbrach, wenn er betrunken war und er das Trinken nicht lassen konnte, Roger vor seinen Bus der Linie 82 zwischen Finchley und Golders Greers und starb, ehe der Krankenwagen da war. Roger schwor, Tam sei ihm mit Absicht in den Bus gerannt, und brachte ein paar Passagiere dazu, seinen Eindruck zu bestätigen. Doch in den zwei Monaten, die er vom Dienst suspendiert wurde, bis sein Arbeitgeber London Transport mitteilte, dass man ihm glaube, hatte Roger ebenfalls zu trinken angefangen.

»Er rief bei Tams Familie an und sagte denen, wie leid es ihm tue. Ich war bei dem Anruf dabei. Die haben ihn angeschrien, haben ihn als herzlosen Mistkerl beschimpft und den Hörer aufgeknallt. Die meinten, sie wären die Einzigen, deren Leben durch den Unfall zerstört worden ist. Aber es war, als würde Tam aus seinem Grab heraus meinen Roger in den Winkel der Hölle zerren, in den es ihn verschlagen hatte.«

Roger hatte Albträume. Wie es war, mal eine Nacht durchzuschlafen, das hatte er vergessen. Er trank weiter. Er verprügelte die, die ihn liebten. Er wurde entlassen, weil er zu oft verschlief und zu seiner Schicht zu spät kam. Er begann das Geld auszugeben, das er und Mrs. Cavanaugh für ihren Pub gespart hatten. Er schlug sie so lange, bis sie sich selbst eine Waffe zulegte. Er hängte sich auf. In seinem Abschiedsbrief schrieb er, es wäre ausgleichende Gerechtigkeit gewesen, wenn er auch vor einen Bus gerannt wäre, wollte diesen Albtraum aber keinem anderen Fahrer zumuten.

Ich sagte, es tue mir sehr leid. Sie hob die Hand zum Zeichen, ich solle still sein. »Die Geschichte geht doch weiter. Ein oder zwei Monate vor dem Unfall hatte ich ein Verhältnis angefangen. Heimlich, wissen Sie. Es war ein Schriftsteller, er schrieb Theaterstücke. Behauptete, auch an einem Roman zu sitzen, gab mir aber nie was davon zu lesen. Serge. Ich hab ihn in dem Zeitungsladen kennen gelernt, wo er halbtags seine Brötchen verdient hat.

Eigentlich wäre es ein bisschen übertrieben, wenn ich sagen würde, wir hatten ein Verhältnis. Ich hab zweimal mit ihm geschlafen, dann verlor er das Interesse. Ich war aber verliebt in ihn und hab weiter Kontakt gehalten, hab gehofft, er würde seine Meinung ändern. Ich wäre schockiert gewesen, wenn Roger was davon gewusst hätte, denn es war ja so kurz und wir waren sehr diskret gewesen. Aber ich glaube, er hat sogar noch vor dem Unfall gemerkt, dass irgendetwas nicht mehr stimmte.

Ich schüttelte mitfühlend den Kopf und überlegte, ob es angebracht wäre, wenn ich sie mal in den Arm nahm. »Das ist nicht die ganze Wahrheit. Ich hab nicht bloß zweimal mit Serge geschlafen. Es gab noch ein drittes Mal.« Sie holte tief Luft, nahm die Schultern zurück, wappnete sich für das, was sie sagen wollte. »In der Nacht, in der mein Mann sich umgebracht hat, hab ich mit meinem wilden schönen russischen Dichter gevögelt. Und das werde ich mir niemals verzeihen.«

Das war also der Sturm, für den sie sich gekleidet hatte. Aber es kamen keine Tränen. Wenn diese Frau *wappnen* sagte, wappnete sie sich auch. Sie sah mich aus trockenen Augen an und wiederholte: »Niemals.«

Ich sagte, es gebe etwas Vergleichbares, das ich mir auch niemals würde verzeihen können. Ich schilderte den Vorfall mit Babooshka in ihrem Kostüm nach dem Fußballspiel an der Montgomery Highschool. Meine Augen blieben dabei aber nicht trocken, auch nicht meine Wangen.

Mrs. Cavanaugh berührte mich am Bein. »Aber das ist schon ein gewaltiger Unterschied, oder? Sie können ja, ganz gleich, wie lange die Entfremdung von Ihrer Tochter anhält oder wie tief sie ist, weiter hoffen, dass sie eines Tages Gelegenheit haben, wieder ins Reine mit ihr zu kommen und sie mit Ihnen. Diese Hoffnung ist mir genommen.«

Ich kam mir albern vor, dann wurde ich zornig, obwohl ich das nicht zeigte. Von den vielen Psychotherapeuten, bei denen ich schon war, hat nur ein Viertel etwas wirklich Wertvolles gesagt, das bei mir hängen geblieben ist. Von der kleinen Türkin habe ich ja schon gesprochen. Sie hatte gemerkt, dass meine Strenge gegen mich nicht aus moralischen, sondern aus ganz praktischen Gründen falsch war. Schon Jahre vorher hatte mir eine ihrer vielen Vorgängerinnen freundlich klar gemacht, dass unsere Gefühle an sich niemals klug oder dumm sind. Sie sind, was sie sind, und dumm ist nur, sie zu leugnen. Keiner von uns steckt in der Haut eines anderen, und wie soll daher einer dem anderen sagen, wessen Schmerz größer ist? (Ja, ja, ich weiß. All das ist in den Wind gesprochen, wenn man zum Beispiel einen Teenager jammern hört, dass man ihm nicht das Geld gegeben hat, damit er sich diese Designerjeans, dieses coole Mobiltelefon oder, wenig später, dieses Auto kaufen kann. Die Regel gilt nur für Erwachsene mit abgeschlossener Entwicklung.)

»Sie erinnern mich irgendwie an Serge«, bemerkte Mrs. Cavanaugh. »Sie sind zwar deutlich älter, als er es damals war, aber ich spüre eine echte Verwandtschaft. Ich weiß, dass Sie sich als groteske Gestalt sehen, genau wie er.« Sie wartete auf meine Bestätigung, doch ich war zu sehr mit meinem Groll beschäftigt, dass sie meinen Schmerz abgetan hatte, um sie ihr zu geben. »Einer der hübschesten Männer, die mir je unter die Augen gekommen sind, mit den längsten Wimpern der Welt – und er fand sich so hässlich, dass er seinen Job in dem Zeitungsladen aufgeben musste. Er ertrug es nicht, dass ihn jemand ansah. Das ist einer der Gründe, warum wir so diskret sein konnten. Und davon spüre ich auch bei Ihnen viel, Mr. Herskovits.«

Ich war mir nicht sicher, ob ich wusste, wohin das führte. Ich war nicht sicher, ob meine Unsicherheit mir gefiel. »Es ist über vier Jahre her, dass ich mit einem Mann zusammen war«, sagte sie. »Aber manchmal fehlt es mir schon, das Gefühl von Männerhänden auf meinen Schenkeln und Brüsten. Ich habe es auch verdient, Mr. Herskovits. Doch, das hab ich. Ich arbeite schwerer als jede andere Frau, die ich kenne. Und ich bin nicht von gestern, auf keinen Fall. Noch keine zweiundfünfzig. Ein wenig jünger als Sie, vermute ich.«

Als sie mir jetzt zuzwinkerte, war mir ziemlich klar, wohin der Hase lief, und, mein lieber Mann, dahin wollte ich keineswegs. Sie hatte sich ja gut gehalten, und sie war ein paar Jährchen jünger als ich. Verrückt war es also nicht, aber für mich war sie eine Muttergestalt. Wenn sie vielleicht auch nicht die Letzte war, mit der ich erotisch zu tun haben wollte, so stand sie doch an der Spitze der Liste aller Leute, die ich kannte.

Sie schien meine Gedanken zu lesen. »Ich vermute, als potentielle Bettgenossin haben Sie mich nie betrachtet, ich vermute sogar, Sie sehen mich eher als Mutter. Sie wohnen ja in meinem Haus. Gut, darauf war ich vorbereitet. Was ich unter diesem Trenchcoat anhabe, wird Ihnen helfen, mich in ganz anderem Licht zu sehen.« Mit diesen Worten griff sie nach dem obersten Knopf. Knöpfte ihn auf. Mir war, als befände ich mich mitten in einem dieser Albträume, in denen einem auf einmal die Stimme versagt. Ich wollte »Nein!« rufen, brachte es aber nicht heraus.

Sie knöpfte den zweiten Knopf auf. »Wenn ich an Sie denke, laufen mir Schauer über den Rücken«, sagte sie. »›Ich trage Spitze, schwebe in einem schwarzen Tagtraum.‹ Wissen Sie, woher das ist, Mr. Herskovits?«

Natürlich wusste ich es. Aus »L'Amour Looks A Lot Like You« von *The Kick's Inside*, einer Platte, die ich, wie mir schlagartig klar wurde, noch nicht bis ins Letzte begriffen hatte.

Der dritte Knopf. Es war sogar richtig sexy, wie sie das machte, ganz, ganz bewusst, und mit einem Blick, der besagte, ich solle nur wagen, »Aufhören!« zu sagen. Der vierte Knopf. Und dann eine Knöpfpause, in der sie den Teil des Trenchcoats, den sie bereits geöffnet hatte auseinander zog. Darunter schwarze Spitze. Der fünfte Knopf. Nicht bloß ein Büstenhalter aus schwarzer Spitze, sondern eine Korsage. Und darunter prächtige, volle Brüste.

Sie stand auf und löste langsam den Gürtel des Trenchcoats, hielt aber inne, bevor sie ganz fertig war. Ihre Zungenspitze zwischen den Lippen: kaum gezeigt, schon wieder weg. »Ich kann jeden Augenblick aufhören, wissen Sie«, sagte sie spöttisch, ihre Stimme heiserer, als ich sie je gehört hatte. »Sie brauchen es bloß zu sagen.« Doch ihre Augen sagten: »Wagen Sie es nur!«

Ich konnte inzwischen nicht mehr klar denken, was ja auch kein Wunder war, nachdem jedes Molekül Blut aus meinem riesigen Leib mit Polizeieskorte in den Telefonmast zwischen meinen Beinen gefahren war. Mrs. Cavanaugh kam auf mich zu, gerade so weit, dass ich sie nicht berühren konnte. Sie roch wie alle Phantasien zusammen, die ich als Teenager und als junger Mann in der Gier meiner Manneskraft gehabt hatte, vereint zu einem einzigen Geruch. Für sie war ich wie eine Seite in einem Buch aus der Großdruckabteilung. Ich streckte die Hand nach ihr aus. Sie wich zurück. »Atmen Sie erst einmal durch«, sagte sie. Meine Hände fielen herunter. Sie kam wieder näher. Ich atmete tief durch die Nase ein. Einmal, zweimal. »Ich hab keine Lust mehr, die ganze Aufknöpferei selber zu machen«, sagte sie, kein Stück mehr eine Zweiundfünfzigjährige, vielmehr eine kokette Vierundzwanzigjährige. Sie lachte über meine zitternden Hände, ihr Lachen war das hörbare Pendant zu ihrem Geruch. Großdruck.

Ich bekam einen Knopf auf, dann einen zweiten. Sie trug Strumpfhalter. Das weiße Gebiet zwischen dem oberen Rand ihrer Strümpfe und dem unterem Rand ihrer schwarzen Seidenhöschen war das sichtbare Pendant zu ihrem Geruch und zu ihrem leisen spöttischen Lachen.

Auf mein Kommando lasst ihr die Hölle los!

Wenn Sie mich eine Stunde vor ihrem Kommen gefragt hätten, hätte ich gesagt, wenn ich in der Missionarsstellung lieben wollte, brächte ich meine Bettgenossin in Todesgefahr. Es soll genügen zu sagen, dass die Witwe Cavanaugh überlebt hat – und das glücklich.

# *Oh, mein Sehnen*

Danach wusste ich nicht, wie ich mich ihr gegenüber benehmen sollte. Wir konnten keine bedeutungsvollen Blicke tauschen, weil unsere Blicke sich nie trafen – und nicht etwa, weil ich es nicht gewollt hätte. Sie hatte mich immer relativ korrekt behandelt. Falls überhaupt, war sie jetzt aber noch korrekter. Zwei Stunden bevor sie still und leise die Tür zu meinem Zimmer öffnete, hatte sie mich noch gefragt, ob ich Kaffee haben wollte, so als seien wir zwei Viktorianer, die sich gerade erst kennen gelernt hätten.

Wir sprachen nicht viel miteinander. Ich durfte erst mit ihr sprechen, wenn sie mich angesprochen hatte. Und sie hatte, nachdem sie mir am ersten Abend alles über Roger erzählt hatte, wohl nichts mehr zu sagen. Sie wollte wissen, wann mir zum ersten Mal aufgegangen sei, dass ich mich auf dem besten Wege befand, grotesk fettleibig zu werden. Ich sagte stattdessen, dass mich schon der bloße Gedanke an meine Großmutter mit Scham erfülle.

Als ich in meinem ersten Jahr an der Uni in der Vorhölle wohnte, die für Studenten reserviert war, die zu ihren Eltern pendelten, ging ich oft zu meiner Großmutter, weil es bei ihr keine Ablenkungen gab und ich da gut lernen konnte. Ich arbeitete zwar schon daran, das relativ akkurate Ebenbild eines Hippies zu werden: mit meinem schmächtigen Schnurrbart, den bloßen Füßen, der mehrreihigen Perlenkette und den langen (fürs Wallende freilich zu drahtigen) Haaren. Ich blieb im Herzen aber der pflichtbewusste jüdische Sohn, der nie vergaß, dass meine Ausbildung meine Eltern Geld kostete, für das mein Dad – zumindest in der Theorie – hart arbeiten musste. Daher trottete ich treu und brav in alle Lehrveranstaltungen, las alles, was mir aufgegeben war, vieles davon im Schlafzimmer der Wohnung meiner Großmutter, in dem mein Onkel sich ein paar Jahre zuvor umgebracht hatte.

Meine Großmutter war immer über die Maßen entzückt, mich zu sehen, und wenn ich sie mit meiner Gegenwart beglückte, war ich kein ganz so grausamer kleiner Mistkerl wie sonst im Leben. Ich saß in dem Zimmer, in dem mein Onkel eine tödliche Dosis Beruhigungsmittel zu sich genommen hatte, hockte über meinen Büchern und markierte besonders saftige Passagen mit einem Leuchtstift. Was den Wiederverkaufswert der Schwarten nach und nach senkte. Zumindest einmal fand ich das, was ich da las, so öde, dass ich jedes einzelne Wort in den drei Kapiteln Pflichtlektüre hervorhob und bei der Vorstellung, welche Schlüsse der nächste Besitzer des Buchs darauf wohl ziehen mochte, kichern musste. Im Nachhinein begreife ich, dass dieses Unterstreichen des ganzen Textes ein Vorläufer des Scherzes war, den ich mir im Jahr darauf zur Unterhaltung der Massen ausdachte. Damals ging ich mit meiner Freundin ab und zu in einen Coffee Shop in der Nähe essen, wo es Platzdeckchen aus Papier gab, die Kinder ausmalen konnten, solange ihre Eltern aßen. Auf eine entsprechende Bitte gab die Bedienung einem ein kleines Kästchen mit vier Buntstiften. Ich brachte meine Freundin so zum Lachen, dass sie Tränen in den Augen hatte, als ich mein Deckchen komplett rot ausmalte, von einer Kante bis zur anderen. Die anderen Gäste dachten bestimmt, wir hätten Drogen genommen. Und sie hatten Recht.

Die Familie meiner Großmutter war um die Wende zum 20. Jahrhundert aus Odessa nach Amerika gekommen, um den Pogromen zu entgehen. Ihr Vater war, je nachdem, wer die Geschichte erzählte, entweder ein Talmudgelehrter oder ein Faulenzer mit langem Bart. Ihre Mutter führte eine Pension. Ich habe nie herausbekommen, ob sie freiwillig ins entweder brutal heiße oder brutal kalte und von judenfeindlichen Schweden bevölkerte Minnesota gezogen waren. Meine Großmutter hatte mit neunzehn ihren Großcousin geheiratet und bekam ab dem Jahr darauf seine Kinder, angefangen mit meiner Mutter. In den ersten gut zehn Jahren ihres Lebens hauste die Familie in Elend und Schmutz und schlich sich mehrfach mitten in der Nacht aus Mietswohnungen davon und prellte die Miete. Warmes Wasser kannten sie nicht. Einmal, da war sie ungefähr acht, wurde meine Mutter aus der Schule heimgeschickt, weil sie schlecht roch, eine Demütigung, die sie fürs Leben prägte.

Mein Großvater, ein Grobian und Tyrann, der laut meiner Mutter kaum ein freundliches Wort für seine Kinder hatte, ging keinem Beruf nach. Er und meine Großmutter zogen nach Los Angeles, als es dort noch nach Orangen roch, und eröffneten ein kleines Restaurant. Als der Laden gut lief, musste meine Mutter, damals zehn Jahre alt, ihren kleineren Bruder und ihre kleinere Schwester versorgen, eine Aufgabe, die sie ebenfalls fürs Leben prägte. Sie musste mit ihnen ins Kino gehen und sie dann im finstersten Dunkel, wie sie es fortan nur nannte, ins Restaurant zurückbringen. In der Welt, in der meine Mutter als Kind lebte, gab es weder Mondschein noch Straßenbeleuchtung.

Nachdem das Restaurant aufgegeben werden musste, begann mein Großvater zu trinken und geriet oft in Raufereien. Meine Mutter erinnert sich, wie er heimgebracht wurde, überströmt von seinem eigenen Blut, und seine Schneidezähne ausspuckte. Doch kurz vor Aufhebung der Prohibition machte er dann ein Vermögen als Spirituosenhändler. Die Familie zog ins schickste Viertel von Minneapolis, in dem Juden ihr Quartier fanden. Sein neuer Wohlstand wirkte sich offenbar aber nicht günstig auf das Wesen meines Großvaters aus. Er fasste es als persönliche Kränkung auf, dass meine Mutter in den früheren Teenagerjahren Bettnässerin war. (Erst bei mir schlägt diese Verhaltensauffälligkeit in heftige Selbstverachtung durch.) Aber noch während sie ins Bett machte, wurde meine Mutter zugleich so schön und elegant, dass sogar mein Großvater sich genötigt sah, ihr Komplimente zu machen. Ein Jahr nachdem er ihr – nicht stolz oder liebevoll oder ermutigend, sondern in demselben Ton, in dem er vielleicht festgestellt hätte, dass sie Rechtshänderin war – ihre Schönheit zugestanden hatte, starb er an einem Herzanfall. Mit zweiundvierzig. Ihr ganzes restliches Leben lang stellte meine Großmutter jedes Jahr an seinem Todestag zu seinem Gedenken eine besondere Kerze auf.

Meine Mutter hasste meine Großmutter, weil sie sie meinem Großvater gegenüber nicht in Schutz genommen hatte. Diese Abscheu hielt sie, pflichtbewusste jüdische Tochter, die sie war, aber nicht davon ab, meine Großmutter regelmäßig zu besuchen, als ich noch ein Kind war. Sie saßen sich in den unbequemen Hochlehnstühlen gegenüber, mit denen meine Großmutter das Haus in der schicksten Gegend von Minneapolis, in der Juden ansässig waren, möbliert hatte. Und sie zankten sich, während ich Bilder malte oder später, als Schulbildung oder mein hoher IQ Wirkungen zeitigten, etwas Interessantes im *Reader's Digest* zu lesen suchte, den meine Großmutter abonniert hatte.

Meine Tante Doris, die jüngere Schwester meiner Mutter, kenne ich nur bettlägerig. Sie war eine Zeitlang sogar noch schöner als meine Mutter gewesen, hatte sich aber, wie ich erst Jahrzehnte später erfuhr, schwängern lassen. An ihrer Bettlägerigkeit gab meine Großmutter dem Mann die Schuld, der die Abtreibung vornahm. Tante Doris hatte mich offenbar gern, was mir schon mit fünf Jahren nicht richtig vorkam. Sie teilte den Hass meiner Onkels auf meine Mutter, die, wie neurotisch sie auch sein mochte, viel aufgeweckter war als jedes ihrer Geschwister. Meine Tante starb unter mysteriösen Umständen, als ich ungefähr zehn war. Ich glaube, zu der Zeit wurde sie nur noch von irgendwelchen Apparaten am Leben gehalten, und irgendwie haben meine Mutter und meine Großmutter dann erwirkt, dass die Stecker gezogen wurden.

Mutter hatte, wenn sie mit Großmutter sprach, die Stimme immer um ein Drittel stärker erhoben als in Gesprächen mit meinem Vater. Am häufigsten sprachen sie über Charakterfehler von Leuten, die sie kannten. Dabei kam viel Jiddisch zum Einsatz. Ich hasste jede einzelne Minute davon.

Mein Onkel, der kleine Bruder meiner Mutter, das jüngste Kind meiner Großmutter, lebte auch bei ihr. Alles, was meiner Mutter so unangenehm war – die grässliche Schüchternheit, die Misanthropie, die Selbstverachtung – hatte mein Onkel in noch stärkerem Maße geerbt. Der Psychiater, zu dem er sich in Behandlung begab, verschrieb ihm Antidepressiva der ersten Generation, mit denen man nicht Auto fahren durfte. Er fuhr aber trotzdem und hatte einen Unfall, bei dem sein Gesicht leicht entstellt wurde. Er sah prima aus, hielt sich selber aber für zu hässlich, um den Anblick irgendwem außerhalb der Familie zuzumuten. Ihm zuliebe zog meine Großmutter in den wüstenartigen Nordosten von Los Angeles, wo mein Onkel niemanden zu sehen brauchte außer der Familie, wenn wir einmal im Monat hinfuhren.

Er beschloss, Schriftsteller zu werden. Er hatte eine Biographie seines Idols Thomas Wolfe gelesen, in der stand, der große Schriftsteller habe seine Schüler bei jeder Silbe dessen, was sie für ihn schreiben mussten, zur Verzweiflung getrieben. Ich stand als Teenager mit mir selbst auf Kriegsfuß und wollte nur gelobt werden, und unsere kleinen Sitzungen waren eine einzige Qual. Er machte mich auch beim Schach, für das ich nicht begabt zu sein schien, zur Schnecke. Mein Vater stand derweil im Garten hinter dem Haus und paffte zufrieden vor sich hin, und meine Mutter und meine Großmutter gingen die Charakterfehler aller ihrer gemeinsamen Bekannten durch.

Ich konnte es nicht erwarten, endlich so alt zu sein, dass ich nicht mehr mit der Familie zu Großmutter in die Wüste musste, war aber gleichzeitig so neurotisch, dass ich nicht mal mit fünfzehn allein zu Hause bleiben konnte. Ich war mir sicher, dass dort jemand einbrechen und mich aus den Schatten anspringen und mir die Kehle durchschneiden würde, wenn ich von einem Zimmer ins andere ging. Ich fühlte mich in jeder Phase meines Lebens verdammt, wenn ich *dieses* nicht tat, aber nicht weniger verdammt, wenn ich *jenes* tat.

Ich half dabei, meinen Onkel umzubringen. Mit stillschweigender Billigung meiner Mutter schrieb ich ihm einen Brief, in dem ich ihm vorwarf, das Leben meiner Großmutter zerstört zu haben. Ich habe jeden Grund zu der Annahme, dass ich ihm damit wehtat. Mehrere Monate später tippte er, untröstlich über die Tatsache, dass er keine seiner Kurzgeschichten veröffentlicht bekam, einen bitteren »Ihr-könnt-mich-alle-mal«-Abschiedsbrief, nahm ein ganzes Fläschchen seiner Tabletten, merkte, dass er noch ein paar Giftpfeile abzuschießen hatte, und schrieb, immer weniger leserlich, mit dem Kuli weiter, bis er das Bewusstsein verlor.

Dass mein Onkel tot war, fand ich heraus, als ich eines Nachmittags von der Schule nach Hause kam. Meine damals siebenjährige Schwester öffnete mir mit den Worten »Marty ist gestorben« die Wohnungstür. Mehr hatte man ihr offenbar nicht gesagt. Ich, jeder Zoll ein taffer Bursche, entgegnete: »Na und wenn schon!« Als ich ein paar Monate später seinen Brief las, war mir zumute, als würde mir das Herz aus dem Leib gerissen. Mein Onkel warf mir vor, ihn verraten zu haben, was ja auch stimmte. Mein Alter war keine Rechtfertigung. Meine Großmutter kehrte aus der Wüste zurück, ich fing an der Uni an und ging regelmäßig zum Lernen zu ihr.

Als ich die Uni abschloss und meine Model-Karriere anfing, besuchte ich sie weiter. Ich fand es zunehmend schwierig, mich mit ihr zu unterhalten. Ich bat sie, mir aus ihrem früheren Leben zu erzählen. Viel konnte sie mir nicht sagen. Mit ihr unterhielt ich mich über aktuelle Begebenheiten. Von Jane Fonda hatte sie eine überaus schlechte Meinung, weil sie etwas über jüdische Gauner geäußert hätte. Als ich meine Großmutter darauf hinwies, dass die Äußerung über die jüdischen Gauner von Vanessa Redgrave stammte, erwiderte sie: »Ach, ich glaube, große Freunde des jüdischen Volkes sind beide nicht.« Ich hatte keine Ahnung, worauf sie diese Ansicht stützte. Sie selber wusste ja praktisch nichts über das Judentum, hatte wie meine Mutter aber offenbar das Gefühl, mit ihrer Volkszugehörigkeit ein Anrecht auf ein gewisses Maß an Paranoia zu haben.

So wenig Kenntnis meine Großmutter über das Judentum hatte, so viel wusste sie über die jüdische Küche. Sie machte köstliche *gefilte fisch*, köstliche Kartoffel-*knisches*, köstliche Käse-*blintzes*, oder auch *blintzes*, die sie mir bei jeden meiner Besuche mitgab, in Alufolie gehüllt und zusätzlich in eine Plastiktüte gesteckt. Man schmeckte, dass sie mit Liebe gekocht waren.

Nach und nach wurde sie immer weniger und immer verwirrter. Als sie den Überblick über die ihr verschriebenen Medikamente verlor, brachte meine Mutter sie in einem Altersheim unter. Dort besuchte ich sie, obwohl ich wusste, dass ich keine *blintzes* zum Mitnehmen bekam, keine *knisches*, und obwohl Unterhaltungen mit ihr schwieriger waren denn je. Sie hängte sich jedes Mal, wenn sie aus dem Zimmer ging, ihre leere Handtasche an den Arm, etwa so wie die Queen. Sie glaubte, man habe sie eingesperrt, und fragte: »Was hab ich angestellt, dass ich hier bin?« Wenn ich ein Herz besessen hätte, wäre es jetzt gebrochen. Du bist alt geworden, dachte ich, und durcheinander.

Ich zog weit weg. Meine Mutter brachte meine Großmutter in ein anderes Altersheim, das mehr Pflege in weniger angenehmer Umgebung offerierte. Es war das Pflegeheim, in dem ich später meinen Vater sterben ließ. Meine Großmutter lebte immer weiter. Ihr neunzigster Geburtstag kam und ging. Sie erkannte meine Mutter nicht mehr, und die erzählte mir, meine Großmutter beginne zu riechen.

Ich sah sie ein letztes Mal, als ich meinen Vater besuchte, den es bestimmt sehr aufbaute, dass er Patient in demselben Pflegeheim wurde, in dem seine Schwiegermutter langsam verfaulte. Ich sah sie völlig benebelt durch die Flure wandern. Aus Angst, sie könne riechen, und überzeugt davon, dass sie mich sowieso nicht erkennen würde, störte ich sie nicht, sagte nicht guten Tag, dankte ihr nicht für die *knisches* und *blintzes*.

Mrs. Cavanaugh gestand, eine begeisterte Leserin zu sein. Vor einem Monat hatte sie die Memoiren eines irischen Universitätsdozenten gelesen, der in Beirut vom islamischen Dschihad entführt und dann fast vier Jahre als Geisel gefangen gehalten worden war. Nach der Lektüre war sie dafür dankbar, aufs Klo gehen zu können, wann immer sie musste, von sauberen Tellern zu essen, wann immer es ihr gefiel, das Fenster zu öffnen und auf die Straße zu sehen, wenn sie Lust dazu hatte. »Es ist gut, kleine Annehmlichkeiten auch auszukosten«, sagte sie. »Und ich glaube nicht, dass du das tust, Les.« Es war das einzige Mal, dass sie je Les zu mir sagte.

Keiner von uns beiden rauchte, und so schoben wir, statt uns Zigaretten anzuzünden, nach dem Sex jedes Mal eine von Kates CDs in meine Mini-Anlage. Mrs. Cavanaugh konnte nicht genug kriegen von *The Ninth Wave*, dem Songzyklus über das Ertrinken, der ursprünglich die Seite 2 von *The Hounds of Love* gewesen war. Sie sagte, ihr selbst sei oft zumute, als gehe sie unter – vor Frust, vor Langeweile. Es war nicht ihr Ehrgeiz gewesen, eine Pension zu betreiben, aber die Arbeit, die sie wollte, hatte sie nie bekommen. Sie wollte nicht darüber sprechen. Ich fragte mich, ob sie ihre eigenen kleinen Annehmlichkeiten zu schätzen wusste.

Mit einiger Beklemmung fragte ich sie, ob sie mit mir meine Kataloge durchsehen und mir helfen würde, ein Geschenk für Kate auszuwählen. Sie wunderte sich, warum ich Kate etwas schicken wollte – schließlich war doch ihr Geburtstag längst vorbei. Ich hatte schon oft genug die Irritation und den Unglauben in den Augen von Katefans gesehen, wenn ich erzählte, wie viel Geld ich dafür ausgab, ihr Sachen zu schicken. Ich wusste ganz genau, dass nicht alle fühlten wie ich, und wollte das Thema wechseln. Ich gab zu, Kate bis jetzt nur ein paar Blumensträuße geschickt zu haben, und ließ die 2000 E-Mails weg.

Ich kannte Leute, die uns als festes Paar betrachtet hätten, aber außerhalb meines Zimmers begegneten wir uns stets als

Pensionsbetreiberin und Gast, und auf eine Art passte mir das ganz gut. So sehr mir unsere erotische Beziehung gefiel, zweifelte der Teil von mir, der sich öffentlich nur mit Frauen sehen lassen wollte, die den Neid von Jungs erregten, die es brachten, doch sehr daran, ob ich mit der Witwe Cavanaugh am Arm ein gutes Bild abgab. Sie war über fünfzig, und es war überhaupt kein Trost, dass sie sie noch nicht so weit überschritten hatte wie ich. Hugh M. Hefner fiel mir ein, der im Alter von fünfundvierzig mit seinem Reigen von vollbusigen jungen Brünetten begann, deren erste ihm einmal entsetzt mitteilte, sie sei noch nie mit jemandem ausgegangen, der älter als vierundzwanzig war. »Ich auch nicht«, soll er erwidert haben. Der Teil von mir, der andere, bessere Neider brauchte, würde nie älter sein als vierzehn.

Nach *The Dreaming* war Kate eine ganze Weile von der Bildfläche verschwunden, und die *Daily Mail* legte ihren Lesern nahe, dass Kate in den Monaten, die sie im Plattenstudio festhing und laufend Schokolade und Junk Food in sich hineinfraß, aufgegangen sei wie ein Hefekloß. Sie zog aufs Land oder zumindest nach Eltham, südöstlich von London, in die unmittelbare Nachbarschaft ihres großen Bruders Jay und seiner Familie, und stellte ihr Klavier so auf, dass sie beim Komponieren die aus dem Tal aufsteigenden Wolken auf sich zukommen sah. Sie fing wieder an zu tanzen und kam in die Stadt, um beim Start von Sky, dem ersten Kabelkanal im britischen Fernsehen, zu helfen. Anfang 1984 war das neue Studio fertig, und sie begann die Arbeit an *The Hounds of Love*, ihrem – wie außer mir (ich ziehe *The Red Shoes* vor) und Mr. Halibut, eine Etage tiefer, alle finden – besten Album, zu dem sie sich aus der Abbey Road Haydn Bendall als Tontechniker holte.

Zu Hause zu arbeiten passte ihr sehr gut. Wenn sie etwas zu besprechen hatte, konnte sie das am Küchentisch tun, und wenn sie wegwollte von der Arbeit, konnte sie ihre Hunde

Bonnie und Clyde im Garten ausführen. Bendall berichtete später einmal von der bemerkenswerten Veränderung, die in Kate vorging, wenn sie vom Kontrollraum zum Singen in die Kabine ging. In dem einen wirkte sie klein und zart und nachdenklich. Dann trat sie in die Kabine und legte los – mit einer Stimme, so groß und kraftvoll, dass man ihr die drei Minuten vorher nicht mal im Traum zugetraut hätte.

Befreit von dem Zwang, auf die Uhr schauen und für jede Stunde Studionutzung bezahlen zu müssen, konnte sie sich ganz darauf konzentrieren, besessen an der Verwirklichung ihrer jeweiligen Vorstellungen zu arbeiten. Bendall war überrascht, wie offen sie für die Anregungen anderer war. Über drei Jahre nach *The Dreaming* war Kates fünftes Album, *Hounds of Love*, schließlich fertig.

EMI überzeugte Kate davon, dass es in den Radiosendern großen Widerstand gegen einen Titel wie »Deal With God« geben würde, und überredete sie dazu, den ersten Albumtrack in »Running Up That Hill« umzubenennen. Gott allein weiß, was Kate Bush ohne EMI angefangen hätte. Sie trat zum ersten Mal seit sieben Jahren wieder in *Top of the Pops* auf, und »Running« kletterte auf Platz drei der Charts. Es war ihr größter Erfolg seit »Wuthering Heights«. Endlich, endlich entwickelte sie doch einen Hauch von Diva-Allüren und brachte ihre eigene Visagistin mit, Teena Earnshaw (Catherines Nichte, die später einen Oscar für ihre Arbeit in *Titanic* erhalten sollte). *Kate Bush Diva Shock Horror!*

Zu der riesigen Party zum Start des Albums im Londoner Planetarium/Laserium erschien Kate mit Del, dem Mann mit dem Paul-Newman-Blick, und das, nachdem sie schon sieben Jahre lang ein Liebespaar gewesen waren. Selbstverständlich fand die Regenbogenpresse Möglichkeiten, die beiden für ihre neue Unbeschwertheit leiden zu lassen, und sprach von einem neuen Bassisten, der auf dem Album gespielt hatte, um Del eins auszuwischen. Oder erweckte jedenfalls den Anschein, es wäre so gewesen.

Als Erstes fiel mir beim Hören des berühmten Eröffnungstracks »Running Up That Hill (A Deal With God)« auf, dass Kate endlich aufgehört hatte, sich selbst ein Bein zu stellen – die Arrangements waren ausgetüftelt, der munter dahinspringende Rhythmus, der von Anfang an da war, blieb es auch bis zum Schluss und war eine wunderbare Einstimmung für den Rest der Songs auf der damals von allen als 1 betrachteten Seite. Toll war auch, dass sie hier einmal das gesamte Stimmregister einer Erwachsenen zog, obwohl ich auf die albernen, rein dekorativen Backgroundvocals gerne hätte verzichten können. Und Kates Texte waren natürlich fast genauso dunkel wie eh und je.

Der Titelsong, der mit seiner Bangigkeit in Bezug auf die Liebe an »Oh To Be In Love« auf ihrem ersten Album erinnerte, war nicht weniger temporeich als »Running« und außerordentlich schön. Manche meinten in dem bombastischen Song »The Big Sky«, in dem Kate ein paar wundervolle Schreie losließ, einen Ausdruck der Selbstbefreiung und tiefen Verachtung für die Zweifel zu hören, die EMI bei *The Dreaming* hegte.

Dass sie so kompromisslos blieb wie manch andere Popkünstler auch, bewies sie mit der ersten Zeile von »Cloudbusting«. »I still dream of Orgonon.« Das musste doch jeden verwirren, der es nicht als Namen des Labors und des Forschungszentrums von Wilhelm Reich erkannte! Ich rätselte also und rätsele immer noch über die Zeile »Your son's coming out« am Schluss. Falls es ihr nicht darum ging, einen Scherz über die Sexualität von Peter Reich, Wilhelm Reichs Sohn, zu machen, warum heißt sie dann nicht: »*The* sun's coming out«? Wie auch immer – die eindringlichen Cellos finde ich klasse.

Die *Ninth Wave*-Songs über das Untergehen oder einen Traum vom Untergehen oder was auch immer enthielten Momente von erstaunlicher Schönheit. Nach »I Dream of Sheep«, das nahezu so herrlich war wie »The Man With The

Child In His Eyes«, kamen in der Hauptsache Songs, die einen nachhaltig verwirrten. Ich habe in den vergangenen Jahrzehnten viele Male versucht, einfach klein beizugeben, aber meine Irritation ist jedes Mal ein klitzekleines bisschen größer als mein Vergnügen. Gut möglich, dass das an mir liegt und nicht an Kate.

Ich ging zum nächsten Esssüchtigen-Treffen. Im Anfangsstadium sah es nach Zeitverschwendung aus. Dahlia war nicht da, und Jez stöhnte darüber, dass seine Freundin nölte, sie würden in den Sommerferien nirgendwo hinfahren, weil seine Plattenfirma ihn rausgeschmissen hätte. »Sie hat gesagt, sie bliebe lieber zu Hause, als noch einmal nach Malaga zu fliegen.« Sogar Boopsie, die sonst von allem fasziniert war, was andere sagten, gähnte.

»Was halten wir eigentlich von der Maddox-Diät?«, fragte Crinolyn. Niemand hatte eine Ahnung, wovon sie sprach. Offenbar die neueste Fett-Diät, auf die die Hollywood-Stars gerade abfuhren – so ähnlich wie die Atkins-Diät, nur dass hier nicht bloß Kohlehydrate beim Essen vermieden wurden, sondern auch das Protein. Man konnte soviel Fett essen, wie man lustig war. Crinolyn hatte gehört, dass Geri Halliwell in zwei Wochen gut drei Kilo abgenommen hatte.

»Das muss man sich mal vorstellen«, sagte Boopsie verträumt, »du kannst so viel Eis oder Käse essen, wie du willst, und spülst alles mit Sahne runter.«

»Ich glaub, das ist der eigentliche Klick dabei«, sagte Graham, der Moderator, lachend. »Es geht doch bestimmt darum, dass dir Eis nach ein paar Tagen so über ist, dass du nie wieder welches anrührst. Und wenn das so ziemlich alles ist, was man essen darf, isst man nach ein paar Tagen mehr oder weniger gar nichts mehr. Und Schluss. Klar, wer von uns würde sich das länger als nötig antun?«

»Wenn die dämliche Geri Halliwell es schafft«, sagte Crinolyn fordernd, »warum dann nicht auch wir?«

»Geri Halliwell schafft das, weil sie ein glamouröser Promi ist«, analysierte Graham messerscharf. »Die hat immer was am Laufen. Ist ja auch nicht leicht zu essen, wenn du ständig zwischen Fotoshootings und Zeitungsinterviews und Partys und Schiffstaufen herumhetzen musst.«

»Welches Schiff hat Geri denn schon getauft?«, wollte Crinolyn nun wissen. »Du redest kompletten Unsinn, du saugst dir das jetzt aus den Fingern.«

Dann tauchte Dahlia auf, die diese Woche auftrumpfte, als sei sie unterwegs zu ihrer Arbeit als Investmentbankerin – so was von klug, so was von konservativ. Wie üblich wurde alles andere zurückgestellt, und sie erzählte uns von dieser Woche, in der sie ihr Gewicht gehalten hatte und mit einem Renault-Händler aus Surbiton ausgegangen war, der ihr gebeichtet hatte, dass er in seinem ganzen Leben als Mann noch nie was mit einer Frau unter zwei Zentnern hatte. Dahlia war nicht so sicher, ob das eine Zukunft hatte. Sie hatte sich für Mittwochabend wieder mit ihm verabredet, überlegte aber ernsthaft, ob sie absagen sollte. Fit genug sei er schon, sagte er, aber vielleicht nicht besonders witzig. Sie gehörte zu den Frauen, für die sprühender Humor genauso unverzichtbar ist wie ein süßer Knackpo.

Bei alledem rollte Crinolyn, die vermutlich schon dankbar war, wenn ihr Mann zweimal in der Woche nüchtern war, verächtlich mit den Augen.

Sie war aber nicht die Einzige, der es keinen Spaß machte, Dahlia zuzuhören. Ihrer für uns noch immer namenlosen Freundin ging es genauso. Sie saß da mit vor der Brust verschränkten Armen und zornigem Blick. Das waren deutliche Zeichen für Missvergnügen.

Dahlia mochte ja ein Tölpel sein und völlig selbstverliebt, aber ganz abgestumpft gegen das, was um sie herum vorging, war sie denn doch nicht. Sie unterbrach die Schilderung dessen, was sie und ihr Renault-Händler sich zum Abendessen bestellt hatten, und fragte ihre Nachbarin, was los sei.

Ich spürte ihren Schmerz. Seit meinem fünfzehnten Lebensjahr bis zu der Zeit, als ich mich zum ersten Mal mit einem Mädchen verabredete, war auch ich nur ein Anhängsel gewesen. In der kühnen Einbildung, eins der Mädchen, die meine gut aussehenden, sportlichen, selbstsicheren Klassenkameraden anschwärmten, würden mich vielleicht ebenfalls bemerken, lungerte ich in ihrem Gefolge mit herum – und verachtete mich selbst dafür, was ich tat, und sie, weil sie Dinge hatten, die ich nicht hatte und vielleicht nie haben würde. Das Äußerste, was mir je zuteil wurde, war, dass Mädchen mich baten – und das fast ausschließlich, ohne mich auch nur mit Namen anzusprechen –, meinem begehrenswerteren Freund etwas Wichtiges auszurichten. Und in der Junior Highschool genügte das ja auch beinahe, da jeder Wortwechsel mit einem hübschen Mädchen außerhalb des Unterrichts schon furchtbar aufregend war. *So ist es also*, dachte ich staunend immer wieder, *wenn man normal ist.*

Ich war von meiner Art her keine Kriecherseele. Wenn ich diejenigen von der Peripherie aus beobachtete, in deren Gefolge ich freitagabends Fußball spielte, wünschte ich mir inniglich, dass sie einen groben Fehler begingen oder, im Gegenteil, selber mal schwer eins auf die Mütze bekamen. Klar, der eine wäre nichts gewesen ohne den anderen. Und Mädchen fanden Jungs, die sich beim Kampf zum Ruhm ihrer Schule Blessuren einhandelten, offenbar außerordentlich sexy.

Justitia mag blind sein, aber poetische Gerechtigkeit ist eine Mär. Bei meinem Klassentreffen am zwanzigsten Jahrestag des Schulabschlusses sollte ich feststellen, dass die besser aussehenden Klassenkameraden, um deren Gunst ich gebuhlt hatte, fette, kahle, geschiedene Alkoholiker waren, in Jobs festhingen, die sie hassten, wohingegen ich schlank und erfolgreich war und eine Michelle-Pfeiffer-Doppelgängerin am Arm hatte. Poetische Gerechtigkeit ist eine Mär, verbreitet, nehme ich an, von denselben Leuten, die uns die Religion gebracht haben, und auch zum selben Zweck benutzt. Nämlich die Besitzlosen davon abzuhalten, die Besitzenden umzubringen oder wenigstens ihren Porsche abzufackeln. Die Jungs, um deren Gunst ich buhlte, machten alle einen relativ zufriedenen Eindruck und hatten nichts von ihrer gewinnenden Selbstsicherheit eingebüßt, wohingegen ich kaum einen Monat der Zufriedenheit in meinem Leben erlebt habe – und grotesk dick bin.

Als ich nach diesem Tag meine Jahrgangsbücher durchblätterte, fiel mir auf, dass ich in den meisten Fällen sogar besser aussah als sie damals – immer aber cleverer, lustiger und kreativer. Es ist einzig eine Frage des Selbstvertrauens, nicht?

Oh, mein Sehnen! Dass ich mich bei den besser aussehenden Klassenkameraden angewanzt habe, dafür schäme ich mich fast genauso wie dafür, dass ich meine Großmutter an jenem letzten Tag, da ich sie sah, nicht gegrüßt habe.

## *Ein stinknormaler Mensch*

»Was los ist?«, fragte Dahlias Freundin und tat erstaunt. »Du willst wissen, was los ist? Nichts. Gar nichts. Bloß weil ich mir eingebildet habe, ich könnte mich auf dich verlassen! Bloß weil ich so dämlich war mir einzubilden, wir seien wirklich Freunde, du – der große Star – und ich, ein stinknormaler Mensch aus Neasden.«

Dahlia schaute entsetzt – das musste man ihr lassen. »Ach so, ja, ich sollte diese Woche anrufen, nicht? Tut mir furchtbar leid, wirklich. Ich hatte so viel um die Ohren, keinen Augenblick Zeit …«

»Hör damit auf«, brummelte die Freundin. »Das ist Blödsinn. Ich weiß, wie lange es dauert, einen Hörer in die Hand zu nehmen. Keine verdammte Minute!«

Graham mischte sich ein: »Vielleicht könntet ihr zwei euch diese Privatunterhaltung für später aufheben, wenn …«

Es war, als bemerke Dahlias Freundin jetzt erst richtig, dass die anderen aus der Gruppe auch da waren. Sie errötete vor Scham, kam dann aber sichtlich zu dem Schluss, dass Ohrenzeugen auch nicht schlecht waren. »Beim vorletzten Treffen«, sagte sie und sah Dahlia böse an, »sagte sie mir, sie hätte einen Kerl für mich, einen Visagistin aus einer der Shows, bei der sie gewesen war.«

Ich wusste schon, was jetzt kam, und so kam es auch. Der Zorn, hinter dem sie ihren Schmerz versteckte, löste sich auf, und sie brach in Tränen aus. »Immer sind es solche wie sie, die Hübschen, auf die die Kerle fliegen – die haben dann keine Zeit! Und solche wie ich, die keiner bemerkt, die von den Kerlen mitten auf der Tanzfläche stehen gelassen werden, die warten die ganze beschissene Woche darauf, dass das Telefon läutet. Aber es läutet nicht. Leider!«

Crinolyn legte unter mitfühlendem »Na-na, wer wird denn« ihre dicken weißen Arme um sie.

»Ich hab ihn mir ausgedacht«, sagte Dahlia, die es nicht ertrug, nicht im Mittelpunkt zu stehen. Ihre Strategie ging auf. Alle hingen wieder an ihren Lippen.

»Es hat niemand angerufen, weil es gar keinen gab, der hätte anrufen können.«

»Du bist ein Miststück sondergleichen«, sagte Boopsie.

»Du kannst mich mal, du Kuh«, fauchte Dahlia. »Ich hatte nur die besten Absichten und wollte einer, die total im Dunkeln tappt, mal ein Licht aufstecken. Keine von euch hat sie nach unseren Treffen mal im Auto mitgenommen. Keine von euch hat auch nur eine Ahnung, wie hoffnungslos sie ist. Aber ich weiß es und ich wollte ihr auf die einzige Art, die mir eingefallen ist, einen Rettungsanker zuwerfen.«

Ihre Freundin weinte vor Scham und Schmerz, und ich glaubte zu wissen, warum. Bis zu diesem Moment hatte sie geglaubt, dass ihr ganzes Szenario noch aufgehen würde, wenn sie Dahlia ausgeschimpft hatte und Dahlia in sich gegangen war und sie zur Versöhnung umarmt hatte. Aber das war jetzt nicht mehr drin.

»Hatte ich also Recht mit meinem Gefühl, dass du dich bei erstbester Gelegenheit gegen mich stellen würdest«, sagte Dahlia. »Bilde dir ja nicht ein, ich hätte das nicht gerochen. Solange ich ein bisschen Glanz und Aufregung in diese blöden Treffen bringe, bin ich der Liebling von euch allen. Aber kaum geht das Kleinste schief, lasst ihr mich im Stich.«

»Ich nicht«, platzte Graham heraus.

»Ich auch nicht«, protestierte Jez, obwohl er eine Freundin hatte. Dahlia aber schien beide nicht zu hören.

»Vielleicht ist euch schon mal aufgefallen, dass ich immer im Mittelpunkt stehe«, sagte Dahlia. »Sagt euch das vielleicht, wie es um meine Selbstachtung bestellt ist? Hat es jemand, der sich selber okay findet, nötig, dauernd das Rampenlicht zu suchen? Natürlich nicht. Hat es jemand, der sich selber okay findet, nötig, jede Woche seine ganze Garderobe wegzuschmeißen oder sich alles neu anzuschaffen? Wohl kaum!

Vielleicht bildet ihr euch ja ein, ich hätte, weil ich einigermaßen bekannt bin, freie Auswahl bei Kerlen. So ist es aber nicht! Alle, die ich bisher kennen gelernt habe, waren Schmarotzer, Kerle, die ihr Leben in der Kneipe verbringen wollen, während ich die Familie ernähre. Und inzwischen ist es sogar noch schlimmer – Schmarotzer und Speckjäger.«

»Ach, hör auf, ja«, sagte Crinolyn. »Weißt du denn nicht, wie froh jeder von uns wäre, wenn ihn überhaupt jemand beachten würde?«

Die Sache wurde langsam aufregend. Die Frage war nicht, ob es zu einer tätlichen Auseinandersetzung kam, sondern welche der anderen zuerst die Augen auskratzte. Nach vielen, vielen Jahren musste ich zum ersten Mal wieder an einen Vorfall zurückdenken, den ich an der Junior Highschool miterlebt hatte. Zwei mexikanische Mädchen mit hochtoupiertem Haar und dickem Eyeliner waren in einem Zicken-Duell zischend und schnaubend vor Wut aufeinander losgegangen und hatten sich gegenseitig als *puta* beschimpft. Von den Rasierklingen, die, wie es gerüchteweise hieß, solche Mädchen in ihren Haaren versteckt hatten, war nichts zu sehen. Zwei keuchende Lehrer konnten die beiden gerade noch trennen, ehe der erste Hieb ausgeführt wurde. Hätte eine von beiden einen Sex-Sklaven gesucht, ich hätte mich nur zu gern zur Verfügung gestellt.

Ich war mir nicht sicher, welche mir hier die liebste war. An Crinolyn gefiel mir nur, dass sie eine ziemlich klare Vorstellung davon hatte, wer sie war. Vielleicht aalte sie sich in einem Maße darin, das mir nicht ganz passend vorkam, aber sie hatte zumindest ein Gespür dafür, woran andere bei ihr Anstoß nahmen. Das Einzige, was mir an Dahlia je gefallen hatte, war ihr Make-up am Goth Day.

Es war aber eine rein akademische Frage. Denn jetzt, zweiundzwanzig Minuten nachdem das Treffen eigentlich hätte anfangen sollen, kam Nicola herein, und zwar auf eine Art, die bei allen, die sie sahen, eine sofortige Amnesie auslöste.

Das Gezänk der Freundin mit Dahlia? Niemand, so meine Vermutung, wusste noch das Geringste davon, nicht beim Anblick einer Nicola, die hübscher aussah, als es jeder der Anwesenden für möglich gehalten hätte.

Sie war nur noch halb so viel wie früher, immer noch keine Sylphide, aber inzwischen hätte sie ziemlich große Mühe gehabt, Arbeit als »big beautiful woman« zu finden. Ihr prachtvolles Haar glänzte wie nie zuvor. Ihre Haut hatte noch mehr Lüster, ihre Augen waren noch schöner – konnte das denn sein? Und allen stand bei ihrem Anblick der Mund offen. Eine andere Reaktion war nicht drin. Sie lächelte schüchtern, noch nicht daran gewöhnt, andere so zu beeindrucken, wie sie uns beeindruckte.

Alle erhoben sich, sogar die Frauen. Eine andere Reaktion war nicht drin. Es kam Farbe in ihre Wangen. Graham sprach für uns alle, als er sagte: »Donnerwetter!«

Damit waren die Schleusen geöffnet, und alle überschwemmten sie mit Fragen. Wie viel Kilo genau hatte sie abgenommen? Wie lange hatte das gedauert? Dank welcher Diät? Hatte sie Lust, nach dem Meeting was trinken zu gehen? Würde sie Grahams Braut werden?

Oh, der Blick, den sie mir zuwarf! Dieser Blick! Siehst du das?, fragte er. Ich hielt den Atem an.

Von einigen kamen jetzt Äußerungen des Sinnes, sie dürfe nicht bei dem Treffen bleiben. Nach Ansicht mancher war sie dafür zu schlank. Jemand wandte dagegen ein, es sei nicht angebracht, Nicola wegzuschicken, wenn ich bleiben durfte. Ich tat, als hätte ich das nicht verstanden. Graham schlug vor, dass Nicola bleiben durfte – als lebendiger Beweis für das, was jeder von uns mit Zielstrebigkeit und Entschlossenheit zu erreichen imstande war. »Vergiss es«, raunzte Crinolyn. »Ich werde mich nicht derartig unter Druck setzen.«

Graham erklärte das Treffen schließlich für beendet. Dahlia, die ihrer Freundin wohl nicht unter vier Augen gegenübertreten mochte, war längst raus. Mehrere andere umringten Nicola. Sie sagte, sie würde unten mit ihnen reden. Ich räumte in der Hoffnung, bald mit ihr allein zu sein, den Inhalt meiner Schultertasche um, aber die Freundin wollte sich offenbar vergewissern, dass Dahlias Auto nicht mehr auf dem Parkplatz stand, bevor sie selbst hinunterging, und blieb ewig am Fenster stehen. »Blöde Kuh«, sagte sie, als Dahlia auf die Straße einbog. Und dann waren Nicola und ich endlich unter uns.

Ich erlaubte mir den Luxus, sie lange anzuschauen. »Hast du jemanden kennen gelernt, den du magst?«, fragte sie. Die alte Nicola hätte nicht ein Zehntel des Selbstvertrauens besessen, das man für eine solche Frage brauchte. Ich fand es unaussprechlich sexy.

Ihr neuer Look, sagte sie, sei nur meinetwegen. Ich dachte, sie wollte mich veralbern. Ich war derjenige, der schließlich den Blick abwandte. Mir schoss durch den Kopf, dass sie vielleicht gar nicht Nicola war. Nicola hatte es niemals geschafft, dem Blick eines anderen so lange standzuhalten. Ich bekam einen trockenen Mund und feuchte Hände. Hatte einen Kloß im Hals.

»Ich hab gehört, du bist nach unserem gemeinsamen Abend gleich nach Ibiza gefahren«, sagte sie. »Ich war sehr enttäuscht, dass du mich nie wieder angerufen hast.«

Ich traute meinen Ohren nicht. Sagte, ich hätte nicht angerufen, weil sie sich doch mehr für Tarquin aus dem Pub interessierte als für mich. Sie sagte, sie hätte nur so getan, als sei sie interessiert, um meinen Kampfgeist anzustacheln. Ihr leiblicher Vater habe ihr mal gesagt, dass Männer nur an Frauen interessiert sind, um die sie kämpfen müssen. Tarquin aus dem Pub könnte ihr gar nicht gleichgültiger sein, dieser lausige Gesprächspartner, der keine Manieren hatte. »Wenn man den fragen würde, was Menschen bei einem Gespräch tun«, sagte sie, »würde er sagen: na, eben sprechen und dann warten, bis man wieder sprechen kann. Jede Wette.« Er sei außerdem zu jung für sie. Sie hatte sich immer mit einem älteren Mann gesehen.

Gut, dass ich es mit dem Aufstehen nicht eilig hatte. Sonst hätte ich mir Sorgen machen müssen, dass sie die riesige Beule im Schritt meiner Hose sah. Mir schoss durch den Kopf: Sie war die schönste Frau, die ich seit den Siebzigern gesehen hatte. Was nicht heißen sollte, dass sie nicht noch ein paar Pfunde loswerden musste. Sie stand auf. »Unten warten schon alle auf mich«, sagte sie.

»Ich muss bloß meine Tasche noch umräumen«, sagte ich und merkte sogar selbst, wie bescheuert ich mich anhörte. Sie sah mich mit hochgezogener Augenbraue an. Ich glaube, sie hat sie sich zupfen lassen, und zwar von jemandem, der sein Handwerk versteht.

»Du scheinst da komplizierte Sachen drin zu haben«, sagte sie und lachte leise. »So lange, wie du schon da drin rumkramst.« Ihr Spott machte das Problem nur noch schlimmer. Ich sagte, sie solle nicht auf mich warten, und versprach, sie anzurufen.

Ich saß noch eine ganze Weile da, während das Blut langsam auch wieder in andere Teile meines Körpers strömte.

»Ein Pop-Album, das unbedingt für Kunst genommen werden will, hat etwas unangenehm Archaisches«, schrieb die ehrenwerte Ira Robbins über *Hounds of Love*. »Bush besitzt ohne Zweifel Talent und Intelligenz, sie bringt gelegentlich sogar Außerordentliches zustande, aber es fällt doch schwer, sie so ernst zu nehmen, wie sie sich selbst nimmt.« In *Sounds* schrieb Richard Cook: »Die meisten ihrer Platten riechen nach Tarotkarten, Küchenvorhängen und Lavendelkissen. Aber in manchen Stücken von *Hounds of Love* entringt sich ihrer Kehle etwas Böses, sogar Dämonisches, und »The Big Sky« ist ein Moment von echter, bis zum Äußersten gehender Kühnheit. Es beginnt, als sollte es einer der digitalen Kriegstänze werden, in die Bush verfällt, wenn sie Gas geben will, und dann kreist ein ganzer Planet um ihre Stimme. Es ist das beste und bedrohlichste, was dieses bizarre Talent je getan hat.« Mark Peel von *Stereo Review* fand, »verglichen mit ihrem brillanten, aber schwierigen Album von 1982, *The Dreaming*, ist dieses hier regelrecht heiter.« Tom Doyle bemerkte: »Dies gehört, sowohl was die Musik als auch was die Texte betrifft, zur am wenigsten eingängigen Popmusik, die je zum Run durch die Charts angetreten ist.«

Kate erklärte später, ihr Video zu »Running Up That Hill«, choreografiert von Dyane Grey-Gellert und aufgeführt mit Michael Hervieu, sei ihr Abschied vom Tanz gewesen. Manche sahen es auch als eine Art Hommage an die leidenschaftliche Tanzszene in *Lianna*, dem Film von John Sayles aus dem Jahre 1983, in der eine unglücklich Verheiratete erkennt, dass sie Lesbin ist.

Ein von Julian Doyle als Regisseur angeführtes Filmteam verbrachte vier Tage am Uffington White Horse Hill mit dem Dreh des Videos zu »Cloudbusting« und fühlte sich beobachtet, obwohl sonst niemand da war. Jemand machte darauf aufmerksam, wie nahe der Drehort an der alten Grabstätte Wayland Smithy lag, wo laut einer alten Legende ein Schmied darauf wartet, die Pferde von Reisenden zu beschlagen. Die Presse war gebührend amüsiert. In dem kurzen Film wird der Psychoanalytiker Dr. Wilhelm Reich, gespielt von Donald Sutherland, von eifersüchtigen Bürokraten mit blank geputzten Schuhen verhaftet, weil er eine Regenmaschine erfunden hat. Nach der Verhaftung setzt sein Sohn Peter, gespielt von einer nicht im mindesten jungenhaften Kate, die Maschine in Gang und lässt es regnen. Ein herzerfrischender Triumph der Tugendhaften und Erfinderischen über kleinliche, bürokratische Kurzsichtigkeit! Später lief das Video im Beiprogramm von *Zurück in die Zukunft* in den Kinos.

Am Versammlungsort konkurrierten nicht nur die Esssüchtigen um Nicolas Aufmerksamkeit, sondern auch ein bunter Haufen Kneipengäste. Nicola schritt wie Madonna durch eine

Meute von Paparazzi in Richtung Tür. Ob sie erwartete, dass ich mich durch das Gewühl zu ihr durchboxte?

Tarquin wartete auf sie. Dass sie sich bei ihm eher mit einem älteren Mann sah, war wohl eher ein Scherz gewesen! Sie drehte sich noch einmal zu mir um, sah mich mit demselben hämischen Lächeln an wie oben und verließ den Pub. Tarquin betrachtete mich mit einem Blick, der besagte: »Das hast du bloß geträumt, Junge.« Ich gab ihnen die Zeit, in sein Auto einzusteigen und abzufahren, und dann (erst dann) war ich zornig genug, um ihn windelweich zu prügeln.

Ich überlegte, ob ich noch mal nach Ibiza fliegen sollte, entschloss mich aber, Nicola anzurufen, sobald ich zu Hause war. Sie ging nicht ans Handy, und ich wollte keine Nachricht hinterlassen, die sie ignorieren konnte. Probierte es auf der Festnetznummer. Cyril nahm ab, wirkte verträumt. Er sagte, er sei mitten in einer heftigen Gardinenpredigt, die der Fleischberg ihm hielt. Ob er zurückrufen könne. »Leg das verdammte Telefon auf und scher dich hierher!«, hörte ich den Fleischberg von der anderen Seite des Zimmers schnauzen. Cyril stöhnte vor Lust. Ich wollte Nicola keine Nachricht hinterlassen und ließ ihn in dem Glauben, ich hätte ihn angerufen. Klar könne er mich zurückrufen, sagte ich, hoffte aber natürlich, er würde es lassen.

Beim Abendessen war Mrs. Cavanaugh mir gegenüber noch kühler als sonst, dafür aber ungewöhnlich fürsorglich gegenüber Mr. Chumaraswami. War ihm die Bratensoße zu salzig? Sie hatte sie diesmal mit einer anderen Sorte Fond gemacht. Und wie fand er die Kartoffeln? War er sicher, dass er genug hatte? Hatte er vielleicht irgendeinen speziellen Wunsch für später in der Woche? Falls ja, sollte er es ihr ruhig sagen, sie würde es dann bestimmt kochen. Er musste zugeben, dass er eine Schwäche für Lamm-*Biryani* hatte, und sie lachte und sagte, das zu probieren sei ihr noch nie eingefallen, aber sie würde es tun. Falls ihr Getue ein Versuch war, mich eifersüchtig zu machen, war es vergeblich. Ich konnte nur an Nicola denken.

Gott sei Dank gab es noch *Star Idol*, das mich für eine Stunde ablenkte. In den vergangenen Wochen hatte ich Huw, den walisischen Obertrottel, ins Herz geschlossen. Während die meisten anderen Wettbewerbsteilnehmer seit frühester Jugend eine Karriere als Musiker oder Popstar anstrebten, sang Huw, ein harmlos wirkender Klempner aus Swansea, erst seit ein paar Monaten. Kumpels hatten ihn eines Abends dazu überredet, bei dem Karaoke-Wettbewerb in ihrer Stammkneipe die walisische Nationalhymne, »Delilah« von Tom Jones anzustimmen. Er sei, hieß es, völlig von den Socken gewesen, als alle in der Kneipe von den Stühlen aufsprangen und Beifall klatschten. Er war einer der sieben (von über sechzig), die nach dem Vorsingen in Cardiff in die zweite Runde nach London gekommen waren.

Jetzt war er nicht nur der letzte Waliser, der noch im Rennen war, sondern gehörte zu den letzten fünf überhaupt. Es war kein Zuckerschlecken für ihn gewesen. Anfangs war er, weil er offenbar nicht mehr erwartete als bei diesem ersten Karaoke-Wettbewerb, einfach rausgegangen und hatte losgelegt. Die Juroren sagten ihm jedoch, er habe null Chancen, es als Popsänger zu schaffen, wenn er sich einzig auf die Kraft seiner Stimme verließ, was er offenbar als ausreichend angesehen hatte. Doch das Publikum schien ihn zu mögen und wählte ihn in die nächste Runde.

Dort kam jemand auf die glänzende Idee, ihn Elton Johns »Candle In The Wind« singen zu lassen, und zwar die Originalversion und nicht die Jahrzehnte später für Prinzessin Diana revidierte. Huw setzte sich dafür auf einen Hocker. Seine Stirn und seine Oberlippe glänzten von Schweiß. Die Juroren waren sich einig, dass er den Song nicht rübergebracht habe und zudem schrecklich nervös gewesen sei. Und als der grausamste Richter sagte, er höre sich lieber den ganzen Tag an, wie Radios aus Styropor ausgepackt werden, brach Huw vor Pein in Tränen aus. Es war wunderbares, herrliches Fernsehen. Als Erstes entschuldigte er sich bei den Juroren, danach bei der Kamera. Das Publikum liebte ihn dafür und wählte ihn in die nächste Runde.

In welcher er Tina Turners »River Deep, Mountain High« sang, mit viel Kraft zwar, aber nicht gerade mit einer Gestik, die bei der Jury ankam. Alle vier sprachen davon, dass eine kraftvolle Stimme nicht mal die halbe Miete sei. Wer auf eine Karriere im Popgeschäft hoffe, müsse sich auf der Bühne zu bewegen wissen. Das Publikum mochte Huw aber weiter und wählte ihn in die nächste Runde.

In welcher er nun einen Song zum Besten gab, mit dem Jahrzehnte zuvor einer der Juroren groß herausgekommen war. Huw konzentrierte sich aber zu stark auf die Schrittfolge, die sich der Tanz-Experte von *Star Idol* für ihn ausgedacht hatte, und sang mit einer Stimme, die bloß ein schwacher Abglanz dessen war, was ihn aus Cardiff herausgeführt hatte. Jetzt fanden die Juroren, mit diesen Bewegungen sei Huw nicht Huw, und wunderten sich, was aus seiner einst mächtigen Stimme geworden war. »Aber letzte Woche«, entfuhr es Huw, »wollten Sie von meinem Gesang nichts wissen und haben gesagt, ich müsste mich besser bewegen.« Mit diesen Ausbruch handelte er sich einen strengen Vortrag darüber ein, dass er an diesem Punkt seiner Karriere – vorausgesetzt, er hatte eine vor sich – offenbar mehr zu wissen wähnte als die Jury mit ihren zusammengenommen wer weiß wie viel Jahren Erfahrung im Geschäft. Das Publikum freilich war beeindruckt, dass er sich nicht einschüchtern ließ, und wählte ihn wieder in die nächste Runde.

In der Huw nun aussah wie einer, der erst Stunden zuvor religiösen Fanatikern entronnen war, die ihn zwei Jahre lang als Geisel gehalten hatten. Er hatte Tränensäcke. Offenbar rauchte er auch wieder, und zwar drei Schachteln am Tag. Daher hatte er kaum Zeit zum Essen – und er hatte, wie berichtet wurde, seit Beginn des Wettbewerbs schon gut drei Kilo abgenommen. Hatte seiner Freundin nach vier Jahren per Telefon den Laufpass gegeben. Brach mittlerweile ohne erkennbaren Anlass in Tränen aus.

Gerüchteweise hieß es, Huw sei ein Fan von Robbie Williams und habe die Erlaubnis erhalten, in dieser Runde eine der Hymnen an die Selbstverachtung aus dem Repertoire seines Helden zu singen. Huw stand regungslos da, seine Hände bildeten ein umgekehrtes V über dem Mikrofon. Anfangs hörte es sich an, als sei er so unter Drogen, dass er die Stimme nicht modulieren könne, doch nach dem achten Takt etwa wachte er auf. Seine Stimme fand zu ihrer ursprünglichen Kraft zurück. Diesmal konnte man ihm nicht vorwerfen, er bringe emotional nichts rüber, denn er sang das Stück, als habe er es selbst geschrieben. Nach der Hälfte etwa hörte er jedoch abrupt auf und sah sich um, als wisse er nicht, wo er war. Der Regisseur forderte gerade noch zur rechten Zeit, dass die Kamera nahe heranging, damit wir die ersten beiden Tränen sehen konnten, die aus seinen Augen kullerten. Und dann brach der Damm. Schluchzend sank er auf die Knie, trommelte erst mit den Fäusten und schlug danach seine Stirn auf den Boden. Es dauerte eine Weile, bis ihn die beiden schottischen Ansager und zwei der anderen Wettbewerbsteilnehmer hochziehen konnten. Es war phantastisches Fernsehen.

»Also«, sinnierte der erste Juror, ein zum Sprechtrainer mit exzentrischer Frisur mutiertes ehemaliges One Hit Wonder, »jetzt kann wohl niemand sagen, dass Huw den Song emotional nicht rübergebracht hat. Aber in unserer Branche hat man mit einem halb rübergebrachten Song seinen Job eben nicht gemacht.«

Der zweite Juror, der grausame, die tadelnde Vaterfigur, der selbst Sängern, die jeden Ton trafen, vorwarf, sie hätten falsch intoniert gesungen (die Jahre als Vertriebschef einer großen Plattenfirma hatten sein Gehör offenbar über alles normalmenschliche Maß hinaus geschärft), führte aus, dass in der Musikindustrie nur die Starken überlebten. Die Dritte aus der Jury wies darauf hin, Huws Vortrag sei zu Beginn etwas zaghaft gewesen. Deshalb, dachte ich, ist sie heute persönliche Assistentin des Managing Directors in einer der großen Plattenfirmen – wegen dieses Scharfsinns, ihren sehr üppigen Brüste und ihrer langen Beine.

Im Alter wurde ich ja ein richtiger Zyniker!

Die Letzte aus der Jury, die Unansehnlichste eines gemischten Trios, das vor fünfundzwanzig Jahren diverse echt peinliche Welthits hatte, erinnerte uns daran, dass sie Huws Stimme von Anfang an gemocht hatte, fand aber wie die anderen seinen heutigen Auftritt auch unbefriedigend.

Als ich mir das Königreich Großbritannien zur neuen Heimat erkor, waren Witze sehr beliebt, in denen es um die recht bescheidene natürliche Intelligenz von David Beckham ging. Verglichen mit dieser Jurorin war David Beckham so etwas wie Dr. Stephen Hawking.

In der jetzt folgenden endlosen Werbepause wurden die Zuschauerstimmen für ihre Lieblingskandidaten ausgezählt. Der kleine Schotte erinnerte an den Teil der Programmphilosophie, nicht bekannt zu geben, wie sich die Zuschauerstimmen auf die einzelnen Kandidaten verteilt hatten. Die Produzenten der Show hatten ihn aber ermächtigt mitzuteilen, dass Huw mehr Stimmen erhalten hatte als je ein anderer Kandidat, und das, obwohl die Show schon das zweite Jahr lief.

Als er wieder auf die Bühne gelockt wurde, sah er aus wie ein von Autoscheinwerfern angestrahlter Hirsch. »Also, Großer«, fragte der kleine Schotte, »wie ist das, wenn man mehr Zuschauerstimmen bekommen hat als je ein Kandidat dieser Show?«

Huws Stirn glänzte wieder. Er sah sich um, erkannte aber nichts, weder die Juroren noch die Bühne, noch die anderen Teilnehmer. »Ich möchte nach Hause«, sagte er ganz, ganz leise. »Ich will das nicht mehr. Ich möchte nach Hause.«

Der Regisseur gab uns dic anderen Teilnehmer aus der Nähe. Kein Auge war mehr trocken. Dann sahen wir die Juroren. Der tadelnde Vater verdrehte vor Abscheu die Augen.

Und als Huw dann seine großen Klempner-Pranken um den Hals des kessen kleinen Schotten legte und ihn von Boden hochhob, ließ der Regisseur wieder zu ihnen schwenken. Es war wie die schlimmste, chaotischste Jerry-Springer-Show, die man je gesehen hatte, aber hoch zehn. Alle brüllten durcheinander. Huw und der kleine Schotte verschwanden unter einem Pulk aus anderen Teilnehmern und Kameramännern, Kabelträgern und Abgesandten von Fanclubs – vielleicht das Aufregendste, was ich jemals im Fernsehen gesehen hatte.

# *Diese Begeisterung bringt sie um*

Als *Star Idol* vorbei war, hoffte ich, Mrs. Cavanaugh würde mich besuchen kommen und die Spitzenkorsage tragen, die sie in der ersten Nacht angehabt hatte. Es wurde jedoch immer später, und sie ließ sich nicht blicken. Ich rief Nicola nicht auf ihrem Handy an – aus Angst, sie ließe boshafterweise vielleicht Tarquin das Gespräch annehmen. Und ich rief sie nicht auf dem Festnetz an – aus Angst, dann Smalltalk mit dem Fleischberg machen zu müssen. Ich ging nach unten. Die Küche war leer, und ich holte mir eine Dose kaltes Budweiser und eine Tüte Mini-Poppadoms mit Lammgeschmack und ging damit in die Diele, wo Mrs. Cavanaugh mit Mr. Chumaraswami vor dem Fernseher saß und *Megastar* sah. Ich hatte vergessen, dass das jetzt lief. »Kommen Sie, Mr. Herskovits«, forderte mich Mrs. Cavanaugh zum Nähertreten auf, aber nicht überzeugend. »Cathy tritt nachher auf und die Teilnehmer müssen diese Woche einen Song von Kate singen.«

»Ja«, sagte ich, »aber nur, wenn ich Sie nicht störe.«

Mr. Chumaraswami kicherte verlegen bei der bloßen Vorstellung. Mrs. Cavanaugh wandte den Blick nicht vom Bildschirm ab. Ich setzte mich zwischen sie und bot ihnen nacheinander ein Poppadom an. Die Hausregel lautete, dass sich jeder die Snacks nehmen durfte, die er mochte, so dass Mr. Chumaraswami also eigentlich keinen Grund hatte, mir zu danken. Es war wohl eher, weil ich daran gedacht hatte, ihm eins anzubieten. »Für mich nicht, danke«, sagte Mrs. Cavanaugh, ohne mich anzusehen. »Ich mag nur die mit Garnelengeschmack.« Falls das ein Kode war, kannte ich ihn nicht.

Der Blinde, der Mariah Carey imitiert hatte, als ich hereinkam, ließ uns keinen Augenblick vergessen, wie virtuos er war und brachte »Rubberband Girl«, in vielerlei Hinsicht eine seltsame Wahl, zu Ende. Danach wurde den Juroren ein dickes Mädchen vorgeführt, dem vor Nervosität das wabbelige Fleisch flatterte. Sie sang »Oh England My Lionheart« so, wie es sich wohl alle vorstellten, dachte ich. Sie vertraute auf den Patriotismus der Juroren und hoffte auf Milde, war aber wirklich gut.

Der Ex-Assistent von Shania Twains Visagistin gähnte, klopfte mit einem Bleistift auf den Tisch, lehnte sich zurück und legte den Kopf auf die aufgestützten Hände. »Schön, Beulah«, sagte er, »an deiner Stimme liegt es nicht, wenn du nicht vorankommst. Deine Stimme ist wirklich sehr gut.« Beulah bebte vor Angst. »Es liegt daran, dass du unerträglich und abstoßend übergewichtig bist. Wann hast du selber das letzte Mal jemanden von deiner Statur in *Top of the Pops* gesehen? Kannst du dich erinnern?«

Sie war ein tapferes Mädchen, diese Beulah. Sie machte ihm nicht die Freude, vor Scham in Tränen auszubrechen. Doch weil sie so um Beherrschung rang, konnte sie nur langsam sprechen. »Man hat mich aufgefordert, hier vorzusingen«, sagte sie. »Die Produzenten haben gesagt, sie wollten diesmal hauptsächlich kräftigere Typen, Leute mit Handicaps …«

»Kräftigere?«, fiel ihr der Ex-Assistent von Shania Twains Visagistin ins Wort. »Ich finde, das ›Kräftigere‹ hast du seit einem Zentner hinter dir. Titanisch wäre vielleicht das bessere Wort für dich.« Die abgetakelte Disco-Queen neben ihm barg ihr Gesicht in ihren auf dem Tisch liegenden Armen, aber erst, nachdem die Kamera den gespielt missbilligenden Blick eingefangen hatte, den sie dem Ex-Assistenten von Shania Twains Visagistin zuwarf. Der Vertreter der Plattenindustrie schaltete sich ein. »Beulah, nehmen wir an, du wärst für einen Auftritt im Londoner Palladium gebucht. Wie denkst du dir das, wie würde man dich auf die Bühne befördern? Mit einem Kran?«

»Was haben die denn nur?«, sagte Mrs. Cavanaugh erstaunt. »Ich dachte, das Mädchen wär ein Knüller.«

»Dachte ich auch«, sagte Mr. Chumaraswami, »aber diese Juroren sind Experten, Aibheann.«

Mr. Chumaraswami nannte sie beim Vornamen?

Für weitere Debatten war keine Zeit, denn jetzt kam die beängstigend dünn aussehende Cathy und sang »Your're The One« von *The Red Shoes*, und sang es so, dass es einem das Herz brach. Jede Silbe (sogar die vielen solipsistisch-dunklen), jeder Ton endete mit einem so angsterfüllten Kiekser, dass Kates Gesang auf der Originalplatte verglichen damit beinahe stressig wirkte. Betörend war das einzig angemessene Wort.

Für die Juroren war das eine harte Nuss, da die ehemalige Disco-Queen, die nur Sachen kannte, die ihr persönlich gefielen, mit ihrer Einschätzung als Erste dran war. Sie studierte erst mal ausführlich die Körpersprache des Ex-Assistenten von Shania Twains Visagistin, erhoffte sich Aufschluss über seine Meinung, bevor sie schließlich sagte: »Ich finde, es war gut.« Als sie sah, dass der Ex-Assistent von Shania Twains Visagistin nicht die Augen verdrehte, fügte sie hinzu: »Sogar umwerfend.«

Der Plattenmensch erklärte, er sei beeindruckt. Schließlich kam der Ex-Assistent von Shania Twains Visagistin an die Reihe. »Ich fürchte, ich kann nicht ganz zustimmen«, sagte er, wie er immer alles sagte. Und Cathy wirkte noch mehr so, als fiele sie jeden Augenblick in Ohnmacht. »Ich finde überhaupt nicht, dass sie gut war.« Das Studiopublikum hielt wie ein Mann den Atem an – und wir drei auf Mrs. Cavanaughs Sofa genauso.

Man konnte, so wie ich, der Meinung sein, dass der Ex-Assistent von Shania Twains Visagistin ein echter Kretin war, ein Sadist und Scharlatan – aber an seinem Timing konnte man nicht meckern, denn er fügte im letzten Moment, bevor die Bauern mit Forken und Fackeln auf ihn losgehen konnten, hinzu: »Ich fand sie sensationell gut! Offensichtlich ein Superstar. Wenn sie nicht an Unterernährung stirbt, könnte die nächste Sinéad O'Connor aus ihr werden. Da könnt ihr Gift drauf nehmen.«

Ich konnte nicht erkennen, ob Cathys Tränen, als sie auf die Knie sackte, Tränen der Qual oder der Freude waren. Bei ihrer Mutter ließe sich das, wenn die weinen würde, leichter feststellen: Es wären Tränen der Qual. »Jetzt stecken wir tief in der Scheiße«, sagte Mrs. Cavanaugh. »Jetzt kommt es knüppeldick.«

»Wie können Sie so was sagen, Aibheann?«, sagte Mr. Chumaraswami erstaunt. »Die waren doch alle ganz begeistert.«

»Und diese Begeisterung bringt sie um. Und mich dazu. Und ihre Brüder. Lesen Sie denn keine Zeitung, Seetharaman? Sehen Sie keine Nachrichten? Manche Tiere fressen ihre Jungen. Die Briten fressen ihre Promis, mit Haut und Haaren. Haben Sie nicht gemerkt, dass Kate die letzten zehn Jahre völlig abgeschirmt gelebt hat? Haben Sie nicht gesehen, was für ein Mob von Klatschbasen neulich abends unterwegs war? Du lieber Gott! Wir sind geliefert, ich sag's Ihnen.«

»Denken Sie doch bloß mal an das Geld«, protestierte Mr. Chumaraswami. »Sie wird sich die besten Ärzte leisten können.«

»Falls sie nicht, wie dieser Juror da sagt, an Unterernährung gestorben ist, ehe sie ins Finale kommt. Wissen Sie, was Ihre Manager ihr weismachen wollten? Sie wäre zu dick, um Popstar zu werden. Können Sie sich vorstellen, was die mit solchen Reden bei einem Mädchen wie meiner Cathy anrichten? Die bringen sie um, diese beiden.

Wir sind geliefert. Total geliefert.«

»Die bringen sie nicht um, wenn ich irgendetwas dazu zu sagen habe«, hörte ich mich verkünden. Wenn ich den, der das gesagt hatte, nicht kennen würde, hätte ich ihm vielleicht auch geglaubt, wie es Mr. Chumaraswami zu tun schien. »Oh, Sie haben ein gutes Herz, Mr. Herskovits«, sagte er. »Das ist so nett von Ihnen.« Der tiefe zweideutige Blick, mit dem mich Mrs. Cavanaugh ansah, war mehr, als ich verdient hatte. Doch der

Blick, mit dem ich sie ansah, sagte bloß, dass ich oben auf sie wartete.

Sie ließ mich noch über eine halbe Stunde warten und hatte dann nicht, wie ich erhoffte, ihre Korsage angezogen. Sie trug sogar noch dieselben Sachen wie unten in der Diele. Offenbar war sie mit den Gedanken woanders.

Ich sagte, ich hätte schon gezweifelt, ob sie überhaupt noch käme. Sie sagte, sie habe Mr. Chumaraswami gegenüber nicht grob sein wollen, der sich das zwar nicht anmerken lasse, aber selber ein gebrochenes Herz habe. Seine IT-Firma pfeife anscheinend auf dem letzten Loch. In IT-Angelegenheiten wollten die Leute heute offenbar bloß noch Rat von glamourösen Frauen aus Sri Lanka. Er hatte herausgefunden, dass seine Frau monatelang eine arrangierte Affäre hatte. »In seiner Kultur«, sagte Mrs. Cavanaugh als Reaktion auf meinen Blick, »kennt man arrangierte Affären offenbar. Die sind für Leute, die den Kanal voll haben von ihrer arrangierten Ehe. Ich wusste das bisher auch nicht.«

Ich spürte, wie das »Innere Kind« in mir erwachte. Ich sagte, sie nehme ja ganz schön viel Anteil an Mr. Chumaraswami, und fragte mich, ob sie merkte, dass ich das auch gebrauchen konnte. Ich fragte mich auch, ob sie wohl ahnte, wie enttäuscht ich war, sie in demselben Aufzug zu sehen, in dem sie vorhin mit Mr. Chumaraswami fraternisiert hatte.

Sie ließ sich viel Zeit, bevor sie antwortete. »Ich dachte«, sagte sie, »du würdest dich überhaupt freuen, mich zu sehen, egal, in welchem Aufzug ich komme. Vielleicht sogar dankbar sein.«

Mein inneres Kind hatte das Steuer übernommen. Wer auch nur einen Funken Verstand besaß, wäre jetzt rechts ran gefahren, hätte die Handbremse angezogen und wäre nur noch weggelaufen. »Weil ich ein Dicker bin?«, sagte ich. »Weil ich ein Dicker bin, soll ich dankbar sein, wenn mir eine zweiundfünfzigjährige irische Pensionsbetreiberin Beachtung schenkt? So dick bin ich nun auch wieder nicht.«

»Du bist kein bisschen dick, außer in deiner Einbildung. Du siehst sogar gut aus, aber nicht annähernd so gut, dass du dir eine solche Einstellung leisten kannst. Wenn ich eine zweiundfünfzigjährige irische Pensionsbetreiberin bin, was bist du dann? Ein mittelloser vierundfünfzigjähriger Amerikaflüchtling mit einer körperlichen Fehlbildung?«

»Raus hier!«, schrie – oder krähte – das innere Kind in mir.

»Nicht«, sagte sie, »ehe ich gesagt habe, was ich sagen wollte. Und vergiss bitte nicht, wem dieses Haus gehört, ja!

Bildest du dir wirklich ein, dass ich diejenige bin, die hier das lange Ende der Wurst abkriegt? Na, dann überleg noch mal in Ruhe. Ich weiß, dass du in der Werbung warst – und außerdem unglaublich hübsch. Wie gesagt, du siehst immer noch gut aus und nicht nur für einen Mann deines Alters – sondern überhaupt für einen Mann. Aber wie seh ich für dich aus, hm? Glaubst du denn, hinter mir seien die Jungs nicht hergewesen, seit ich vierzehn war? Als ich dreiundzwanzig war, sollte ich für *Mayfair* und für *Penthouse* Aufnahmen machen. Und *Mayfair* war damals noch kein solcher Schund wie heute, das war damals ein erstklassiges Magazin, eins für Herren und nicht für kleine Jungs.

Eine Zeitlang hieß es mal, sogar Kate hätte Aufnahmen für *Penthouse* gemacht – ausgerechnet Kate, der es in den ersten Jahren ihres Ruhms immer besonders unbehaglich war, wenn sie als sexy bezeichnet wurde. Die Fotos waren ja auch von einer anderen dunkelhaarigen Kate, von Kate Simmons. Aber das hat eine ganze Reihe von Primitivlingen nicht abgehalten, die *Penthouse*-Fotos für die Cover von Kate-Bush-Bootleg-Alben zu verwenden, die über die Jahre herauskamen.

Was glaubst du, was los war, nachdem sich mein Roger umgebracht hatte?«, sprach Mrs. Cavanaugh weiter. »Hättest du wohl nicht gedacht, dass sich zwei Popstars um mich bemüht haben, von denen du vermutlich schon gehört hast – andererseits, wer weiß, was von unserem britischen Zeug zu euch in die Staaten durchgedrungen ist –, und außerdem ein

Fußballspieler, einer aus der obersten Liga, dem sich die Mädchen nur so an den Hals geworfen haben? Ich kann heute noch nicht in den Supermarkt gehen, ohne dass mich irgendein schnuckliger Kerl nach meiner Telefonnummer fragt. Mach die Augen auf, Mensch! Mach sie auf!«

»Du bist zweiundfünfzig«, rief ich ihr in Erinnerung, obwohl mir klar war, dass ich schon verloren hatte, und obwohl es mir lieber gewesen wäre, sie hätte mir die Kleider vom Leib gerissen und mich vernascht. »In unserer Kultur steht einem vierundfünfzigjährigen Mann mehr sexuelles Kapital zur Verfügung als einer zweiundfünfzigjährigen Frau, vielleicht sogar einer vierzigjährigen. Wie alt ist Robert de Niro? Al Pacino? Stallone? Richard Gere? Oder, wenn wir schon mal dabei sind, dieser Sean Connery? Und die sind alle noch große Stars! Nenn mir eine Frau, die nur ein Viertel dessen kriegt, was die kassieren. Nur zu!«

»So lasse ich in meinem eigenen Haus nicht mit mir reden!«, sagte sie und sprang erzürnt auf. »Was war denn der letzte große Hit, bei dem Sylvester Stallone mitgespielt hat, hä?«

Mir fiel auf, dass *Rambo* tatsächlich schon 20 Jahre alt war. Wie die Zeit vergeht, wenn man Spaß hat und auch, wenn man keinen hat! »*Rocky!*«, plärrte ich. Es klang total lächerlich.

»*Rocky!*«, schrie sie. »Duncan war noch ein Kind, als *Rocky* rauskam, du arroganter egoistischer Arsch!«

»Nicht das Original!«, sagte ich. »Die letzte Folge, *Rocky* 27. Das war doch ein Kassenschlager. Da mussten sie bewaffnete Polizisten hinstellen, um die Leute in Schach zu halten.«

Sie funkelte mich böse an, so böse und so lange ... und lachte dann wie verrückt, und ich mit. Wir haben richtig geschrien, aber das war erst der Anfang. Sofort waren wir so am Lachen, dass wir kein Wort mehr herausbrachten und nur noch ab und zu hörbar Luft holten. Auf den Tränen, die uns aus den Augen gerollt waren, hätten wir schon ein Spielzeugboot schwimmen lassen können.

Mr. Chumaraswami klopfte empört an seine Decke, meinen Fußboden. »Soll ich«, brachte ich mühsam heraus, »mal runtergehen? Vielleicht braucht er ja noch mehr Anteilnahme?« Wir beide fanden, das war das Witzigste, das je auf Englisch gesagt worden war.

Es hielt uns nicht auf dem Bett. Wir wälzten uns schon auf dem Fußboden, trommelten mit den Fäusten. Der arme Mr. Chumaraswami klopfte noch einmal an die Decke, lauter. Wir klopften beide zurück und mussten nur noch mehr lachen. Mir war klar, dass ich jeden Augenblick platzen würde. Mr. Chumaraswami hatte seine Erfolge in der IT-Branche nicht durch das Ausfechten aussichtsloser Kämpfe errungen. Er klopfte nicht mehr.

Schließlich kriegten wir uns wieder ein. Von sexueller Spannung war zwischen uns jetzt nichts zu spüren. Mir schien, als hätten wir einen neuen Weg eingeschlagen. Ich war nicht ganz sicher, ob mir das gefiel.

»Ich hab Mr. Chumaraswami nicht nur Anteilnahme bekundet«, sagte sie. »Es wird Zeit, dass du das weißt.« Selbst wenn ich gewollt hätte, ich hätte kein Wort herausgebracht. »Ich hab schon immer eine Schwäche für Asiaten gehabt«, seufzte sie. »Das sind phantastische Liebhaber, wie man es ja auch hofft bei Leuten aus einer Kultur, die uns das *Kamasutra* geschenkt hat. Aber Seetharaman ist nicht wie die anderen, die ich hatte.«

Ich wollte das nicht wissen. Auf gar keinen Fall. »Wie konntest du nur?«, sagte ich schließlich.

»Für dich hat es immer nur das eine gegeben, Mr. Herskovits. Aber niemand ist nur dominant oder nur devot, ausgenommen vielleicht diese kahl rasierten Machos, die man in den Kontaktmagazinen sieht. Die bilden sich vielleicht ein, wenn sie zugeben, dass sie auch mal gern devot sind, hält sie alle Welt für schwul. Dominanz und Unterwerfung sind zwei Bewegungen desselben Muskels. Und bei dir kann ich immer nur dominant sein. Dadurch bleibt die eine Hälfte von mir immer auf der Strecke.«

Ich spürte, wie sich meine Nasenflügel blähten. »Moment, damit ich das nicht missverstehe! Mr. Chumaraswami aus der Etage unter mir, Mr. Chumaraswami, der vielleicht als Einziger auf der ganzen Welt *Lionheart* für Kates bestes Album hält, ist bei dir dominant?« Ich zog ein Gesicht, um meinen Zweifel auszudrücken.

»Zufällig ja, und hoffentlich bleibt dein Gesicht nicht so. Dominanz heißt doch nicht bloß, dass man groß und fit ist oder dass man in einer Lederweste rumläuft ohne was drunter, damit alle die Tattoos sehen, sondern dass man was kapiert hat – nämlich, dass genau die Dinge, die einer Frau im Alltag total widerstreben, in der Erotik unglaublich aufregend sein können.«

Ich hatte keine Ahnung, wovon sie sprach. »Herumkommandiert zu werden«, sagte sie. »So behandelt zu werden, als wär man bloß ein Anhängsel, ein Spielzeug. Wenn das jemand im wirklichen Leben probieren wollte, würde er von mir eine blutige Nase kriegen, aber im Schlafzimmer ist es doch herrlich, wenn ein anderer mal den Ton angibt. Von dir dachte ich nun gerade, du wüsstest das.«

»Du und Mr. Chumaraswami. Du und ... Seetharaman.«

»Es steht dir nicht, so gereizt zu sein, Mr. Herskovits. Ich kann mich nicht erinnern, dass einer von uns dem anderen versprochen hätte, der Einzige zu sein.«

Ich zählte im Kopf zwei und zwei zusammen. Eine Frau als Lover zu haben, mit der auch dieser bescheuerte Seetharaman Chumaraswami das Bett teilte, darauf konnte ich nicht stolz sein. Je länger ich darüber nachdachte, desto größer wurde mein Entsetzen. Und während es noch wuchs, meldete sich wieder das innere Kind in mir und schrie nach Vergeltung.

»Nein, haben wir nicht.« Ich musste ihr Recht geben. »Ich hab auch noch jemand anders gehabt, weißt du.«

»Quatsch«, sagte sie. »Das wüsste ich. Das hätte ich gemerkt.«

Ich zuckte mit den Achseln. Und kam mir ziemlich höflich dabei vor.

»Kenne ich die Dame? Bloß weil wir hier so nett plaudern, meine ich. Damit ich dir glauben kann.«

»Ach, ich glaub nicht, dass du sie kennst«, sagte ich und betrachtete meine geschundenen Fingernägel, der Inbegriff der Lässigkeit. »Sie ist um einiges jünger, weißt du. Zwanzig und was.« Fast hätte ich vor mich hin gepfiffen.

»Tut mir leid«, sagte sie. »Das klappt bei mir nicht. Das Alter ist ein chronologischer Zufall. Es hat keinen Sinn, jemanden zu beneiden, weil er jünger ist als man selbst.«

»Im Gegenteil! Jüngere sind hübscher und viel vitaler.«

»Jüngere haben weniger Lebenserfahrung und meist nur ein sehr rudimentäres Gespür für ihre eigene Lächerlichkeit. Und dass man nicht mit ihnen reden kann, ist ein verdammt hoher Preis für ein bisschen mehr Spannkraft und ein bisschen weniger Neigung zu Klagen über Gelenkschmerzen.«

Ich schämte mich, weil ich nie begriffen hatte, wie clever Mrs. Cavanaugh war – und wie komisch. Aber jetzt war nicht der Moment, das zu sagen, außerdem würde sie es mich sowieso nicht sagen lassen. »Wenn du einen Filmstar siehst, der eine fünfundzwanzig Jahre Jüngere heiratet, läuft es dir da nicht kalt den Rücken runter? Mir schon. Du weißt bloß, dass Demi Moore sich einbildet, das Interesse eines jungen Schauspielers an ihr gäbe ihr die Gewissheit, dass sie noch jung aussieht, aber in Wahrheit bestätigt es bloß, dass er Reichtum und Ruhm sexy findet.

»Sie ist nicht bloß jünger«, sagte ich und holte mich auf einen Boden zurück, der sich ziemlich sumpfig anfühlte. »Sondern auch noch unglaublich hübsch. Wenn sie ein Zimmer betritt, hören alle Gespräche auf.«

Mrs. Cavanaugh zuckte die Achseln. »Eine unglaublich hübsche Frau in den Zwanzigern macht mir nicht mehr so viel Eindruck. In dem Alter ist das doch vor allem Glückssache, nicht? Zeig mir eine Frau, die nach fünfundvierzig noch wirklich gut aussieht, dann bin ich beeindruckt, weil sich diese Frau um sich selbst gekümmert haben muss. Und in der Regel sieht man ihr dann im Gesicht an, was für ein Mensch sie ist.«

Jetzt musste ich natürlich an Kate denken. So sehr ich ihre Musik auch mochte, und das schon seit dem ersten Hören – gelüstet hat es mich nach ihr nie. Den Fotos nach zu urteilen, die von ihr bei den *Q*-Awards und auf der Geburtstagsparty von Rolf Harris gemacht wurden, war sie mit fünfundvierzig sogar noch attraktiver als bei ihrem Start als Musikerin. Vor zwanzig Jahren hat sie nur dauernd Gesichter geschnitten und uns Reaktionen ablocken wollen. Mit fünfundvierzig wirkte sie gelöst, mit sich selbst im Reinen. Und ich mit meinen vierundfünfzig fand das außerordentlich sexy.

»Und, wie ist es im Bett?«, fragte Mrs. Cavanaugh und holte mich ins Hier und Jetzt zurück. Ihr hübsches Gesicht wirkte auffallend leer, frei von Schmerz oder versteckten Anspielungen.

Ich fand auf diesem sumpfigen Grund keinen Halt. Je schneller ich weglaufen wollte, desto tiefer sank ich ein. Ich überlegte, ob ich was davon faseln sollte, wie weich die Haut der Frauen in den Zwanzigern war oder wie fest ihre Brüste, aber das sind Tiefen, in die selbst ich nicht sinke. »Echt gut«, sagte ich. »Phantastisch, wenn man es genau nimmt.«

»Mit anderen Worten, ihr wart noch gar nicht im Bett.« Ich hatte nichts von Nicolas weicher Haut gesagt und Mrs. Cavanaugh griente auch nicht. Selbst als ich ohne einen Faden am Leib mit ihr im Bett gelegen hatte, war ich mir nicht so nackt vorgekommen wie jetzt. Mir dämmerte gerade, dass wir sogar ziemlich zärtlich gewesen waren. Mit Spott wollte ich mich über ihre Beobachtungen hinwegsetzen, brachte es aber nicht fertig. Allerdings ging ich auch nicht so weit, ihre Eindrücke zu bestätigen, sondern beließ es bei einem Achselzucken.

Sie stand auf. Wir waren zwar zärtlich zueinander gewesen, aber sie war trotzdem verletzt. »Also dann«, sagte sie, »bis morgen beim Frühstück.« Sie ging zur Tür.

»Aibheann«, sagte ich. »Warte.«

In diesem Augenblick hätte ich alles dafür gegeben, wenn

sie mich nicht so angesehen hätte, wie sie es tat. Sie hob den Zeigefinger. »Nein«, sagte sie, »Aibheann kannst du nicht kriegen.«

Kein Wunder, dass sie die Öffentlichkeit nach *Hounds* eine ganze Weile mied und lieber zu Hause darüber nachdachte, was sie als Nächstes sagen wollte. Sie warf ein paar Songs auf den Markt, merkte aber, dass sie nicht glücklich damit war. Da sie fürchtete, dass ihre Gabe versiegt war und dass sie nichts Interessantes mehr zu sagen hatte, tat sie dasselbe, was Peter Gabriel Jahre zuvor nach seinem Ausscheiden aus der Gruppe, mit der er berühmt geworden war, auch getan hatte: Sie widmete sich ihrem Garten.

Mit Michael Kamen als Dirigent des National Philharmonic Orchestra of London nahm sie eine Version des Titelsongs für Terry Gilliams Film *Brazil* auf. Sie sang den Titel so herrlich, dass man förmlich dahinschmolz. Wenn man solche Sachen von ihr hörte, wünschte man sich innig, sie würde dieselbe unterkühlte Würde auch bei ihrer eigenen Musik walten lassen.

Auf der anderen Seite des Atlantiks, in Cambridge, Massachusetts, gab der Harvard-Student Alek Keshishian, noch Jahre von der Schmach seines Films *Madonna: Truth Or Dare* entfernt, 2000 Dollar seines eigenen Geldes dafür aus, eine Rockoper zu produzieren, die von *Wuthering Heights* angeregt war und auch so betitelt wurde. Wie von Keshishian für seine Abschlussarbeit neu erfunden, verlassen Cathy und Heathcliff die Moore, gehen in die Großstadt und werden … Madonna und Billy Idol. Vielen, die die am American Repertory Theater aufgeführte Show gesehen habe, gefiel am besten, dass sie Kates Musik sehr laut hören konnten.

Die Verantwortlichen bei EMI erkannten, dass sie womöglich ziemlich lange auf ein neues Album warten mussten, und kompilierten eine Platte, die unter dem Titel *The Whole Story* herauskam und dem Mann auf der Straße mit der teuersten

Fernsehkampagne schmackhaft gemacht wurde, die EMI bis dahin jemals lanciert hatte. Vom Erfolg des Projekts beflügelt, wurden Kates Video-Auftritte ebenfalls hastig zusammengestellt. Trotz anfänglicher Bedenken, Kate könne befürchten, dass es auf eine ganz ähnliche Ausbeutung hinauslief, schrieb sie einen Song über einen feigen Missbrauch von Musik zu wissenschaftlichen Zwecken, »Experiment IV«, und promotete ihn mit einem aufwändigen B-Film, gedreht in einem alten, von Florence Nightingale errichteten Militärkrankenhaus. Mutig trug sie ein lebensgroßes Gipsmodell, das Image Animation für sie angefertigt hatte und mit dem sie »The Thing« darstellte. Einige Katefans waren enttäuscht, dass man in dem Film so wenig von ihr selbst zu sehen bekam.

Wenn sie sich vorsichtig in die Welt hinauswagte, dann fast immer für eine gute Sache. Sie sang mit David Gilmour »Running Up That Hill« und »Let It Be« bei *The Secret Policeman's Third Ball* von Amnesty International. Nach dem Dreh des Videos (das zuerst mit Nora Ephrons *Heartburn* gezeigt wurde) besuchte Kate mit ihrer Familie eine vom Fanzine *Homeground* ihr zu Ehren ausgerichtete Party. Sie hatte gehofft, ein anständiges Essen zu bekommen, bevor sie sich unter die Leute mischte, wurde aber von ihren Verehrern gleich überrannt. Fortan hatte das Mädchen seine Zweifel, was das Ausgehen betraf.

## *Eine magersüchtige Eva Cassidy*

Ich war mir ziemlich sicher, ich brauchte Nicola und nicht Mrs. Cavanaugh als Freundin (ein Wort, das bei einer zweiundfünfzigjährigen Großmutter schon lächerlich klang). Mir war jedoch absolut klar, dass ich es nicht ertragen könnte, wenn Mrs. Cavanaugh schlecht von mir dachte. Ich musste mein Versprechen einhalten und Cathy vor ihren Managern Harold und Nepenthe beschützen, daran gab es nichts zu deuteln.

Allerdings war es nicht meine Art, irgendetwas Wichtiges selbst anzuleiern, und ich zermarterte mir das Hirn, wen ich um Hilfe bitten könnte.

Mir fiel nur Cyril ein. Doch die Einsicht, dass er mein einziger Freund war, lähmte mich vor Bedrückung so lange, dass es dann fast zu spät zum Anrufen wurde.

Als ich es schließlich doch tat, war nicht Cyril, sondern Nicola am Telefon. Sie klang erfreut. Schon wollte ich in einem Ton, der vor Sarkasmus triefte, fragen, warum sie nicht mit Tarquin aus war. Aber meine innere Stimme hatte sich schon zur Ruh begeben, und so erkundigte ich mich nur beiläufig, ob es ihr gut ging, und bat, als sie das bestätigte, mit Cyril sprechen zu können. Sie klang ein wenig enttäuscht, was ich natürlich klasse fand. Ich sagte, ich würde die nächsten Tage noch mal anrufen, wenn ich Zeit hätte. Die besten Sachen kriege ich manchmal nur dann hin, wenn ich total geschafft bin.

Cyril begrüßte mich mit einer Begeisterung, die mir auf die Nerven ging. »Toll, dass du dich meldest, Kumpel!« Ich überlegte, ob er umgekehrt mich als *seinen* einzigen Freund betrachtete. Die Vorstellung war mir unangenehm.

Nach dem Gespräch ging ich ins Internet. An mir nagte noch, was diese unsägliche Kuh Hermione bei dem ersten Esssüchtigen-Treffen gesagt hatte, an dem ich teilnahm, und so ging ich zu einer der zahllosen Seiten, auf denen Kates Texte versammelt waren, und las alle durch. Sie waren wirklich hoffnungslos verquer, wie Hermione gesagt hatte. Aber Kates Texte isoliert von der Musik zu betrachten wäre dasselbe, als betrachtete man van Goghs Pinselstrich isoliert von seiner Farbpalette – unfair nämlich. Diese Überlegungen weckten in mir den Wunsch, Kate einen Strauß weißer Rosen zu schicken und dazu eine Karte mit den Worten: »*Nil carborundum illigitium*« – Latein war eins der Fächer, in denen Kate an der Klosterschule St. Joseph's am besten war. Und das tat ich dann auch.

Lass dich von den Mistkerlen nicht fertig machen.

Auf *megastar-on-tv.co.uk* fand ich das Aktuellste über den Wettbewerb, darunter die Meldung, dass »unsere« Cathy in die nächste Runde gekommen war. Es gab ein Gästebuch für Besucher der Webseite. Einer, dessen Geschlecht aus seinem Phantasienamen nicht zu erkennen war, hatte geschrieben: »Ich habe lange geweint und kann gerade erst anfangen, hier etwas reinzuschreiben. Das Lied, mit dem Cathy heute Abend aufgetreten ist, hat mir meine Mutter immer vorgesungen, als ich klein war. Ich hätte mir nie vorstellen können, dass es jemand noch schöner singen kann. Aber Cathy hat es getan. Das war keine musikalische Darbietung, sondern ein Geschenk. Danke, Cathy.«

Die Kommentare zu den anderen Sängern erschöpften sich hauptsächlich in Vergleichen ihrer relativen Fitness. Es war zwar ermutigend zu sehen, wie Jungs mit enormer Leibesfülle angehimmelt wurden, doch ich war mir sicher, wenn sie die wöchentlichen Auftritte in diesem Wettbewerb hinter sich hatten und in ihr normales Leben zurückkehrten, würden sie mit sehr viel bösem Spott zu leben haben.

Kate sang für die Opfer des Fährunglücks von Zeebrugge, sie sang zur Rettung der Regenwälder und beteiligte sich an einer

Benefizveranstaltung der Anti-AIDS-Bewegung. Sie unterstützte eine von der Gesellschaft der Vegetarier initiierte Kampagne, die die Grausamkeit des Fleischhandels anprangerte. Sie nahm ein paar Songs für Filme auf – das treibende, aber nicht sonderlich bemerkenswerte »Be Kind To My Mistakes« für Nick Roegs *Castaway* und das vorzügliche, zu Herzen gehende »This Woman's Work« für *She's Having A Baby* für Roegs Antipoden John Hughes. Perlen vor die Säue geworfen! Manche, die diesen Song hörten, meinten, sie habe Hughes wohl mit Andrej Tarkowski verwechselt, ein Insider-Witz, über den wahrscheinlich nur Cineasten lachen konnten, falls überhaupt.

Roeg, eine Zeitlang der Liebling aller Cineasten, hatte, wie es gerüchteweise hieß, Kate eingeladen, auch in *Castaway* aufzutreten. Ob ihre Ablehnung damit zu tun hatte, dass der berüchtigte Oliver Reed in der männlichen Hauptrolle auftrat, ist nicht bekannt. Jedenfalls ging der weibliche Part stattdessen an Amanda Donohoe. Sie nahm Duette mit Peter Gabriel und Midge Ure auf, der später eingestand, dass die Anziehung nicht bloß rein musikalisch war. Im Zusammenhang mit seinem Lob für ihren höchst bewegenden Gesang bei seinem Stück »Don't Give Up« deutete Peter Gabriel zart an, dass sie die Stücke anderer ganz anders sang als ihre eigenen Sachen.

Kate war immer daran interessiert, neue Sounds auszuprobieren, schloss Freundschaft mit dem irischen Dudelsack-Spieler Davy Spillane und dem Geiger Nigel Kennedy und trug viel dazu bei, das Trio Bulgarka, Exponenten bulgarischer Volksmusik, zur Mitwirkung bei ihrer nächsten Platte zu bewegen. Der Kate-Bush-Club verschob die Veröffentlichung des nächsten Newsletters gereizt bis auf unbestimmte Zeit, da niemand eine Ahnung hatte, wann dieses Album fertig sein würde. Und war das nicht die Zeit, in der eine vierjährige Wartezeit zwischen den Alben nichts Besonderes war?

Cyril kam am nächsten Vormittag ein paar Minuten zu spät. Der Fleischberg hatte ihm eine schwere Standpauke gehalten, und davon konnte er sich nichts entgehen lassen. Er sagte, Nicola sei ein wenig irritiert, dass er und ich uns trafen, dabei wollte ich eigentlich etwas über Tarquin in Erfahrung bringen, als wir zusammen zum Bahnhof gingen.

Cyril betrachtete sich als Schluckspecht. Ich schimpfte über diese Idee, doch er sagte, ich solle ihm vertrauen. »Du kennst die britische Pubkultur nicht so wie ich, mein Freund. Mein Neffe, der Sohn meiner Schwester Louise, ist aus demselben Holz geschnitzt. Das ist schon lange, lange her, Jahrzehnte. Die meisten Leute waren schwul, zumindest hier bei uns. Die hatten längere Fingernägel als normale Kerle, färbten sich die Haare mit Henna und nannten sich untereinander Quentin und Marcel. Die liefen schon in Stiefeln mit Blockabsätzen rum, da waren die Beatles noch in Liverpool. Und später waren sie genau das Gegenteil, herrlich maskulin mit ganz kurzen Haaren und Schnurrbärten und tollen starken Muskeln. Tja, wenn ich mehr Grips hätte, hätte ich voraussagen können, was die Zukunft bringt – und ein Vermögen machen können. Was damals Zukunft war – und heute Gegenwart: Diese Leute sind nicht mehr schwul, aber auch nicht das Gegenteil davon.

Die sind total normal geworden. Sehen aus wie alle anderen auch. Gehen samstagnachmittags zusammen in die Kneipe zum Fußballgucken. Sind unheimlich stolz darauf, dass die englische Rugbymannschaft den World Cup gewonnen hat, und haben die Spiele sogar auf DVD. Die laufen in denselben Klamotten herum wie alle anderen. Haben Frau und Kinder, einen Vauxhall und Hypotheken.«

Ich konnte nicht so tun, als wüsste ich, worauf er hinauswollte. »Dass sie Frau und Kinder haben, bedeutet doch wohl nicht, dass sie nicht schwul sind«, sagte ich. »So ein Schwachsinn.«

»Wann war Mode denn mal nicht verrückt? Diese unheimlich weiten, herunterhängenden Hosen, die die jungen Kerle anhaben, in denen sie ganze Familien von Asylsuchenden verstecken könnten – die sind genauso daneben. Oder Schlaghosen. Erinnerst du dich an die Schlaghosen, damals in der Flower-Power-Zeit? Verrückt. Dann kam Punk, und da noch in Schlaghosen herumzulaufen wäre so gewesen, als hätte man sich mit Nagellack *Ich bin bescheuert* auf die Stirn gemalt.

Oder das Essen. Hast du eine Vorstellung davon, wie fade das Essen bei uns in England war? Wir hatten Zeiten, da galt es schon als exotisch, Spaghetti Bolognese zu essen. Wenn du gesagt hättest, du bist ein Fan der siamesischen Küche, hätten dich die anderen für plemplem gehalten. Und was wird jetzt in drei Viertel aller englischen Kneipen angeboten? Eine Schüssel *pad thai* kriegst du eher als einen Hot-dog.«

Wir waren in der Kings Road angelangt. Ich zog mein Adressbuch heraus, und wir fanden die Adresse – in einer Straße, in der nur feine Autos parkten, so nagelneu, dass sie noch glänzten. »Die haben's aber dicke, was?«, staunte Cyril. »Donnerwetter.«

Man öffnete uns die Haustür. Eine kleine Rundliche mit gefärbtem schwarzen Haar und Ringen in beiden Nasenflügeln empfing uns oben an der Treppe, Zigarette in der Hand und ein breites Grinsen im Gesicht. »Ja, bitte?«, sagte sie, als hätten wir nicht schon an der Wechselsprechanlage gesagt, wer wir sind und was wir wollen. Wir sagten es ihr noch einmal. »Und Sie sind gekommen, weil …«

»Wir Harold und Nepenthe sprechen wollen.«

Ihre Züge entglitten ihr. »Aber unten haben Sie sich anders angemeldet!«

»Sonst hätten Sie uns womöglich doch gar nicht geöffnet«, sagte Cyril.

Ach, die Ärmste sah richtig bedauernswert aus, wusste nicht ein noch aus vor Panik. »Das ist nicht fair!«, greinte sie und klang nicht älter als neun. »Sie haben mir nicht die Wahrheit gesagt. Das kann mich meinen Job kosten.«

Cyril zuckte nicht gerade mitfühlend die Achseln und trat einen Schritt nach vorn. »Schon möglich. Wo sind die beiden?«

»Bitte!«, sagte das Mädchen jetzt flehentlich. »Die schmeißen mich bestimmt raus. Und einen solchen Job krieg ich nie wieder.« Sie kehrte mir den Rücken zu. Tränen rollten – und wie! »Ich bin heute erst den zweiten Tag hier. Ich kenn die Tricks noch nicht alle. Bitte!«

Sie hatte mich schließlich auf ihre Seite gebracht, aber das wurde im nächsten Augenblick ein nutzloser Sieg, denn Harold steckte den Kopf zu seinem Büro heraus. »Was ist das denn für ein Lärm?« Er brauchte einen Augenblick, sich zu erinnern, wer ich war, zu begreifen, dass er sich höchstwahrscheinlich nicht über unseren Besuch freuen würde, wieder in sein Zimmer zurückzuweichen und die Tür vernehmlich hinter sich zu verschließen.

Nepenthe kam aus ihrem Büro – das Harolds gegenüber lag –, zog eine Miene, als wollte sie jemandem die Ohren abreißen und fragte: »Also, was wollen Sie?« In dem Augenblick wollte ich eigentlich bloß zur U-Bahn-Station zurück und in den nächstbesten Zug springen. Aber das konnte ich schlecht sagen. »Eine kurze Unterhaltung, wenn Sie ein wenig Zeit haben.«, sagte ich, entsetzt über meine Hilflosigkeit. Ich hoffte, Cyril würde etwas Bedrohlicheres hinzufügen, aber der griente breit über sein ganzes Gesicht. »Die ist aber eine Wucht, was?«, raunte er mir zu. Ich Dummkopf! Ich hatte nicht bedacht, dass Nepenthe Cyril mit ihrer Erscheinung matt setzen konnte.

Nepenthe seufzte und winkte uns näher. Cyril sank förmlich hin. »Kopf hoch, Desdemona«, rief sie der kleinen Maus an der Tür zu. »Mal ein bisschen Würde, wenn ich bitten darf!«

Ihr Büro war atemberaubend, alles in prunkvollem Dunkelrot und Chrom gehalten, und mit einem herrlichen Blick auf London, wie man ihn sonst nur von der Spitze des BT Tower hat. Da wir uns ein paar hundert Meter oberhalb der

Kings Road befanden, gleichzeitig aber auch im zweiten Stock, ging das nur mit Hilfe irgendeines digitalen Hokuspokus. Eine Wand war voll gepflastert mit Gold- und Platinschallplatten, die andere mit betont künstlerischen, gerahmten Fotografien einer nackten Cathy, die, so abgezehrt, wie sie war, allerdings eher wie eine Gottesanbeterin aussah. Ich wandte peinlich berührt den Blick ab. »Donnerwetter!«, blubberte Cyril schon wieder, als er sich auf einen der roten Ledersessel vor ihrem Schreibtisch niederließ. Nepenthes Oberlippe kräuselte sich vor wohligem Abscheu.

»Sie sind anscheinend schon länger im Geschäft, als Mr. Herskovits mir verraten hat«, sagte Cyril. »Wessen Goldene sind das?«

»Die sind Dekoration«, winkte sie ab. »Im Musikgeschäft geht es vor allem darum, Illusionen zu erzeugen. Sagen Sie mir, warum Sie hier sind.« Sie wandte sich zu der Aussicht, die sich mittlerweile in einen Blick aus der Spitze des Gebäudes der Bank of America in San Francisco gewandelt hatte. Vor vielen Jahren hatte ich mal dort oben in dem Restaurant gespeist. Das Essen hatte zwar nicht gemundet, aber was für eine Aussicht!

»Wir machen uns Sorgen um Cathy«, sagte Cyril. »Sie sah gestern Abend im Fernsehen noch dünner aus als vorige Woche. Wir sind hier, um dafür zu sorgen, dass sie was isst.«

»Und Sie dachten, Cathy sei hier? Diese Naivität ist ja unglaublich. Wir haben sie von allem abgeschirmt und lassen nur ausgewählte Journalisten und Trendmixer zu ihr. Bis heute Morgen hat sie alles Essen verweigert, um zu erreichen, den Ex-Assistenten von Shania Twains Visagistin durch einen anderen, weniger sadistischen Juroren auszutauschen. Das wird die Pop-Story des Jahrhunderts. Die Journalisten sind absolut verrückt danach. Wir sind morgen auf der Titelseite des *Telegraph.*«

»Sie sind sich der großen Gefahr bewusst, die das Nicht-Essen für Cathy darstellt«, sagte ich und bekam ein deutliches Déjà-vu-Gefühl.

»Absolut«, erwiderte sie mit empörender Offenheit.

»Wenn sie tot ist, kann sie Ihnen aber nicht mehr viel nützen«, wandte Cyril zaghaft ein.

»Da irren Sie sich gewaltig, lieber Freund. Als Erstes haben wir sie nämlich in ein Studio gesteckt und zwei Alben vorproduzieren lassen. Und wenn ihr Debütalbum postum herauskommt, verkauft es sich dreimal besser, als wenn sie noch am Leben wäre. Wir präsentieren sie als eine magersüchtige Eva Cassidy.«

»Aber Sie verlieren ein Vermögen, wenn Sie sie nicht zu Live-Konzerten kriegen«, wandte Cyril wieder zaghaft ein.

»Wir müssen es dabei belassen, dass wir uns nicht einig sind«, sagte Nepenthe gelangweilt. Die Selbstgefälligkeit sickerte ihr aus jeder Pore. »Dem Publikum bei Live-Konzerten ist es heute gleichgültig, ob die Künstler wirklich singen. Fast alle machen nur Lippenbewegungen zu Playback. Wir können eine Laser-Simulation von Cathy auf Tournee schicken. Sie könnte sogar mehrere Auftritte auf einmal machen, auch in verschiedenen Ländern. Die Technologie ist zwar noch teuer, wird aber mit jedem Tag günstiger.«

Ich wollte einen moralischen Einwand erheben, war mir jedoch ziemlich sicher, dass sie mich danach als uncool vorführen würde. Dann erübrigte sich die Sache, da Harold hereinkam, die neueste Ausgabe von *Men's Health* vor der Nase und nicht darauf achtend, dass Nepenthe Besuch hatte. »Also, wohin gehen wir zum Lunch? Hier steht, die neue Nudel-Bude in der Conduit Street wäre phantastisch.«

Als er den Blick von den Anzeigen hob, die er lechzend anstarrte, war Cyril längst aufgestanden und blockierte den Ausgang.

»Mist!«, sagte Harold, und es klang nicht glücklich.

»Wir machen es Ihnen so leicht, wie wir können«, sagte Cyril jetzt, entschlossen, den Eindruck zu erwecken, er könnte vielleicht jemandem wehtun. »Sie sorgen dafür, dass die Tochter der Hausbesitzerin meines Freundes hier was Anständiges zu essen kriegt, oder dieser Graf Dracula da verliert ein paar Zähne und hat vielleicht ein, zwei ausgekugelte Schultern. Noch Fragen?«

Harold verdrückte sich winselnd unter Nepenthes Schreibtisch, aber Nepenthe verdrehte nur die Augen und schüttelte den Kopf. Cyrils Drohung ließ sie absolut kalt. »Ja, zwei Fragen genau genommen. Die erste lautet: Wie kann jemand eigentlich so dämlich sein?«

»Nein«, röchelte Harold von unten. »Widersprich ihnen nicht auch noch!« Vor Nepenthes Fenster sah man jetzt den Eiffelturm. Ich habe mich oft darüber gewundert, dass Paris den Ruf hat, eine schöne Stadt zu sein. Womöglich, weil ich mich immer nur in den schäbigeren *Arrondissements* herumgetrieben habe, denn von so hoch oben wirkte es wirklich prächtig.

»Glauben Sie im Ernst, wir würden Cathys Gesundheit aufs Spiel setzen?«, fragte Nepenthe genervt. »Zufällig haben wir sie schon auf neunhundert Kalorien pro Tag hochgebracht. Außerdem wird sie von einem sehr prominenten Arzt betreut. Mein Vater ist sein Anwalt. Er hat uns auch den Kontakt vermittelt. Wie kommen Sie darauf, wir könnten Cathys Wohlbefinden dem Zufall überlassen? Sie wird uns reich machen. Sie wird einige dieser Platinscheiben durch echte ersetzen.«

Ich wünschte, ich wäre irgendwo anders. Aber ich war, wo ich war, und ich wusste, es wäre bescheuert von mir, nicht das Beste daraus zu machen. »Eben haben Sie uns aber noch erzählt, tot wäre Cathy sogar noch mehr wert als lebendig.«

Sie verdrehte wieder die Augen. Wir überstrapazierten nun endgültig ihre Geduld. »Ironie«, sagte sie. »Habt ihr Yankees bei euch zu Hause irgendwas im Trinkwasser oder sonst wo, dass ihr auf dem Gebiet so phantasielos seid? Sie bringt uns als Tote erst dann mehr ein, wenn sie einen nicht zu knappen Back-Katalog hat. Gebrauchen Sie doch mal Ihren Kopf.«

Cyril setzte sich seufzend wieder hin und fuhr sich mit der

Hand durchs Haupthaar. Erst zu spät fiel ihm ein, dass er für eine solche Geste nicht mehr genug Haare hatte, und so tätschelte er sich wie ein Blöder das über die Glatze gekämmte Schläfenhaar und sah sich nach einem Spiegel um, fand aber keinen.

Mir war schon klar, dass ich mir hinterher saudumm vorkommen würde, fragte aber trotzdem, warum Cathy im Fernsehen so abgezehrt aussah. Wieder schüttelte Nepenthe nur gönnerhaft lächelnd den Kopf. »Das ist derselbe Effekt wie die Aussichten von meinem Fenster, digital. Die Software wurde ursprünglich dafür entwickelt, Übergewichtige im TV schlanker erscheinen zu lassen. Sie haben wohl voriges Jahr nicht die Berichterstattung darüber gelesen? Einige Blätter hatten das sogar als Aufmacher auf der Titelseite. Bei *Megastar* setzten sie es nun für alle Arten von Essstörungen ein. Die Dicken werden noch dicker oder aber dünner und die Magersüchtigen kann man wie Rubensgestalten oder wie einen Strich in der Landschaft erscheinen lassen.

Cathy gibt ihre Interviews nur noch per Videokonferenz, und wir können sie in unterschiedlichen Publikationen so mager aussehen lassen, wie wir wollen. Diese Technik wird die Interaktion zwischen Künstlern und Presse in diesem Land revolutionieren.«

»Ist das Gewitter nun vorbei, oder wie?«, ließ sich Harold, noch immer beleidigt, unter ihrem Tisch vernehmen.

»Da gibt es nur eine Möglichkeit, das herauszufinden, Freundchen, oder?«, knurrte Cyril, den Demütigungen leicht auf die Palme brachten.

»Wie können wir denn sicher sein, dass Sie nicht bloß noch eine Ironie draufsetzen?«, fragte ich. »Wir gehen hier nicht raus, ehe wir Cathy nicht von Angesicht zu Angesicht gesehen haben.«

»Cathy ist aber nicht hier, Schatz. Sie befindet sich an einem abgeschirmten Ort, in einer Privatwohnung in Bedfordshire. Und das sollte bloß ein Witz sein, dass die Software von

BBC entwickelt wurde, damit ihre Moderatoren schlanker aussehen. Haben Sie das nicht bemerkt? Ach, ihr Yankees …«

Es ist zwar nicht meine Art, für mich einzutreten, aber mein Geduldsfaden war längst gerissen.

»Könnten Sie sich vorstellen, irgendwann einmal mit dieser gönnerhaften Tour aufzuhören?«, fragte ich strahlend.

»Wow«, sagte sie. »'n Schuss Ironie. Gut vorgetragen, Mann. Und warum wollen Sie der Einzige sein, der andere gönnerhaft behandeln darf?«

Ich gab zu, dass ich keinen Schimmer hatte, worauf sie hinaus wollte.

»Ich hab es Ihnen gleich angesehen, als wir uns das erste Mal sahen. Sie haben nicht damit gerechnet, dass wir ganz oben mitmischen. Sie dachten, wir sind zwei unausstehliche Bälger, die von geerbtem Vermögen leben, und daher inkompetent. Das ist genauso naiv wie die Meinung, alle Blonden mit großen Titten wären unterbelichtet. Zufällig gibt's ja auch eine Menge sehr cleverer Blondinen. Genauso wie es eine Unzahl unausstehlicher junger Erben gibt, die wirklich bahnbrechende Ideen haben, kühne Visionen von Künstlermanagement beispielsweise. Und zufällig bin ich eine davon.«

»Und ich der andere«, quäkte Harold gereizt unter dem Tisch hervor.

Als Cyril und ich zur U-Bahn gingen, begriff ich, dass ihr Hinweis auf das irreführende Stereotyp von den dummen Blonden mit den großen Titten vielleicht sogar pure Freundlichkeit war. Sie hätte ja als Beispiel genauso gut fidele Fettsäcke nennen können oder solche, die sich für ihr Fettsein verachten. Ich hoffte um der armen Cathy willen, die ihre Mutter anrufen würde, dass es wirklich pure Freundlichkeit war.

## *Der Ruhm*

Ende der achtziger Jahre tauchten die ersten Bootlegs der Demos auf, die Kate, damals noch Cathy, Ewigkeiten vorher, noch bevor EMI sie unter Vertrag nahm, mit dem Tonbandgerät der Familie aufgenommen hatte. Diese Demos, von denen man annahm, ein Ex-EMI-Angestellter und späterer Radiostar in Arizona habe sie nach Amerika mitgenommen, machten deutlich, warum ihr niemand einen Vertrag angeboten hatte. Wenn man mal von ihrer schönen Stimme absah, ließ sich zugunsten etlicher dieser frühen Songs nicht allzu viel vorbringen.

Schließlich, es waren nur noch ein paar Wochen bis zum Ende der Achtziger, und ihr sechstes Album, *The Sensual World*, kam heraus. Viele fanden es düster, doch Kate selbst verlautbarte, sie hielte es für ihre fröhlichste Platte, und sie bezeichnete gerade die Songs, die das Publikum für schaurig hielt, als heiter bis zum Schenkelklopfen. Man fragte sich, ob sie vielleicht öfter mal zu Harrod's gehen und sich unters einfache Volk mischen sollte.

Der unterschätzte Chris Roberts stellte fest: »Dieses Album vereint in sich die Kraft und Ehrlichkeit eines auf sich selbst stolzen Marvin Gaye mit der leidenschaftlich hinterfragenden Intelligenz einer, sagen wir, Elizabeth Smart, und bringt so eine Genauigkeit im Symbolischen und Ästhetischen hervor, die sehr selten ist. Kate Bush ist die Synthese von Philosophin und Liebesobjekt, von Gertrude Stein und Ava Gardner. Das ist, überflüssig zu sagen, eine herrliche Kombination.«

David Quantick war ebenfalls hingerissen: »Die Musik ist – von vorn bis hinten – aus einem Guss und zugleich ungereimt und bizarr. Wir bekommen neueste Studiotechnik, eh klar, und Dudelsack. Wir bekommen Bush, die Klavier spielt, wie es Lionel-Ritchie-hafter nicht sein könnte, und die singt, als wäre sie nur selten Gast in einer der auf der Welt gesprochenen Sprachen.«

Millionen Meilen weiter weg, in Südkalifornien, berichtete Steve Hochman seinen Lesern: »Bushs jahrelange relative Zurückgezogenheit fällt zusammen mit einer immer visionärer werdenden Musik, ganz ähnlich der Weise, wie ein von der Welt abgeschirmtes Kind exotische Wörter erforscht, ausgerüstet nur mit ein paar verstaubten alten Wälzern und einer hyperaktiven Phantasie ... das kehlige Tremolo der osteuropäischen Stimmen [des Trios Bulgarka] katapultiert Bush aus ihren viktorianischen Hemmungen in einen Zustand expressionistischer Raserei ... Die ersten Pressungen dieser Platte sind auf einem Vinyl, das wie Marmor aussieht. Es ist ihre erste Veröffentlichung, bei der man nicht wenigstens einmal ob ihres Übermuts zusammenzuckt.«

David Cavanagh erklärte sie zur »noch immer begabtesten Nonkonformistin der kommerziellen Musik«. Tom Hibbert schrieb: »Kate Bush ist der Inbegriff des Englischen ... Kricket und Gingan und Scones auf der feinen Terrasse. Sie ist unser putzigstes Weib seit Margaret Rutherford. Sie singt immer noch wie das leicht verrückte Ding aus dem Lacrosse-Team, das mit seinem Geschrei die gegnerische Mannschaft nervös macht.« Die *Irish Post* jubelte: »*The Sensual World* bleibt eine der erfolgreichsten Übertragungen von Literatur in Popmusik, sie ist der Höhepunkt einer Entwicklung, die vor zehn Jahren mit ›Wuthering Heights‹ begann.«

Ich mochte die Platte von den ersten Takten des Titeltracks an, auf dem ihre Stimme sexy wie nie klingt. »Reaching Out«, in dem jubelndes Hinausschreien mit reflexiven Passagen wechselt, demonstriert, dass sie mittlerweile begriffen hat, wie sie Dynamik schaffen und durchhalten kann, ohne in die Theatralik zu verfallen, die so viele ihrer früheren Arbeiten schwer erträglich gemacht hat. Wenn sie frohlockte, klang sie mit ihren keltischen Begleitern und dem gewaltigen Trommelsound wie Enya hoch zehn.

Hatte sie auf den älteren Alben oft geklungen wie wütendes Bellen, war der Eindruck in »Deeper Understanding« jetzt der einer bezaubernden Neurotikerin. Ein richtiger Durchbruch! Und wenn sie melancholisch oder sanft war wie in »This Woman's Work«, so war sie zum Steine-Erweichen.

Cyril rief mich an und erzählte mir von dem Job, für den er gerade angeheuert worden war. Nachdem die Buchmacher-Kette Ladbroke's Stevie, die kleine Lesbe mit der großen Stimme, die Kates »Breathing« in der vorherigen Sendung mit großem Aplomb zum Besten gegeben hatte, zu ihrem Favoriten für den Sieg bei *Star Idol* erklärt hatte, wurde ihre Familie immer penetranter und dreister von der Klatschjournaille verfolgt. In der Hoffnung, die anderen damit abzuschrecken, kamen sie auf die Idee, einem solchen, zufällig ausgewählten Schmutzfinken das Leben zu vermiesen. Laut Cyril war der Plan zum Scheitern verurteilt. Seiner Meinung nach wäre das so, als bildete sich jemand ein, wenn er eine Küchenschabe erschlug, würden alle anderen vor Schreck davonrennen. Aber wenn sie dafür Geld ausgeben wollten, nahm Cyril es gerne an. Er würde sich freuen, wenn ich mit von der Partie war.

Wir fuhren zusammen nach Peckham und berieten uns mit der Familie. Der Vater, Clement, hatte noch Reste dunkelgrauen Haars, eine untertassengroße Glatze, einen langen, dünnen Pferdeschwanz, Ohrringe in beiden Ohren, leicht angebräunte Raucherzähne, und zwar zu viele davon, und ein vollkommen einnehmendes Wesen. Seine Augen funkelten vor Entzücken, als wir uns die Hand gaben.

Er vermutete, dass er wegen Stevies Lesbentum seinen Job als Automechaniker eingebüßt hatte. Dorothy, die Frau des Kerls, dem die Werkstatt gehörte, war eine christliche Fanatikerin und glaubte, sie leiste ihren Beitrag zur Zurückdrängung Satans, wenn sie ihren Mann veranlasste, alle Verbindungen mit sexuell anders orientierten Menschen abzubrechen. »Die Autos sind sowieso alle Murks«, sagte er. »Die gehen immer wieder kaputt. Ich wüsste nicht, wieso einer, der weiß, wie man die wieder flottkriegt, jemals arbeitslos werden sollte.«

Seine Frau Dorothy sorgte sich um das Wohlergehen ihrer beiden jüngeren Kinder. Skrupellose Journalisten hatten ihnen in der vorigen Woche auf dem Heimweg von der Schule Süßigkeiten und Zigaretten angeboten, wenn sie peinliche Sachen über Stevie erzählten. »Eines Tages werden die ihnen noch Geld anbieten«, prophezeite sie wehmütig. »Oder sie entführen sie und lassen sie nur gegen Lösegeld wieder frei … weiß man's?«

»Das ist der Ruhm«, sagte Clement zu mir und Cyril und nuckelte jetzt sogar an der Spitze seines Pferdeschwanzes. »Wir haben noch nie Streit gehabt, erst als uns die Presse zu jagen anfing, erst als man unseren Jüngsten Geld dafür geboten hat, wenn sie erzählen, dass Stevie vergessen hat, die Klospülung zu ziehen und so.«

Wir kamen zum Geschäftlichen, Clement und Dorothy, Cyril und ich. Mit sofortiger Wirkung würden sie die zig Anrufe, die sie jetzt täglich von der Klatschpresse bekamen, alle an Cyril umleiten, der sagen würde, er sei von ihnen für die Pressekontakte eingestellt worden. Und dann würde er sich einen herausnehmen und ihn gnadenlos fertig machen.

»Na, das ist ein Tag zum Eierlegen, was?« sagte er, als wir wieder zum Zug gingen. »So was macht Spaß – bitte versteh mich nicht falsch – aber es geht trotzdem nichts über einen ordentlichen Rufmord!« Er rieb sich tatsächlich seine Händchen, seine Fäustchen aus Stahl, vor Schadenfreude. »Das ist so viel kreativer. Und so kann man jemanden viel unglücklicher machen, als wenn man ihm bloß die Nase bricht.«

Er weihte mich in seinen Plan ein. Der Grundgedanke war, dass Schlimmes, was unschuldigen Angehörigen widerfährt, Menschen mehr mitnimmt als eigenes Unheil. Demzufolge würden wir uns nicht den unglückseligen Schreiberling vorknöpfen, den Cyril auserkoren hatte, sondern seine Eltern, Geschwister und Freunde. »Die Hartgesottenen nehmen ja auch die Kinder von irgendwem aufs Korn«, sagte Cyril erschauernd, »aber das kommt für mich nicht in Frage.« Er gönnte sich einen Moment moralischer Entrüstung.

»Sagen wir, der Drecksack, den ich aussuche, hat einen Bruder, der Klempner ist. Dann bleiben wir dem rund um die Uhr auf den Fersen. Wir gehen noch mal zu einigen von den Leuten, deren kaputte Abflüsse er repariert hat, und sagen, wir kämen von der Kammer zur Gütekontrolle im Klempnerhandwerk oder so was, wir wollten uns nur vergewissern, dass die Arbeit fachgerecht ausgeführt worden ist und sie bei der Rechnung nicht beschissen worden sind. Die meisten denken ja, der Klempner hat ihnen zu viel abgeknöpft, und lassen uns deshalb bestimmt gern rein. Und während du sie für einen Moment ablenkst, mach ich da was kaputt, wo der Kollege gerade dran war. Dauert nicht lange, dann ist sein Ruf ruiniert.«

Ich fragte, wie lange eine solche Aktion dauern sollte. Cyril zog eine Lesebrille und einen Taschenkalender hervor, dem er entnahm, dass die letzte derartige Sache, die er gemacht hatte, von Anfang bis Ende nur knapp fünf Minuten gedauert hatte. Er zog ein finsteres Gesicht, als ich einwandte, dass Clement und Dorothy und ihre Kleinen den Trouble vielleicht keine zwei Wochen mehr durchhielten und er ihnen ihr Geld zurückgeben sollte.

Signalprobleme irgendwo auf der U-Bahn-Strecke nötigten uns zum Halten. Als wir da saßen, bekam ich ein immer schlechteres Gewissen, weil ich Cyril den Spaß verdarb. Beim Blick über die Schulter des Mannes neben mir hatte ich dann aber eine Idee. Der Mann las nämlich einen Artikel mit der Überschrift *Wieder Selbstmord nach Mobbing, während Bildungsminister auf Mallorca faulenzt.* Mir fiel plötzlich ein, dass Eltern von schikanierten Kindern bestimmt ein paar Pfund pro Monat springen ließen, um zu verhindern, dass ihre Kinder bis zur Selbstzerstörung gequält werden. Was, wenn Cyril seine Fäuste aus Stahl für einen würdigeren Zweck einsetzte, den moralisch viel besser vertretbaren nämlich, Mobber einzuschüchtern?

Es war zu schön! Welche anständigen Eltern wären nicht regelrecht ekstatisch bei der Aussicht, ein paar Pfund pro Monat auszugeben, damit ihr Kind nicht bis zur totalen Hoffnungslosigkeit gepiesackt wurde? Klar, es würde auch welche geben, die Einwände hatten, wenn Cyril, der zwar schmächtig war, aber immerhin ein Erwachsener, Vierzehnjährige zusammenschlug. Doch wo waren diese Leute, wenn sich die vierzehnjährigen Opfer erhängten, von hohen Gebäuden sprangen oder eine Überdosis der elterlichen Cipramils nahmen?

Cyril freilich hatte seine Zweifel. Er hatte keinen Schimmer, wie schlimm das Tyrannisiertwerden werden konnte, da er selbst immer nur andere tyrannisiert hatte, wenngleich quasi im Vorübergehen. Er machte sich Gedanken, ob andere Schläger ihm verübeln könnten, wenn er sich Minderjährige vorknöpfte. Doch er sah ein, dass Teenagerselbstmorde eine traurige Sache waren und der Markt so riesig wie bisher unerschlossen schien.

»Warum fangen wir nicht gleich heute an?«, sagte ich, auf einmal manisch vor Elan. Der Mann zu meiner Linken faltete seine Zeitung zusammen und rückte von uns weg eins weiter auf den gerade frei gewordenen Platz zu seiner Linken.

Cyril blieb skeptisch. »Heute? Müssen wir nicht vorher erst ins Internet, ein bisschen recherchieren oder so? Oder rumtelefonieren?«

Das sei ja gerade das Schöne daran, erklärte ich so enthusiastisch, dass sich der Mensch mit der Zeitung noch mal umsetzte, diesmal gegenüber. Wir brauchten bloß die nächste Schule zu finden, dort bis Schulschluss herumzuhängen, die Schulschläger zu entdecken, ihnen zu folgen und Blitz und Donner auf sie niederfahren zu lassen. Dann würden wir für die Eltern der geretteten Kinder meine E-Mail-Adresse aufschreiben und sie bitten, diese unter den Eltern anderer tyrannisierter Kinder zu verteilen.

»Die Idee ist sogar ziemlich gut«, sagte der Mann mit der Zeitung plötzlich zu meiner Überraschung und kehrte auf den Platz neben mir zurück. Ich war es nicht gewöhnt, von Fremden in der U-Bahn angesprochen zu werden. Der Lautstärke nach zu urteilen, mit der sie in ihre Handys quakten, hatte das allerdings sicher nicht den Grund, dass andere die intimsten Details aus ihrem Privatleben nicht erfahren sollten. »Ich war an der Schule selber so ein kleiner Tyrann«, sagte er. »Ich hätte alles dafür gegeben oder meinen Eltern geklaut, wenn es damals schon solche wie euch gegeben hätte, die mich auf das Falsche meines Benehmens hingewiesen hätten.«

Mein amerikanisch-rudimentärer Sinn für Ironie, wie ich ihn hasste!

Kate lehnte es ab, für die Vorstellung von *The Sensual World* persönlich in die Plattenläden zu kommen. Stattdessen gab sie miserable Interviews, weigerte sich, irgendetwas über ihr Leben herauszulassen, was nicht mit dem Werk zu tun hatte, verbreitete sich darüber aber auch nur wolkig und mysteriös. »Ich wollte einfach mal sehen, ob ich für mich auf diesem Album eine weibliche Energie finde«, tat sie kund. Sie schwadronierte ellenlang darüber, dass sie – endlich! – mit sich ins Reine zu kommen schien.

Sie geriet in den Zirkel von The Comic Strip, einer Truppe von selbst ernannten Alternativ-Comedians. Dawn French, die hier mitmischte, war in dem »Experiment IV«-Video aufgetreten, und Peter Richardson war der Regisseur bei »The Sensual World« gewesen. Sie bedankte sich, indem sie die Musik zu *GLC – The Carnage Continues* schrieb, einem Film, in dem es darum ging, wie Hollywood die Geschichte des britischen Sozialismus erzählt hätte. Kates beunruhigend Madonna-hafter neuer Song »Ken« – er fing mit einem Schrei an, der dem von Roger Daltrey in »Baba O'Riley« ebenbürtig war – feierte nicht ohne Ironie den umstrittenen designierten Bürgermeister von London, Ken Livingstone. »The Confrontation« wiederum unterstützte Ken (gespielt von Robbie Coltrane, im Stil von Charles Bronson), der sich mit Margaret Thatcher anlegt (gespielt von Jennifer Saunders, die sie im Stil von Brigitte Neilson gibt). Ein paar Wochen später spielte Kate die schokoladesüchtige Braut in Peter Richardsons Les Dogs, einer grotesken Fellini-haften Mischung aus Galgenhumor und Pathos – und zwar nach fast einhelliger Meinung gut.

Keine der Singleauskopplungen wurde allerdings häufig gespielt. Es schien klar, dass sie für die jugendlichen Hörer von Radio 1 zu alt war, die ja angeblich nur die angesagten Tänze zu eingängigen Songs üben wollten – mit Texten, bei denen wenigstens eine geringe Chance bestand, dass sie sie kapierten. Bei der Aufnahme eines Duetts mit Midge Ure, der eine übertriebene Vorstellung von seiner eigenen Bedeutung zu haben schien, sagte Kate, sie überlege, mit der Musik ganz aufzuhören. Der ehemalige Schwarm aus der Gruppe Ultravox, dem inzwischen auch die Haare ausgingen, zog sie auf: »Das geht nicht, denn wenn du aufhörst, hör ich auch auf, und wenn ich aufhöre, hört noch jemand auf, dem das gar nicht egal ist.« Sie widmete sich mit neuem Furor der Gartenarbeit. »Da tut man doch buchstäblich was Bodenständiges, nicht?«, fragte sie einen Interviewer rhetorisch.

EMI brachte eine Box mit allen Stücken heraus, die Kate bis zu diesem Zeitpunkt für sie aufgenommen hatte. *This Woman's Work*, in einer schwarzen Box, schien zu sagen, dass sie den ersten Teil ihrer Karriere nun beendet hatte. Dass viele Fans rot sahen, lag aber nicht an der Farbe der Box, sondern am Preisetikett. Zwölfhundert der Getreuen, die sich in der Vergangenheit an ihrem Geburtstag (Katemas!) in Glastonbury einzufinden pflegten, kamen aber trotzdem am Jahresende ins Hammersmith Palais zur Fan-Versammlung, auf der Kate eine Dreiviertelstunde lang Fragen beantwortete und zum Schluss eine kleine Dankesode zur Melodie von »My Lagan Love« trällerte. Die Adaptation schien der hörbare Beweis dafür, dass sie durchaus verständliche Texte schreiben konnte, wenn sie wollte. Das Highlight war jedoch für die meisten, dass sie durchblicken ließ, ein paar Konzerte geben zu wollen.

Tatsächlich deutete alles darauf hin, dass sie wieder live auftreten würde. Sie kaufte zwei zusätzliche Fairlight-III-Mischpulte, offenbar, um sie auf Tournee mitzunehmen. Sie tanzte sehr viel und arbeitete wieder mit Lindsey Kemp, offenbar mit dem Ziel, ihre Fitness zu verbessern. Gerüchteweise hieß es, sie habe Jim Henson, den *Muppets*-Mann, kontaktiert, um sich ein Trainingsprogramm von ihm ausarbeiten zu lassen. Eine riesige Promotions-Agentur in den USA rieb sich im Glauben, das Merchandising bereits unter Dach und Fach zu haben, schon in Vorfreude die Hände. Dann aber passierte – natürlich – gar nichts, außer dass sie und ihr Boss bei Hannibal Records, Joe Boyd, dank dessen Vermittlung sie das Trio Bulgarka kennen gelernt hatte, eine Einladung des damals neu gewählten Premierministers John Mayor zu einem Mittagessen zu Ehren des bulgarischen Staatspräsidenten annahmen. Kate erlitt keine Lebensmittelvergiftung und kreuzte eine Woche später an Dels Arm zur Premiere von Ben Eltons albernem Stück Silly Cow auf. Die Paparazzi verfolgten das Paar so erbarmungslos, dass unsere normalerweise gelassene Heldin – die sogar für Sarkasmen auf dem Spielplatz von St. Josephs zu sanftmütig war – einem in den Hintern trat. Die Regenbogenpresse nimmt sich der Ihren an – am Morgen darauf brachte *Today* ein wenig schmeichelhaftes Foto von Kate und ein scheinheiliges Lob ihres Auftritts.

Cyril und ich saßen lange beim Mittagessen zusammen. Ich staunte über seinen Appetit. Er aß sogar mehr als ich und spülte sein Essen mit zwei Pints hinunter, während ich bei einem Glas Sprudel mit Zitrone saß. Ich fragte ihn über seine Zeit als Schulschläger aus. Er sagte, die anderen Schulschläger hätten ihn nicht in ihrer Clique haben wollen. Es sähe komisch aus, hätten die gemeint, wenn sie zu fünft nebeneinander die Straße entlangschlenderten und vier davon relativ groß, er aber noch einen ganzen Kopf kleiner war als der

Nächstkleinste. Dann könnte ich doch, hatte er gesagt, in der Mitte gehen, und links und rechts von mir je zwei Größere, so wie bei den Who, seiner Lieblingsband. Da war Roger Daltry auch oft gegangen, neben sich auf der einen Seite der viel größere John Entwistle und auf der anderen Pete Townsend – das hatte toll ausgesehen! Aber die anderen Schulschwänzer waren Fans von Progressivrock-Giganten wie Yes, Emerson, Lake & Palmer und Genesis gewesen und hatten ihn in die Wüste geschickt.

Nach einer Weile bekamen wir einen Bus nach Camberwell und erkundigten uns nach dem Weg zur nächsten Gesamtschule. Die hieß Prang Hill School for Boys. Seit 1989 gab es zwar nur noch gemischte Klassen, aber der Schule fehlte wohl das Geld für ein neues Schild über dem Eingang. »Für den Einmarsch in den Irak wirft die Regierung alle Mittel der Welt raus«, schimpfte der Hausmeister, eine unserer Informationsquellen, »aber hier fehlt es am Nötigsten!«

Ich fragte, wann der Schulschluss sei. Er schaute auf die Uhr und sagte: »Ist gleich so weit. Der Unterricht soll zwar offiziell bis halb drei gehen, aber wir leiden an chronischem Lehrermangel und so werden die Scheißer schon kurz nach zwei rausgelassen.«

Ich spritzte schnell rüber auf die andere Straßenseite in den Laden mit nordafrikanischer Kunst und kaufte eine Kette für Kate, obwohl ich normalerweise keine Geschäfte betrete, an deren Eingangstür *Maximal zwei Kinder auf einmal* auf einem Schild steht. Das verletzt die kindlichen Gefühle ganz überflüssigerweise, finde ich.

Keine zehn Minuten später flogen die Türen der Schule auf, und Großbritanniens Besorgnis erregende Zukunft stob grölend und nölend und schniefend und schlurfend, mit stolzgeschwellter Brust und – im Falle derer, denen Cyril und ich zu Hilfe kommen wollten – mit eingezogenem Kopf hervor.

Wir brauchten nicht lange zu warten, bis ein Trio der üblichen Verdächtigen in unser Blickfeld geriet, die zum grenzenlosen Vergnügen ihrer blondgesträhnten, Kaugummi kauenden, Handy schwenkenden Freundinnen in gefährlich tief sitzenden Kampfhosen einen pummeligen Asiaten vor sich her kickten – wie einen riesigen, winselnden Fußball.

»Du bist voll krass der Puddingdampfer ohn Scheiß, Gajendra«, rief der mit der dunkelsten Haut, selber ein Asiate.

»Ich weiß«, winselte der Junge.

»Wie meinsten das, willst du uns verarschen?« rief ein anderer Junge in einem FCUK-T-Shirt, woraufhin seine Freundin zu kreischen anfing.

»Nein wirklich, ohne Scheiß«, winselte Gajendra. Seine Hände waren ständig in Bewegung, zuckten wenige Zentimeter vor seinem Körper hin und her, während er den nächsten Tritt vorauszuahnen versuchte.

»He du Bastard. Wie kann man nur in Kunst gut sein? Ich geh zur Schule, wie ich Bock hab!«, sagte der Dritte.

»Halts Maul, Alder«, fiel FCUK, eindeutig der Anführer des Trios, seinem Freund ins Wort. »Is doch voll krass, wenn Gajendra das Zeichenass is, weisstu Alder, kann er uns doch gleich zeichnen. Uns drei. Wie die Typen auf einem assigen Filmposter, und die Chicks hängen an uns dran.« Er beugte sich vornüber und kam ganz dicht vor Gajendras Gesicht. »Und wenn uns die Zeichnung nich gefällt, Schnippi, kannst dir ja denken, was wir dann machen, weisstu wie ich mein?!«

»Sie ihm ins Maul stopfen?«, fragte Cyril und trat vor die Meute hin.

Die Jungs tauschten Blicke, wussten nicht, wie sie reagieren sollten. »Ne«, sagte FCUK schließlich höhnisch, »in Arsch. Un wir kicken dem voll in seim Farbtopf, ich schwör«.

»Findest du das nicht ein bisschen heftig?«, sagte Cyril und schaute in einem Dreißig-Grad-Winkel zu dem Jungen hoch. »Hat dich eigentlich wer zum Kunstkritiker der Schule ernannt?«

Die Freunde des Jungen, der Asiate und der mit der Stachelfrisur, bauten sich jetzt seitlich so hinter Cyril auf, dass er eingekreist war. Cyril tat das Schlimmste, was er unter diesen Bedingungen tun konnte – er sah zu mir herüber. Keine Ahnung, wie ich das geschafft hatte, aber ich hatte mich an unserer neuen Unternehmung bisher nur in beratender Funktion teilnehmen sehen. Was mir in dem Moment, als sich die drei auch zu mir umdrehten, als der blödeste Fehler meines Lebens vorkam. Ich war wie gelähmt. Ich hätte nicht mal was herausgebracht, wenn ich gewusst hätte, was ich sagen sollte. Ich war wieder vierzehn, und an dem Gefühl war nichts erfreulich.

Die Jungs grinsten mich eine Ewigkeit anzüglich an, bis sich schließlich der in dem FCUK-Shirt wieder Cyril zuwandte und meinte. »Was guckstu? Bin ich Kino, oder was? Ich schlag dich mit eim Kick um! Weisstu, Alder, fliegstu fümf Meter in Luft, ich schwör!« Gajendra war seit Cyrils Einmischung auf allen vieren langsam zentimeterweise fortgerutscht. Eins der Mädchen kicherte.

»Mach dich nicht lächerlich, Bubi«, sagte Cyril mit festem Blick auf das Kerlchen. »Mit dir nehm ich's allemal auf. Und du bist nicht Manns genug, mich mit Alter anzureden.«

Eine ganze Weile standen sie so da, beide vollkommen reglos. Der Asiate und der mit der Stachelfrisur rührten sich nicht und warteten nur auf das Zeichen ihres Anführers, dass sie Cyril von hinten zu Boden werfen sollten. Mein Herz schlug so heftig, dass ich meinte, es würde mir aus der Brust springen, mein Mund war die Wüste Gobi, meine Hände Sümpfe.

»Fick dein Muddern!!«, verkündete FCUK schließlich. Trat dabei aber einen fast unmerklich kleinen Schritt zurück. Und dass er das tat, ließ den Asiaten und den mit der Stachelfrisur gleich einen Zoll kleiner wirken. Es war – bis auf das Gebrüll – vorbei.

»Hastu Problem oder was?«, sagte der mit der Stachelfrisur, drehte Cyril kurz den Rücken zu und sich dann wieder um.

»Du hast deine Chance gehabt, Bubi«, sagte Cyril, der immer noch völlig reglos dastand, zu FCUK, »und sie nicht genutzt. Noch ein Mucks von einem von euch, und ich blamier euch vor euern Mädels und Freunden bis auf die Knochen.«

FCUK hielt Cyrils Blick jetzt nicht mehr stand, sondern streifte ihn nur noch kurz mit seinem. Eins der Mädchen maulte »Och menno!!« und verdrehte die Augen. Die Welt war ungerecht, wie alle Teenager wussten.

»Und, viel Schularbeiten auf heute?«, fragte Cyril das FCUK-Shirt. Der riskierte irritiert noch einen Blick und zuckte die Achseln. »Tja, jetzt habt ihr noch bisschen mehr auf, du und deine Freunde. Ihr schreibt nämlich Govinder hier oder wie er heißt einen Brief und entschuldigt euch bei ihm. Ihr schreibt ihm, wie leid es euch tut, dass ihr solche kompletten Arschlöcher gewesen seid.«

»Ach fick dich doch!«, stieß der mit der Stachelfrisur hervor, aber nicht so laut, dass das irgendjemand als echten Widerstand hätte auffassen können.

FCUK sah aus, als kämpfte er mit den Tränen. Es wäre phantastisch, wenn er den Kampf verlieren würde! Doch er schaffte es, sie zurückzuhalten, und winselte nur: »Mein Vaddern macht mich lang, wenns in der Schule nich klappt. Der is krass drauf.«

Jetzt kehrte Cyril den Hochmütigen heraus. »So? Na, ich bin noch krasser. Wir kommen in ein paar Tagen wieder, ich und mein Freund, und wenn mir Govinder erzählen muss, dass er keine drei Briefe bekommen hat, wird es euch sehr leid tun.« Die Jungs zogen mit hängenden Köpfen ab. Die Mädchen ließen sie ziehen. Als sie sieben, acht Meter entfernt waren, drehte sich FCUK nach uns um. Ich wusste, er wollte Cyril den Mittelfinger zeigen oder etwas brüllen. Er merkte aber noch rechtzeitig, dass er dann noch dämlicher dastehen würde.

## *Harte Kerle wie du*

So, wie ich Cyril im Zug auf der Rückfahrt von Camberwell liebte, hatte ich noch keinen Mann verehrt. Jetzt, da die Gefahr vorüber war, wurde ich verdammt mutig, sagte aber trotzdem nichts, wofür ich mich später gehasst hätte. Denn hätte der Asiate oder der mit der Stachelfrisur ernsthaft Stunk angefangen, wäre ich natürlich sofort in den Ring gesprungen. Cyril ließ seinerseits nichts darüber verlauten, dass ich ihn enttäuscht hatte, sprach nur davon, was *wir* geschafft hatten: einen glänzenden Start hingelegt bei *unserem* neuen Erwerbszweig. Ich hätte ihn am liebsten geknuddelt und mir gewünscht, er könnte mein Vater sein.

Er nickte ein, bevor wir in Clapham ankamen. Ich dachte erst, er sei doch bemerkenswert entspannt, begriff aber dann, wie viel Kraft es ihn gekostet haben musste, ohne mit der Wimper zu zucken FCUKs Blick standzuhalten.

Als er wieder aufwachte, bestätigte er meinen Eindruck. »Ich wäre mit denen niemals alleine fertig geworden«, sagte er. Und dafür, dass er sich bemüßigt gefühlt hatte, die Risiken abzuwägen, schämte ich mich in Grund und Boden. »Wenn mich einer von denen [hier war mir zumute, als hätte er gespürt, wie sehr er mich gekränkt hatte, und wollte mich jetzt wieder aufbauen] von hinten niedergeschlagen hätte, wäre es doch vorbei gewesen. Aber mit Kraft und Stärke hatte es eigentlich nicht so viel zu tun, sondern mehr damit, es ihnen ins Gesicht zu sagen.

Am Anfang läuft bei allen die Adrenalinproduktion auf Hochtouren. Aber dann ist fast immer jemand dabei, der zu lange über die Konsequenzen nachdenkt. Und wenn du selber derjenige bist – wenn du anfängst, zu überlegen, was es dich kosten könnte, dass dir jemand einen Zahn ausschlägt oder du ein Auge verlierst – sendet dein Gehirn ein Signal an deine Adrenalindrüse und sagt: ›Ist vielleicht keine so gute Idee.‹ Und in der Sekunde, in der das geschieht, hört die Adrenalinproduktion auf. Du hast es ja gesehen! Von einem bestimmten Punkt an hätte ich alles zu denen sagen können. An dem Punkt war alles vorbei. Man kann nicht ohne einen bestimmten Adrenalinspiegel im Blutkreislauf kämpfen.

Was wir Mut nennen, ist eigentlich die Fähigkeit des Kopfes, völlig leer zu werden, wenn er die Gefahr abschätzen soll, in der du dich befindest.«

Ich wurde richtig übermütig. Es war, als befände sich der Schlüssel zu der Tür, hinter der meine Selbstverachtung schlummerte, ganz in Reichweite. Meine Stimme zitterte, als ich fragte, worin der Trick bestand.

»Na ja«, sagte er, »leer ist vielleicht nicht ganz das richtige Wort. Köpfe sind nie völlig leer. Der Trick ist, ihn mit was anderem zu beschäftigen als mit der Gefahr. Während ich mit diesen kleinen Scheißern geredet hab, wollte ich rauskriegen, ob ich die Danksagungen auf Kates Album *The Dreaming* noch alle weiß. Hat hingehauen.«

Ich hatte Mühe, das zu glauben, und das sah man mir auch an. Er griente mich an und sagte auf: »Vielen Dank an: Graham Middleton, Jim Jones, Mike King, Steve Payne, Step Lang, Duncan McKay, Kay Hunter, Bob Parre und Brian Tench von den *Mayfair* Studios, an Nigel Barker und David Woolley in den Air Studios, an Chris Gibbons im Odyssee Studio und an alle in den Advision und Abbey Road Studios. Ein ganz besonderer Dank an: Del Palmer, Jay, Padda, Ma & Pa, Lisa, Hil, Andrew, Paul Hardiman, David Gilmour, Bill Whelan, Alan Murphy, Haydn und Dan-Dan, den Sushi-Mann, an Jon Kelly und an alle, die geholfen haben, dieses Album zu machen.«

»Das Grinsen kannst du dir sparen«, sagte ich freundschaftlich. »Du hast Nigel Barker und David Woolley verwechselt.«

»Mist, ja!«, schimpfte er, »oder? Das passiert mir immer

wieder. So eine Scheiße. Aber das eigentlich Interessante ist, dass sie sich zuerst bei Del und dann bei Ma & Pa bedankt.«

Das war natürlich lächerlich, aber ich fand, sein Stolz hatte ohnehin schon genug gelitten, und schaffte es, meine Zunge im Zaum zu halten.

Für das Elton John/Bernie Taupin-Tribute-Album *Two Rooms* wählte sich Kate als ätzende Beispiele Taupins gewaltigsten Mist. Bei der zittrigen Teenie-Stimme, mit der sie »Rocket Man« sang, fragten sich manche, warum sie den Text nicht abgeändert hatte – zu »Rocket Little Girl« vielleicht –, während andere den Refrain höchst seltsam fanden. »Candle In The Wind« wirkte zu angestrengt in ihrem Bemühen ums richtig Weihevolle, aber sie sang den unfreiwillig komischen Text mit derselben Zartheit wie in »Don't Give Up«.

Ach, Bernie. Das wollen wir doch hoffen, dass ein Astronaut höher fliegt als ein Drachen! Taupin, der Meister der Metaphern! Bin ich der Einzige, der den Text von »Candle In The Wind« an sich schon komisch findet (eine Kerze, ungeschützt, hat doch schon bei einer sanften Brise alle Hände voll zu tun, und im Wind erst, nicht?). Die arme Marilyn Monroe, von Barbituraten wirr und verrückt sowieso, die in ihrer wilden Zeit die schleimigsten Studiobosse Hollywoods mit Wonne fellationierte, hier in ihrer Anmut und Würde gepriesen. *Aber hallo!* Für mich klingt »Your candle burned out long before your legend ever will« wie Fingernägel, über die Wandtafel gezogen.

Und jetzt wieder zu unserem Buch, in dem wir festhalten, dass Australien »Rocket Man« sehr gern hörte. Kate landete damit ihren größten Hit in Jahrzehnten. Julian Doyle, der Regisseur des »Cloudbusting«-Clips drehte ein Schwarz-Weiß-Video von einer Performance des Songs, bei der Kate so auftritt, als spiele sie Ukulele (mehr über Ukulelen später!), und bei dem eine flackernde Kerze vor dem kürzlich verstorbenen Al Murphy steht.

Sir Elton, damals noch nicht geadelt, erzählte einem Interviewer, »Don't Give Up« hätte ihm über die schlimmste Zeit seiner Kokainsucht hinweggeholfen. Der unverhältnismäßig beliebte englische Romancier Nick Hornby, der *This Woman's Work* sicher nicht gehört hatte, erklärte Kates Musik für »so giftig, dass sie entsorgt gehört«. Und eins der ganz großen britischen Musikmagazine befand, sie singe wie eine »dumme englische Klosterschülerin«. Obwohl sie im Jahr zuvor nur zwei Elton-Covers veröffentlicht hatte, wurde sie für einen Brit Award nominiert.

Als ich aus Camberwell nach Hause kam, war ich von dem, was wir – oder Cyril – zuwege gebracht hatte, ziemlich begeistert und wollte mich ins Internet begeben, um herauszukriegen, ob wir wirklich der erste Anti-Schläger-Trupp waren. Ich bin von Natur aus sehr konsequent, solange es nicht wirklich gefährlich wird. Ich hatte mir schon vor langer Zeit das Versprechen gegeben, Bill Gates und Microsoft gegenüber stark zu bleiben, auch wenn der Rest der Welt vor ihm kapitulierte, und warf daher Netscape an und nicht den Internet Explorer. Obwohl der geringfügig schneller anspringt, wie ich einem Anti-Microsoft-Manifest in einer Zeitschrift entnommen hatte, konnte ich noch nicht losbrowsen, da es laut an meine Tür klopfte. Ich konnte auch nicht so tun, als wär ich nicht zu Hause, denn ich hatte beim Reinkommen reflexhaft den Fernseher angeschaltet.

Es war Mr. Chumaraswami, begleitet von einem wütend dreinschauenden Herrn mit Turban und einem sehr langen Bart, den er als Mohammed vorstellte und der den Trick amerikanischer Kleinkrimineller – einen Zahnstocher mit der Zunge im Mund ganz herumzudrehen – zwar perfekt beherrschte, meine ihm hingestreckte Rechte aber nicht nehmen mochte. Mohammed roch nach Gewürzen, die im Westen nicht alltäglich sind, und versuchte sich daran, »Violin« von Kates Album *Never For Ever* zu summen, einen Song, der sich nicht leicht interpretieren lässt.

Mr. Chumaraswami tupfte sich beim Hereinkommen hektisch die Stirn mit einem Taschentuch ab und setzte sich unaufgefordert auf mein Bett. »Unsere Beziehung war doch stets von erfreulicher Herzlichkeit, Mr. Herskovits, oder?«, fragte er mich.

»Doch, ja«, stimmte ich zu.

»Ich habe mir große Mühe gegeben, rücksichtsvoll zu sein, oder? Und wenn Sie es mal nicht waren, habe ich mich sehr bemüht, das zu tolerieren?«

»Komm zur Sache, Mann«, ließ Mohammed verlauten, und zwar mit einem Akzent, in dem nicht der geringste Hauch Exotik lag.

»Ich habe zwei Bitten – nun ja, eigentlich Forderungen. Und von denen kann ich auch, fürchte ich, wie ich meine, nicht abgehen.« Noch nie habe ich einen Menschen so schwitzen sehen. Er druckste und kniff die Augen zusammen, als würde er beim Stuhlgang pressen müssen, während er sich aber in Wirklichkeit den Wortlaut der kurzen Rede ins Gedächtnis zu rufen schien, die er vorbereitet hatte. »Zum einen«, sagte er »werden Sie die Finger von meinem Vögelchen, Mrs. Cavanaugh, lassen. Und zweitens werden Sie Ihre gerade angelaufene Anti-Schläger-Operation sofort wieder einstellen.«

»Oder du kriegst so eine aufs Maul, dass du nicht mehr weißt, welche Schlampe dich geboren hat.« Mohammed freute sich, dass er endlich auch mal etwas sagen konnte. Seine goldenen Schneidezähne blitzten.

Den Teil mit Mrs. Cavanaugh konnte ich ja noch verstehen und fand es sogar nett, dass er sie als sein Vögelchen bezeichnete – das hatte doch was von Swinging London! Aber der zweite Teil verwirrte mich.

»Woher zum Teufel wissen Sie …?«

Mohammed fiel mir ins Wort. »Das spielt doch keine Rolle, du Trottel. Du tust, was er dir sagt, oder ich geb dir eine aufs Maul.«

Mr. Chumaraswami, der sich immer noch die Stirn abtupfte, verzog peinlich berührt das Gesicht. »Tut mir leid, dass ich meinen … Kompagnon mitbringen musste«, sagte er, »aber ich konnte nicht riskieren, dass Sie mir vielleicht nicht genügend zuhören.

Was Ihre Aktivitäten von heute Vormittag betrifft, derlei Dinge sprechen sich in der Branche schnell herum. Zum Glück oder zu Ihrem Pech hatten ich und meine ehrenwerten Kollegen bereits geplant, Prang Hill nächsten Monat auf die Liste unserer Klientenschulen zu setzen.«

Mohammed, der mittlerweile sicher war, dass ich keinen Widerstand leisten würde, setzte sich an meinen Computer. »Netscape?«, murmelte er erstaunt. »Wer arbeitet denn heute noch mit Netscape? Unglaublich.« Ich ließ Mr. Chumaraswami gegenüber durchblicken, dass ich nicht ganz verstand, was hier eigentlich vor sich ging.

»Der Schutz vor Schlägern ist momentan einer der größten grauen Märkte im Dienstleistungssektor dieses Landes«, sagte er, »und dass die Zuwachsraten hier so hoch sind, hat offenbar etwas mit der stillschweigenden Ermunterung durch die Regierung zu tun. Im Nordosten ist der Markt schon so gut wie von Briten abgedeckt. Ein schottisch-walisisches Kartell kontrolliert Manchester und Liverpool. Die Pakistanis haben die Midlands übernommen, die Osteuropäer, vor allem die Albaner, dominieren im Südosten von London. In London selbst ist der Kuchen noch nicht aufgeteilt, da hat jede Woche mal das eine, mal das andere Patronat die Oberhand.«

»Unglaublich«, murmelte Mohammed wieder. Er hatte sich eine Seite herausgesucht, die sich offenbar auf Frauen mit grotesk großen Brüsten spezialisierte. »Mit den Titten, die muss doch umfallen!«

Ich war verwirrt und gab es zu. Wenn der Markt für Anti-Schläger-Trupps tatsächlich so expandierte, wie Mr. Chumaraswami sagte, warum stand dann jeden zweiten Tag ein Bericht über den Selbstmord eines verzagten Opfers in der Zeitung?

»Ach, mein Freund«, erwiderte Mr. Chumaraswami melancholisch, so als habe er gerade erst begriffen, dass er ja mit jemandem von arg beschränkter geistiger Kapazität sprach, »Sie verstehen doch sicher, dass es in unserem Interesse liegt, wenn die Presse von solchen Vorfällen berichtet. Die Augen davor zu verschließen, wenn ein besonders zart besaitetes Kind besonders böser Verfolgung ausgesetzt ist, so etwas bringen wir doch nicht übers Herz, das versichere ich Ihnen. Ich selber habe in den letzten Monaten beim Einschlafen verschiedentlich Mühe gehabt, wenn Mrs. Cavanaugh mich besucht hatte und sehr energisch war. Aber das ist der hohe Preis, den wir Geschäftsmänner uns zu zahlen abgefunden haben.«

»Nur der Cleverste überlebt, weißt du«, sagte Mohammed und schob den Stuhl von meinem Tisch zurück, verschränkte die Hände hinter dem Turban und genoss das Foto einer außerordentlichen Blonden, deren Brüste mein Browserfenster ausfüllten.

»Es könnte ja sein«, sprach Mr. Chumaraswami weiter, »dass Sie ganz spontan den Drang hatten, die Drangsalierten zu beschützen, was vielleicht sogar nobel von Ihnen ist. Aber ich kann – und werde – keine Freiberufler in der Branche zulassen. Dafür steht zu viel auf dem Spiel. Es geht um Vermögen, die man machen oder verlieren kann. Meine beiden Kinder aus der ersten Ehe studieren Computerwissenschaften an Universitäten in Amerika, und das ist eine kostspielige Angelegenheit, wie Sie sicher schon gelesen haben.«

Das Internet boomte, zu Hunderttausenden gingen jeden Monat neue Leute online. Viele davon stellten Seiten ein, auf denen sie ihrer Bewunderung für Kate Ausdruck verliehen. Manche versuchten zur späteren Freude von Biographen, alle Artikel zusammenzutragen, die je über sie geschrieben wurden, und würzten sie mit Randbemerkungen wie der folgenden: »Immer wieder verblüffend, dass diese Musikjournalisten in den Augen ihrer Leser vor allem als hip und cool gelten wollen und nicht den Hauch von Mumm haben, Wunder der Natur einfach anzuerkennen – so als wären Liebe und Natur bloß eine Marotte der Sixties und heute ›out‹! Selbstgefälliger, hochmütiger, herablassender Arsch!«

Nicht dass Kate so viele Beschützer gebraucht hätte. Sie hatte sich angewöhnt, hieß es (nicht in der Schmierenpresse, sondern in der *Times*, deren Interviewer sagte, dass Kate mit ihrer Zartheit und Zurückhaltung eher wie ein Schläger wirkte), zu Interviews ein eigenes Bandgerät mitzubringen, um sicherzustellen, dass sie nicht falsch zitiert wurde. Sie sagte allerdings nicht mehr allzu viel und stellte gleich klar, dass sie über ihre Musik, aber nicht über ihr Leben sprechen wolle, so als könne man beides säuberlich trennen, so als fließe nichts aus ihrem Leben in ihre Musik ein.

Wenn jemand sie in späteren Jahren fragen würde, was genau sie in »And So Is Love« zu der Bemerkung veranlasst habe, dass das Leben und die Liebe traurige Dinge sind, bekäme er zu hören, das sei eigentlich eine Feststellung Joseph Campbells gewesen und sie selber glaube das gar nicht unbedingt. Sie hielt sich sehr bedeckt.

Auch war es keineswegs so, dass dieser künftige Interviewer in Ruhe über ihre Musik nachdenken konnte. Nein, er konnte in die Abbey Road kommen und sie sich anhören und wurde dann ohne eine Kassette oder Testpressung oder vielleicht ein Blatt mit den Texten wieder nach Hause geschickt. Nummerierte Texte wurden während der Hörsession im Studio ausgegeben und zum Schluss sofort wieder eingesammelt. Man fragte sich, ob Kate auf ihre alten Tage schließlich doch ein bisschen wunderlich geworden war.

Dann folgte wieder eines dieser langen Schweigen. Kate sagte gegenüber dem *Guardian* dazu: »Das ist doch sehr eigenartig, oder? Die viele Zeit, die über dem Schreiben dieser Songs vergangen ist, das ist eigentlich dumm. Es sind doch bloß Songs und keine Kathedralen oder dergleichen.

Drei Jahre, um eine Platte zu machen. Das Schlimmste daran ist, dass die Stücke oft schnell geschrieben sind – an einem Tag, anderthalb Tagen. Aber wenn man damit ins Studio geht, gewinnen sie ein Eigenleben. Ich würde das auch nicht begreifen, wenn ich nicht dabei wäre. Ich würde es empörend finden.« Sie und der getreue Del waren angeblich nicht mehr eins. Ihre Mutter starb. In jedermanns Leben gibt es mal Regen, und Kate bekam offenbar einen kräftigen Guss ab.

Die Vorstellung, mich direkt gegenüber von Mr. Chumaraswami zu einem von Mrs. Cavanaugh servierten Essen zu setzen, verdarb mir fast den Appetit. Und ich ging, wovon ich mich durch meine Fettleibigkeit seit Monaten hatte abhalten lassen, in die Kneipe. Es war ein herrliches Gefühl, so weit laufen zu können. Doch ich hatte mit meinem *Kanom Bueong Youn* kaum angefangen, als mein Handy klingelte. Cyril stand auf dem Dach eines zwölfgeschossigen Wohnblocks in Camberwell, neben sich den Jungen in dem FCUK-Shirt und seine Eltern. Alle miteinander versuchten sie dem Unglücklichen auszureden, sich hinunterzustürzen. Ich sollte sofort kommen.

Ich fand die Szenerie genauso vor, wie Cyril sie geschildert hatte. Er hatte nur vergessen zu erwähnen, dass auch ein halbes Dutzend Polizisten, zwei Fernsehteams, Plaistow und ein paar andere Journalisten da waren; außerdem die in Kampfhosen steckenden Mädchen aus der Schule des Jungen, Gajendra, das Opfer der Schläger, ein Vikar und Lady Victoria Hervey – die den Fernsehcrews vermutlich in der Hoffnung auf den Fersen blieb, dass sie ihrerseits auch gefilmt wurde. Und tatsächlich! Eben erzählte sie einem Nachrichtenreporter, sie fände den Teenager-Suizid sehr, sehr tragisch. Der Asiate und der mit der Stachelfrisur, die Kumpane des Jungen, waren auch da.

Als er mich erblickte, ließ Cyril den Vikar und die Eltern stehen, wo sie waren, und kam wutschnaubend auf mich zu. »Du hast mich in diesen Schlamassel gebracht«, sagte er. »Jetzt hol mich verdammt noch mal auch wieder raus!«

Er packte mich am Arm und zerrte mich zu der Stelle, wo FCUK am Dachrand saß und sehnsüchtig auf die weit unter ihm liegende Straße hinabsah, ohne auf den Vermittler von der Polizei zu achten, der es, wie ich gleich kapierte, vollkommen falsch anpackte – indem er den Jungen nämlich daran erinnerte, dass sein ganzes Leben noch vor ihm lag. Ich hätte doch gedacht, als Vermittler schickt die Polizei wenigstens einen mit einem gelassenen, beruhigenden Bariton. Den hatte dieser Mann unter anderen Umständen ja vielleicht auch, aber als wir in Hörweite kamen, redete er in einem schrillen, walisisch gefärbten Singsang, der einen tödlichen Sprung eher auslösen als verhindern konnte, wie ich fand.

»Jamie«, sagte Cyril zu dem Jungen, »schau mal, Junge. Schau mal, wer da ist.«

Jamie warf mir einen Blick von der Seite zu, fand mich aber nicht interessant. »Wer's'n das?«

Es war schon ermutigend zu erfahren, was für einen extrem schwachen Eindruck ich machte. »Mein Freund«, rief ihm Cyril in Erinnerung. »Es war genau genommen seine Idee, dir heute Nachmittag den Kopf zurechtzustutzen.«

»Null Ahnung! Da war keiner mehr«, sagte Jamie. »Hör auf, mich weiter vollzutexten. Ich spring jetz!«

Gajendra, der Junge mit dem weichen Herzen, kam zwischen den Polizisten hindurch angerannt. »Heey«, flehte er Jamie an, »Mach das nich! *Bitte!* Ich verarsch dich nich, weisstu! Ich find dich korrekt taff, Mann! Du bist doch mein Kumpel!

Ich bin das gewohnt … ich krich seit der Grundschule aufs Maul. Mein Lehrern hat mein Muddern erzählt, er kennt kein, der so provoziern kann wie ich, echt.

Wenn *du* mir aufs Maul haust, is das okay, Alder! *Bitte!*«

Jamie drehte sich zu ihm um: »Schön für dich! Aber scheiß auf dein Gelaber, Alder, is mir egal! Du warst auch son Weichei vorhin. Hau ab zu Mama und geh mir nich aufn Sack.«

Ich nehme an, der Vikar hatte es bereits probiert. Jetzt probierte er es noch einmal. Er sprach von Jesu unendlichem Mitgefühl und seiner Vergebung und erinnerte Jamie daran, dass es allein Gott zukomme, das Leben zu nehmen, und er durch einen Sprung seine Chance, in den Himmel zu kommen, verscherze. »Is mir doch Latte«, sagte Jamie zum Vikar. »Wenn dein Jesus alles verzeiht, brauch er sich jetz nich so anstelln, wenn ich spring.« Seine beiden Kumpane kicherten bei diesen Worten, und er musste lächeln, aber nicht lange. Drehte sich wieder um und sah in den Abgrund.

Ich hatte eine Idee. Trug sie atemlos Cyril vor. »Wie soll ich mir das alles merken?«, protestierte er, als ich fertig war. Aber wir wussten beide, dass wir keine Zeit zu verlieren hatten.

»Bevor du springst, Jamie«, sagte er zu ihm »will ich dir noch sagen, dass ich heute Nachmittag die ganze Zeit über selber verdammt Schiss hatte, ich hab mir sogar in die Hose gepinkelt. Hast du bloß nicht gesehen, weil ich einen Katheder hab. Ich wär in Ohnmacht gefallen, wenn du wirklich die Hand gegen mich erhoben hättest.«

Er hatte die Aufmerksamkeit Jamies. »Du willst wissen, wie ich es geschafft hab, nicht in Tränen auszubrechen und wegzurennen? Ich hab halt Theater gespielt. Als ich bei der Armee war, verstehst du, haben sie uns eine Spezialtechnik beigebracht, mit der du den eigenen Testosteronspiegel erhöhen kannst. Aber heute Nachmittag hätte ich den keine fünf Sekunden länger so weit oben halten können, mein Junge. Und dann hättest du gemerkt, dass du der Stärkere von uns beiden bist, der weitaus Stärkere.

Stehst du auf HipHop, mein Junge? Ich rate mal, ja. Und deshalb weißt du sicher, was es heißt, wenn ich sage: *You da man.*«

Jamie sah Cyril an, wie er noch keinen auf dem Dach angesehen hatte. Man merkte, er wünschte, dass das wahr war. Cyril sah zu mir herüber. Ich hoffte, er las es mir an den Augen ab, dass ich sein Vorgehen richtig fand. Offener wagte ich es nicht auszudrücken.

»Warum ich solchen Schiss hatte?«, sagte Cyril gerade. Er

erfand seine Rolle jetzt aus dem Stegreif: »Jeder sieht doch, was für ein harter Brocken du bist. In der Prang Hill School als Memme herumzulaufen ist ja wohl das Bescheuertste, was sich einer vorstellen kann, wenn solche harten Kerle wie du dort den Ton angeben.«

»Voll korrekt!«, stieß Gajendra hinter uns hervor. »Ich hätt mir selber aufs Maul haun können.«

»Alle haben Respekt vor dir, Junge«, sagte Cyril. »Alle. Die anderen Jungs. Die Mädels. Die Lehrer. Die ganze Schule. Und wie sollten sie einen wie dich auch nicht bewundern!«

»Wenn wir zwei uns fighten würden«, sagte Jamie schließlich, »würd ich dich eh voll abschmiern.« Und in dem Moment wusste ich, dass sein Leben nicht mehr in Gefahr war, obwohl seine Mutter schon wieder quer schoss mit ihrem Gemecker: »Solche Reden dulde ich zu Hause nicht, Jamie, und hier dulde ich sie auch nicht.«

Jamies asiatischer Kumpel kapierte endlich. »Es ist schon cool, dein Homie zu sein, Jamie.«

»Sein Homie bin *ich*, Wichser«, protestierte der mit der Stachelfrisur. »Du bist nur die Nummer 3.«

Aber das spielte keine Rolle. Es war jetzt nur noch eine Frage der Zeit, bis Jamie die Beine wieder über die Mauer schwang.

»Jamie ist taff« fiel es mir ein, einen Sprechgesang anzustimmen. »Jamie ist taff!« Wenn ich in mich hineingelauscht hätte, wär ich mir wie ein vollkommener Trottel vorgekommen, aber es dauerte nicht lange, da hatten alle eingestimmt, sogar Lady Victoria Hervey. Und schwupps! kamen Jamies Beine hoch. Und schwupps! zogen ihn zwei Polizisten vom Abgrund weg und legten ihm Handschellen an. »Was soll'n der Scheiß?«, winselte er.

»Du hast die öffentliche Sicherheit und Ordnung gefährdet«, teilte ihm der Polizist mit. »Was, wenn du von der Mauer gerutscht und auf jemanden draufgefallen wärst?«

Für den Bruchteil einer Sekunde sah es so aus, als wollten

der Asiate und der mit der Stachelfrisur die Polizisten überwältigen. Aber an mir, Jamies neuem Wohltäter, blieb es hängen, der Situation das Beste abzugewinnen. »Wie viele von den anderen lockeren Jungs an der Prang Hill werden schon von sich sagen können, die Bullen hätten ihn kassiert?«

»Krass!«, jubelte der Asiate.

»Jamie ist taff«, rief ihm der mit den Stacheln in Erinnerung und schüttelte bewundernd den Kopf, als die Cops mit ihrem Anführer gen Treppe marschierten.

Ich rechnete damit, dass mir Cyril die Ohren langzog, aber er ließ Milde walten. »Wenn du das nächste Mal eine gute Idee hast«, sagte er und legte onkelhaft die Hand auf meine Schulter – und das, obwohl er vielleicht zehn Jahre jünger war! –, probier sie doch vielleicht bei einem deiner andern Kumpels aus, ja?« Er konnte allerdings nicht wissen, dass ich keine anderen Kumpels hatte, es sei denn, ich rechnete Plaistow dazu. Was aber doch übertrieben war.

Jetzt kamen Jamies Eltern, seine Mutter leise in ein Papiertaschentuch weinend, sein Vater mit finsterer Miene. »He«, sagte der, »es ist doch nicht so, als ob wir kein Verständnis hätten für das, was ihr da wolltet, und dass wir das nicht auch gut finden.«

»Wir haben alles getan, was in unserer Macht stand, damit er kein sadistisches kleines Ungeheuer wird«, schniefte Jamies Mutter. »Wir haben ihm eine PlayStation gekauft. Eine Elektrogitarre. Die Harry-Potter-Bücher, nachdem wir erfahren hatten, dass *die* sogar Kindern gefallen, die sonst keine Bücher mögen.«

»Er hat zwar einen Absatz im ersten gelesen«, sagte Jamies Vater, »sich aber nicht einwickeln lassen. Er hat zu uns gesagt, ihm mache es mehr Spaß, seine passiven Klassenkameraden zu drangsalieren, nicht, Lois?«

»Ja, so war's. Es war ja nicht so, als ob einem das nicht wie ein Messer in den Leib gefahren wäre. Bei uns zu Hause regiert nicht die Grausamkeit. Wir haben seit dem Aufstand um die verrückten Kühe nicht mal mehr rotes Fleisch gegessen. Ab und zu mal Huhn, das ja, aber nur, wenn's ein freilaufendes war. Und Fisch natürlich.«

»Aber man kriegt ja durch ein bloßes Fingerschnipsen nicht den Sadismus aus ihm raus«, sagte der Vater wieder. »Genauso wenig, wie man Jesus auf die Art aus dem Vikar austreiben könnte.«

»Ein Monster zu sein, das beschreibt seine Identität«, sagte Jamies Mutter und wurde mit jedem Wort, das ihr über die Lippen kam, beschützender. »Damit fühlt er sich im Einklang, nicht wahr? Haben Sie sich in Ihrer Aufdringlichkeit eigentlich schon einmal darüber Gedanken gemacht, dass ein Rowdy im tiefsten Innern genauso verletzlich sein kann wie alle anderen Teenager auch?«

Ich stellte Cyril und Plaistow einander vor. War doch albern, dass sich meine beiden besten Freunde nicht kannten. Es stellte sich heraus, dass beide für Fulham waren und Arsenal nicht ausstehen konnten. Zum hunderttausendsten Mal in meinem Leben kam ich mir bei solchen Offenbarungen nicht maskulin genug vor. Plaistow hatte zwar nicht geboxt, aber die *Rocky*-Filme fand er schon klasse, zumindest bis *III*. Für einen großen Film, sagte er immer, tauge Sylvester Stallone noch.

Bei der Arbeit lief es für ihn nicht so berauschend. Seiner Meinung nach gab es mittlerweile zu viele Leute, die bei Promis noch den kleinsten Dreck ausgruben. Das Dumme an *Star Idol* und *Megastar* war, dass die Teilnehmer in den meisten Fällen viel zu jung waren – die konnten gar nicht so viele Leichen im Keller haben –, ausgenommen Vijay, den die Zuschauer neulich aus *Star Idol* herausgevotet hatten. Der war, wie sich erwies, dreiunddreißig und sah nur dank umfangreicher Schönheitsoperationen aus wie neunzehn. Aber den Coup hatte leider ein Kollege gelandet.

Plaistow steckte schon seit Wochen immer mal die Nase in die Anti-Schläger-Trupps, traute sich aber nicht, tiefer reinzuriechen – aus Angst, an die Albaner der falschen Seite zu geraten. Die entführten, hieß es gerüchteweise, aus jeder Schule, über die sie die Kontrolle erlangten, einen nach dem Zufallsprinzip ausgewählten Schläger, brachten diesen, geknebelt und mit verbundenen Augen, per Schiff in sein Herkunftsland und zwangen ihn, Bettelbriefe an seine Eltern und Freunde in den südöstlichen Vororten Londons zu schicken. In den von ihnen kontrollierten Gebieten hatten die Schulschlägereien praktisch aufgehört. In den von den Albanern kontrollierten Gebieten war es mittlerweile ein gewohntes Straßenbild, dass ehemalige Schläger die Schuhe derer, die sie einst gepeinigt hatten, mit den Ärmeln ihrer Tommy-Hilfiger- und sonstigen Kapuzenshirts putzten.

Von ihm aus, so Plaistow, hätte Jamie ruhig springen können. Er hatte nämlich schon Jamies Eltern, den Asiaten und Jamies Freundin interviewt, während ihn der Polizist und der Vikar vom Abgrund wegzulocken versucht hatten. »Seine Freundin hat gesagt, wenn man ihn genauer kennt, wüsste man, dass er eigentlich zartbesaitet ist. Er mag Tiere und so. Und zu ihrer Mutter ist er ganz reizend. Der schenkt er jede Menge Schmuck, die seine Opfer ihren eigenen Müttern klauen müssen.«

## *Wir hoffen auf Ihr Verständnis*

1993 kam schließlich ein neues Album heraus, *The Red Shoes*, das Kate laut Del, ihrem treuen Freund, ursprünglich schnell hatte aufnehmen und mit dem sie auf Tournee hatte gehen wollen. Während sie sich von jemandem ihr Studio so umrüsten ließ, dass sie ganz allein, sogar ohne Del, dort arbeiten konnte, lud sie andererseits die verschiedensten Kollegen zur Zusammenarbeit ein, Jeff Beck etwa, oder Eric Clapton, Prince, den Comedian Lenny Henry und die drei bulgarischen Volksmusikerinnen, das Trio Bulgarka. Bei »Rubberband Girl«, dem irritierend Madonna-haften ersten Track, könnte man denken, sie habe ein Party-Album gemacht. Doch danach ging es wie gewohnt weiter mit melancholischen Grübeleien über das Trauma zu leben. Dafür liebten wir sie. Und wenn der treue Del gemerkt hatte, dass sich Kate und der Gitarrist Danny McIntosh bei den Aufnahmen Blicke zuwarfen, die darauf hindeuteten, dass Danny Del eines Tages als Kates Lead-Man ersetzten würde, ließ er der Klatschpresse gegenüber davon jedenfalls nichts verlauten.

Bei »Rubberband Girl« mit seinem befremdlichen Background-Gesang haben bestimmt viele Leute geglaubt, bei der Herstellung der Platte sei EMI ein schrecklicher Fehler passiert. Dabei war der Track noch lange keine so kalte Dusche wie »Why Should I Love You«, ein Song, der sich anhörte wie die Kurzfassung eines Prince-Albums. Mir hat er aber gefallen, besonders Princes kleiner Orgelriff. »Big Stripey Lie«, wo Kate eine schwer verzerrte Breitwand-Gitarre spielte, als läute sie eben mal ein Glöckchen, schien ebenso eine Hommage an David Byrnes Arbeit mit Brian Eno, wie das ansteckend fröhliche, total unverständliche »Eat The Music« eine Hommage an die Musik von Madagaskar war. Ich hatte keinen blassen Schimmer, worum es ihr bei diesem Album ging, und es war mir auch egal. Bei dem Titeltrack musste ich kichern. (Wer das Tanzen aufgeben wollte, brauchte nicht mehr zu tun, als eins von Kates Alben vor *Hounds of Love* aufzulegen.) »Constellation Of The Heart«, ein Song, auf dem Kate erstaunlicherweise alle anderen Songs als hoffnungslos verwarf, glänzte mit einer wunderbaren Gitarrenarbeit ihres zukünftigen Lovers Danny McIntosh und einem herrlichen Dialog mit den Background-Sängerinnen.

In »And So Is Love« gab Eric Clapton die vorhersehbaren B.B.King-haften Einlagen. Gary Brookers Hammond-Orgel jedoch trieb den Song vorwärts – und dazu Kates Stimme, bei der sich mir, wenn sie urplötzlich die Klangfarbe wechselte und sich in ein höheres Register aufschwang, immer wieder die Nackenhaare sträubten. Ich schwelgte in ihrer beispiellosen Direktheit und mochte den von Brookers Gitarre getriebenen letzten Track »You're The One« sehr. Seit Lorraine Ellisons »Stay With Me« hatte ich nichts gehört, was sich mit dem gequältem Schrei messen konnte, den Kate, die ihre Würde angesichts des Treuebruchs ihres Geliebten bis jetzt unter größten Mühen gewahrt hatte, am Ende des Songs ausstieß. Dies war eine Kate Bush, die den Gipfel ihrer bemerkenswerten Fähigkeiten nur knapp verfehlte.

Dieser Gipfel war der grandiose Song »Moments of Pleasure«, in dem sie den Verlust mehrerer geliebter Menschen beklagt. Es gab Hörer, die sich darüber mokierten, dass Kate in »Lily« Gabriel und Raphael verwechselte und den Gemeinten, Raphael, hinter sich stellte. In dem noch unverständlicheren Track »The Song of Solomon«, sagt Bush zwar »Don't want your bullshit / Just want your sexuality«, hat aber, wie der respektlose Musikkritiker Andy Gill schrieb, offenbar ein unstillbares Bedürfnis nach Ersterem.

Sie sang auf einem »My Compute« betitelten Track des Artist Formerly Known as Prince, zu dessen Musik sie nach eigenem Bekunden gern tanzte. Nachdem Kate eine der Londoner Vorstellungen seiner *Nude*-Tour von 1990 besucht hatte, hatten die beiden offenbar vereinbart, mal etwas gemeinsam aufzunehmen. Nach einiger Zeit schickte sie ihm eine Multitrack-Kopie von »Why Should I Love You«. Laut Michael Koppelmann, einem Tontechniker und Musiker, der Anfang der neunziger Jahre kurzzeitig mit dem Artist zusammenarbeitete, war Kates Original weit besser als die »lahme Discoversion«, die der Artist für *The Red Shoes* daraus machte.

Sie kam noch einmal nach New York, zu Tower Records in Manhattan, wo zweitausend Leute stundenlang bei Eiseskälte im Freien gestanden hatten, nur um ihr mit Tränen in den Augen zu sagen, wie viel ihnen ihre Musik bedeutete. Eine junge Frau war aus San Francisco angereist, über den ganzen Kontinent hinweg, ließ sich ein Autogramm auf den Arm geben, um den Schriftzug später durch Tätowierung dauerhaft zu fixieren. Wie beängstigend und aufreibend eine so intensive Verehrung auf Dauer sein kann, erschließt sich nur jemandem, der genauso berühmt ist wie Kate selbst.

Damit sich niemand in der Schlange vordrängen konnte, gab Tower Records nummerierte Armbändchen aus. Eine CNN-Crew tauchte auf und filmte die Getreuen, von denen sich viele Mülltonnen beschafft hatten – in der Hoffnung, Kates Ankunft von dort oben besser verfolgen zu können. Schließlich entstieg Kate, zehn Stunden nachdem der erste Fan sich eingefunden hatte, ihrer Limousine, und man ließ die Fans in Zehnergruppen in den Laden, wo jeder genau ein Autogramm erhielt.

Sie bekam dreieinhalb große amerikanische Einkaufstüten voller Geschenke. Auf den Arm der jungen Frau aus San Francisco mochte sie nicht schreiben (aus Angst zum Beispiel, die Frau könne in ein paar Jahren bereuen, dass sie ihren Arm nicht für Tori Amos aufgespart hatte), signierte jedoch, obwohl ihr das keinen Penny an Tantiemen einbrachte, eine verwirrende Vielfalt bislang unbekannter Bootleg-Alben, sogar das eine, auf dem sie in einem Trägertop abgebildet war und das ihr sichtlich missfiel.

Vier Tage später war sie in Toronto, wo sich eine Meute wohlerzogener Fans (es waren schließlich Kanadier) vor dem Studio von CFNY versammelt hatte und sie durch die Glasfront anstarrte. Auf Verlangen der Chefs von EMIs Niederlassung in Toronto wurde die Scheibe daraufhin mit braunem Packpapier abgedeckt, damit sich die arme Kate nicht vorkommen musste wie ein frisch in einen nordamerikanischen Zoo importierter Pandabär. Als sie hörte, dass die Getreuen draußen vierzig Unterschriften dafür gesammelt hatten, sie ungehindert bewundern zu dürfen, stand Kate höchstpersönlich auf und entfernte das Papier vor dem Fenster wieder.

Was Videos betraf, hatte sie mit ihrem »Cloudbusting«, das eine Geschichte erzählte, den Publikumsgeschmack ein klein wenig früher getroffen als andere und wollte diesen Vorsprung halten. Einzelne Videoclips reichten dafür nicht mehr aus. Diesmal sollte es ein regelrechter Kurzfilm sein, in dem sechs Songs des Albums vorkamen. Sie selbst, die schüchterne Größenwahnsinnige (wie sie mittlerweile vielfach von der Presse genannt wurde) wollte sowohl die Hauptrolle spielen als auch Regie führen. Von Michael Powells Film *Die roten Schuhe* aus dem Jahre 1948 angeregt und mit Lindsey Kemp und der schätzenswerten Miranda Richardson neben sich, zeigt der Film in vielen Tanzszenen – erstaunlich für jemanden, der dem Tanzen angeblich den Rücken zugekehrt hat! – Kate bei Aufnahmen zu ihrem Video von »Rubberband Girl«, bei denen ihr auf einmal ein Stromausfall in die Quere kommt. Als sie allein im Studio zurückbleibt, steht ihr plötzlich eine seltsame Frau gegenüber (Richardson), die durch einen Spiegel tritt und Kate ein paar wunderschöne rote Ballettschuhe anbietet, falls sie ihr hilft, nach Hause zu kommen. Im weiteren Verlauf bereut Kate, dass sie sich auf den Handel eingelassen hat, weil sie, als sie zu »Eat The Music« durch matschiges Obst tanzt, feststellen muss, dass sie nicht aufhören kann.

Der Film hatte zwar eine kaum nachvollziehbare Handlung und war schlecht geschnitten, wirkte dafür aber außerordentlich farbig, vielleicht als Hommage an Powells Film, der am Beginn des Technicolor-Zeitalters entstand. An anderer Stelle hatte man dafür aber kräftig gespart, und Kate erwies sich in ihrer Rolle der Schauspielerin als phantastische Sängerin. (Was, so fragte man sich, war seit ihrem Comic Strip Les Dogs mit ihr passiert?) Ihre eher unkritischen Fans schafften es trotzdem, den Film schön verquer und kitschig zu finden. Nach der Premierenaufführung im Odeon West End erhob sich das Publikum des Londoner Filmfestivals wie ein Mann von den Plätzen, fast so, als wolle es die Zuschauer im Liverpooler Empire nach der ersten offiziellen Vorführung von Tour Of Life vierzehn Jahre zuvor nachahmen, und klatschte, bis allen die Hände wehtaten.

Die Besprechungen waren allerdings nicht berauschend. Derek Elley schrieb, es sei »nicht so sehr ein Film als vielmehr die Art Aneinanderreihung von Werbetrailern, mit denen sich Popstars gern behängen und die auf Spielfilmlänge ausgedehnt sind… Bei dem Effekt, den das hat, denkt man unweigerlich an eine besonders lächerliche Marotte aus den Siebzigern.« Ahmir Hassib Mirza aus Newcastle machte in seinem Leserbrief an Homeground seinem Missvergnügen Luft. Unweit des Leicester Square waren die Zuschauer weit weniger enthusiastisch – weniger auch an Zahl – als die beim Filmfestival. In Nordlondon war es schon ein glücklicher Zufall, wenn mehr als ein halbes Dutzend Zuschauer kamen. Jahre später bat Kate um Entschuldigung dafür, Richardsons und anderer Leute Zeit vergeudet zu haben und sagte, sie selber sei nur mit vier Minuten des Films zufrieden. »Ich hatte Gelegenheit, etwas wirklich Interessantes zu machen«, sagte sie seufzend, »und hab's vollkommen vergeigt.«

Mrs. Cavanaugh weinte. Ich fürchtete schon das Schlimmste. Als Erstes schoss mir durch den Kopf, dass vielleicht Cathy gestorben war oder dass Kate angekündigt hatte, sie gebe den

Versuch, ein neues Album zu machen, jetzt auf, oder Gilmour könnte wegen seiner großen Klappe so verprügelt worden sein, dass er im Koma lag. Doch sie weinte um sich selbst. Es stellte sich heraus, dass sie und Mr. Chumaraswami Probleme hatten. Er war in den letzten Wochen noch weiter auf Distanz gegangen. Zuerst hatte sie geglaubt, er sei davon beansprucht, ein neues Geschäftsfeld aufzubauen, von dem er ihr nichts erzählte, aber jetzt hatte sie herausgefunden, dass es viel mehr war.

»Er hat noch was nebenbei. Die ganze Zeit über, die wir, na ja, zusammen sind, hat er noch was nebenbei. Und das Schlimmste daran ist, mit einem Kerl.«

Sie blinzelte heftig, um die Tränen zurückzudrängen, und schaute zur Decke. »Mit einem Kerl«, sagte sie noch einmal. »Das ist für mich Premiere. Mit einem scheiß Kerl.« Ihr Unglück hatte sie offenbar daran erinnert, dass sie Engländerin war.

»Und noch nicht mal einer, mit dem ich konkurrieren könnte. Sondern ein blöder wirbelnder Derwisch oder so was. Ein Muslimkrieger.«

»Mit Turban?«, fragte ich. »Und sehr langem Bart?«

»Ja, genau der«, sagte sie bitter. »Also bin ich die Letzte, die es erfahren hat.«

»Falls wir von Mohammed sprechen«, sagte ich, »aber das tun wir vermutlich nicht, da er sich für Frauen mit monströs großen Brüsten interessiert, weiß ich nur, dass der Mr. Chumaraswami unter seiner Fuchtel hat.«

»Ich weiß bloß, dass ich noch mehr wirklich nicht ertrage. Und deshalb habe ich auch das hier aufgesetzt.« Sie zog einige Blatt Papier zusammengefaltet aus der Gesäßtasche ihrer Jeans und hielt sie mir unter die Nase. Ich war zwar viel zu kaputt, um jetzt etwas zu lesen, aber der Blick ihrer Augen machte mir klar, dass ich nicht ablehnen konnte. Ich erwog kurz zu sagen, ich wisse nicht, wo meine Lesebrille sei, aber sie lag ja auf der Tastatur meines Computers. Ich seufzte, aber sie war nicht interessiert. Sie ging ans Fenster und sah hinaus. Ich las.

»Nein«, sagte sie. »Laut. Ich möchte, dass *du* es vorliest.«

Ihr Schreiben trug den Titel *Aibbeann Cavanaughs Abschied von der menschlichen Rasse.*

»Mit zweiundfünfzig muss ich, nachdem ich es mein Lebtag versucht habe, leider zu dem Schluss kommen, dass ich nicht zur menschlichen Rasse gehöre. Und da ich von Enttäuschungen vielfältigster Art, von Langeweile, Verzweiflung und Selbstverachtung so dermaßen am Boden zerstört bin, dass mich nicht einmal die erlesene Musik von Kate Bush noch aufzurichten vermag, erkläre ich hiermit meinen Abschied.

Seit meiner Rückkehr nach London (wohin meine Söhne Duncan und Gilmour 1993 gezogen waren) mit meiner Tochter Catherine im Jahre 1997 versuche ich mich mit unerbittlichem Willen als Schriftstellerin oder Webgraphikerin zu etablieren. Ich selbst glaube, auf beiden Gebieten ungewöhnlich begabt zu sein – und bin nicht allein in diesem Glauben. Die Theaterkritiken, die ich als Zwanzig- und Dreißigjährige für die *Irish Times* geschrieben habe, fanden sogar in New York höchstes Lob. Ich habe Preise für meine Gedichte und Kurzgeschichten erhalten.

Mit meiner Rückkehr nach London verband ich die Hoffnung, dort wieder anknüpfen zu können, wo ich einst aufgehört hatte, und fügte in meiner Palette der Kritik den Journalismus hinzu, schrieb über neue Trends im Theater, über Schauspieler, Regisseure, Dramatiker und so weiter. Von meiner eigenen Brut abgesehen, hat das niemand wahrgenommen. Einen typischen Vormittag habe ich zur Gänze damit verbracht, zu einem bestimmten Thema online zu recherchieren, und dann eine geschlagene Stunde lang geschrieben und verfeinert, was ich für eine kenntnisreiche, ja sogar provozierende Arbeitsprobe – so nennt man Artikel, die man einem Herausgeber schickt – mich erkühnt habe zu halten. Wenn ich überhaupt Antwort erhielt – die in etwa neunzig

Prozent der Fälle ausblieb – bestand sie aus einer hektisch getippten Zeile ohne jedes Komma oder Großbuchstaben, dafür aber voller Tippfehler, mit einer Aussage, die oft über ein *Wir hoffen auf Ihr Verständnis* nicht hinausging. Sollte ich jemals einen Grabstein haben, wünsche ich mir *Wir hoffen auf Ihr Verständnis* als Inschrift.

›Diese Leute sind vermutlich wahnsinnig beschäftigt‹, haben Freunde in den letzten Jahren wiederholt zu mir gesagt, als meine Frustration langsam der Hoffnungslosigkeit wich und ich mich mit der Einsicht versöhnt habe, nie wieder die Chance zu erhalten, das zu tun, was ich ungewöhnlich, ja sogar außergewöhnlich schätze. Sei es drum. Ich weiß, was es heißt, wahnsinnig beschäftigt zu sein. Auf dem Höhepunkt meiner Karriere als Kritikerin habe ich nicht nur meine Besprechungen geschrieben (und die Gedichte und Kurzgeschichten), sondern auch einen Mann und einen kleinen Sohn, Duncan, versorgt, und das ebenfalls verdammt professionell. Und hätte sich ein junger Schriftsteller bei mir gemeldet, wäre es mir trotzdem nicht im Traum eingefallen, ihn so eiskalt abzufertigen.

Bilden Sie sich nicht ein, ich wüsste nicht, dass sich eine E-Mail schneller und leichter verschicken lässt als ein Brief und dass die Herausgeber von heute aus diesem Grunde vermutlich viel mehr Anfragen von potentiellen Schreibern erhalten. Ich weiß aber auch, wie lange es dauert, eine E-Mail zu schreiben, die ihrem Empfänger ein Mindestmaß an Respekt erweist und nicht bloß *Wir hoffen auf Ihr Verständnis* vor den Latz knallt.

Ich bin auch graphisch tätig. Dafür hatte ich von Anfang an ein Faible. Als es möglich wurde, dies am Computer zu verwirklichen, war ich vor Übermut ganz außer mir. Es machte mehr Freude, als ich je gedacht hätte. Und ich war bei dem, was ich tat sehr gut. Als Mitte der Neunziger das Internet in Mode kam, begann ich Webseiten für Freunde zu gestalten. Es ist eine Erfüllung, die eigene Arbeit, schon Minuten nachdem man sie getan hat, der ganzen Welt zugänglich machen zu können, ohne auf Druckereien warten zu müssen!

Als die große internationale Consultingfirma Lanigan & O'Keeffe 1998 in ihrer Dubliner Niederlassung eine E-Business-Abteilung eröffnete, war ich einer der beiden ersten Webgraphiker, die sie angestellt hat. Aber seit meiner Wiederansiedlung in London habe ich gerade mal zwei Vorstellungsgespräche wegen Jobs als Webgraphikerin gehabt, und davon war einer für einen Dreiwochen-Vertrag mit einem Klienten, der das Layout eines Katalogs vorgegeben hatte und es unter Verwendung seiner eigenen Dokumentenvorlage gestaltet haben wollte. Und die war wirklich nicht zu gebrauchen!

Meine Brötchen verdiene ich als Betreiberin einer Pension. Dazu bin ich durch einen glücklichen Zufall gekommen, aber wie es aussieht, werde ich die Sache nicht wieder los. Ich bin eine gute Schreiberin und Designerin. Als Pensionsbetreiberin bin ich grottenschlecht.«

»Aber das stimmt doch gar nicht«, fiel ich ihr protestierend ins Wort. »Ich finde, du machst das ganz wunderbar.«

Weiter kam ich nicht. Um bei dem Blick weiterzusprechen, mit dem sie sich vom Fenster zu mir umdrehte, die Wangen überströmt von lautlos vergossenen Tränen, hätte es eines weit mutigeren Mannes bedurft. »Lies einfach«, sagte sie, »und spar dir deine Randbemerkungen.«

»Bis jetzt habe ich nur von meinem Berufsleben gesprochen«, fuhr ich fort. »Mein Privatleben ist ein Albtraum für sich. Gott sei gedankt für meinen älteren Sohn Duncan. Der hat nicht eine Sekunde Schwierigkeiten gemacht. Dafür aber die beiden anderen Kinder! Duncans jüngerer Bruder Gilmour ist offenbar darauf versessen, im Suff bei einem Krawall umzukommen. Und seine Schwester Catherine legt es darauf an, zu verhungern, und das nach fünf Monaten, die sie spartanisch gelebt hat, ohne mich ihre liebe Stimme hören zu lassen. Aber Gott ist mein Zeuge, dass ich beiden nicht weniger gut gewesen bin. Ich liebe sie nicht weniger als Duncan, kein

Stück. Und jeden Abend, den ich ins Bett gehe, denke ich, dass das die letzte Nacht sein kann, die ich sie alle drei habe.

Die Männer, nach denen ich verrückt bin, wollen nichts von mir wissen. Dabei war ich zu meiner Zeit auch mal ein Prachtweib. Das ist nicht gelogen. Ich besitze fotografische Dokumente, die das belegen! Aber jeden Monat sehe ich im Spiegel, wie das Gesicht meiner Mutter durch die Poren meiner Haut durchkommt. Wenn ich mein Spiegelbild in einem Schaufenster seh, denke ich: *Großer Gott, so hab ich heute aber nicht den ganzen Tag ausgesehen, oder?* Dabei weiß ich, dass es so ist und ich wahrscheinlich nie wieder besser aussehen werde als heute, da ich nicht zu denen gehöre, die sich das Gesicht aufschneiden lassen, um ihrem Alter ein Schnippchen zu schlagen.

In den letzten Monaten hatte ich Beziehungen, die eine platonisch, die andere sexuell, zu zwei Herren, die beide auf ihre Weise wundervoll waren. Trotzdem spüre ich, dass ich beide von mir forttreibe, wie ich es immer tue. Es gibt auf der ganzen Welt niemanden, der stark genug wäre, es mit meiner Verzweiflung aufzunehmen. Und es gibt niemanden, den ich so hasse, dass ich ihn dazu zwingen würde.«

Ich fragte mich, wen sie, abgesehen von Mr. Chumaraswami, wohl meinte, und war geschmeichelt, als mir dämmerte, dass ich das ja wohl war. Ihr Wort *wundervoll* hatte mich auf die falsche Fährte geführt.

Mir kam der Gedanke, dass sie mich zu dieser Lektüre zwang, damit mir klar wurde, wie sehr sie mich brauchte. Aber wenn es eines auf der Welt gibt, was niemand will, dann dies: im Übermaß gebraucht zu werden.

Mrs. Cavanaugh las offenbar gerade meine Gedanken. »Keine Sorge, Schatz«, sagte sie. »Über die Hoffnung, dass wir zwei eine gemeinsame Zukunft haben könnten, bin ich längst hinaus. Schon seit geraumer Zeit.« In ihrem Blick lag keine Hoffnung, in ihrem Ton kein Zwiespalt. Und dafür liebte ich sie. Ich hoffte, Mr. Chumaraswami würde sie so schätzen, wie sie es verdiente. »Lies weiter«, sagte sie.

»Dass ich Kate Bushs Musik liebe, habe ich schon erwähnt. Vielleicht bin ich ja zu gierig, aber ich warte bereits seit vielen Jahren auf die unvergleichliche Freude eines neuen Albums und muss jetzt einräumen, dass mir die Geduld ausgegangen ist. Schließlich warte ich schon über zehn Jahre. Es schmerzt mich mehr, als ich es mit meinen mageren Worten sagen kann, dass ich Kate mittlerweile für ungezogen und verwöhnt halte, wenn sie so vielen von uns dieses große Vergnügen verwehrt.

Ich wünschte sagen zu können, dass ich mich bis zur Verblödung langweile. Demenz wäre ein Fortschritt. Ich langweile mich bis zu jedem schmerzenden Atemzug, den ich mache, jedem nutzlosen Gedanken, den ich denke.

Ich könnte ewig so weiterschreiben. Sie brauchen nicht zu denken, dass ich mich nicht gefragt hätte, ob ich hier eine Liste der Mailadressen all dieser Herausgeber anhängen soll, deren eherne Gleichgültigkeit mich in diesen Zustand gebracht hat. Ich habe sogar schon einen Brief geschrieben, von dem ich hoffe, dass ihn jemand für mich abschickt:

›Aibheann Cavanaugh wird Sie nicht mehr belästigen. Vielleicht erinnern Sie sich ja, dass sie Ihnen in den vergangenen Monaten diverse Artikel zur Veröffentlichung vorgeschlagen hat, Sie waren aber zu beschäftigt, um Notiz davon zu nehmen – oder zu faul und selbstzufrieden, um sich die Arbeiten von jemandem anzusehen, der nicht zu Ihrer Männerseilschaft gehört. Angesichts der Tatsache, dass sie Leute wie Sie nicht dazu bewegen konnte, sich fünf Minuten ihrer kostbaren Zeit zu nehmen und zu bejahen, dass sie womöglich doch einen substantiellen Beitrag zu Ihrem Blatt leisten könnte, und angesichts ihrer Langeweile und ihrer sich stets verschärfenden finanziellen Notlage hat sie sich jetzt das Leben genommen. Und zumindest ein paar Tropfen ihres Bluts kleben nun auch an Ihren Händen!‹

Allerdings bin ich ziemlich sicher, dass die meisten von denen die Mail einfach ignorieren oder, das höchste der Gefühle, *Wir hoffen auf Ihr Verständnis* antworten würden. Und die Vorstellung, dass mich diese Mistkerle im Tode noch genauso ignorieren wie im Leben, ist unerträglich. Ich kann nur sagen, ich hoffe, die erkranken alle an inoperablem Krebs, und kein Morphium der Welt möge ihren Schmerz lindern.«

Ich musste wieder innehalten, weil ich meinen Augen nicht traute. Sie funkelte mich wortlos an. »Du kannst nicht zulassen, dass diese Mistkerle dich besiegen, Aibheann«, brach es schließlich aus mir heraus. »Das geht einfach nicht. *Nil illegitimus carborundum!* Wenn du dich umbringst, kriegen das die Leute, die dir so wehgetan haben, vielleicht nicht mal mit. Und diejenigen, die dich gern haben, sind unnötigerweise am Boden zerstört.«

»Würden Sie zu denen gehören, Mr. Herskovits?«

Sie hatte mich am Wickel. Ich hatte mir nach der Trennung von meiner Frau geschworen, niemals wieder einer Frau eine Liebeserklärung zu machen, aber was, wenn Cathy aufgrund meiner Weigerung mutterlos zurückblieb? »Aber natürlich«, sagte ich.

Fast sah es so aus, als wolle sie lächeln. »Ich werde mich nicht umbringen«, sagte sie. »Es gibt doch noch so viele wunderbare Bücher, die ich aus Zeitgründen bis jetzt nicht gelesen habe, und so viele Restaurants, in denen ich nicht gegessen habe – und jede Woche machen neue auf. Und ich liebe dich auch.«

Wann bin ich mir zum letzten Mal auch nur annähernd so töricht vorgekommen? So weit reichte mein Gedächtnis nicht zurück. »Und warum«, herrschte ich sie zornentbrannt an, »hast du das alles dann geschrieben?«

»Zur Therapie«, sagte sie. »Das hat mir meine Psychotherapeutin vom Gesundheitsdienst empfohlen. Sie hat mir geraten, ich soll den zornigsten Brief verfassen, den ich zustande bringe, ihn dann aber nicht abschicken und auch niemandem zu lesen geben. Das wäre eine gute Art, mit seinem Zorn fertig zu werden. Und sie hat Recht gehabt.

Du glaubst doch nicht etwa, dass ich wirklich jemandem Krebs wünsche, oder? Na ja, vielleicht manchmal, in Augenblicken tiefster Verzweiflung, so wie sich vielleicht auch die liebevollsten Eltern einmal ausmalen, wie es sein könnte, den eigenen Kindern absichtlich wehzutun.«

»Das eine hat mit dem anderen nicht das Geringste zu tun!«, belferte ich, jetzt buchstäblich bebend vor Wut. »Kein bisschen! In dem einen Fall hat man es mit Leuten zu tun, die einem mit ihrer Gleichgültigkeit wehtun, in dem anderen geht es um jemanden, der vollkommen unschuldig ist. Wieso sollte das dasselbe sein?« Mr. Chumaraswami, der Inbegriff der Intoleranz, klopfte an seine Decke, meinen Boden.

»So aufgebracht hab ich dich noch nie gesehen«, sagte Mrs. Cavanaugh mit einem Lächeln, das ihrer Beobachtung widersprach.

»Ich wage zu behaupten, du wärst genauso aufgebracht, wenn ich dich lesen ließe …«

Weiter kam ich nicht, denn sie stand auf und zog ihren Pullover aus, unter dem sie, wie sich jetzt zeigte, ihre schwarze Korsage anhatte.

»Du machst Witze!«, donnerte ich und löste einen neuen Trommelwirbel des armen Mr. Chumaraswami aus. Aber zumindest ein Fitzelchen von mir nahm den Witz großzügig hin.

»Ich hab mich immer gefragt«, sagte sie und schaffte es wieder, mit zweiundfünfzig noch kokett zu sein, »wie es wäre, mit dir zu vögeln, wenn du zur Abwechslung mal die traditionell maskuline Rolle einnehmen würdest, anstatt passiv zu sein.«

Ein Teil von mir wollte sie rauswerfen, der andere aber – der Actionfilm-Teil, der Teil, der sie um Erlösung und vor Entzücken winseln hören wollte – trug den Sieg davon.

Mir fiel wieder ein, wie viel Spaß es machen kann, ein Mann zu sein.

## *Meine Vorspeise wird kalt*

Eine australische Zeitung – nicht die, die durchblicken ließ, Kate sei es ihren Fans schuldig, sich mit dem kleinen Sohn Bertie, den sie mit Danny McIntosh hatte, ablichten zu lassen, und zwar entweder in *Hello* oder in *OK!* (wo, konnte sie sich natürlich selbst aussuchen!) – schätzte, die 55 Millionen Pfund, die sie im Laufe ihrer Karriere verdient hatte, machte sie, nach Annie Lennox, zur zweitreichsten britischen Pop-Diseuse. Kate war der Reichtum jedoch nicht zu Kopfe gestiegen. Don Black, der das Buch und die Texte zur West End Production von *Sunset Bloulevard* geschrieben hatte, erfuhr, als er sie besuchte, zu seiner Verblüffung, dass sie erst einmal ein West End Musical gesehen hatte, *Godspell* nämlich, und das war Jahrzehnte her. Da er sonst nur gähnende Megastars gewöhnt war, die absolut alles gesehen hatten und davon abgestumpft waren, freute er sich wie ein Schneekönig, als sich Kate bei der Show prächtig amüsierte.

Sie, Danny und Bertie verbrachten ihre Zeit teils auf einem sechs Morgen großen Villengrundstück auf einer kleinen Flussinsel in Berkshire, einer riesigen viktorianischen Villa in einer Hauptstraße von Greenwich und in einem *Penthouse* am Fluss in Battersea samt dem loyalen Paddy mit seiner Sammlung musikalischer Exotika gleich nebenan. Bertie, so seine stolze Mama, sei ein erstaunlicher Elvis-Imitator. Ein guter Elvis-Imitator ist selten beschäftigungslos.

Brian Kennedy, der Belfaster Sänger und Songschreiber, bestätigte Blacks Eindruck von einer bodenständigen und generösen Kate. Als Kind war er bei »The Man With The Child In His Eyes« gewesen und hatte sich geschworen, dass er, falls er je eine Platte machen sollte, sie Kate schicken würde. Als sie sein Album *The Great War of Words* bekam, schrieb sie zurück, wie sehr ihr seine Platte gefallen habe, und lud ihn sogar zum Essen ein. Und nicht nur, dass sie ihm barfuß die Tür öffnete, sie machte ihn auch noch mit knusprigem Seetang bekannt, als sie und Del und Stuart Elliot zum Chinesen essen gingen.

Bob Mercer, der sie für EMI unter Vertrag genommen hatte, pflegte stets zu sagen, es gebe zwei Sorten von Menschen – diejenigen, die Kate liebten, und die anderen, die sie nicht kannten. So lieb sie nach übereinstimmender Auffassung aller auch war, sie trat musikalisch doch eher auf der Stelle. Produziert von George Martin, nahm sie mit dem gichtgeplagten Mundharmonika-Virtuosen Larry Adler, zu dem sie sehr nett war, für das *Glory of Gershwin*-Album eine Version von »The Man I Love« auf. Und immer und immer wieder hieß es, sie wolle einen Song zu einem Nick-Drake-Tribute-Album beitragen, wozu es aber nie kam. Bei der Feier zum 70. Geburtstag von Rolf Harris entsprang sie in einem fleischfarbenen Bodystocking einer Geburtstagstorte. Das war ein Scherz! Aber sie war da, und es gibt ein Foto, auf dem sie das Geburtstagskind anlächelt, wie wir alle gern angelächelt werden möchten.

Es hieß, man habe sie bei Harrod's einkaufen sehen – ausgerechnet mit Enya –, und zwar für eine Party aus Anlass der Verleihung des Order of the British Empire an die Schauspielerin Joanna Lumey. Ein andermal wurde sie gesichtet, als sie sich höchst interessiert Art-déco-Möbel anschaute. Angeblich produzierte sie zwei Tracks für Alan Stivell, den Meister der keltischen Harfe, für den Kates Bruder John Garder Bush (Jay) Texte schrieb. Angeblich konnte sie der britischen Intelligenzija auch das eine oder andere darüber beibringen, wie man Geheimnisse wahrt. Die Band Erasure zu produzieren lehnte sie ab.

Der unverwüstliche Fred Vermorel hielt am Londoner Royal College of Art eine Vorlesung mit dem Titel *What I Did To Kate Bush*, in der er erzählte, Woody Allens Film *Stardust Memoires* habe ihn dazu angeregt, zu ihrem Haus zu gehen und an der Regenrinne hochzuklettern. Genau das, worüber eine Frau, die Kinder zu versorgen hat, gern nachdenkt!

Der Stadtrat ihres Ortes bat sie, die neu errichtete Brontë-Brücke wiederzueröffnen (die erste war im Jahr 1990 von einem Hochwasser weggerissen worden), die das schmale Flüsschen von Haworth Moor überspannte. Als Kate ablehnte, wurde Tori Amos für die Aufgabe engagiert.

Ich scherze, und die größten Wahrheiten werden im Spaß gesagt. Manche waren fest davon überzeugt, dass La Amos nicht nur von einer einmalig cleveren Vermarktung von Nischenmusik profitierte, sondern dass die Art und Weise der Kampagne auf Marktforschungsanalysen über Kates Erfolg zurückging. Das amerikanische Cover von *Kick Inside* und das Cover von Amos' *Little Earthquakes* wiesen jedenfalls unübersehbare Ähnlichkeiten auf. Wäre es Ihnen lieb, wenn Kate häufiger auf Tournee ginge, wurden die Kunden gefragt. *Oh, ja!* Wie wär's, wenn die Texte etwa weniger konfus wären? *Oh, ja, bitte!* Na dann, hier haben wir Tori Amos für Sie.

Bei deren ersten Gigs in Großbritannien fragte *Vox* Leute aus dem Publikum, was sie von ihr hielten. Im Großen und Ganzen lief es darauf hinaus, dass Tori das Touren übernehmen musste, weil Kate nicht die geringste Lust dazu zu haben schien.

Die Brontë-Gesellschaft, die sich Kate gegenüber in den zehn Jahren nach dem Erfolg von »Wuthering Heights« so ungnädig gezeigt hatte, dass es fast an Feindseligkeit grenzte, schlug einen anderen Ton an und widmete dem Song in der von ihr herausgegebenen Zeitschrift einen ganzen Artikel, in dem, wie es jetzt hieß, »die bezwingende Gestalt der Cathy … und ihre Verlorenheit und Einsamkeit sehr genau erfasst sind«. Sinéad O'Connor widerrief zwar die schrecklichen Sachen nicht, die sie über den Papst gesagt hatte, gab aber zu, sich dem nicht gewachsen zu fühlen, als Peter Gabriel sie einlud, in »Don't Give Up« Kates Part zu singen (wofür er bei einem Amnesty-International-Benefizkonzert in Chile schon einmal Tracy Chapman engagiert hatte). Vergnügt berichtete Sinéad einem großen, sehr großen britischen Musikmagazin über Kate: »Ich muss sie bewundern! Peter Gabriel wollte mit ihr vögeln, aber sie wollte das nicht. Sie ist die einzige Frau auf der ganzen Welt, die ihn je hat abblitzen lassen. Mich eingeschlossen.«

Nicola rief an. Sie war wütend – auf mich, weil ich mich nicht meldete, und auf sich selbst, weil sie mich angerufen und mir gesagt hatte, dass sie wütend war, weil ich nicht anrief. Ich sagte, ich hätte anrufen wollen, hätte aber furchtbar viel zu tun gehabt. Blödsinn, sagte sie. Ihr sei schon klar, dass ich es bloß darauf anlegte, dass sie verrückt nach mir wurde. Das klappte ja auch, und das brachte sie richtig auf die Palme! Vielleicht interessiere es mich ja, dass sie noch mal neun Pfund abgenommen hatte und sensationell aussah. Lüstlinge, die sich als Fotografen ausgaben, steckten ihr neuerdings Visitenkarten zu, wenn sie an einer Haltestelle auf den Bus wartete – oder sagten, jemand, der so attraktiv war wie sie, sollte nicht Bus fahren müssen. Wenn ich wüsste, was gut für mich sei, würde ich sie zum Essen einladen.

Ich dachte darüber nach, dass mich große Schönheit heute eigentlich nicht mehr aus der Fassung brachte. Als jüngerer Mann war es mir anders ergangen, da hatte ich kaum stillsitzen können, in einem Raum mit dem Objekt meiner Begierde. Als ich aber in den Vierzigern war, hatte das aufgehört – nicht aufgrund von nachlassendem Sexualtrieb, wie ich herausfand, sondern weil sich meine Perspektive geändert, weil ich begriffen hatte, dass sich die Schönen die Zeit nur geliehen hatten, dass sie wandelnde Zeitbomben waren. In der Tiefe jeder ihrer Zellen arbeitete ihre DNA daran, sie zu uns anderen auf den Boden zurückzuholen.

Nicola hatte noch untertrieben. Sie war – jetzt offiziell anerkannt – hinreißend, die atemberaubendste Schönheit, mit der ich je unterwegs gewesen war. Als wir die schicke Trattoria betraten, in der wir auf ihren Wunsch hin essen wollten, war es, als habe die Welt für einen Augenblick ihr Lärmen eingestellt. Den Leuten, die da saßen, stockte sogar der Atem. Ich stellte jedoch überrascht fest, dass mich das eher peinlich berührte und nicht belebte.

Nicola selber hatte auch keine große Freude daran. »Verdammter Mist«, sagte sie und versteckte sich erst hinter der Speise- und dann hinter der Weinkarte. »Ich kann mich einfach nicht daran gewöhnen. Ich fühl mich die ganze Zeit so, als würden mich alle mit jemandem verwechseln. Als würde mich jeden Augenblick einer als Blenderin entlarven. Oder jemand, der sich aus der Schule an mich erinnert, springt plötzlich auf und sagt: ›Was soll das? Das ist doch Nic die Bohnenstange.‹« Ich erfuhr schockiert, dass sie die Hälfte ihrer Teenagerzeit dünn gewesen war.

Sie erzählte mir von ihrem neuen Fitness-Programm. Ich erzählte ihr, wie ich Jamie in dem FCUK-Shirt dazu gebracht hatte, nicht von dem Wohnhaus zu springen. Sie erzählte mir, dass sie mit sechzehn ebenfalls einen Selbstmordversuch unternommen hatte. Wirklich sterben wollen habe sie eigentlich nicht, sagte sie, sie habe nur auf die dramatischste Weise, die ihr eingefallen war, um Hilfe gerufen. Ich sagte, so etwas komme unter jungen Leuten häufig vor. Sie war viel hübscher als Mrs. Cavanaugh, aber viel weniger unterhaltsam. Das Thema Tarquin schnitten wir erst an, als unsere Vorspeisen auf dem Tisch standen.

Ich fragte, ob sie sich immer noch mit ihm traf. Statt meine Frage zu beantworten, erzählte sie mir, wie eifersüchtig er war. Erst vorige Woche, als sie an drei Bauarbeitern vorüberging, die ihr bewundernd hinterher sahen, war er verrückt gewesen vor Eifersucht und hatte sich mit allen dreien auf einmal angelegt. Sie hatten ihm den rechten Arm zweimal gebrochen – ihm, der Rechtshänder war! Den Unterkiefer hatten sie ihm auch eingeschlagen.

Und jetzt stand er auf einmal hier, hatte den Kellner beiseite geschoben und beugte sich mit finsterer Miene über uns. »Vielleicht«, nuschelte er, an Nicola gewandt, durch zusammengepresste Lippen leise hervor, »möchtest du mir erklären, was du mit … dem da hier machst.« Im ersten Moment hielt ich seinen Auftritt für eine schlechte Clint-Eastwood-Parodie, dann aber machte ich mir bewusst, dass sein Unterkiefer wahrscheinlich doppelt genäht war. Freunde hatten den Gips, der seinen rechten Arm umschloss, mit naseweisen Kommentaren darüber versehen, dass er damit im Augenblick schlecht masturbieren könne.

Nicola sah mich hilflos an. Im Restaurant war es wieder ganz still. Mir schoss durch den Kopf, eins der Messer, die auf dem Tisch vor mir lagen, gegen ihn zu richten, aber sie sahen nicht scharf genug dafür aus. Dann dachte ich, ich könnte ja so tun, als müsste ich aufs Klo. Aber das war selbst für meine Begriffe zu feige. Ich konnte nicht so tun, als wüsste ich nicht, dass ich jetzt ein Machtwort sprechen musste.

»Was meinst du, könntet ihr zwei eure Angelegenheiten vielleicht später bekakeln?«, brachte ich schließlich so zaghaft heraus, dass mich der Kellner vermutlich nicht hörte. Ich hätte gern den sarkastischen Ton angeschlagen, den die Briten draufhaben, wenn sie sich freundschaftlich beharken, bekam ihn aber nicht hin.

»Warum denn nicht jetzt gleich?«, fragte er zurück. Der Kellner entfleuchte. Ich hoffte, er ging eine große Bratpfanne holen, mit der man Tarquin eins auf die Birne geben konnte.

»Na ja«, stammelte ich, »wir sollten vielleicht … aus Rücksicht auf die anderen Gäste … das ist weder der Zeitpunkt noch der …« Ich brachte keinen Gedanken zu Ende.

»Weder der Zeitpunkt noch der Ort, Freundchen? Tja, da hast du bestimmt Recht. Gehen wir zwei doch einfach mal vor die Tür, was meinst du?«

»Bring ihn zur Räson«, forderte jemand hinter uns aufmunternd. Ich fürchtete, ich war angesprochen, war sogar fast sicher. Ich wollte in Tränen ausbrechen, wollte mich in Luft auflösen. »Das passt jetzt schlecht«, sagte ich schließlich noch leiser als zuvor, um von so wenig Leuten wie möglich gehört zu werden. »Meine Vorspeise wird kalt.«

»Dein blöder Kopfsalat?!«

Nicolas Augen füllten sich mit Tränen. Sie wandte das Gesicht ab. Statt mich in Luft aufzulösen, wollte ich jetzt lieber gleich sterben. Ich verdiente es nicht zu leben.

In einer Aufwallung von Kühnheit stellte ich Blickkontakt mit Tarquin her und war überrascht über die Miene, die er zog. Es war nicht Zorn – es war Mitleid! Er schüttelte den Kopf. Und ging.

Sogar in diesem heiklen Moment ließ mich mein Humor nicht im Stich. Ich erwog, mich nach Nicolas Muscheln zu erkundigen: »Und, wie schmeckt deins?«, verzog mich dann aber doch auf die Toilette.

Er war dort drin, saß auf dem Klo, den Kopf in die Hände gestützt. Er hatte gar nicht den Arm gebrochen, und sein Unterkiefer war auch nicht genäht. »Ach Mensch«, sagte er, der Ton eher freundschaftlich enttäuscht als kämpferisch, »was muss man denn noch machen, damit du aufstehst und dich prügelst?«

Ich sah ihn mit offenem Mund an.

»Ein Kerl mit einem gebrochenen Arm und einem genähten Unterkiefer kommt zu dir und macht dich vor deiner Mieze blöd an, und du gehst nicht mit ihm raus vor die Tür und klärst das mit ihm? Mit einem gebrochenen Arm, Mann! Wie soll sich so einer groß wehren können? Du Jammerlappen.«

Ich schaute weiter, hatte Angst vor dem, was als Nächstes kommen konnte.

»Das Sache war doch praktisch für dich schon im Kasten, Mann! Ich wollte es dir so leicht wie möglich machen. Und noch viel leichter als mit einem Arm in Gips ging's ja wohl kaum. Ihre Mutter und ihr Stiefvater haben mich angeheuert. Der Plan war, dir zu etwas mehr Selbstachtung zu verhelfen. Du hättest mich platt gemacht, Alter! Hättest mich schon an dem Tag nach dem Esssüchtigen-Treffen in der Kneipe platt machen können. Ich hätte dich gelassen.«

Er stützte sich aufs Waschbecken und schüttelte angewidert den Kopf. »Na, das sind dann fünfhundert Pfund, die mir durch die Lappen gehen. Wenn ich nicht grün und blau zu ihrem Stiefvater komme, zahlt der mir keinen blöden Shilling.«

Er blickte mich hoffnungsvoll an. »Mach endlich, Mensch! Verpass mir eins aufs Kinn. Oder aufs Auge. Ein Veilchen tut's auch. Oder brich mir die Nase.« Er reckte mir das Kinn entgegen und schloss die Augen. »Mach endlich. Gib mir Saures. Ich brauch die Kohle.«

Ich stürzte los. Rannte aus dem Klo und auf die Straße, ohne noch einmal einen Blick zu meinem und Nicolas Tisch zu werfen. Sie war ja auch schon draußen, als ich zur Tür herausgeschossen kam, und stieg, die Wangen tränenüberströmt, gerade in ein Taxi.

## *Babooshka, meine Tochter*

Babooshka kam nach London! Es stand im *Telegraph* in einem Artikel, in dem es hieß, dass die Produzenten von *Star Idol*, denen der große Erfolg von *Megastar* in den USA nicht entgangen war, dort ihre eigene Show etablieren wollten. Sie hatten eine Episode ausgestrahlt und Zuschauer zwischen sechzehn und einundzwanzig urteilen lassen, welcher der Sänger ihnen am besten gefallen hatte. Als Preis winkte eine Reise nach London, bei dem die Gewinner ihre Favoriten vor der Finalshow kennen lernen konnten. Meine Tochter, die den anarchischen, unmusikalischen Evelyn favorisiert hatte, war – und das spricht doch sehr für sie – die einzige Kalifornierin unter den vier Preisträgern. Doch inzwischen hatte Babooshka Evelyn die Gefolgschaft gekündigt und war zu ... Cathy übergelaufen!

Ich rief die Produktionsfirma an und erkundigte mich, wann die amerikanischen Gewinner in London eintrafen. Die junge Frau am Telefon sagte, das dürfe sie mir nicht sagen. Ich rief die Verfasserin des Artikels über den Wettbewerb aus dem *Telegraph* an. Sprach ihr zweimal auf den Anrufbeantworter und schickte eine E-Mail – ohne Reaktion.

Ich rief wieder bei der Produktionsfirma an und erkundigte mich, wie ich an Studiokarten für die Sendung käme. Die junge Frau behauptete, dafür gäbe es keine Karten.

Ich hatte noch eine Idee. Ich forschte ein bisschen im Internet herum und fand heraus, dass es der berüchtigte Niraj Ganapathy war, der die Public Relations für die Show machte. Ich rief in Ganapathys Büro an und erzählte die ganze Geschichte der Entfremdung von meiner Tochter und meiner Hoffnung, mich am Set von *Star Idol* mit ihr versöhnen zu können. Die junge Frau stellte mich ohne ein weiteres Wort ihrerseits zum Nächsthöheren in der Hierarchie durch.

Jetzt hatte ich einen gewissen Sandeep an der Strippe und ich betete meine Leidensgeschichte zum zweiten Mal her. Er fragte: »Was kann Niraj Ganapathy Public Relations für Sie tun?«

»Ermöglichen, dass ich Eintrittskarten für das Finale von *Star Idol* bekomme.« Wieder legte er mich auf Warteschleife.

Als Sandeep endlich wieder dran war, sagte er, er würde mein Problem Niraj vortragen und sich dann wieder bei mir melden.

Eine gute halbe Stunde später rief mich eine Sekretärin an und teilte mir mit, ich könne demnächst mit einem Anruf von Ganapathys allerpersönlichster Assistentin rechnen.

Die Dame meldete sich kurz vor drei. Zum dritten Mal erzählte ich die Story *Ein verzweifelter Vater sucht Versöhnung mit seiner Tochter*, die, so schmeichelte ich mir insgeheim, mit jedem Wiedererzählen pointierter wurde. »Ich glaube, das könnte Arohi gefallen«, sagte sie. »Ehrlich.« Ich hatte keine Ahnung, von wem sie sprach, und sie erklärte mir in leicht tadelndem Ton, Arohi sei ihre Vorgesetzte und eine von Nirajs wichtigsten Mitarbeiterinnen. Sie würde sich binnen einer Stunde noch einmal melden.

Es war aber schon fünf Minuten später so weit. Arohi hatte es offenbar eilig. Sie war atemlos, leider aber auch nicht informiert, wer ich war. Nach ein paar abgespulten Sätzen meiner Geschichte fiel sie mir ins Wort. »Oh, das könnte Niraj sehr gefallen!« Ich sollte in der Nähe des Telefons bleiben. Niraj würde mich zurückrufen.

Ich vertrieb mir die Zeit damit, dass ich mir ein paar Webseiten mit Dingen markierte, die Kate vielleicht als Geschenke gefallen könnten. Der Apparat, der in Nullkommanichts Blasen machte, egal, mit welcher Musik man ihn beschallte, der musste ihr gefallen!

Während die treuen Fans vergeblich nach einem neuen Album schmachteten, nahm Kate die Einladung der riesigen internationalen Werbeagentur Chiat-Day an, Musik für die neue, Fruitopia genannte Obstsaft-Linie zu schreiben, mit der ihr Klient Coca-Cola in den »alternativen kohlensäurefreien Getränkemarkt« in Amerika vorzustoßen hoffte, auf dem jährlich zwei Milliarden Dollar umgesetzt wurden. Nachdem teure Marktforschungsanalysen erbracht hatten, dass die Zielgruppe der Konsumenten nicht nur nach körperlicher, sondern auch nach geistiger und seelischer Erfrischung lechzte, wollte es sich Coke, wie es hieß, angeblich dreißig Millionen Dollar kosten lassen, die Amerikaner von Snapple abzubringen. Kate lieferte zehn Musikschnipsel, die man in Großbritannien aber nicht zu hören bekam. Dort bekamen die Cocteau Twins den Zuschlag, nachdem Kate angeblich noch mehr von den veranschlagten dreißig Werbemillionen für sich verlangt hatte.

Ihre Musik war nichts, was sich ein kompetenter Komponist mit ein wenig rhythmischer und melodischer Phantasie nicht binnen achtundvierzig Stunden aus dem Gehirn geleiert hätte. Irgendein frecher Nörgelfritze (diesmal war es nicht Charles Shaar Murray) sagte, wahrscheinlich hätten hundertmal mehr Amerikaner »Iced Tea Inner Light« gehört (ich habe mir das nicht ausgedacht) als alle ihre Alben zusammen. Ein zweiter meinte, Fruitopia stecke in Flaschen, deren Etikett »dämliches pseudo-öko-Gelaber, heuchlerischen Peace-and-Love-Stuss und einen ziemlich schwachen Abklatsch von Peter Maxes Malstil« in sich vereinten. Vermutlich hat sich Kate auf dem ganzen Weg zur Bank sehr geschämt.

Ein amerikanischer Musikkritiker schrieb, Bush habe sich mit der »maßlosen Exzentrik ihres Gesangs – dem Hin und Her zwischen jähem Abbruch und langem Ausdehnen ihrer Schreie – in den Rang des Skurrilen, Unterabteilung Englisch, gesungen«. In Großbritannien bezeichnete sie ein Schreiber als »die präraphaelitische Nymphe mit dem Minnie-Mouse-Sopran«. Falls Kate davon irritiert war, behielt sie es für sich.

Davy Spillane, der auf *Hounds of Love* mitgespielt hatte, brachte Mitte 1994 sein Album *A Place Among The Stars* heraus, allerdings ohne Kates Version der Marvin-Gaye-Nummer »Sexual Healing« (ich habe mir das nicht ausgedacht), die nicht zu der ausgewogenen Stimmung des Albums passte, wie er erklärte. Den Song, der sich anhörte wie mit dem Tonabnehmer einer billigen koreanischen Elektrogitarre aufgenommen, konnte man sich noch zehn Jahre später aus dem Internet herunterladen.

Bei der Jahreshauptversammlung ihrer Fans hielt Kate 1994 nur noch ein paar Minuten durch, war aber beim People's Banquet, einer Whitehall-Festivität aus Anlass des goldenen Ehejubiläums von Ihrer Majestät mit ihrem taktlosen griechischen Gatten, der perfekte Gast und saß mit alten Kumpels zusammen, dem ehemaligen Premierminister John Major, dem Kricketspieler Mike Atherton und der Ballerina Darcy Bussel. Mit denen konnte sie, denkt man sich, wohl ungezwungener plaudern als mit dem armen Mike. Der altmodische amerikanische Soul-Sänger Maxwell mit der schönen Falsett-Stimme nahm eine Version ihres »This Woman's Work« auf.

In der *Irish Times* schrieb der stets herablassende Mick Morony über Kates Beitrag zu Donal Lunnys Kompilation *Common Ground – Voices of Modern Irish Music*, wo sie zusammen mit Elvis Costello, den Brüdern Finn und ein paar Musikern von U2 vertreten war: »Der größte Brüller ist Kate Bush, die für ihr ›Mna na h-Eireann‹ den Darby O'Gill-Sound mit theatralisch hinter sich her gezogenen Fetzen eines Arrangements à la O'Riada verbindet, allerdings mit so peitschend einschneidender Emotion, dass es sich schon wieder lohnt.« Mit peitschend einschneidender Emotion, Mick? In der *Irish Hot Press* war zu lesen, dass Sinéad O'Connor mit ihrem »Raglan Road« allen die Show stahl.

Knapp anderthalb Stunden nach der letzten Meldung aus dem Public-Relations-Imperium schrillte mein Telefon plötzlich wieder. Noch einmal musste ich einer Assistentin versprechen, dass ich tatsächlich zu sprechen war. Ich blieb in der Leitung, und als ich kurz davor war, mir einzugestehen, dass Niraj doch spontan in den Urlaub abgereist war, kam er endlich an den Apparat und richtete das Wort an mich.

Er klang, als habe er einen Quälgeist aus dem East End vor sich, der zum Vorsprechen auf einer Bühne im West End gekommen war, und herrschte mich gleich an: »Sie sind der mit der Tochter, richtig?« Ich bejahte. Ich erzählte ihm die Geschichte in Kurzfassung, die ich mittlerweile ziemlich gut drauf hatte.

»Bisschen arg kitschig, nicht?«, sagte er gähnend ins Telefon. »Könnte aber trotzdem funktionieren.« Damit war das Gespräch beendet.

Sandeep rief schließlich an und teilte mir mit, es gehe Niraj Ganapathy schon zu Herzen, dass meine Tochter mit dem Flieger rüberkäme, um Cathy zu unterstützen. Dann gab er mir die nüchterne Auskunft, am Tag der Sendung würden 150 Karten kostenlos und nach dem Prinzip »Wer zuerst kommt …« verteilt werden. Ergo brauchte ich ja nur entsprechend da zu sein, und legte grußlos auf.

Und so geschah es, dass ich an dem Tag der Aufzeichnung der Finalshow ein paar Minuten nach ein Uhr nachts zwar der circa Fünfzigste war, der sich in die Schlange vor den Teddington Studios einreihte, dafür aber der Erste über fünfzig und vermutlich der Erste und Einzige aus der Gruppe der obszön Fettleibigen.

Ich hatte einen tragbaren CD-Spieler, Kopfhörer und alle CDs von Kate dabei, die ich mir eine nach der anderen anhörte. Einige meiner Lieblingssongs gleich ein paar Mal nacheinander, bis ich zu »Constellation Of The Heart« von *The Red Shoes* kam. Darüber hatte ich ein paar Tage vorher eine amüsante Geschichte auf einer Kate-Seite gelesen.

Und die ging so. Angeblich hatte Kate einen Kundschafter ausgesandt, der den Musiker auftreiben sollte, der für die Bach'schen Anklänge in Procol Harums »A Whiter Shade Of Pale« verantwortlich zeichnete, weil sie die melancholische liturgische Atmosphäre dieses Klassikers auch in »You're The One«, dessen Text sich darauf bezieht, einfangen wollte. Der Kundschafter kam nun aber nicht mit Matthew Fisher, der den gefeierten Orgelpart auf »Pale« gespielt hatte, sondern mit keinem Geringeren als dem Leadsänger und Pianisten Gary Brooker, den noch nie irgendjemand – nicht einmal seine besten Freunde, auch nicht bei Soundchecks – Orgel hatte spielen sehen. Wenn man ihn aber in dem Song (und in »Constellation Of The Heart«) hörte, vermisste man den mürrischen, hochmütigen Fisher kein bisschen. Man fragte sich höchstens, ob Kate je erfahren hat, dass man ihr den Falschen angeschleppt hatte.

Als wir schließlich eingelassen wurden, spielten sich am Eingang tumultartige Szenen ab. Alle wollten einen guten Platz ergattern. Als ich ins Studio kam, waren nur noch miese Plätze übrig. Ich nahm einen.

Ungefähr ein Jahr vor der endgültigen Entfremdung zwischen meiner Tochter und mir hatte ich einen Termin für uns bei einem Psychotherapeuten von der Gesundheitseinrichtung ausgemacht, bei der ich versichert war. Wie für mich typisch, war ich zwanzig Minuten zu früh da. Wie für meine Ex-Frau typisch, kam sie fünf Minuten zu spät mit meiner Tochter, die mich ansah und dann so tat, als kenne sie mich nicht. Diese Situation war eine der schmerzlichsten Erlebnisse meines Lebens. Der Therapeut bat erst sie herein und holte dann mich dazu, nachdem sie zehn Minuten unter vier Augen gesprochen hatten. Binnen sechzig Sekunden schrie ich meine Tochter zutiefst verletzt an und sagte ich schäme mich, der Vater von jemandem zu sein, der zu solcher Grausamkeit fähig war. Zuerst bedachte sie mich mit einem trotzigen Du-kannst-mich-mal-Grinsen, brach dann aber in Trä-

nen aus. Der Therapeut, der glaubte, die Sache sei ihm entglitten (stimmte ja auch), war außer sich. Doch eine halbe Minute vor Ende der Sitzung hatten sich alle schon wieder beruhigt. Nur meine Tochter fing noch mal zu weinen an. Der Therapeut erklärte die Stunde für vorüber, und sie schoss wie der geölte Blitz aus dem Zimmer, um ihrer Mutter vorzuführen, was für schlimme Schmerzen ich ihr zugefügt hatte.

Die Geschichte wiederholte sich. Als Bab mit den anderen amerikanischen Gewinnern nun zu den für sie abgeteilten reservierten Plätzen geführt wurde, bemerkte sie mich. Hätte ich doch bloß eine dieser modernen Kameras gehabt, mit denen man gleich mehrere Aufnahmen pro Sekunde schießen konnte! Auf dem ersten Foto hätte man die Bestürzung in ihrem Blick gesehen, auf dem zweiten jedoch die Freude. Dann aber, vielleicht eine halbe Sekunde nach dem Schock, tat sie so, als hätte sie mich nicht gesehen. Und im selben Bruchteil dieser Sekunde rutschte ich von meinem Hochgefühl in einen tiefen, tiefen Schmerz.

Sie hatte abgenommen, war zwar noch kein anmutiges Reh, aber vielleicht fünfundzwanzig Kilo leichter als beim letzten Mal, als wir uns begegneten, und sie schlurfte nicht mehr, sondern bewegte sich auf eine mir vollkommen neue Art. Jetzt hatte sie den koketten Gang einer jungen Frau, die sich ihrer Macht bewusst war.

Und sie hatte einen Freund, einen Langhaarigen mit Tattoos, die Sorte, bei der man damit rechnet, dass er die Tochter schwängert und sich dann aus dem Staub macht. Man sah, dass es keine Minute dauerte, bis er, die vorige Zigarette gerade ausgedrückt, schon nach der nächsten schmachtete. Ein Junge, der zwar charmant sein konnte, aber keine Lust dazu hatte.

Sie setzten sich, und er legte seinen Arm um die Schultern meiner Tochter. Doch seine Blicke wanderten, suchten nach großen Titten, auf denen sie ruhen konnten. Er würde ihr bei erstbester Gelegenheit das Herz brechen, und ich wäre am liebsten sofort rübergegangen und hätte ihn auf der Stelle erwürgt. Meine Tochter vermied es, in meine Richtung zu blicken. Ich starb Stück für Stück.

Die drei Finalisten des Wettbewerbs, traten nacheinander auf. Live machte Cathy tatsächlich den Eindruck, als habe sie ein paar Pfund zugenommen. Wenn sie noch ein bisschen mehr auf die Rippen bekam, konnte man sie wieder als mager bezeichnen anstatt als magersüchtig. Die Kandidaten durften ein selbstgewähltes Stück vortragen. Cathy besaß die Kühnheit, sich an Kates »All The Love« von *The Dreaming* zu wagen, und mir standen die Nackenhaare zu Berge. Als sie fertig war, schwieg das ganze Studio vor Verblüffung einige Sekunden lang, bevor alle in Jubel ausbrachen. Cathy stand da und schluchzte lautlos, von ihrem grandiosen Erfolg selbst überwältigt. Unvorstellbar, dass jemand, der diesen Augenblick im Studio miterlebt hatte, ihn jemals wieder vergessen konnte – ausgenommen meine Tochter und ihr neuer Freund, die offenbar jeder die Zunge tief im Rachen des anderen versenkt hatten.

Nachdem auch die beiden weiteren Finalisten, Philippa, ein Mädchen aus Cardiff, die mit dem Aretha-Franklin-Klassiker »A Natural Woman« ins Rennen ging und Claude Praiseworthy, der den alten Soul-Klassiker »When A Man Loves A Woman« zu Gehör brachte, aufgetreten waren, wurde die Aufzeichnung unterbrochen.

Die Zuschauer an den Bildschirmen hatten nun die Gelegenheit, per Telefon die Stimme für ihren Favoriten abzugeben. Wir im Studio hatten eine längere Pause.

Meine Tochter und ihr Freund ließen endlich voneinander ab. Die Themse lag, falls wir einen Blick darauf werfen wollten, direkt hinter dem Parkplatz. Da gab es Tische und Stühle zum Hinsetzen. Meine Tochter und ihr Freund schlenderten wie die meisten anderen Zuschauer nach draußen. Ich folgte ihnen.

Wir hatten eine knappe Stunde, bis die Aufzeichnung fortgesetzt wurde. Ein gutes Viertel davon verplemperte ich dafür, innerlich Anlauf zu nehmen, um zu tun, was ich tun musste. Ich sah aus der Ferne zu, als Bab und ihr Freund sich an einen der Picknicktische am Flussufer setzten. Sie rauchten beide ununterbrochen. Dann stand meine Tochter auf, vermutlich, um die Toilette aufzusuchen. Kaum war sie außer Sichtweite, stand ihr Freund ebenfalls auf und schlenderte zu zwei hübschen Blondinen am Nebentisch. Er sah mehrmals über die Schulter zurück, während sie quatschten. Ich hatte den Eindruck, er wollte nicht, dass ihn Babs bei ihnen sah.

Ich schlug alle Vorsicht in den Wind und ging hinüber. Der Freund meiner Tochter drehte sich erst um, als er merkte, dass die beiden Blonden fragend in meine Richtung blickten. Ich war ganz baff, wie jung und vertraut sie mir vorkamen. In dem verächtlichen Was-willst-du-dagegen-machen-Grinsen seines Gesichts erkannte ich alle kleinen Sadisten wieder, die mich je auf dem Spielplatz eingeschüchtert hatten.

Ich sagte ihm, wer ich bin. »Cool«, sagte er sarkastisch. »Sehen Sie nicht, dass ich mich gerade unterhalte?« Respekt vor Älteren gehörte nicht zum Repertoire dieses Burschen. Er sah erst die Blondinen und dann wieder mich an und sagte seufzend: »Also, was wollen Sie?«

Was ich wollte? Wie wäre es mit: *Verschwinden Sie aus dem Leben meiner Tochter, Sie Nichtsnutz, oder …* was?

Die Adern in seinen Bizeps schwollen an. Er hatte mehr Testosteron im kleinen Finger als ich im ganzen Leib. Er gehörte zu der Sorte Bürschchen, die mit Sicherheit irgendwann hinter Gitter landeten und, dort angekommen, andere Gefängnisinsassen tyrannisierten. »Hör mal, Alter«, sagte er und schaute so gelangweilt, wie er konnte, »wenn du mir was sagen willst, dann mach endlich …«

Der Damm brach. Ich holte aus und verpasste ihm mit aller Kraft eine mit meiner Rechten. Der Schlag hätte ihn in süße Träume befördert, wenn er ihn nicht hätte kommen sehen. Aber so konnte er gerade noch ausweichen und meine Faust streifte sein Gesicht nur seitlich. Für den Bruchteil einer Sekunde sah er in seinem Schock aus wie zwölf. Im nächsten lag ich schon auf dem Boden und er auf mir, die Hände um meinen Hals, seine verzerrte Fratze über mir. Die Blondinen kreischten, und eine Traube anderer, neugieriger oder bestürzter Gesichter tauchte hinter ihm auf.

Dann hörte ich die Stimme meiner Tochter und sah ihr Gesicht zum ersten Mal seit sechsundzwanzig Monaten aus der Nähe. Sie hatte ihren Freund an den Haaren gepackt und wollte ihn von mir runterziehen. Er ließ von mir ab. »Lass ihn los!«, schrie sie. »Pfoten weg!«

Dass sie sich dafür interessierte, ob ich am Leben war oder tot, war unverkennbar! Ich fühlte mich geschmeichelt. Es hätte mich nicht überrascht, wenn er, weil sie ihn an den Haaren gezogen hatte, auf sie losgegangen wäre. Ein Albtraum – und nicht auszudenken! Ich war noch ganz beduselt von dem Sauerstoffentzug, nachdem er mir den Hals zugedrückt hatte, und ich hätte ihm nicht mal den härtesten Hieb verpassen können, zu dem ich fähig war. Doch er begnügte sich damit, sie anzuschreien. Und schon flossen Tränen.

Das bremste ihn allerdings kein bisschen. »Was bildest du dir ein, mich an den Haaren zu ziehen! Blöde Ziege!«, schrie er ihr in ihr hübsches Gesicht. Er machte auf dem Absatz kehrt, stürmte davon und ließ meine gedemütigte Tochter stehen.

Wir sahen einander in die Augen. Wenn ich geglaubt hatte, das Gesicht ihres Freundes sei grässlich gewesen, war das noch sanft verglichen mit dem Gesicht, das Babooshka jetzt machte, als sie mich anherrschte: »Was willst du hier? Warum lässt du mich nicht in Ruhe? Kriegst du es nicht in deinen Schädel rein, dass ich dich nie wieder sehen will? Ich hasse dich!«

Das war heftig. Mein Gott, das war wirklich heftig. Bab

rannte ebenfalls davon, kam dann aber, schon gefasster, zurück und sprach nicht in der Wut, sondern aus dem Herzen, sprach leiser als ihr Freund, fügte mir aber größeren Schmerz zu als der, wenn er noch zehn Minuten länger auf mir gehockt hätte. »Daran wird sich nie etwas ändern!«, sagte sie. »Das schaffst du nicht, auch wenn du mir noch so viel erzählst. Das sind Wunden, die die Zeit nicht heilen kann. Kapierst du das endlich mal, ja?« Ich brachte kein Wort heraus. »Ich werde dich nie weniger hassen als jetzt«, sagte sie. »Also verzieh dich wieder aus meinem Leben, und diesmal hoffentlich für immer.«

Als ich viel jünger war, hat mich ein Song der Beatles von ihrem Album *Revolver* erstaunt, in dem Paul McCartney über sich singt, er könne kein Zeichen von Liebe in den Augen von jemandem entdecken, der ihm den Laufpass gibt. Ich war damals jung und naiv und hing dem Glauben an, McCartney – einem der beiden Könige der Welt – könne so etwas doch gar nicht passieren. Aber wenn es so war, wie hatte er das Gefühl dann in seinem Song so genau beschreiben können? Und jetzt, beinahe vierzig Jahre später, sollte sich der traurigste Song der Beatles für mich bewahrheiten. Kein Zeichen der Liebe bei den Tränen, die um einen Niemand geweint wurden.

Kate gab Q Auskunft, weshalb sie nach *The Red Shoes* verstummt war. »Ich wollte mein eigenes Leben einer gründlichen Prüfung unterziehen. Ich war auf allen Ebenen erschöpft. Ein Teil von mir hatte keine Lust zu arbeiten. Ich war an einem Punkt angelangt, wo es sich nicht mehr hundertprozentig gut anfühlte. Es war, als testete ich, ob ich noch schreiben könnte. Aber was ich schrieb, gefiel mir nicht. Und ich dachte: nein, wenn du nicht willst, wird es auch nichts. Im Grunde waren die Batterien vollkommen leer und ich musste sie einfach aufladen.«

Viel Aufregung löste die Ankündigung aus, Kate wolle einen Song zum Soundtrack des Disney-Films *Dinosaurier* beitragen. Doch beunruhigende Daten, die bei Testaufführungen des Films erhoben wurden, zeigten an, dass das Publikum mit ihren Texten nichts anzufangen wusste. In Anbetracht dessen, dass der Film schließlich in viele verschiedene Sprachen übersetzt werden müsste, schien es das Beste, wenn ihr Stück keinen Text hatte, sondern nur als musikalische Begleitung diente. Daraufhin beschloss Kate offenbar, ihrerseits die Sache ganz abzublasen und sich wieder ihrem Garten und ihren Mutterpflichten zu widmen.

Anlässlich von Kates zweiundvierzigstem Geburtstag (Katemas!) feierten Fans in aller Welt Parties (wie Mike, Anton, Justina, Arie, Angela, Ilja, Marleen, Els, Marion, Edwin, Martin, Martijn, Tony, Marcel, Barend und Kinky the Lovehound aus Westdeutschland und Holland) und begingen den Tag, indem sie gemeinsam Kates Musik hörten und ihre Videos sahen. In Osaka beging man ihren Geburtstag mit dem üblichen Karaoke. In Brisbane feierten Australier das Silberjubiläum von »Wuthering Heights« als Nummer eins in der australischen Top Ten, indem sie zur Musik von All Yours Babooshka, einer Kate-Bush-Tribute-Band, tanzten.

Louise Halliday, Ex-Teilnehmerin von *Stars In Their Eyes*, brachte 2001 zur *Homeground*-Zusammenkunft den Umhang mit, den Kate Jahrzehnte zuvor im »Babooshka«-Video getragen hatte, und schickte ihn ihr später als Geschenk.

Das Ukulele Orchestra of Great Britain, das unbedingt eine eigene Version von »Wuthering« auf seiner Debüt-CD haben wollte, behauptete, Kate hätte ihnen untersagt, den Song aufzunehmen – und das, obwohl der klassische Gitarrist Richard Durant sie produzieren wollte.

Bei ihrem ersten Live-Auftritt seit fünfzehn Jahren Mitte Januar 2002 mit David Gilmour in der Royal Festival Hall, sang sie (»Comfortably Numb«) so sinnträchtig wie eh und je. Sie nahm an einer Zeremonie in der Royal Academy of Arts teil, bei der die Queen aus Anlass ihres Goldjubiläums spezielle Preise überreichte. Offenbar hielt Ihre Majestät Kate und Mick Hucknall, neben dem sie stand, für ein Paar. (Ihre Maj. hat einen Humor – echt grausam!) Als sich Ihre Majestät nach dem Tun und Treiben der beiden erkundigte, schwieg Hucknall darüber, dass er ein schlimmer Schürzenjäger war, sondern stellte sich und Kate als Sänger und Songschreiber vor. Kate, kein bisschen beleidigt und bis zum Schluss liebenswürdig, erklärte Ihre Majestät für nett und charismatisch.

Der *Observer* lobte sie dafür, dass sie »ihre ganz eigene und unverwechselbare Exzentrik in die Mitte des Mainstream« gebracht hatte und setzte sie auf seine hauseigene Liste von Exzentrikern der britischen Rockmusik. Gerüchten zufolge hatte Kate mittlerweile aufgehört zu rauchen und der vegetarischen Ernährung abgeschworen.

Kate wurde zu einer Ikone der Schwulen. *The Beautiful Bend*, eine Kollage zusammenhangloser Dramolette, die im Londoner Central Space Theatre auf dem Spielplan stand, endete mit einer Kate nachempfundenen Modenschau, für die alle Mitglieder des rein männlichen Ensembles Perücken und Kostüme gespendet hatten, die an Kates berühmte Bühnenkostüme erinnerten. Es kam heraus, dass Kate Devlin, eine amerikanische Kabarettistin, schon seit Jahren mit einem auf Katesongs beruhenden Programm auftrat und dafür sogar 1995 den angeblich so wichtigen Bistro Award erhalten hatte.

Kate lehnte die Annahme eines Brit Award für ihr Lebenswerk ab, nachdem sie erfahren hatte, dass sie bei der Verleihung singen sollte. Als sie mit ihrem Sohn Bertie in der Kinderabteilung von Harrod's gesichtet wurde, dem Kaufhaus, das von ihren Kaufräuschen am häufigsten profitierte, war sie allerdings froh, mal jemandem ein Autogramm geben zu können. Als Midge Ure Kate bei den Q Awards Fran Healey vorstellte, war der Leadsänger von Travis ungehobelt genug, keine Konversation mit ihr zu machen.

Ende Mai 2003 schied die sechzehnjährige Jaclyn Bell als

Drittplatzierte bei *Stars In Their Eyes* aus. Kate schickte ihr eine Platinplatte aus dem Jahr 1978 und einen handgeschriebenen Brief, mit dem sie das Nachwuchstalent zu Tränen rührte.

Alison Goldfrapp reihte sich in die lange Liste der Sängerinnen ein (auf der schon Björk, Jewel, Toyah und Dido standen), die Kate als wichtigen musikalischen Einfluss für sich reklamierten. Tricky nannte Kate gar die Billie Holiday unserer Tage. Dann ließ auch Ruby Wax, die abscheuliche amerikanische Kabarettistin, verlauten, »Wuthering« sei ihr Lieblingssong, und Nicole Kidman gab preis, dass sie als Siebzehnjährige mit ihrer Band Divine Madness Katesongs gesungen hatte.

Ein neues Album wurde nicht angekündigt und wurde wieder nicht angekündigt und wurde auch zum dritten Mal nicht angekündigt, aber man hörte weiter Kates Musik. »Don't Give Up« war die Begleitmusik zum Abspann des Films *The Bone Collector*. »This Woman's Work« untermalte eine sehr einprägsame Episode der amerikanischen Teenager-Soap *Felicity*, in der es um Dates zu Vergewaltigungszwecken ging. Und es gab Anlass zur Hoffnung. Stuart Elliot berichtete, Kate gefalle die Technik des *gated reverb* nicht mehr und lasse ihn bei ihren neuen Sachen wieder Becken spielen. Sie habe sich für einen natürlicher – jazziger – klingenden Sound ausgesprochen, und Peter Erskine, der angesehene amerikanische Jazz-Drummer, berichtete, sie habe ihn Congas spielen lassen. Manu Katche, der afrikanische Trommler, der früher mit Peter Gabriel gearbeitet hatte und auf dem infernalischen *Boys for Pele*-Album von Tori Amos zu hören war, wurde gerufen, als Kate einen Track hatte, den sie gegenüber seinen Talenten für angemessen hielt.

Ihre neuen Sachen, es gab Gerüchte: Das klang wunderbar, aber wir alle waren schon zu oft enttäuscht worden.

Taxi.

## *Nachspiel: Das Leben verläuft in Kreisen*

Aus dem Teddingtoner Studio ging ich nicht nach Hause zu Mrs. Cavanaugh. Ich ließ mich stattdessen zum Bahnhof bringen und fuhr von da nach Camberwell. Ich hatte wohl einen emotionalen Schock erlitten und spürte keinen Schmerz. Ich sah meinen Mitreisenden beim Warten auf ihre Züge zu. Ich fand sie genauso nichtssagend oder interessant wie sonst auch – nicht mehr und nicht weniger. Ein Mann mittleren Alters in Anzug und mit gelockertem Schlips massierte sich träge die Stirn, während er Entschuldigungen in ein Handy murmelte. Wahrscheinlich hatten sich er und seine Frau für den Abend etwas vorgenommen, und er war bei der Arbeit aufgehalten worden. Zwei Mädchen im Teenageralter blickten verlegen drein. Ein Mann im Sporthemd, das er offen über der Hose trug, hob einen auf einer Bank liegen gebliebenen *Evening Standard* auf und las die Sportseite. Der Zug hatte ein paar Minuten Verspätung, aber hatte irgendjemand etwas anderes erwartet?

Ich hatte die Idee, Plaistow anzurufen und ihn zu fragen, ob er an einem Exklusivbericht interessiert sei. Vielleicht, dachte ich, treibt er ja einen Interessenten auf, wenn er ihm sagt, dass ich das Gesicht von Marcel Flynn war. Aber dafür fehlte mir jetzt die Zeit. Ich bereitete mich darauf vor, unbeobachtet in den Tod zu springen.

Als sich meine kongeniale Feigheit aber bemerkbar machte und ich ewig vor dem Abgrund herumtrödelte, sah mich offenbar jemand aus dem Wohnblock auf der anderen Straßenseite. Nach einer Weile tauchten Constable Chiang und Murray auf, danach noch der Junge mit der Videokamera. Aber ganz zuletzt schaffte ich es doch.

Es war viel einfacher, als ich gedacht hatte. Diesmal setzte sich der Teil von mir durch, der schon immer wollte, dass ich mich aus großer Höhe herabstürze. Man sieht sonst nicht viele schwarze Taxis in Camberwell, aber ich verfehlte das eine nur knapp, streifte bloß das Dach mit einer Hand und landete eine Sekunde darauf, wie ich es erhofft hatte, mit dem Kopf zuerst. Obwohl die Polizei und ein Krankenwagen gerufen wurden, war ich auf der Stelle tot.

Wenn die Menschen wüssten, dass Selbstmord, wie Jamie es schon ahnte, einem im Großen und Ganzen nicht zum Nachteil ausgelegt wird, würden viel mehr darauf zurückgreifen. Nicht lange, und Ärzte würden ihre Dienste Selbstmordgefährdeten genauso anpreisen, wie es die amerikanischen Anwälte Anfang der Achtziger mit den ihren taten – gegen den Hype, den der Selbstmord unter ärztlicher Aufsicht binnen kurzer Zeit erleben würde, würde der Internet-Hype der ausgehenden Neunziger blass aussehen. Aber ich bin ganz sicher nicht der erste Himmelsbewohner, der sich wünscht, er hätte schon zu Lebzeiten gewusst, was er im Tod begriff.

Da ich jetzt allwissend war, wusste ich, wie alle meine Hinterbliebenen meinen Tod aufgenommen hatten. Am meisten überraschte mich die Reaktion meiner Ex-Frau. Sie war etliche Tage lang so neben sich, dass sie sich Beruhigungstabletten verschreiben lassen musste. Genauso rührte mich, dass mein Ableben Cathy offenbar schwer mitgenommen hatte. Mir war grässlich zumute, als ich es auf die Parade regnen lassen musste, auf der sie als einer der beiden Hauptgewinner von *Megastar* gekürt worden war. Nachdem bereits 1,2 Millionen Zuschauer abgestimmt hatten, betrug die Differenz zwischen ihr und Claude nur einhundert Stimmen. In ihrer Plattenfirma geht das Gerücht, dass die beiden zusammen eine Platte machen. Nepenthe und Harold sehen in ihnen schon das erfolgreichste britische Plattenduo seit Elton John und Kiki Dee.

Die größte Enttäuschung haben mir meine esssüchtigen Freunde bereitet. Als Graham beim ersten Treffen nach meinem tödlichen Sprung berichtete, was aus mir geworden war, blieben alle Augen trocken, was freilich zum Teil daran gelegen haben mag, dass Nicola inzwischen so dünn war, dass sie sich mit den Leuten nicht mehr abzugeben brauchte. Crinolyn war nicht mal sicher, wer ich war, und Jez ging es genauso. Es ist demütigend, einen so schwachen Eindruck auf andere gemacht zu haben. »Ich hab immer damit gerechnet, dass er Scheiße baut«, gab Boopsie zu, und die Mehrzahl der anderen schien diese Ansicht zu teilen. »Er ging ja auch nicht gerade aus sich heraus«, merkte Jez an. »Vor allem für einen Yankee. Die meisten Yankees, die ich kenne, sind erheblich freundlicher und selbstbewusster.« Als sie hinterher in der Bar zusammensaßen, kam kein Einziger auf die Idee, einen Toast zu meinem Gedächtnis auszubringen.

Mrs. Cavanaugh nahm die Nachricht sehr schwer – und das bereitet mir großes Unbehagen. Sie ging zu Bett, nachdem die Mitteilung sie erreichte, und blieb drei Tage lang liegen, obwohl sie in dieser Zeit kaum ein Auge zutat. Sie ließ Mr. Chumaraswami im Unklaren darüber, was ihr fehlte, und so kam er sich nutzlos vor. Als sie schließlich wieder sprechen konnte, gestand sie ihm, dass sie mich, wären die Umstände anders gewesen, eines Tages vielleicht angebetet hätte. Hinter der grimmigen Selbstverachtung und der noch grimmigeren Verachtung, die ich für den Rest der Menschheit empfunden hatte, habe sie, wie sie sagte, echte Zartheit bei mir gespürt. Ihre kleine Rede war fast so, als zitiere sie meine eigenen Worte über meine Mutter. (Ich hatte immer behauptet, es gebe nur einen Menschen auf der Welt, gegen den sie härter war als gegen sich selbst, und das war jeder andere.)

Als mich meine Schwester an dem Nachmittag, an dem sich mein Onkel das Leben genommen hatte, an unserer Haustür empfing, hatte ich ihr geantwortet: »Na und wenn schon!« Und mich die nächsten vierzig Jahre dafür geschämt. Als meine Tochter von meinem Todessprung erfuhr, reagierte sie in gleicher Weise. Das Leben verläuft in Kreisen.

Vermutlich wird sie sich, wenn genügend Zeit vergangen ist, genauso schämen wie ich. Aber mit Sicherheit werde ich das nie wissen. Wie sich herausstellt, hält der Zustand der Allwissenheit über die Vorgänge auf der Welt nie länger als acht Wochen an, manchmal sogar nur sechs. Das ist ein kleiner Preis für die Euphorie, die man angeblich zu empfinden beginnt, wenn die Allwissenheit schwindet.

Jamie, der Schulschläger in dem FCUK-Shirt, ist hier. Der Wohnblock, von dem er gesprungen ist, liegt ungefähr eine halbe Meile von dem entfernt, wo ich ihn mal traf, nachdem es sich an der Prang Hill School herumgesprochen hatte, dass er und Gajendra, sein Prügelknabe, ein schwules, S/M praktizierendes Liebespaar waren. Offenbar hat sie der Geographielehrer ihrer Schule darauf gebracht. Und ich hatte Jahre meines Lebens über jeden gespottet, der gegen die Einstellung schwuler Lehrer gewesen war.

Nur eine Woche nach meinem Sprung gab EMI bekannt, dass Kate ihnen endlich ein neues Album geschenkt habe, und nicht bloß irgendeins, sondern ein Doppelalbum, das den Titel *Aerial* tragen soll. Dazu hatte Kate Bush eine mit Soundeffekten gespickte Single geschickt, »King of the Mountain«, die hier oben gewiss kein Heulen und Zähneklappern auslöste, aber auch niemanden veranlasste, auf der Straße zu tanzen, wie es dem Vernehmen nach bei »Wuthering Heights« vor vielen Jahren gewesen sein soll. Die Presse wurde feierlich zu einer exklusiven *Vorab*-Premiere des Albums in die Abbey Road eingeladen und beim Betreten des Hauses einer Sicherheitskontrolle unterzogen, wie man sie am Morgen nach den Terroranschlägen in London wohl auch in Downing Street Nr. 10 hätte erleben können.

Aus meiner himmlischen Perspektive betrachtet, schien mir das alles noch exzentrischer, als es mir vor meinem großen Sprung vorgekommen war.

## *Danksagung*

Bei meinen Recherchen erwiesen sich die folgenden Texte als besonders nützlich:

*Kate Bush: A Visual Documentary* by Kevin Cann & Sean Mayes (Omnibus Press, 1988)
*The Secret History of Kate Bush* by Fred Vermorel (Omnibus Press, 1983)
*Homeground*, edited by Krystyna Fitz Gerald-Morris, Peter FitzGerald-Morris and David Cross, Issues 50-53, 55-62,64-70, 72
»Season Of The Witch« by Phil Sutcliffe (*Mojo*, February 2003)
»Dear Diary: The Secret World of Kate Bush« by David Sinclair (*Rolling Stone*, February 24, 1994)
»A Tightly Wound Conversation With The Rubberband Girl«, Interview, geführt von Roger Trilling, dem für die Westküste zuständigen Herausgeber von *Details* (*Details*, March 1994)
»Two Sisters In Song ... Of Sorts« by Peter Galvin (*New York Times*, February 6, 1994)
»Del Palmer, Kate Bush's Right Hand« by Richard Busskin (*Fachblatt Musikmagazin*, January 1994)
»A Return To Innocence« by Tom Moon (*Philadelphia Inquirer*, January, 1994)
»Kate Bush: Will She Or Won't She?« by Nick Krewen (Spectator, Hamilton, Ontario, December 16, 1993)
»Booze, Fags, Blokes And Me« – The New Q Interview With Kate Bush (December 1993)
»Who's That Girl?« by Colin Irwin (*Rock World*, October 1993)
»Beating About The Bush« by Christine Illey (*The Sunday Times*, London, September 12, 1993)
»Rubber Souls« by Marianne Jenssen (*Vox*, November 1993)
»Well red« – Interview mit Del Palmer in *Future Music* (November 1993)
»The Baffling, Alluring World Of Kate Bush« by Terry Atkinson (*Los Angeles Times*, January 28, 1990)
»Kate Bush's Theater Of The Senses« by John Diliberto (*Musician*, February 1990)
»In The Realm Of The Senses« by Len Brown (*New Musical Espress*, October 7, 1989)
»Bushwacked by Kate« by Adam Sweeting (*Guardian*, October 12, 1989)
»Iron Maiden« by Phil Sutcliffe (*Q*, November 1989)

»The Girl With The Stars In Her Eyes« by Richard Cook (*Sounds*, June 7, 1986)
»Down At The Old Bul' And Bush« by Len Brown (*New Musical Espress*, November 12, 1988)
»Kate Bush (not) In Wild Orgy Of Hotel Destruction Shock« (*Sounds*, May 10, 1979)
»Bull And Bush« (*London Observer*, November 12, 1978)
»You don't Have To Be Beautiful…« by Donna McAllister (*Sounds*, March 11, 1978)

Eine Unmenge von Informationen fand ich auch auf den folgenden Webseiten, deren baldiges und häufiges Aufsuchen ich jedem, der sich für Kate Bush interessiert, nur ans Herz legen kann:

http://www.iq451.com/music/sites/kate-bush-web.htm
Liste mit Webseiten zu Kate Bush
http://gaffa.org
gaffaweb, alles über die größte weibliche Ikone und Innovatorin der Popmusik
http://www.kate-bush.de/
The morning Fog, informative Fanseite
http://children.ofthenight.org/cloudbusting/
Cloudbusting, Kate Bush in Selbstaussagen
http://homepage.tinet.ie/~twoms/hgback.htm
http://www.katebushnews.com/
Nachrichten und Informationen über Kate Bush
http://www.carookee.com/forum/Kate-Bush/
deutsches Forum über Cathy
http://www.geocities.com/thander_uk/katebush.html
Kate Bush, The Fog
http://www.katebush.com
musikalisches Genie, offizielle Homepage

Besonderen Dank an Andrew Marvick, den vielleicht führenden Kate-Bush-Gelehrten in der westlichen Hemisphäre, und an meinen Lektor und Freund Chris Charlesworth.

# *Inhalt*